Annis Bell
Hill House – Der Wind in den Lilien

AF186186

Das Buch

Nordfrankreich, 1917. Vera Lyttleton hat zwei Geheimnisse: Die junge Krankenschwester liebt den Stabsarzt Redmond, mit dem sie sich um schwerverletzte Soldaten kümmert, und ist für den englischen Geheimdienst tätig. In Lille erwartet sie nun ein gefährlicher Auftrag. Doch ihr Mut weicht tiefer Verzweiflung, als sie erfährt, dass Redmond bei einem Bombenangriff an der Westfront ums Leben gekommen ist.

Der Schmerz lässt Vera weder in England noch in Kenia los, wo sie in einer Missionsstation medizinische Aufgaben übernimmt. Und die Schatten ihrer gefährlichen Vergangenheit lassen Vera nicht zur Ruhe kommen bis zu jenem Tag, an dem sie ein Brief von Alice aus England erreicht …

Die Autorin

Annis Bell ist Schriftstellerin und Geisteswissenschaftlerin und hat bereits viele erfolgreiche Romane veröffentlicht. Seit ihrer Jugend ist sie vom Schreib- und Reisefieber gepackt. Nach Jahren in den USA und England lebt und arbeitet Bell heute als freie Autorin in Deutschland und England. Besonders das viktorianische England hat es der Autorin angetan.

Annis Bell

Hill House

Der Wind in den Lilien

Roman

Deutsche Erstveröffentlichung bei
Tinte & Feder, Amazon Media EU S.à r.l.
38, avenue John F. Kennedy, L-1855 Luxembourg
August 2020
Copyright © der deutschsprachigen Ausgabe 2020
By Annis Bell

Umschlaggestaltung: semper smile, München, www.sempersmile.de
Umschlagmotiv: ©Alan_Lagadu/Getty Images; ©Roni-G/Getty Images;
©Nella/Shutterstock; ©Bershadsky Yuri/Shutterstock;
©PhilipYb Studio/Shutterstock; ©Magenta10/Shutterstock;
©bogumil/Shutterstock;
Lektorat: Diana Schaumlöffel
Korrektorat: Manuela Tiller/DRSVS
Gedruckt durch:
Amazon Distribution GmbH, Amazonstraße 1, 04347 Leipzig /
Canon Deutschland Business Services GmbH, Ferdinand-Jühlke-Straße 7,
99095 Erfurt /
CPI books GmbH, Birkstraße 10, 25917 Leck

ISBN 978-2-91980-670-6

www.tinte-feder.de

Ein wahrer Freund ist der, der deine Hand nimmt,
aber dein Herz berührt.
Gabriel José García Márquez

PERSONEN

England

Vera Lyttleton – Krankenschwester

Alice Ranieri, geborene Buxton – ihre Freundin, lebt in Hill House

Rose Mandeville – Freundin von Vera und Alice

Lorenzo Ranieri – Kriegsberichterstatter und Ehemann von Alice

Michael Wodehouse – Rechtsanwalt, Mitarbeiter des Geheimdienstes und Ehemann von Rose

Geoffrey Buxton – Schriftsteller, Vater von Alice

Raymond Saull – Künstler, Freund der Buxtons

May McGregor – Künstlerin

Jodie Green – amerikanische Abenteurerin

Frankreich

Captain Frederick Redmond – Stabsarzt und Geheimdienstoffizier

Iris Paterson – Leutnant eines Spionagerings in Frankreich

Kathleen McMillan – Spionin

Madame Fleur Bertrand – Kontaktperson in Lille

Hugo Morin – Hotelbesitzer in Lille

Margaux Morin – seine Frau

Monique – Zimmermädchen im *Hôtel Le Septième*

Lucie – Zimmermädchen

Leutnant Ernst Fuchs – Offizier der deutschen Besatzungsmacht in Lille

Oberst Keller – Oberst der deutschen Besatzungsmacht in Lille

Korporal Franke – Angehöriger der deutschen Besatzungsmacht in Lille

Kenia

Reverend George Williams und seine Frau Ruth – leiten die Missionsstation am Mount Kenya

Doktor Trevor Ingram – Arzt

Johana – einheimische Krankenschwester im Missionshospital

Mwangi – Ziegenhirte

Elija – Handwerker

Major Taylor – Leiter der britischen Kaserne am Mount Kenya

Lord Delamere – einflussreicher Kolonialherr auf Soysambu

Owen Dent – Delameres Sekretär

Andrew und Mabel Portman – britische Siedler

Baron Lionel Robbins – britischer Farmer

1

»*Oh Danny Boy, the pipes, the pipes are calling* ...«, sang sie leise und hielt die Hand des sterbenden Soldaten.

Draußen donnerten in der Ferne die Geschütze, Artilleriesalven hallten ununterbrochen durch die von Schreien und Granatsplittern geschwängerte Luft. Vera Lyttleton sang leise weiter, während ihre Augen sich mit Tränen füllten. Sie war eine erfahrene Krankenschwester und seit dem ersten Kriegsjahr im Einsatz. Gewöhnen würde sie sich dennoch nie an den Tod und die Grauen des Krieges. Die Hölle war hier auf den Schlachtfeldern. Ihr Vater hatte unrecht gehabt. Als Kind hatte sie sich vor ihm gefürchtet, dem großen, herrischen Mann, der niemals lachte und nur strafen, aber nicht loben konnte. Mit der Hölle hatte er ihr gedroht, einem furchterregenden Ort, der nach dem Tod auf sie wartete, wenn sie nicht folgsam war. Doch die Hölle wartete nicht, sie war längst da.

Sie schloss die Augen, und zwei Tränen rollten über ihre Wangen. Der Soldat bewegte seine Finger, und sie drückte sanft seine Hand, die unversehrt war. Der Rest seines Körpers war von Granatsplittern durchsiebt worden. Als sie zu singen aufhörte, öffnete er seinen Mund, der unter den Bandagen sichtbar war, doch der Sterbende brachte nur ein Röcheln heraus. Die schöne Melodie des melancholischen Liedes, das von Abschied und Sehnsucht nach der Heimat und einem geliebten Menschen erzählte, schien ihm zu gefallen, denn als sie weitersang, beruhigte er sich wieder, und das Röcheln hörte auf.

Als die Töne der letzten Strophe verklungen waren, spürte sie eine Veränderung in den Fingern, die eben noch warm in ihrer Hand gelegen hatten. Sacht legte sie seinen Arm neben den Körper und bekreuzigte sich. »Möge deine Seele in Frieden ruhen!«, murmelte sie und erhob sich.

Vera richtete ihre Haube und betrachtete kurz den toten Soldaten, bevor sie den beiden Sanitätern zunickte, die gerade mit einer leeren Trage hereinkamen.

Sie luden den Leichnam auf die Trage. »Wir bringen euch gleich Nachschub, da ist gerade eine neue Fuhre gekommen. Verdammte Scheiße!«, fluchte der ältere der beiden.

Ein Arzt im blutverschmierten Kittel kam zu ihnen und warf nur einen kurzen Blick auf den Verstorbenen. »Ist er tot? Dann nehmt ihn gleich mit, wir brauchen jedes Bett.«

Captain Frederick Redmond war ein junger schottischer Arzt, der wegen seiner chirurgischen Fähigkeiten geschätzt wurde. Doch auch er stieß unter diesen Umständen schnell an seine Grenzen. Das Lazarett lag hinter der Front und vor den Toren der Stadt Arras. Man bemühte sich, die Verwundeten so schnell wie möglich abzutransportieren, doch der Feindbeschuss war so heftig, dass dies oft nicht möglich war. Granatsplitter, Dumdumgeschosse und Schrapnellkugeln verursachten hässliche Wunden, die oft mit Brüchen und Knochenabsplitterungen einhergingen und sich fast immer infizierten.

»Schwester, was ist mit dem Bauchschuss? Haben Sie die Wunde gespült, wie ich es angeordnet hatte?«, wandte er sich an Vera und sah sich dabei in der überfüllten Baracke um.

Dicht an dicht standen die Betten in dem nach einem Brand notdürftig instand gesetzten Gebäude. Hier lagen die

Schwerverletzten und frisch operierten Soldaten, die direkt von der Front hergebracht worden waren. Vera nickte. »Ja, Captain, aber sehen Sie selbst. Die Wunde hat zu schwären begonnen.«

Stirnrunzelnd trat der Arzt an das Bett eines apathisch wirkenden Patienten, dessen Augen blicklos an die Decke gerichtet waren. Der Verband bedeckte den Unterbauch des Mannes, und das Blut sickerte bereits durch. Als Captain Redmond die Binden anhob, zuckte der Verwundete zusammen und wimmerte. Der Arzt warf nur einen kurzen Blick auf die entzündete Wunde, sah zu Vera und schüttelte den Kopf. »Geben Sie ihm Morphium.«

»Er hat bereits zwei Ampullen erhalten.« Der Vorrat an Medikamenten war begrenzt. »Ich weiß nicht, wie viele ...«

»Geben Sie ihm mehr, verdammt, das ist das Einzige, was wir noch für den armen Kerl tun können.« Redmond fuhr sich mit dem Handrücken über die Stirn. Seit drei Tagen operierte er beinahe ohne Pause im benachbarten Zelt.

»Ja, Sir, natürlich.« Vera wollte sich auf den Weg zum Medikamentenschrank machen, doch der Arzt hielt sie zurück.

»Wie lange sind Sie schon im Dienst? Sie sehen müde aus.«

»Nicht länger als Sie auch, Captain. Es geht schon.«

Doch der Arzt musterte sie kritisch. »Wenn Sie zusammenbrechen, nützen Sie uns nichts mehr. Ihre Hände zittern. Melden Sie sich bei der Oberschwester und lassen Sie sich beurlauben. Woanders werden Sie dringender gebraucht.«

Vera horchte auf. Es gab einen neuen Auftrag! »Wohin schicken Sie mich?«

Sie standen außer Hörweite der anderen Schwestern, sodass Redmond leise sagte: »Nach Lens. Sie besuchen Ihre Tante. Alle Anweisungen finden Sie in einem Umschlag, in der Tasche Ihres Mantels. Viel Glück.«

»Danke für Ihr Vertrauen, Captain.« Es gab keine Tante in Lens. Captain Redmond war ihr Vorgesetzter im Netzwerk

Iris, in dem sie seit zwei Jahren als Spionin für den britischen Geheimdienst arbeitete. Redmond hatte sie während gemeinsamer Einsätze in Hospitälern in Calais und Saint-Omer angeworben. Sie hatte sich geschmeichelt gefühlt und sich vom Charme des attraktiven Arztes einfangen lassen. So wie ihr war es einigen Frauen ergangen, das wusste sie mittlerweile, und dennoch bereute sie ihre Entscheidung nicht. Der Nervenkitzel während ihrer verdeckten Einsätze wog die Angst vor Enttarnung durch den Feind auf. Noch nie hatte sie sich so lebendig und bedeutend gefühlt.

»Sie haben sich bereits mehrfach bewiesen«, erwiderte er leise, um laut hinzuzufügen: »Und nachdem Sie das Morphium verabreicht haben, sehen Sie noch nach der Amputation in der Nummer zwei.«

Der Patient neben ihnen stöhnte und tastete mit einer Hand nach dem Bauchverband, doch Vera hielt ihn davon ab. »Nicht doch, gleich geht es besser. Bitte legen Sie die Hand wieder auf die Bettdecke.«

»Vera, kannst du mir helfen? Der Verband muss erneuert werden, aber ich kann das nicht allein«, sagte eine junge Schwester, die mit einer Schale voller Verbandszeug zu ihnen getreten war.

Ella Fairfield gehörte zu den Neuzugängen, den sogenannten VADs. Sie war eine jener Schwestern, die sich freiwillig beim Voluntary Aid Detachment zum Sanitätsdienst gemeldet hatten. In sieben Wochen wurden die Freiwilligen in Tredegar House in London mit dem Grundwissen medizinischer Krankenpflege vertraut gemacht. Anschließend absolvierten die angehenden Hilfsschwestern einen Monat praktischer Arbeit in einem Krankenhaus. Auch ein Selbstverteidigungskurs gehörte zur Ausbildung, denn traumatisierte Soldaten konnten mitunter unberechenbar agieren.

»Komm hier herüber, Ella! Stell die Sachen dort ab und nimm seine Hand!« Vera deutete auf den Tisch zwischen den Betten.

Zögerlich gehorchte Ella, eine kleine rundliche Person, und trat neben sie. Schüchtern nahm sie die Hand des Patienten mit der tödlichen Bauchwunde. Als der Mann die Berührung spürte, umklammerte er ihre Hand, und Ella erbleichte.

»Setz dich hin und erzähl ihm von zu Hause«, forderte Vera sie auf.

»Aber ich weiß doch gar nicht, woher er kommt!« Ella sank auf die Bettkante und starrte auf den fiebrigen Mann, dessen Lippen sich bewegten.

»Katie, du bist hier. Ich wusste, du lässt mich nicht im Stich …«, murmelte er, während seine Augäpfel hinter den geschlossenen Lidern hin und her rollten.

Ella schüttelte den Kopf, doch bevor sie etwas sagen konnte, antwortete Vera für sie: »Ja, ich bin hier. Wir hatten eine gute Überfahrt, und in England blühen die Primeln.«

Vera warf Ella einen strengen Blick zu, während sie Morphium aus einer Ampulle aufzog.

»Ich kann sie riechen, sie duften süß, wie du, wie du, Katie«, kam es heiser aus dem Mund des Verwundeten. »Wir heiraten im Sommer, im Sommer bin ich zurück.«

Ellas Augen füllten sich mit Tränen. »Ja, im Sommer feiern wir Hochzeit.« Sie schaute auf die Tafel mit den Daten des Patienten. »Im Sommer, wenn die Rosen blühen, Walter. Und vielleicht machen wir einen Ausflug an die See.«

Langsam injizierte Vera das Morphium in den Unterarm des Schwerverwundeten.

»Rosen, die magst du … schenke ich … Mutter und …«

Die restlichen Worte gingen in unverständlichem Gestammel unter, das schließlich erstarb.

Die Finger um Ellas Hand lösten sich und ließen weiße Abdrücke auf ihrer Haut zurück. Die Schwester rieb sich ihre Hand und stand auf. »Schläft er?«, flüsterte sie.

Vera wünschte ihm, dass er nicht wieder aufwachen würde, denn dann hätten seine Qualen ein Ende, doch so leicht war es nie. »Ja, er schläft. Das hast du gut gemacht. Reden hilft immer, Ella, oder singen. Hast du eine schöne Stimme?«

»Nein! Ich meine, ich kann nicht singen!«, erwiderte die Hilfsschwester und nahm die Schale auf.

»Aber reden kannst du, also erzähl ihnen von der Heimat, das lenkt sie von ihren Schmerzen ab. Manche wollen auch, dass du ihnen Briefe vorliest, die sie von daheim erhalten haben. Wenn du die Post öffnest, denn einige können das nicht selbst, dann vergewissere dich, dass nichts Schlimmes drinsteht. Lüg ihnen eine Geschichte vor, wenn nötig.«

Wie oft sie schon zu Notlügen gegriffen hatte, um einem Sterbenden die letzten Minuten zu erleichtern, konnte sie nicht mehr sagen. Doch sie erinnerte sich noch genau an das erste Mal. Sebastian Fitzroy, der Verehrer ihrer Freundin Alice, war mit einer schweren Verwundung in ihr Lazarett gebracht worden. Alice, die hübsche und privilegierte Tochter des berühmten Schriftstellers Geoffrey Buxton, hatte mit dem Feuer gespielt und den jungen Fitzroy in sich verliebt gemacht. Wie hatte Vera sie um die Aufmerksamkeit des gut aussehenden Sebastian beneidet. Doch Alice hatte Sebastian nicht geliebt. Wenn er doch nur einmal richtig hingesehen hätte! Dann hätte er erkennen müssen, dass sie, Vera, die Richtige für ihn gewesen wäre. Aber neben der hübschen temperamentvollen Alice hatte sie verblassen müssen. Vera Lyttleton war eine graue Maus, die mittellose Tochter eines Dorfschullehrers.

Vera straffte ihre Schultern. Und doch war sie es gewesen, die Sebastian in seiner schwersten Stunde beigestanden hatte. Ihre Hand hatte seine Stirn gestreichelt, sie hatte ihm die trockenen Lippen benetzt und Alice' Brief an ihn umgedichtet. Dieser Brief, den Alice so kaltherzig verfasst hatte, dass Vera es nicht fertiggebracht hatte, dem Sterbenden seinen wahren Wortlaut zu offenbaren. Getrennt hatte sich Alice von ihm! Wie konnte sie nur, wo er doch fürs Vaterland kämpfte und nichts als etwas Trost und Hoffnung brauchte? Sebastian war mit einem Lächeln und dem Glauben an seine große Liebe eingeschlafen.

»Aber, aber, das geht doch nicht. Wenn sie das herausfinden!« Ella drückte die Schale an sich, und ihre Unterlippe zitterte.

»Wann sollen sie das herausfinden? Wenn sie gestorben sind? Wenn sie es lebendig nach Hause schaffen? Dann ist es egal, denn sie sind dieser Hölle entkommen. Aber wenn einer im Sterben liegt, Ella, dann soll er doch nicht noch erfahren müssen, dass ihn seine Verlobte verlassen hat oder die Mutter gestorben ist. Das muss doch nicht sein.«

Die junge Schwester senkte den Blick. »Nein, natürlich nicht.«

In der Nähe schlug eine Granate ein, und die Baracke erbebte. Ella schrie auf und ließ die Schale mit dem Verbandszeug fallen. »Entschuldigung, oh, es tut mir so leid, ich …«, schluchzte sie und bückte sich, um Mull und die Instrumente einzusammeln.

Vera zischte: »Reiß dich zusammen! Wir sind hier sicher. Was sollen denn die Soldaten sagen? Du hast dich gemeldet, um zu helfen, um sie aufzumuntern.«

Schniefend erhob sich Ella. »Du bist so hart, Vera.«

»Du dumme Gans. Dann hättest du dich nicht melden, sondern zu Hause weiter Decken häkeln oder Teekuchen backen sollen«, entfuhr es Vera.

»Was gibt es denn zu tuscheln?« Die scharfe Stimme von Oberschwester Clement ließ Vera zum Ausgang sehen, wo die Neuzugänge verteilt wurden.

»Du bist doch nur neidisch, weil der Captain mich immer so ansieht«, stichelte Ella.

»Oh bitte, verschon mich mit deinem kindischen Geplapper. Du verstehst gar nichts. Hol dir neue Instrumente, und diese Binden sind verschmutzt. Wirf sie weg!« Vera wandte sich ab und ging zum nächsten Patienten.

Als sie später in die Schwesternunterkunft trat, suchte sie als Erstes nach dem Umschlag von Captain Redmond. *Marigold* stand oben auf dem Briefbogen, denn das war ihr Codename im Netzwerk. Benannt war das Netzwerk nach Iris Paterson, deren französische Mutter aus Cambrai stammte. *Juliet* stand auf dem Bogen und die Adresse eines *Café de Flore* in Lens. Vera stutzte, Juliet war der Deckname von Iris Paterson, der sie bisher noch nicht begegnet war. Es musste sich um eine wichtige Mission handeln, wenn Iris selbst sich mit ihr traf.

2

I realise that patriotism is not enough,
I must have no hatred or bitterness towards anyone.
(Patriotismus allein genügt nicht, ich darf nicht hassen und
keine Verbitterung gegen irgendjemanden in mir tragen.)
    Edith Cavell (1865–1915)

Lens

Das *Café de Flore* gehörte zu den wenigen Gebäuden, die noch
unversehrt waren. Das Ausmaß an Verwüstung und Zerstörung
in der Stadt war niederschmetternd. Berge von Schutt und
Staub bedeckten ganze Straßenzüge, überall patrouillierten
deutsche Soldaten, und der Geschützlärm war hier so gegen-
wärtig wie zuvor in Arras. Nur war sie in Arras auf der anderen
Seite der Front gewesen. Hier war sie eine feindliche Spionin in
besetztem Gebiet. Vera war mit einem Sanitätstransport bis zu
einem Dorf in der Nähe der Frontlinie gefahren und hatte sich
von dort zu Fuß durchgeschlagen. Ihr Französisch war passabel
und brachte sie mitsamt ihren gefälschten Papieren durch alle
Kontrollen. Jetzt war sie Marigold, eine Engländerin mit französischer Mutter, Witwe eines französischen Soldaten. Auf diese

Weise war es ihr möglich, sich überall zu bewegen und notfalls eine passende Erklärung vorbringen zu können.

Marigold war eine schlichte junge Frau, die als Hebamme arbeitete, was Vera selbst als Tarnung vorgeschlagen hatte, da sie sich im medizinischen Bereich sicher fühlte. Die Deutschen kontrollierten gern alles, was sie in ihre schmutzigen Finger bekamen, doch wenn es um Geburtshilfe ging, kam es gelegentlich vor, dass einer der Soldaten ein Auge zudrückte und sie durchwinkte. Seit die Kämpfe vor Arras und am Bergrücken von Vimy tobten, hatten sich die Fronten jedoch verhärtet. Auf beiden Seiten der Front verschanzten sich die Soldaten in weitläufigen Grabenfluchten. Neuartige Granaten mit empfindlicheren Aufschlagzündern erleichterten das Beseitigen von Verhauen vor feindlichen Gräben. Doch die Deutschen leisteten unerbittlichen Widerstand, und die Verluste auf beiden Seiten waren hoch.

Seufzend stapfte Vera durch den Schlamm, der die Wege und Straßen bedeckte. Es hatte geregnet, wie so oft in diesem Frühjahr. Die aufgerissenen Straßen verwandelten sich innerhalb kurzer Zeit in Schlammwüsten, die jegliches Fortkommen erschwerten. Auf den Schlachtfeldern von Flandern hatte Vera unsägliche Szenarien gesehen. Männer, Pferde, Wagen und Geschütze, die im Morast versanken, nicht vorwärts und nicht rückwärts konnten, und wenn es ihnen dennoch gelang, endeten die Männer fast immer bei ihr im Lazarett. In den Gräben war es genauso nass, und viele Soldaten litten am Grabenfuß. Das Gewebe verfaulte, und der Fuß musste amputiert werden. Läuse übertrugen Fleckfieber, eine andere Plage, gegen die es kaum Mittel gab. Und überall waren Ratten.

Vera seufzte, denn auch zwischen den Häusern huschten die dunklen Schatten hin und her. Ungeziefer überlebte immer. Auch das menschliche. Sie packte ihren Rucksack fester und schritt energisch aus. Als Krankenschwester genoss sie den

Respekt der Männer. Wenn einer der Patienten zu vertraulich wurde, konnte sie damit umgehen, und sie war ihnen nicht böse, nicht unter diesen Umständen. Ganz anders jedoch war es, wenn sie als Marigold im besetzten Gebiet unterwegs war. In ständiger Angst vor den Deutschen, die sich gern aufspielten und die Zivilbevölkerung mit Drohungen und Kontrollen in Angst und Schrecken versetzten, versuchte sie, nicht aufzufallen. So schnell wie möglich wollte sie ihren Kontakt finden und ihren Auftrag erfüllen.

Das *Café de Flore* befand sich in einer schmalen Seitenstraße. Ein vergilbter Baldachin hing über dem Fenster neben der Eingangstür, und drei Stühle standen um einen winzigen Tisch auf dem Bürgersteig. Der Schriftzug mit dem Namen des Cafés bestand aus verrosteten eisernen Lettern im Mauerwerk. Das R hing schief, und auch sonst machte das Café einen tristen Eindruck. Doch die Menschen hatten andere Sorgen, als sich um eine renovierungsbedürftige Fassade zu kümmern. Vera trat an den leeren Stühlen vorbei und öffnete die Tür. Im Krieg war man glücklich, wenn das eigene Haus nicht zerbombt wurde und man am Leben blieb.

Zigarettenrauch hing in der Luft, ein Akkordeonspieler begleitete eine Sängerin, die mit rauer Stimme von Liebe und Sehnsucht sang, und hinter der Theke stand ein Mann mit grimmiger Miene und putzte Gläser. Der verdrossene Gesichtsausdruck war wohl den deutschen Offizieren geschuldet, die zwei der fünf Tische besetzten und sich lautstark unterhielten. An den übrigen Tischen saßen müde aussehende alte Männer und zwei junge Frauen, die angeregt miteinander tuschelten. An einem Ecktisch nahe der Tür saß eine einzelne Frau, die ein offenes Buch vor sich liegen hatte, ein Glas Wein trank und rauchte. Das aufgeschlagene Buch war eines der verabredeten Zeichen, an denen sich die Mitglieder des Netzwerks Iris erkannten.

Vera ignorierte die Blicke der Männer und trat an den Ecktisch. »Bonjour«, sagte sie und lächelte die junge Frau fragend an. »Juliet?«

Die Augen der Brünetten leuchteten auf, und sie erhob sich. »Wie schön, dass du endlich hier bist, meine Liebe!« Sie umarmte Vera und flüsterte ihr ins Ohr: »Du bist meine Cousine Marigold.«

»Iris?«, flüsterte Vera fragend, zog ihren Mantel aus und setzte sich auf den Stuhl neben die Brünette, die fließend Französisch sprach.

Die Angesprochene sah sie warnend an. »Was trinkst du? Der Wein ist passabel.«

»Ich habe noch nichts gegessen«, erwiderte Vera zögernd und musterte die selbstbewusste Iris alias Juliet neugierig und bewundernd. Ihr Haar war frisch frisiert, die Augen geschminkt, und neben ihr auf dem Stuhl lag ein modischer Hut, dessen Blumendekor so üppig war, dass Vera ihn nicht einmal in Friedenszeiten zu tragen gewagt hätte.

»Claude, bring uns noch zwei Gläser Wein und etwas Brot und Suppe!«, rief sie dem Mann hinter der Theke zu, der keine Miene verzog, doch das Gewünschte bereitstellte.

Vera hatte ihren Rucksack abgestellt und betrachtete ihre schmutzigen Schnürstiefel, die neben Iris' sauberen Schuhen noch schäbiger wirkten. »Wie machst du das nur, dass du so gepflegt aussiehst? Und dieser Hut? Der ist zwar zauberhaft, aber ziemlich extravagant.«

Iris grinste und zündete sich eine neue Zigarette an. Sie tippte auf die Packung. »Auch eine?«

»Nein danke.« Sie machte sich nichts aus Zigaretten, auch wenn sie gelegentlich rauchte. Meist, nachdem eine lange Schicht im Lazarett hinter ihr lag.

»Darf ich Ihnen eine Zigarette anbieten? Vielleicht schmecken Ihnen diese hier besser, Fräulein.« Einer der deutschen

Offiziere war zu ihnen an den Tisch getreten und hielt Vera eine Schachtel entgegen. Sein Französisch war gebrochen.

Bevor Vera ablehnen konnte, trat Iris ihr unter dem Tisch auf den Fuß. Mit zitternden Fingern zog Vera eine Zigarette aus dem Etui des Deutschen. »Danke.«

Er warf seinen Kumpanen einen siegesgewissen Blick zu und ließ sein Feuerzeug aufschnappen. »Das ist besserer Tabak als das miese Zeug, das es hier gibt. Wenn wir erst unsere Verwaltung überall eingesetzt haben und die Versorgung wieder funktioniert, werdet ihr schon begreifen, dass es mit uns besser läuft.«

Vera hustete und stieß den Rauch der starken Zigarette aus.

»Wollen Sie nicht zu uns rüberkommen? Wir spendieren ein Essen«, meinte der Offizier, dessen Wange von einem Schmiss geziert wurde. Er war sich seiner sehr sicher und stellte einen Stiefel auf den freien Stuhl.

»Danke, aber meine Cousine ist eben erst hier angekommen, wir haben uns sehr lange nicht gesehen. Das verstehen Sie sicher, Colonel?«, flötete Iris mit unschuldigem Augenaufschlag.

Der Offizier überlegte kurz und verzog den Mund. »Ihr seid doch alle gleich. Zickiges Weibervolk! Diesmal lassen wir es euch durchgehen, aber wenn wir das nächste Mal fragen, gibt es keine Ausreden.« Damit stieß er grob den Stuhl um und ging zurück zu seinen Kumpanen, die ihn feixend begrüßten.

Veras Hände zitterten jetzt so stark, dass sie Mühe hatte, die Zigarette an den Mund zu führen. Nach einem Zug drückte sie das verhasste Feindesgeschenk im Aschenbecher aus. »Mir ist übel.«

»Mir auch, aber das ist nicht wichtig. Iss, dann geht es dir besser. Ah, Claude, du kommst gerade richtig. Meine Cousine ist am Verhungern. Claudes Suppen stecken voller Überraschungen.«

Claude hob eine Augenbraue und setzte das Tablett ab. »Zwiebeln, Kartoffeln und ein abgekochter Knochen. Mehr haben sie uns nicht gelassen«, knurrte Claude so leise, dass nur die Frauen ihn verstehen konnten.

Der Caféhausbetreiber stellte eine Suppenterrine, zwei Teller, eine Wein- und eine Wasserkaraffe auf den Tisch und sagte noch leiser: »Der Große, der eben bei euch war, ist der Schlimmste. Seht euch vor.«

»Wir können auf uns aufpassen«, entgegnete Iris und berührte Claudes Arm.

Der nahm sein Tablett und ging davon.

»Ein netter Bursche und zuverlässig«, meinte Iris und füllte Veras Teller mit der dampfenden Suppe, auf der Fettaugen schwammen.

Dankbar löffelte Vera die heiße Brühe und wischte die letzten Tropfen mit einem Brotstück auf. Seit sie als Schwester an der Front arbeitete, hatte sie an Gewicht verloren. Der Stress und die Entbehrungen zehrten ihren Körper aus. Doch auch Iris wirkte viel zu knochig, und die dunklen Schatten unter ihren Augen sprachen für sich. Der Krieg verlangte ihnen allen das Äußerste ab.

Plötzlich flog die Tür auf, und ein deutscher Soldat kam hereingestürmt. Er redete kurz auf die Offiziere ein, woraufhin diese aufstanden und das Café überstürzt verließen. Schlagartig veränderte sich die Stimmung der verbliebenen Gäste. Die Musiker spielten eine beschwingte Melodie, und Claude rief: »Eine Runde Hauswein für alle!«

Iris lehnte sich zurück und stieß hörbar die Luft aus. »Haben wir ein Glück!«

In diesem Moment wurde die ausgelassene Stimmung von Granatendonner zerrissen. Das Haus erzitterte bis in seine Grundmauern, und Putz rieselte von der Decke. Die

Anwesenden hielten den Atem an, doch als keine weitere Detonation in unmittelbarer Nähe erfolgte, machte man weiter.

»Das war sicher ein Querschläger«, meinte Iris und hob ihr Weinglas. »Möge die Hölle sie verschlingen!«

Vera stieß mit ihr an. »Die Hölle ist noch zu gut für diese Monster.«

»Bevor sie zurückkommen, lass uns schnell über deinen Auftrag reden, Vera.« Iris beugte sich vor. »Hast du während deiner Ausbildung in Folkestone eine Rothaarige mit Namen Kathleen McMillan getroffen? Ihr Codename ist Angelica.«

In Folkestone befand sich das Hauptquartier des Geheimdienstes der Alliierten, das von dem britischen Major Cecil Aylmer Cameron geleitet wurde. Vera hatte nur wenige Wochen dort verbracht, denn ihre Dienste als Krankenschwester wurden ebenso dringend benötigt wie ihre Arbeit als Spionin. Wie alle Teilnehmer des Programms war sie zu absoluter Geheimhaltung verpflichtet worden, auch wenn sie vor Stolz über ihre neue Aufgabe beinahe geplatzt wäre. Nur zu gern hätte sie Alice und Rose berichtet, welche Verantwortung man ihr gab und dass man ihr zutraute, für die Heimat wichtige Informationen zu beschaffen. Doch vielleicht wussten ihre Freundinnen bereits von ihrer geheimen Tätigkeit, denn Vera hatte in den ersten Monaten öfters mit Doktor Michael Wodehouse im niederländischen Hauptquartier Kontakt gehabt. Im Juni vergangenen Jahres hatte Rose Mandeville den Juristen geheiratet. Sehr zu Veras Überraschung, die Rose eher an der Seite eines reichen Amerikaners oder eines Herzogs denn als Frau eines bürgerlichen Anwalts gesehen hatte. Möglicherweise hatte sie der aristokratischen Rose, die sich ihr gegenüber eher spröde und etwas überheblich gezeigt hatte, unrecht getan. Jeder hatte seine eigene Art, mit Problemen umzugehen, und wie Vera heute wusste, war Rose' Elternhaus von schweren Krisen geschüttelt worden.

»Kathleen? Ja! Wir haben drei Wochen ein Zimmer geteilt. Sie war sehr sprachbegabt. Viel besser als ich«, gab Vera zu. Die Schottin war eine unkomplizierte und humorvolle Zimmergenossin gewesen und hatte Vera beim Sprachunterricht geholfen. Im Gegenzug hatte Vera ihr bei medizinischen und mathematischen Fragen beigestanden, um die es bei diversen Formen der Codierung ging.

»Ah, gut, deshalb haben sie dich wohl geschickt. Kathleen ist in Lille verschwunden.«

»Wurde sie enttarnt? Wie schrecklich!« Sofort dachte Vera an Louise de Bettignies, deren Codename Alice für ein großes und erfolgreiches Spionagenetzwerk gestanden hatte. Alice war in und um Lille tätig gewesen und hatte mit ihrem Netzwerk die Bewegungen deutscher Truppen und Züge überwacht und Standorte von Kanonenbatterien und Munitionslagern geortet. Im Oktober 1915 war Alice in eine Falle getappt und im Gefängnis Saint-Gilles in Brüssel gefangen gesetzt worden. Im Jahr darauf hatte ein deutsches Gericht sie zum Tode verurteilt. Auf internationalen Druck war de Bettignies jedoch von Gouverneur Moritz von Bissing begnadigt und zu lebenslanger Zwangsarbeit verurteilt worden. Seither befand sie sich als Gefangene in der Festung Siegburg. Vera wusste nicht, ob der Tod tatsächlich schlimmer gewesen wäre, denn die Deutschen waren für ihre Härte und Grausamkeit gegenüber Kriegsgefangenen bekannt.

»Das wissen wir nicht. Und das macht es so schwierig. Wir wissen nicht, ob sie einen oder mehrere von uns verraten hat, ob sie noch am Leben oder irgendwo gefangen ist. Vielleicht ist sie auch außer Landes geflohen, aber das halte ich für unwahrscheinlich, denn sie war ehrgeizig und eine Patriotin.« Iris sah Vera direkt an. »Iss noch etwas Suppe, Vera! Man weiß nie, wann man die nächste gute Mahlzeit bekommt.«

Folgsam riss Vera sich ein Stück Brot ab und füllte ihren Teller erneut, denn sie hatte tatsächlich großen Hunger.

»Mich kennt man in Lille zu gut. Wenn ich dort aufkreuze und anfange, nach Kathleen zu fragen, riechen sie Lunte. Aber dich kennt dort niemand. Oder warst du schon dort?«, fragte Iris hastig.

»Nein«, brachte Vera zwischen zwei Bissen hervor.

»Gut. Kannst du dir alles merken, was ich dir sage?«

»Natürlich!«, kam es leicht echauffiert von Vera, die über ein ausgezeichnetes Gedächtnis verfügte.

Iris lächelte schief. »Jede Notiz kann zu einer tödlichen Falle werden. Also, Kathleen hat im *Hôtel Le Septième* als Zimmermädchen gearbeitet. Der Besitzer ist ein gewisser Hugo Morin. Wir verdächtigen ihn der Spionage für die Deutschen, von denen viele in seinem Hotel wohnen.«

»Ein Kollaborateur«, flüsterte Vera angewidert.

»Das sind die Übelsten und die Gefährlichsten, denn denen ist nichts heilig. Die denken nur an sich, an ihren Vorteil. Manche verraten ihre eigene Mutter, wenn es sich lohnt, habe ich alles schon erlebt.« Iris nahm ihre beinahe verglühte Zigarette auf und sog daran. »Kannst du dir vorstellen, als Zimmermädchen zu arbeiten?«

»Wenn es sein muss, ja, sicher.« Ihr Magen fühlte sich endlich voll an, und gesättigt legte Vera den Löffel in den leeren Teller. »Ich soll also herausfinden, was mit Kathleen passiert ist? Von dort ist sie verschwunden?«

»Sie hat in dem Hotel ein Zimmer bewohnt, ja. Morin genießt nicht den besten Ruf. Hast du Erfahrung mit Männern, Vera?« Prüfend musterte Iris sie.

Vera errötete. »Ja, nein, nicht so, also …«

»Ich verstehe. Nun, wenn es dazu käme, was würdest du tun, wenn Morin mehr von dir wollte? Du bist Krankenschwester.

Männer sind dir nicht fremd, und du hast wahrscheinlich mehr gesehen, als dir lieb ist.«

Sich räuspernd, antwortete Vera: »Ich habe gewusst, auf was ich mich einließ, als ich mich für den Geheimdienst gemeldet habe. Bisher hatte ich einfach Glück. Aber sollte die Situation es erfordern, werde ich meine Pflicht tun.« Innerlich krampfte sich alles in Vera bei dem Gedanken zusammen, aber sie war kein naives junges Mädchen. Sie wusste, was zu tun war, um eine Schwangerschaft zu verhindern.

»Für England, hm?« Iris sah sie mit einem wissenden Lächeln an und hob ihr Weinglas. »Stoßen wir darauf an, dass es nicht so weit kommt.«

»Für England!« Mit leicht zitternder Hand griff Vera nach ihrem Glas. Als der Wein ihre Kehle hinunterlief, dachte sie an drei unschuldige Mädchen, die im Wald an einem See gesessen und ein Liebespaar beobachtet hatten. Wie lange war das her? Jahre, nein, ein ganzes Leben.

3

Lille, Hôtel Le Septième

Vera blieb stehen, um zu verschnaufen. Der Rucksack wog nach dem Fußmarsch vom Bahnhof hinauf zur Stadtmitte schwer, und ihre Füße schmerzten. Die Schnürstiefel drückten, und Vera ärgerte sich, dass sie nicht zusätzlich noch bequeme Schuhe mitgenommen hatte. Aber sie hatte nicht damit gerechnet, das Lazarett für länger verlassen zu müssen. Die Stadt war schön, alte Gebäude mit Stufengiebeln und prächtigen Fassaden zeugten von Lilles Bedeutung als Handelsstadt und Zentrum von Wollverarbeitung und Stahlindustrie. Störend wirkten nur die deutschen Besatzer, die sich überall breitmachten und den großen Platz vor dem Rathaus bevölkerten.

Soldatenstiefel dröhnten über alte Pflastersteine, die schon viele feindliche Armeen ertragen hatten. Vera hoffte, dass auch diese Armee bald wieder abzog, doch die Deutschen schienen sich in der flandrischen Hauptstadt im Norden Frankreichs recht wohlzufühlen. Sie wiederholte die Wegbeschreibung in Gedanken und orientierte sich an dem Hügel zu ihrer Linken. Dort erhob sich die Zitadelle von Lille, die vielen Angriffen erfolgreich getrotzt hatte. Nur vor den Deutschen hatte die Stadt im ersten Kriegsjahr nach heftigem Beschuss auf das Bahnhofsviertel kapitulieren müssen. Iris hatte ihr erzählt, dass die Bevölkerung von Lille sehr stolz war und sich geweigert hatte, für die verhassten Besatzer zu arbeiten. Die Deutschen verhafteten deshalb im Sommer 1915 über einhundert Zivilisten und brachten sie in ein Lager. Im vergangenen November wurden noch mal dreihundert weitere Einwohner Lilles, darunter auch der Bürgermeister selbst, verhaftet und deportiert. Die Besatzer ließen keinen Zweifel daran, dass sie sich die Bevölkerung notfalls mit Gewalt gefügig machen würden.

Das Kommando der deutschen Armee hatte sich in der Präfektur niedergelassen. Täglich um zehn Uhr morgens wurde in den Räumen der Bank Crédit du Nord, in der Rue Jean Roisin, eine Sitzung der Kommandanten abgehalten. Die deutschen Besatzer beschlagnahmten die Druckpressen der Zeitung *L'Écho du Nord* und ließen stattdessen die *Liller Kriegszeitung* für die deutschen Truppen drucken. Die deutsche Post wurde im Haus der Neuen Börse einquartiert, die deutsche Militärpolizei am Desrousseaux-Square und die Intendantur an der Grand' Place.

Vera holte tief Luft und verließ den Platz mit der großen Säule, um in die Straße Richtung Zitadelle zu biegen. Hinter der Alten Börse und dann die zweite Straße links. Schließlich erreichte sie die Straße, von der aus es nicht weit zum Jardin Vauban war, den Iris ihr wärmstens empfohlen hatte. Der Garten war vor über fünfzig Jahren im englischen Stil angelegt worden und ein idealer Rückzugsort. Vera hätte gern noch länger mit Iris Paterson gesprochen, doch die Deutschen waren bald darauf zurückgekehrt. In Lille gab es nur einen sicheren Kontakt, den Vera jedoch erst aufsuchen sollte, wenn sie wusste, was mit Kathleen geschehen war. Niemand sollte unnötig in Gefahr gebracht werden.

Hôtel Le Septième stand in geschwungenen blauen Buchstaben auf einem Emailleschild über dem Eingang. Ein dreistöckiges Stadthaus im Stil des niederländischen Barocks ragte vor Vera auf. Die Fassade war intakt, die Giebel über den zahlreichen Fenstern spitz und mit Stuckaturen verziert. Drei Stufen, von einem roten Teppich bedeckt, führten zur zweiflügeligen Eingangstür hinauf, vor der ein junger Bursche in der Uniform eines Portiers stand.

»Stell dich mit dem Portier gut«, hatte Iris ihr geraten, »denn die Portiers wissen alles, was in ihrer Stadt vorgeht.« Dabei hatte sie wohl nicht gewusst, dass dieser Portier kaum dem Kindesalter entwachsen war.

»Bonjour«, begrüßte Vera ihn. »Ich bin auf der Suche nach einer Stelle als Zimmermädchen. Weißt du, ob ich hier Glück haben könnte?«

Der blasse Bursche machte ein nachdenkliches Gesicht. »Könnte sein, könnte aber auch nicht sein.«

Vera verstand und drückte ihm ein Geldstück in die Hand, woraufhin sich die Miene des Jungen erhellte.

»Gehen Sie nur hinein. Es ist vor Kurzem eine Stelle frei geworden.« Er steckte die Münze in die Brusttasche seiner Weste, die gelb unter seiner dunkelgrünen Jacke glänzte. Seine schwarzen Schuhe waren blank poliert, und er machte den Eindruck, als fühlte er sich trotz seines jungen Alters wohl in seiner Rolle.

Vera trat durch die Tür in ein kleines, doch elegant eingerichtetes Foyer. Hinter einem Schreibtisch saß eine Frau mittleren Alters, die ein auffallend gut geschneidertes Kleid trug. Auch ihr Schmuck wirkte teuer, und Vera fragte sich, wie eine Rezeptionistin sich das leisten konnte.

»Was kann ich für Sie tun?«, erkundigte sich die Frau höflich.

»Man sagte mir, dass hier eine Stelle frei ist, auf der Etage. Ich würde gern dafür vorsprechen«, bemühte Vera sich mit schlichten Worten.

Das höfliche Lächeln wich einer abschätzigen Miene. »Ach, das hat sich aber schnell herumgesprochen. Uns ist tatsächlich ein Zimmermädchen fortgelaufen. Ich hoffe, Sie gehören nicht ebenfalls zu dieser Sorte von leichtlebigen jungen Dingern.«

»Natürlich nicht!«, entrüstete Vera sich.

Die Frau musste in jungen Jahren einmal sehr gut ausgesehen haben. Doch heute wirkte sie verhärmt – tiefe Linien hatten sich um Nase und Mund gegraben. Vera erkannte einen Menschen, der unter Schmerzen litt, und als sie genauer hinsah, entdeckte sie die Räder am Stuhl hinter dem Schreibtisch.

Die Frau musste ihre Gedanken erraten haben, denn sie warf ihr einen kalten Blick zu. »Glauben Sie nicht, dass ich nicht weiß, was in diesem Haus vorgeht. Der Rollstuhl hindert mich nicht daran, Sie zu kontrollieren, wenn ich herausfinde, dass Sie Ihre Arbeit nicht gut machen. Ich bin Madame Morin, und mir gehört dieses Hotel.«

Davon hatte Iris nichts erzählt! »Dann wollen Sie mich einstellen?«

»Langsam, langsam. Wie heißen Sie? Haben Sie Zeugnisse? Und warum sind Sie hier und nicht in England, denn daher kommen Sie doch?«

Bedacht darauf, keinen Fehler beim Darlegen ihrer Geschichte zu machen, erläuterte Vera, was Marigold erlebt hatte, und erntete zwar kein Mitgefühl, doch ein verständnisvolles Nicken.

»So, nun, Ihr Französisch könnte besser sein, aber auf der Etage müssen Sie nicht viel reden. Hauptsache, Sie putzen ordentlich, sind sauber und kommen pünktlich. Haben Sie eine Unterkunft hier in Lille?«

Vera schüttelte den Kopf. »Nein, Madame. Ich bin gerade erst vom Bahnhof heraufgekommen.«

Madame Morin reckte ihren Hals. »Und das ist Ihr ganzes Gepäck?«

»Ja, Madame. Unser Dorf geriet unter Granatenbeschuss, und unser Haus brannte nieder. Meine Schwiegereltern kamen bei Nachbarn unter, aber für mich war kein Platz, und ich wollte dort nicht bleiben.«

Ein deutscher Offizier kam die Treppe herunter und warf seinen Schlüssel auf den Rezeptionstisch. »Stellen Sie mir eine Flasche Champagner aufs Zimmer. Ich habe später Besuch!«, befahl er barsch.

»Wir haben keinen Champagner mehr, Monsieur«, erwiderte Madame Morin.

»Gestern gab es noch welchen. Erzählen Sie keine Märchen, sondern schließen Sie Ihren Keller auf. Ich kann auch meine Männer suchen lassen.« Der Offizier warf Vera einen kurzen prüfenden Blick zu und stolzierte davon.

»Diese verfluchten Bastarde!«, zischte Madame Morin. »Unseren gesamten Vorrat haben sie uns weggetrunken, dieses dumme Pack.«

Auf einer Seite des Foyers führte eine Schwingtür in ein Restaurant, wie Vera aus dem Geklapper von Geschirr und den Düften schloss, die zu ihnen herüberzogen. Plötzlich wurde die Tür aufgestoßen und ein schnauzbärtiger Mann in einem gut sitzenden Anzug trat herein. Seine Haare glänzten schwarz und schienen pomadisiert. Am kleinen Finger seiner linken Hand blitzte ein Siegelring auf und Vera machte instinktiv einen Schritt zur Seite, als sein Blick auf sie fiel.

»Wen haben wir denn hier? Lassen Sie mich raten, Mademoiselle, Sie suchen ein Zimmer, weil Sie hier eine Arbeit als Näherin gefunden haben?« Sein Lächeln zeigte eine Reihe weißer Zähne, doch in seiner Stimme lag eine Anzüglichkeit, die Vera abschreckte.

»Nein, chéri«, schaltete Madame Morin sich ein. »Mademoiselle Marigold hat für die freie Stelle vorgesprochen.«

»Marigold?« Irritiert musterte Monsieur Morin sie.

»Sie ist Engländerin und hier verwitwet. Wie war noch gleich Ihr Name, Roussel?«, wollte Madame Morin wissen.

Vera nickte. »Roussel, ja. Sie können gern Marie sagen, das machen die meisten. Also, falls Sie mich einstellen wollen«, bot Vera schüchtern an.

»Was meinst du, Hugo?«, fragte Madame Morin ihren Gatten, der Vera mit neu erwachtem Interesse ansah.

»Von mir aus ... Sie kann das Zimmer der anderen haben. Oder haben Sie bereits eine Unterkunft?« Hugo Morin nahm ein goldenes Zigarettenetui aus seiner Jackentasche und zündete sich eine Zigarette an.

»Nein, Monsieur. Danke, das wäre mir sehr recht.« Vera knickste unbeholfen.

»Lassen Sie das, Marie, wir sind hier nicht bei Hofe. Oder haben Sie im Buckingham Palace geputzt? Das wäre ja mal was ganz anderes.« Mit hochgezogenen Augenbrauen schaute Madame Morin über den Schreibtisch.

Vera errötete und musste diese Regung nicht spielen. »Natürlich nicht, Madame. Solche privilegierten Stellungen sind nur wenigen vorbehalten.«

Die resolute Hoteliersgattin fuhr mit einem Füllhalter durch die Luft. »Was für ein Unfug. Wir hatten die Revolution! Jeder Mensch sollte die Chance bekommen, etwas aus sich zu machen.«

Ihr Gatte verdrehte genervt die Augen und stieß den Rauch aus. »Du bist unverbesserlich, Margaux. Es ist nun einmal so, dass es Besitzende und Dienende gibt, nicht wahr, Marie?«

Sich auf die Lippe beißend, nickte Vera. Was sollte sie auch erwidern?

»Jetzt lass doch, Hugo. Sprechen wir lieber über die Konditionen.« Margaux Morin nannte ein Gehalt, das sich im untersten Bereich bewegte, fügte aber hinzu: »Kost und Logis sind frei. Wäre das für Sie in Ordnung?«

»Ja, Madame.«

»Gut, dann kann Ihnen Albert gleich das Zimmer zeigen.« Madame Morin griff zu einer Klingel, doch ihr Mann winkte ab.

»Lass den armen Albert an der Tür. Der hat genug mit den Deutschen zu tun.« Hugo Morin sah zur offenen Eingangstür, wo der junge Portier in eine Diskussion mit den Besatzern vertieft war. »Wo ist Ihr Gepäck?«

Morin umkreiste Vera und schaute sich im Foyer um.

»Ich habe keins. Nur diesen Rucksack. Meine Abreise war überstürzt wegen des Angriffs«, erklärte Vera leise.

»Wir haben doch sicher noch die Dienstkleidung von Angelica?«

Vera horchte auf, denn Angelica war der Codename von Kathleen McMillan.

Madame Morin schnaufte. »Die hat sie nicht mitgehen lassen, diese kleine …«

»Ja, sehen Sie!«, unterbrach Morin seine Frau energisch und schob Vera zum Fahrstuhl.

Der winzige Fahrstuhl, einem klappernden und quietschenden Drahtkäfig nicht unähnlich, bot gerade genug Platz für zwei Menschen und ein Gepäckstück. Vera hielt den Rucksack an ihren Körper gepresst, damit sie ihren neuen Arbeitgeber nicht berühren musste. Der schien die Situation auszukosten, denn er lehnte sich vor und stützte sich mit dem Arm oberhalb ihrer Schultern an der Kabinenwand ab. Sie konnte seinen stacheligen Schnauzbart vor sich sehen, roch den Tabakqualm in seiner Kleidung und ein würziges Rasierwasser. Es gelang ihr gerade noch, einen Würgereflex zu unterdrücken, als der Fahrstuhl ruckelnd anhielt.

»Da wären wir.« Er ließ sie an sich vorbeitreten und streifte wie zufällig ihr Gesäß. Wenn diese Zudringlichkeit ein Vorgeschmack auf das war, was noch kommen sollte und was er womöglich Kathleen aufgezwungen hatte, dann war es kein Wunder, dass die junge Frau die Flucht ergriffen hatte.

In den meisten französischen Stadthäusern befanden sich die Dienstbotenzimmer im Dachgeschoss. Eine schmale Treppe führte dort hinauf, wo es im Sommer zu heiß und im Winter so kalt war, dass die Wände von einer Eisschicht überzogen waren.

»Gibt es einen Gasanschluss?«, fragte Vera, ohne darüber nachzudenken, dass ein Zimmermädchen keine Ansprüche stellen durfte.

»Die Heizung reicht bis in den zweiten Stock. Aber wenn es kalt wird, dürfen Sie sich Kohle aus der Küche mit hinaufnehmen.« Der Hotelier stieg die Treppe vor ihr hinauf und wartete in einem halbdunklen Flur, bis sie ihn eingeholt hatte. Die Holzdielen knarrten unter seinen Schritten, während er die dritte Tür am Ende des Ganges aufstieß. »Bitte, Mademoiselle.«

Vera betrat eine winzige Kammer mit einer Dachluke, durch die das verschwindende Tageslicht hineinschien. Ein Bett, ein Waschtisch, eine Kommode, Tisch und Stuhl stellten die karge Möblierung dar. Auf dem Waschtisch lagen ein Kamm und ein Stück Seife. Sie ließ den Rucksack auf den Stuhl gleiten und sah sich automatisch nach Hinweisen auf Kathleen um. »Danke. Wenn Sie mir noch sagen, wo ich mein Dienstkleid finde, dann könnte ich es mir bügeln.«

»Ich schicke Monique gleich hoch, die wird Ihnen alles erklären. Essen können Sie mit den anderen unten in der Küche. Jacques ist unser Koch und teilt die Mahlzeiten zu. Satt wird jeder, der Diebstahl von Lebensmitteln wird sofort bestraft. Da kennen wir kein Pardon.« Morin stand im Türrahmen, der so schmal war, dass er ihn beinahe ausfüllte, und musterte sie prüfend.

»Und Sie haben schon als Zimmermädchen gearbeitet? Sie scheinen mir gar nicht der Typ zu sein.« Er strich über seinen Schnauzer. »Aber wer ist in diesen Zeiten schon, was er vorgibt zu sein, nicht wahr? Welchen Beruf hat Ihr verstorbener Mann noch ausgeübt?«

»Er war ein Angestellter, äh, in einem Büro, einer Kanzlei, ja«, stotterte Vera und sah zu Boden.

»Soso, nun, richten Sie sich ein und …« Er hielt inne. »Keine Techtelmechtel mit den Gästen, und nehmen Sie sich vor den Deutschen in Acht. Manche sind recht übergriffig. Sollten Sie Probleme bekommen, wenden Sie sich an Albert oder an mich.« Er lächelte aufmunternd. »Sehen Sie mich nicht an wie ein waidwundes Reh. Wir führen ein gutes Haus, und auch die Besatzer haben sich an die Regeln zu halten.«

Wie er sich ausgedrückt hatte, schien das aber nicht immer der Fall zu sein. »Meine Vorgängerin, hatte sie … äh, Probleme mit den Deutschen?«

»Davon weiß ich nichts. Ach so, und selbstverständlich ist Besuch hier oben verboten.« Damit drehte er sich um und verschwand.

Vera ging zur Tür, um sie zu schließen, und stellte fest, dass es keinen Schlüssel gab. Na, das wird ja immer besser, dachte sie und fragte sich, ob Iris eigentlich wusste, zu was für einer Mission man sie hier abkommandiert hatte.

4

Krieg ist, wenn die anderen sterben.
Kurt Tucholsky (1890–1935)

Nach einigen Tagen in Lille wusste Vera, welche Restaurants von den Deutschen beschlagnahmt worden waren. Die einfachen Soldaten trafen sich in Kneipen und am Straßenbahn-Kiosk auf der Grand' Place, wo das Bier reichlich floss. Im *La Paix* oder dem *Belleville* hingegen kamen die Offiziere zusammen. Überhaupt flanierten die Besatzer gern auf der Rue Nationale, wo auch ein Offizierscasino eröffnet wurde. Die Deutschen schienen sich in Lille ausgesprochen wohlzufühlen, wie Vera grimmig feststellte. Dafür wurden die Bewohner von zahlreichen Häusern zwangsausquartiert und zur Arbeit ins Umland transportiert. Um die einheimische Bevölkerung zu unterdrücken und zu demoralisieren, ließen die Deutschen fast täglich alliierte Kriegsgefangene vom Bahnhof zur Zitadelle und wieder zurückmarschieren. Dabei war es den Einwohnern von Lille strengstens untersagt, Kontakt zu den Gefangenen aufzunehmen.

Im *Hôtel Le Septième* kannte Vera die Abläufe und lernte, welche Mitarbeiter freundlich und welche besser zu meiden waren. Küchenchef Jacques war unleidlich und arrogant, ihm ging man am besten aus dem Weg. Odette, eine der Küchenhilfen, himmelte den Koch an, der sie jedoch wie einen Feudel behandelte, den man benutzte, auswrang und in die Ecke warf. Weil Vera stets freundlich zu Odette war, steckte diese ihr hin und wieder ein Cremetörtchen oder ein Stück Schinken zu. Auf der Etage arbeitete Vera unter Monique, die schon seit zehn Jahren im Hotel angestellt war und eine Art Vertrauensstellung bei Madame Morin genoss. Monique beobachtete Vera argwöhnisch und kritisierte sie bei jeder Gelegenheit, um jegliche Konkurrenz um ihre leitende Position sofort im Keim zu ersticken. Zimmermädchen Lucie gehörte zu den jungen Frauen, die das Leben leichtnahmen und ihre Jugend an die falschen Männer verschwendeten.

Vera schob ihren Feudeleimer aus dem Bad eines der großen Doppelzimmer im ersten Stock und blieb einen Moment am Fenster stehen, um auf die Straße zu sehen. Unten gab es einen Menschenauflauf. Ein alter Mann schrie und spuckte nach einem deutschen Offizier, der einem Gefreiten winkte, den Widerspenstigen zu züchtigen. Das ließ der Gefreite sich nicht zweimal sagen, packte den Alten grob und schlug ihm mit der Faust in Gesicht und Magen. Vera trat erschrocken vom Fenster zurück und prallte gegen einen menschlichen Körper.

»Wir müssen gegen Aufständische hart durchgreifen, Mademoiselle, sonst verlieren wir an Glaubwürdigkeit. Wir sind die Besatzer«, kam es mit deutschem Akzent von einem uniformierten Deutschen, der seine Mütze aufs Bett warf.

»Verzeihung, Monsieur«, murmelte Vera und wollte mit ihrem Eimer an ihm vorbei, doch er stellte sich ihr in den Weg.

»Leutnant Fuchs, Jagdgeschwader. Verraten Sie mir Ihren Namen, Mademoiselle?« Der Flieger war groß und schlank. Seine graue Uniform saß tadellos, und auf seiner Brust waren Orden zu sehen. Wahrscheinlich hatte er zahlreiche Abschüsse zu verzeichnen, dachte Vera grimmig.

»Marie«, flüsterte sie. »Bitte lassen Sie mich gehen, sonst bekomme ich Ärger.«

»Das ist nicht meine Absicht. Ich wollte nur, dass Sie in mir einen Menschen und nicht den Feind sehen. Verstehen Sie das, Mademoiselle? Kriege sind etwas Absurdes, Schreckliches, das im Grunde niemand will. Aber wir führen sie«, sagte der Mann, und sie hatte den Eindruck, er wolle sich entschuldigen.

Vera schwieg und fasste den Stiel ihres Feudels fester.

»Was müssen Sie von uns denken, die wir uns hier breitmachen, uns in Ihre Häuser setzen, Ihr Land zerstören. Sie haben uns nicht eingeladen«, sinnierte der Offizier weiter.

»Nein, wir haben Sie nicht eingeladen«, stellte Vera sachlich fest.

Der Flieger sah sie direkt an, und sie erkannte eine tiefe Traurigkeit in seinem Blick. Es war nicht das erste Mal, dass sie mit einem Deutschen sprach. Im Lazarett hatte sie auch verwundete feindliche Soldaten versorgt, doch diese Situation war anders. Hier war er der Überlegene, und sie war auf der Hut. Vielleicht machte es ihm Spaß, sie zu demütigen, vielleicht wartete er nur auf eine Gelegenheit, sie maßregeln und bestrafen zu können. Doch sie verwarf diese Gedanken, als er weitersprach.

»Die Freiheit im Augenblick. Haben Sie darüber einmal nachgedacht? Es gibt nur die Freiheit im Augenblick, in diesem einen Moment, nicht davor, nicht danach, nur jetzt. Wir leben in diesem Moment, hier und jetzt. Vielleicht schieße ich morgen Ihren Bruder vom Himmel, vielleicht er mich. Und dann?«

»Ich weiß nicht, Monsieur. Das Leben ist so kostbar. Wir sollten es nicht wegwerfen, nicht so«, sagte sie vorsichtig.

Daraufhin musterte er sie interessiert. »Wie war Ihr Name noch gleich?«

»Marie«, erwiderte sie leise und sah an ihm vorbei zur Tür, wo sie Stimmen und Schritte auf dem Gang vernahm. »Bitte, ich muss weitermachen.«

Plötzlich schien er aus seiner sonderbaren Stimmung zu erwachen, nahm die Schultern zurück und trat zur Seite. »Gehen Sie nur, und lassen Sie mir eine Flasche Wein bringen.«

»Rot oder weiß, Monsieur?«

»Egal.« Dann trat er ans Fenster und öffnete es.

Rasch verließ Vera das Zimmer des Leutnants und holte tief Luft, als sie im Flur stand. Ein Feind mit philosophischen Gedanken, das war zu viel.

»Wo treibst du dich denn herum, Marie?« Monique kam aus dem gegenüberliegenden Zimmer. Sie war in den Dreißigern, verheiratet, hatte drei Kinder, die von ihrer Mutter betreut wurden, und sah aus wie eine Gouvernante. Wenn Vera den strengen Knoten und das schwarze Kleid sah, dachte sie unwillkürlich an englische Kinderfrauen in Häusern wie Mandeville Park.

»Ich bin hier fertig, Monique. Nur noch die Wäsche für die Siebzehn und eine Flasche Wein für die Zwölf.«

»Keine Unterhaltungen mit den Gästen, hast du das nicht verstanden? Ich habe genau gesehen, wie du mit dem Boche geredet hast!«, zischte Monique verärgert.

»Habe ich nicht! Er hat mit mir gesprochen! Was soll ich denn machen, wenn er mich nicht gehen lässt? Glaubst du vielleicht, ich rede freiwillig mit einem Boche?« Sie benutzte das Schimpfwort für die Deutschen mit Vorsicht, denn man wusste nie, ob nicht einer von ihnen dazukam.

»Na schön, aber sieh dich vor. Wenn ich dich mit einem erwische, fliegst du, und deinen Lohn kannst du vergessen.«

Ein helles Frauenlachen ertönte, und eine Tür am Ende des Flures flog auf. Lucie stolperte mit einem Stapel Bettwäsche heraus. Sie war in Veras Alter, hatte die Haare blond gefärbt und war stets geschminkt.

»Lucie!«, herrschte Monique das junge Dienstmädchen an. »Komm sofort her!«

Mit provozierend wiegendem Gang kam Lucie zu ihnen, warf die Locken zurück und zwinkerte Vera verschwörerisch zu. Lucie und Monique kannten sich gut, da sie beide aus Lille stammten und im selben Stadtviertel aufgewachsen waren. Respekt hatte Lucie nur vor Madame Morin, Moniques Autorität erkannte sie nicht an, was Letztere zur Weißglut trieb.

»Du hast ja ganz rote Wangen, und sieh dir dein Kleid an. Eine Schande ist das! Hast du etwa mit dem Boche geschäkert?« Monique wollte sie am Arm packen, doch Lucie wich ihr aus.

»Und wenn schon. Ich habe nichts Unehrenhaftes getan, wenn du das meinst. Ein Lächeln kostet nichts und bringt mir ein Trinkgeld ein.« Lucie hob die Schultern und verzog den Mund. »Man muss das Beste aus jeder Situation machen. Deine Kinder würden sich auch freuen, wenn du ihnen mehr als altes Brot und einen Rest Suppe aus der Küche mitbringst.«

»Halt den Mund, du dummes Ding, du weißt ja nicht, was du redest!« Monique sah sich um und zeigte auf das Ende des Flures. »Mitkommen!«

Hinter einer Kommode gab es eine Wäschekammer, in die Monique die beiden jüngeren Frauen schubste. Lucie ließ sich auf einem Wäschesack nieder. »Was soll das denn, Monique? Du spielst dich immer auf, auch wenn gar nichts los ist.«

»Wenn nichts los ist?« Moniques Stimme war voll unterdrückten Zorns. »Unser Land wird von diesem Abschaum besetzt, und du sagst, es ist nichts los? Jeden Morgen, wenn ich auf die Straße trete und diese widerwärtigen Kerle vorbeimarschieren sehe, den Lärm der Geschütze höre und die Flieger unseren Himmel verdunkeln, dann könnte ich weinen oder vor Wut schreien. Aber ich tue es nicht, weil ich nicht riskieren kann, dass sie mich festnehmen und einsperren oder foltern oder erschießen, einfach, weil ihnen danach ist. Ich habe kleine Kinder, und mein Mann, ja, der kämpft da draußen, und ich weiß nicht, ob er zurückkehrt oder ob er von einem dieser dreckigen Lumpen, von denen du dich betatschen lässt, erschossen wird!«

Kleinlaut sah Lucie zu Boden. »Jaja, schon gut, das weiß ich doch auch.«

»Anscheinend nicht, wie kannst du dich sonst so verhalten? Und du, Marie, für dich gilt das genauso. Sei höflich, aber halte dich von den Boches fern, sonst ergeht es dir wie Angelica.«

Vera horchte auf. »Was ist ihr denn passiert?«

»Das weißt du doch gar nicht genau, Monique!«, meinte Lucie. Dann wandte sie sich zu Vera um. »Das weiß nämlich niemand so richtig. Sie ist einfach verschwunden.«

»Ja? War das so? Aber sie muss doch Gründe gehabt haben?«, hakte Vera nach.

Monique erwiderte mit düsterer Miene: »Die hatte sie. Denn sie hat sich mit den Boches herumgetrieben. Genau wie du, Lucie. Ich habe sie einmal nachts aus dem Zimmer von dem Oberst kommen sehen. Als ich sie darauf angesprochen habe, hat sie es geleugnet, natürlich. Aber Monsieur Morin hat sie ebenfalls beobachtet, wie sie in einer Bar mit den Dreckskerlen getanzt hat.«

Man spuckte auf Frauen, die sich mit den Besatzern einließen, schimpfte sie Landesverräterinnen und Flittchen. Nur im Dienst für das Vaterland sollten Frauen sich prostituieren, dachte Vera bitter. Das wurde stillschweigend toleriert, und man erwartete, dass Frauen, die für den Geheimdienst arbeiteten, taten, was getan werden musste, um an wichtige Informationen zu gelangen, und sich nicht beklagten. Der Krieg war ein schmutziges Geschäft.

»Aber das ist ja noch kein Grund, um zu verschwinden«, meinte Vera vorsichtig.

»Ich nehme an, sie hat sich einen Bastard eingefangen, das ist doch wohl naheliegend«, meinte Monique voll selbstgerechter Entrüstung.

»Oder ihr ist etwas zugestoßen!«, erwiderte Vera.

Lucie nickte. »Wenn sie nach der Sperrstunde allein unterwegs war, kann sie auch einem Verbrechen zum Opfer gefallen sein. Hast du daran mal gedacht, Monique?«

»Sicher, aber das hätten wir erfahren. Dann wäre sie ja gefunden worden, oder nicht?« Monique war sichtlich irritiert über den Widerspruch der beiden Frauen und öffnete die Tür der Kammer.

»Ihr habt mich verstanden?! Dies ist ein anständiges Hotel, und ich bin für euch mitverantwortlich. Ich möchte mich nicht schämen müssen. So, und nun zurück an die Arbeit!«

Auf dem Gang fragte Vera: »Soll ich den Wein aus der Küche holen und gleich aufs Zimmer stellen oder macht Gilles das später?«

Gilles war Liftboy und Kofferträger und wurde für jede Art von Botengängen eingesetzt. Er war etwas älter als Albert, humpelte jedoch, weshalb er nicht zum Militärdienst zugelassen worden war.

»Gilles kann das übernehmen. In der Suite muss noch ein Bad eingelassen werden. Das kannst du machen, Marie.«

Gegen neunzehn Uhr war Veras Schicht zu Ende. Müde und hungrig kam sie in die Küche und holte sich einen Teller mit Pastete und gekochtem Gemüse. Das Brot war vom Vortag, schmeckte mit etwas Butter jedoch sehr gut. Sie hatten Glück, dachte Vera, als sie auf der Bank am Gesindetisch saß und aß. Die Ernten in diesem Jahr waren schlecht ausgefallen, und Lebensmittel für die Zivilbevölkerung wurden knapp, denn zuerst wurden die Soldaten an der Front versorgt. Sie dachte an ihre Schwestern, von denen die älteste in einer Munitionsfabrik arbeitete. Esther hatte sich gegen den Willen des Vaters gemeldet, doch der konnte sich schlecht öffentlich gegen die Arbeit seiner Tochter an der Heimatfront aussprechen, wenn andere Töchter genau das Gleiche taten und stolz ihren Teil zum

Kriegsdienst beitrugen. Die Arbeit war nicht ungefährlich, und im vergangenen Jahr hatte es eine gewaltige Explosion gegeben, bei der Esther Verbrennungen erlitten hatte, die sie jedoch nicht darin gehindert hatten, ihre Arbeit nach drei Monaten wieder aufzunehmen. Vera kannte den wahren Grund für Esthers Eifer, genau wie sie selbst mied sie das verhasste Elternhaus.

In der Küche eilten Jacques' Mitarbeiter wie eine Ameisenarmee hin und her, darauf bedacht, dem Chef alles recht zu machen, denn sein Zorn war gefürchtet. Vera spülte die letzten Bissen gerade mit etwas Wein hinunter, als Lucie mit einem Teller zu ihr an den Tisch kam. Das Mädchen war hübsch und hatte die blondierten Haare nicht nötig, fand Vera.

»Ich weiß gar nicht, wie wir heute zu der Ehre kommen, dass man uns Pastete gibt …«, meinte Vera.

Lucie stellte ihren Teller ab und drehte sich vor Vera, bevor sie sich setzte. »Mein neues Kleid, was sagst du?«

Das mitternachtsblaue Kleid mit knöchellangem Rock und einem breiten Kragen ließ ihre zierliche Figur noch schmächtiger erscheinen, und die kinnlangen blonden Haare verliehen Lucie einen kecken Ausdruck.

»Gefällt mir sehr, Lucie, hast du es selbst genäht?« Der Schnitt war modern, der Stoff wirkte gebraucht.

»Ja, natürlich. So was kann ich mir nicht leisten. Aber ich habe geschickte Hände. Wenigstens das hat meine Mutter mir vererbt. Monique kann viel reden, ich bin doch nicht dumm!« Lucie sah sich kurz um, doch es war niemand in der Nähe, der ihnen zuhören konnte. Die Küchenmannschaft war mit der Ausgabe des Abendessens beschäftigt.

»Ich will nicht irgendeinen armen Schlucker heiraten und dann jedes Jahr ein Balg zur Welt bringen.« Hungrig machte sich Lucie über die Pastete her.

Überrascht von so viel Offenheit, denn bisher hatten sie nur wenig miteinander gesprochen, fragte Vera: »Was war denn nun eigentlich mit Angelica? In welche Bar ist sie gegangen? Ich bin hier abends noch nicht unterwegs gewesen.«

»Soll ich dich mal mitnehmen? Wir gehen gern ins *La Framboise,* da trifft sich alles«, meinte Lucie mit vollem Mund.

»Alles?« *Himbeere,* wenn das kein Name für einen Nachtklub war, dachte Vera.

»Oh ja!«, bestätigte Lucie.

»Gern, aber ich habe kein passendes Kleid.«

»Wir finden etwas für dich, keine Sorge. Du kannst sowieso mehr aus dir machen, siehst viel zu blass aus. Angelica war auch so ein graues Mäuschen, bis sie mit …« Lucie biss sich auf die Lippe und trank rasch einen Schluck Wein. »Also abgemacht, morgen Abend gehen wir aus.«

»Bis sie mit …? Was wolltest du sagen, Lucie? Mir liegt Angelicas Schicksal am Herzen. Ich bin in ihrem Zimmer, und irgendwie fühle ich, dass ihr etwas Schlimmes zugestoßen ist.«

Lucie sah sie ernst an. »Stell nachts den Stuhl unter den Türgriff, hörst du? Unsere Zimmer haben alle keine Schlüssel, weil Madame das nicht will, damit wir nicht klauen. So eine Frechheit! Pah. Na ja, aber wenn du den Stuhl drunterklemmst, hast du deine Ruhe. Sollte sich mal einer der Boches verlaufen.« Lucie zwinkerte ihr zu.

Vera schluckte. Irgendetwas stimmte hier ganz und gar nicht.

5

La Framboise, Lille

Es war nach Mitternacht, und die Lichter der Stadt waren schon lange erloschen. Dunkelheit und eine unnatürliche Stille hingen über den Häusern von Lille. Vera lag in ihrer Kammer im Bett und starrte durch die Dachluke über ihr. Sterne funkelten am nächtlichen Himmel, ein Anblick, der unter anderen Umständen erfreulich gewesen wäre, doch heute wartete sie nur darauf, dass ein greller Blitz die Nacht zerriss oder ein Jagdfluggeschwader mit dröhnenden Motoren über sie hinwegflog. Die deutschen Flieger hatten mit der Fokker ein wendiges Jagdflugzeug entwickelt, mit dem sie nicht nur Aufklärungsflüge machten, sondern auch Angriffe auf feindliche Stellungen, Bahnlinien und Munitionsdepots flogen. Auch der Leutnant aus Nummer zwölf gehörte zu den Piloten, die als Helden der Lüfte gefeiert wurden.

Helden, dachte Vera, dem Tod Geweihte, müsste es wohl eher heißen. Spencer Mandeville, der Bruder von Rose, war ebenfalls Pilot gewesen, bis er abgeschossen worden und mit schwersten Verbrennungen in die Heimat zurückgekehrt war. Als Kind hatte Vera die Mandevilles um ihr prächtiges Anwesen, die Ländereien und ihren gesellschaftlichen Status beneidet. Auch später noch, als sie schon längst auf die Schwesternschule in London ging, hatte sie sich in Gegenwart der schönen und umschwärmten Rose Mandeville unbeholfen und minderwertig gefühlt. Bewundert hatte Vera jedoch immer nur Alice, die Tochter des berühmten Schriftstellers. Alice sprühte vor Lebensfreude, kümmerte sich mit Hingabe um andere Menschen und gab jedem, der mit ihr sprach, das Gefühl, etwas Besonderes zu sein.

Alice hatte einen italienischen Kriegsberichterstatter geheiratet. Mit ihrem Mann und der gemeinsamen Tochter lebte sie weiterhin in Hill House. Vera gönnte der Freundin das familiäre Glück von Herzen, denn Alice kümmerte sich in Hill House nicht nur um ihren schreibenden Vater, sondern hatte Kriegswitwen mit ihren Kindern aufgenommen und eine Schule nach den Lehren von Signora Montessori gegründet. Wenn dieser Krieg zu Ende war, würden sie sich alle in Hill House wiedersehen, mit den Kindern durch den Garten tanzen und diese Hölle für einen bösen Albtraum halten.

In der Ferne ertönte ein dumpfes Grollen. Granatfeuer. Die Deutschen beschossen die Gegner auch nachts. Vera zog die Decke höher und drehte sich auf die Seite. Das Eisengestell des Bettes quietschte, und die Matratze war so dünn, dass Vera jede Sprungfeder spürte, doch die langen Arbeitstage verlangten ihren Tribut, und die Müdigkeit ließ ihre Lider schwer werden. Bevor sie einschlief, dachte sie noch an Lucie und die verschwundene Kathleen und mit Schaudern an die Nachtbar, in die sie morgen gehen musste.

Wie lange sie geschlafen hatte, konnte sie nicht sagen, als ein Geräusch sie aufschrecken ließ. Wie empfohlen, hatte Vera den Stuhl mit der Lehne unter den Türgriff gestellt. Und von dort kam das Geräusch! Atemlos fixierte Vera den Türgriff, der sich langsam nach unten bewegte, bis er auf den Widerstand stieß. Sie griff nach ihrer Uhr, die neben ihr auf dem Nachtschrank lag. Es war vier Uhr früh! Wer schlich dort vor ihrer Tür herum? So leise verhielt sich normalerweise kein Betrunkener.

Erneut wurde der Griff heruntergedrückt, doch der Stuhl tat seinen Dienst. Vera erhob sich langsam, darauf bedacht, selbst kein Geräusch zu verursachen. Doch falls es dem Eindringling dennoch gelingen sollte, sich Zutritt zu verschaffen, wollte sie gewappnet sein. Im doppelten Boden ihres Rucksacks hatte sie einen Damenrevolver versteckt, mit dem sie umzugehen verstand. Sie lauschte eine endlose Weile in die Dunkelheit, und schließlich vernahm sie das Geräusch sich entfernender Schritte. Erleichtert stieß sie die Luft aus und sank wieder zurück in ihr Bett. Sie wagte es nicht, die Tür zu öffnen, und fiel für die verbleibenden Stunden in einen unruhigen Schlaf.

Am nächsten Tag beobachtete sie die männlichen Gäste und wartete darauf, dass sich einer von ihnen durch eine Geste oder einen Blick verraten würde. Als sie Lucie gegen Mittag in der Wäschekammer traf, erzählte Vera ihr von dem nächtlichen Erlebnis. »Was denkst du, Lucie, wer könnte das gewesen sein?«

»Von den Boches am ehesten der Oberst. Der kann seine Hände nicht bei sich behalten. Und dann natürlich Monsieur.« Lucie sah sie vielsagend an.

»Du meinst Monsieur Morin?«, flüsterte Vera.

»Ja doch, er schleicht oft nachts durch die Flure und lauscht an den Türen.«

Das passte zu dem, was Iris ihr mitgeteilt hatte. Monsieur Morin spionierte seine Gäste aus und verkaufte Informationen an beide Seiten. Der Mann bewegte sich auf gefährlich dünnem Eis.

»Belästigt er denn weibliche Gäste? Und was sagt Madame Morin dazu? Oder bedrängt er seine Angestellten? War es das, was Angelica fortgetrieben hat?«

Lucie überlegte kurz, bevor sie antwortete: »Über diese Dinge reden wir nicht, verstehst du, Marie? Wir haben eine gute Stellung hier, und Madame Morin tut mir schrecklich leid. Sie verbringt oft Tage im Bett, wenn die Krankheit sie wieder in ihren Klauen hat.« Die junge Frau räusperte sich und senkte die Stimme: »Monsieur bekommt von ihr nicht das, was er braucht.«

Vera errötete und hoffte, dass Lucie es im Halbdunkel des engen Raumes nicht sah. »Er hat Affären?«

»Mon dieu! Natürlich! Alle Männer haben Affären. Ich kenne keinen, der seiner Frau treu ist. Du bist noch nicht sehr erfahren, was?« Lucie musterte sie mitleidig.

»Äh, nun ja, ich weiß schon …«, stammelte Vera und ärgerte sich über ihre Unbeholfenheit, aber wenn es um Männer ging, war sie unsicher. Im Gegensatz zu früher sah sie nicht länger wie ein unscheinbares Mauerblümchen aus, doch wirklich hübsch war sie auch nicht. Sie hatte ein ansprechendes Gesicht, nicht hässlich, mit großen wachsamen Augen, und ihre Figur war zumindest schlank. Was ihr fehlte, waren Anmut und die Leichtigkeit im Umgang mit dem anderen Geschlecht, die Frauen wie Lucie oder Rose von der Natur mitgegeben worden waren.

Lucie stieß sie an. »Lass gut sein. Das kommt schon noch. Wenn du erst einen triffst, den du magst, weiß er schon, was zu tun ist.« Die Jüngere kicherte. »Das wissen sie alle …«

»Du hast also schon, äh, Erfahrungen gemacht?«

»Ich bin keine Jungfrau mehr, wenn du das meinst. Das Leben kann so kurz sein, da möchte ich doch zumindest wissen, was es mit der Liebe auf sich hat.« Lucie faltete ein Laken und packte es in einen Korb. »Wobei Liebe so eine Sache ist. Na ja, kommst schon noch dahinter. Wir sind Frauen und sollten unsere Reize einsetzen, um zu kriegen, was wir wollen. Ist meine Meinung. Und du kannst das heute Abend ausprobieren! Ein flottes Kleid finden wir auch für dich. So, jetzt komm, sonst schaffen wir die Zimmer nicht mehr, und Monique wird sauer.«

48

Vera tastete immer wieder nach ihrem mit Strass und Perlen bestickten Stirnband, das ihr viel zu auffällig erschien. Doch Lucie klopfte ihr auf die Finger.

»Lass das! Du siehst hinreißend aus! Mauerblümchen sind im *Framboise* nicht erwünscht. Ah, sieh doch, da sind die Boches und auch der dort hinten, das ist ein …« Weiter kam Lucie nicht, denn ein deutscher Offizier ergriff ihre Hand und zog sie mit sich an die Bar.

Lucie warf kokett den Kopf zurück und lachte. Auf sich allein gestellt, sah Vera sich verunsichert um. Die Bar war im vorderen Bereich breiter. Prächtige Spiegel am Tresen und hinter der Theke ließen den Raum größer erscheinen, als er war. Vera orientierte sich und nahm die schummrige Beleuchtung wahr, Samtvorhänge vor Nischen und Durchgängen, eine kleine Bühne, auf der eine Tanzkapelle einen Foxtrott spielte, und eine Tanzfläche, auf der sich ein halbes Dutzend Paare bewegte. Alles in allem ein eher schäbiges Ambiente. Das verschlissene Rot der Vorhänge ließ das *Framboise* wie eine faulige Frucht erscheinen, dachte Vera, wobei das auch an den unerwünschten Besatzern liegen mochte. Die Anwesenheit der Boches vergiftete die Atmosphäre in jedem Lokal.

»Bonsoir, Mademoiselle, Sie sehen bezaubernd aus, wenn ich mir dieses Kompliment erlauben darf«, wurde sie von Leutnant Fuchs angesprochen. Er trug eine Ausgehuniform, deren Knöpfe glänzten, und die Stiefel waren blank poliert. Die Anzahl der Orden auf seiner Brust war beeindruckend.

»Guten Abend«, erwiderte Vera und rang sich ein Lächeln ab. Sie wurden von seinen Kameraden beobachtet, und von allen Boches schien dieser Leutnant der höflichste.

»Darf ich Ihnen ein Glas Champagner bestellen?«, bot Fuchs an und hielt ihr seinen Arm hin.

Sie legte ihre behandschuhte Hand darauf und folgte ihm zur Bar, an der weitere Offiziere und einige Zivilisten standen.

An den Tischen wurde Karten gespielt, gewürfelt und getrunken. Die Frauen im *Framboise* waren herausgeputzt, und Vera bemerkte angewidert, wie sich ein junges Mädchen einem der Boches an den Hals warf. Eine abgemagerte Frau in einem verblichenen Tanzkleid stopfte sich heimlich ein Brötchen in ihre Handtasche. Körbe mit kleinen Brötchen und Käse standen auf den Tischen und auf der Theke. Wahrscheinlich musste sie zu Hause ihre Kinder oder Verwandten durchfüttern, und wenn sie morgen zum Bäcker an der Ecke ging, würde sie zum Dank beschimpft werden. Den Flittchen, wie Frauen, die sich offen mit den Boches einließen, verächtlich genannt wurden, gaben die Bäcker uringetränkte Brote.

»Mademoiselle?« Leutnant Fuchs reichte ihr ein Glas mit perlendem Champagner und wollte mit ihr anstoßen.

»Oh, danke.« Die Gläser klangen, und Vera trank einen großen Schluck, um ihre Nervosität zu unterdrücken. Dies war nicht ihr erster Einsatz unter Feinden, doch sie hatte immer Angst, man könnte sie enttarnen. Immerhin bestand die Gefahr, dass ein ehemaliger Patient sie erkannte. Und mit Spionen machten die Deutschen kurzen Prozess. Auch hinter der schneidigen Fassade des höflichen Offiziers verbarg sich ein gnadenloser Richter, wenn es um Verrat ging, davon war Vera überzeugt.

»Ich hätte Sie hier nicht erwartet, wenn ich ehrlich bin«, sagte Fuchs und musterte sie interessiert. »Sie wirken eher wie der zurückhaltende, introvertierte Typ auf mich. Im Gegensatz zu Ihrer blonden Kollegin.«

Lucie kam am Arm eines sehr jungen Offiziers zu ihnen und kicherte.

»Na, Fuchs, amüsieren Sie sich auch mal?«, meinte der Jüngere jovial und sah Vera anzüglich an. »Er ist ein Denker, unser Fuchs. Hat er Ihnen auch schon Verse vorgetragen? Darin ist er gut, der Leutnant, aber schießen kann er auch, Teufel, und wie!« Er ahmte ein Maschinengewehr nach und tippte Fuchs auf die Brust. »Das ganze Lametta da hat er sich vom Himmel geholt, der alte Fuchs!«

Die in Hörweite stehenden Deutschen brachen in lautes Gelächter aus, und einer klopfte Fuchs auf die Schulter. »Na, nu lass ihn mal, Keller, hat er sich verdient, den Abend mit der Maus.«

»Verzeihung, Herr Leutnant!« Keller schlug übertrieben zackig die Hacken zusammen, trank sein Weinglas in einem Zug aus und griff Lucie fest ans Gesäß. »Wir tanzen jetzt, Süße.«

Vera leerte erschrocken ihr Champagnerglas. So ausgeliefert wie heute hatte sie sich noch nie gefühlt. Bisher hatte sie immer Glück gehabt, denn ihre Missionen hatten sich auf das Überbringen von Nachrichten beschränkt. Sie hatte sich nicht physisch mit einem Deutschen oder einem der Kollaborateure einlassen müssen.

»Ihr Glas ist leer. Dann tanzen Sie mit mir, Marie?« Fuchs nahm ihr das Glas ab, stellte es auf den Tresen und führte sie durch das Gedränge zur Tanzfläche. Die Band spielte einen Walzer und mit wachsendem Unbehagen beobachtete Vera, wie Oberst Keller Lucie eng an sich drückte und seine Hände schamlos über ihre Kehrseite gleiten ließ. Fuchs war zwar auch nicht zimperlich, sie spürte die Knöpfe seiner Uniform durch den dünnen Seidenstoff ihres Kleides, doch seine Hand ruhte auf ihrem Rücken, während er sie im Takt der Musik über das Parkett dirigierte. Viel Platz gab es ohnehin nicht, sodass sich das Tanzen auf engstem Raum abspielte, doch Fuchs manövrierte sie geschickt durch das Gemenge. Der Wollstoff der Uniform rieb rau an ihrem Oberarm, und der Geruch von Tabak und einem würzigen Rasierwasser haftete ihm an.

Es war heiß in der Bar, und auf Veras Stirn bildete sich ein Schweißfilm.

»Woher stammen Sie, Marie? Ist das Ihr Name? Ich höre einen englischen Akzent«, sagte Fuchs an ihrem Ohr.

Eine Schweißperle lief über ihre Wange, und sie zuckte zusammen, als Fuchs sich vorbeugte und sie ableckte. Eine schnelle Bewegung, die sie nicht hatte kommen sehen.

Fuchs lachte. »Ich konnte nicht widerstehen. Ich finde Sie köstlich, Marie.«

Schwungvoll drehte er sie aus einer Ecke heraus. »Also? Haben Sie in England gelebt? Ich selbst habe eine Tante in York.«

»Wirklich?«, stammelte sie und bemühte sich darum, gelassen zu wirken.

»Warum nicht? Nur, weil wir im Krieg sind, heißt das nicht, dass wir aufgehört haben, Menschen zu sein. Ich bin gern nach England gereist. Jetzt werden die Briten mich sicher nicht mehr willkommen heißen.« Er grinste.

»Nein, wohl kaum.« Die Musik übertönte ihre Worte.

Fuchs sah sie fragend an, und Vera sagte: »Meine Mutter ist Französin und mein Mann ist, war ebenfalls Franzose.«

»Ihr Mann ist gefallen?«

Sie nickte und biss sich auf die Lippen. Das Kleid war mit Glasperlen bestickt, und eine Naht kratzte an ihrer Hüfte. Lucie hatte ihr ein hübsches dunkelblaues Kleid herausgesucht, doch sie war größer als die Französin und so spannte der Stoff an einigen Stellen.

»Das tut mir leid. Bitte glauben Sie mir, Mademoiselle. Es tut mir wirklich leid, aber wir alle haben Verluste zu beklagen.«

»Nur haben wir den Krieg nicht begonnen!«, entfuhr es Vera.

»Nein, das nicht, aber er war unausweichlich.«

»Ist das so? Ich sehe das anders. Es gab Friedensbestrebungen, nur wurden diese nicht beachtet.«

Der Leutnant wurde sichtlich ungehalten. »Wovon sprechen Sie? Sind Sie politisch engagiert?«

»Nein, nein, das habe ich gehört. Bevor ich im Hotel angefangen habe, war ich Hebamme«, erwiderte Vera hastig.

»Eine Hebamme? Das passt besser zu Ihnen.« Fuchs lächelte. »Wie vielen Kindern haben Sie schon auf die Welt geholfen? Das muss ein sehr bereichernder Beruf sein.«

»Das ist er. Ich versuche, Leben zu retten, wenn es zu Komplikationen kommt.«

Für einen Moment sah er ihr direkt in die Augen. »Ich auch, Mademoiselle, auch wenn Sie das nicht verstehen.«

Sie zog es vor zu schweigen.

Erhitzt geleitete er sie nach zwei weiteren Tänzen an einen Tisch, an dem Oberst Keller, Lucie und zwei weitere Militärs saßen. »Oberst Keller kennen Sie ja schon, das sind der Gefreite Weber und Korporal Franke.«

Leutnant Fuchs rückte einen Stuhl für sie zurecht. Keller hatte seine Hand auf Lucies Oberschenkel gelegt und musterte Vera. »Warum sehen wir dich erst heute? So hässlich bist du doch auch nicht!«

Das derbe Lachen des Obersts verursachte ein stechendes Gefühl in Veras Magen. Vor diesem Mann hatte sie instinktiv Angst, denn er hatte keinen Respekt vor Frauen. Auch von der Statur war er das Gegenteil von Fuchs, der groß und feingliedrig war. Seltsamerweise zeigte Lucie keine Furcht vor dem grobschlächtigen Mann.

Die beiden anderen hatten vom Alkohol bereits gerötete Wangen, zogen an ihren Zigaretten und sahen sich mit überheblichen Mienen um.

»Verdammtes Pech. Die Gothas hätten noch mehr erwischen sollen«, meinte Weber und winkte einer Bedienung. »Noch eine Flasche von dem roten Gesöff. Aber nicht das Gepanschte! Wenn ich das merke, komme ich hinter die Bar!«

»Monsieur, aber das würden wir nie …«, verteidigte sich die dunkelhaarige Bedienung.

»Jaja, schwirren Sie ab! Die lügen doch alle, wenn sie's Maul auftun!«, murrte Weber.

»Gothas?«, entfuhr es Vera.

Fuchs öffnete sein silbernes Zigarettenetui und hielt es ihr hin. Vera griff nach einer Zigarette und ließ sich Feuer geben.

»Folkestone. Zwei Mercedes-Motoren stecken in jedem Gotha-Bomber«, dozierte Fuchs stolz. »Die können Langstrecke fliegen und bis zu fünfhundert Kilogramm an Bomben transportieren.«

Erschüttert starrte Vera zu Lucie, die ebenfalls blass geworden war. »Wie viele Menschen mussten sterben?«

Sie dachte an das Hauptquartier und die Lazarette in Folkestone, an Doktor Redmond, der vielleicht dort war.

Korporal Franke schnippte die Asche seiner Zigarette neben ihr auf den Boden. »Nicht genug. Aber wir arbeiten dran, uns zu verbessern.«

»Und dann trifft es die Briten ins Herz. Das werden sie nicht so schnell vergessen«, meinte Weber.

»Und schneller, als sie es erwarten«, fügte Franke stolz hinzu, wollte anscheinend fortfahren, doch ein warnender Blick von Fuchs brachte ihn zum Schweigen.

Das konnte nur bedeuten, dass die Deutschen einen größeren Luftangriff planten. Und das Herz Englands war London. Vera musste diese Nachricht so schnell wie möglich weitergeben. Doch wie kam sie hier unauffällig weg?

6

Geheime Pläne

Sie benetzte ihre heiße Stirn mit Wasser und sah in den Spiegel. Die schwarzen Kajalstriche, die Lucie so sorgfältig um ihre Augen gesetzt hatte, waren verwischt, und eine Haarsträhne klebte an ihrer Schläfe. Vera nahm eines der Tücher aus einem Korb und tupfte ihr Gesicht ab. Die Toilettenräume des *Framboise* waren in schummriges Licht getaucht, sodass die abblätternde rot-goldene Tapete nicht sofort ins Auge fiel. Auf einem zerschlissenen Sessel saßen zwei Frauen und tauschten ihr Lippenrot aus.

Was sie von den Deutschen erfahren hatte, musste sie unbedingt an ihren Kontakt hier in Lille weitergeben. Während ihrer Zeit im Lazarett hatte sie genügend Kenntnisse in Deutsch und Niederländisch erworben, um zu verstehen, was die Boches noch beredet hatten. Weitere Luftangriffe auf die englische Küste waren in kurzen Abständen geplant. Vielleicht wusste man im Hauptquartier bereits davon, aber sie durfte nichts unversucht lassen, diese Information weiterzuleiten. In Lens hatte Iris Paterson ihr eine Adresse und einen Namen hier in Lille genannt. In dem Hausflur gab es einen Briefkasten, in den Vera ihren Brief mit der verschlüsselten Nachricht werfen sollte.

Das System für ihre verschlüsselten Botschaften war denkbar einfach. Sie hatten sich auf eine Ausgabe von Joseph Conrads Roman *Lord Jim* verständigt, für die es ein Kürzel gab. Dieses setzte Vera ihrer Botschaft voran und ließ eine Reihe von Zahlen folgen, die sich auf die Seiten, Absätze, Zeilen und Wörter bezogen. Eine so simple wie geniale Idee, fand Vera, denn wem auch immer der Brief in die Hände fallen sollte, er konnte nicht wissen, um welches Buch es sich handelte. Eine Methode der Nachrichtenübermittlung waren Brieftauben, wobei diese sichtbar und nicht überall verfügbar waren.

Erfrischt verließ sie die Toilette und suchte in der Bar nach Lucie. Diese war mit Oberst Keller beschäftigt, bemerkte jedoch ihren Blick, und als Vera ihr signalisierte, dass sie gehen wollte, schaute auch der Leutnant zu ihr hinüber. Lucie hob die Schultern, als sie bemerkte, wie Fuchs sich auf den Weg zu Vera machte.

»Mademoiselle, wollen Sie uns schon verlassen?«, fragte der Boche.

»Mir ist nicht wohl«, log Vera und drückte die Finger an ihre Schläfen.

»Dann begleite ich Sie nach Hause. Allein können Sie unmöglich mitten in der Nacht durch die Stadt laufen. Wo wohnen Sie?«

»Im Hotel«, murmelte Vera. Wusste er das denn nicht? Oder tat er nur so? Wenn er es tatsächlich nicht wusste, konnte er zumindest nicht derjenige sein, der nachts an ihrer Tür gewesen war.

»Umso besser, dann haben wir denselben Weg. Warten Sie kurz, ich gebe meinen Kameraden Bescheid.« Fuchs ließ sie stehen, und Vera überlegte, wie sie sich aus dieser Affäre herausmanövrieren könnte, als sich Hugo Morin neben sie stellte.

»Was will der Boche von dir?«, fragte ihr Arbeitgeber leise und holte sein Zigarettenetui hervor.

Sie einfach zu duzen, war respektlos, doch in ihrer Rolle als Marigold blieb ihr nichts anderes übrig, als sich dem Spiel zu fügen.

»Er will mich zum Hotel begleiten«, antwortete sie.

»So? Ein höflicher Mann, dieser Boche. Hör zu, Marie, wenn du irgendetwas von ihm erfahren kannst, dann sagst du es mir, verstanden?«

»Was soll er mir schon erzählen, Monsieur?«, stellte Vera sich dumm.

»Was die Deutschen vorhaben, natürlich!«, knurrte Morin und packte sie am Arm. »Wenn du in seinem Zimmer bist, schau dich um, vielleicht liegen da Karten. Sprichst du Deutsch?«

»Aber nein, Monsieur! Woher denn?«, entrüstete sie sich.

Fuchs kam zurück, und Morin ließ sie los. »Ah, Monsieur Morin. Ich begleite Ihre Angestellte zum Hotel zurück. Sie sollten Ihren Mädchen nicht erlauben, sich so kurz vor der Ausgangssperre noch in den Straßen zu bewegen. Wir sind im Krieg, da weiß man nie, was passieren kann.«

Es war zu laut, um Morin mit den Zähnen knirschen zu hören, doch seine Miene sprach Bände. »Richtig, wir sind im Krieg. Hoffentlich nicht mehr lang. Passen Sie gut auf unsere kleine Mademoiselle auf, Leutnant Fuchs.«

Fuchs nickte knapp und dirigierte Vera zum Ausgang. Die Ausgangssperre trat um Mitternacht in Kraft, und ohne Ausnahmegenehmigung durfte man sich danach in den Straßen von Lille nicht mehr bewegen.

Als sie auf den Bürgersteig traten, stand der Mond hoch und sehr hell am Nachthimmel.

»Haben Sie keine Ausnahmegenehmigung, Mademoiselle?«, fragte Fuchs und nahm ihren Arm.

»Nein. Äh, es war das erste Mal, dass ich so spät unterwegs war. Lucie hat mich überredet«, erwiderte sie unbeholfen. Sein

Griff war fest, und als ihnen ein deutscher Soldat entgegenkam, war sie froh, dass Fuchs bei ihr war.

Der Soldat salutierte. »Guten Abend, Leutnant. Habe eben eine Arretierung vorgenommen. Der Mann hatte keine Papiere.«

»Gut gemacht, Korporal.«

Der junge Korporal musterte Vera. In seinem Blick las sie Lüsternheit und eine gewisse Verachtung. »Was ist mit der da? Hat sie Papiere?«

»Selbstverständlich. Die Dame arbeitet im *Le Septième,* wohin ich sie begleite.«

»Natürlich, verstehe. Gute Nacht, Herr Leutnant.« Der Korporal salutierte und ging weiter.

Vera entfuhr ein erleichterter Seufzer.

»Sehen Sie, Mademoiselle, wie gefährlich es ist, wenn Sie ohne entsprechende Papiere nachts unterwegs sind?«

»Ja, Monsieur. Das habe ich nicht bedacht.«

»Ich kann Ihnen einen Passierschein besorgen, wenn Sie es wünschen.«

»Danke, Monsieur, das wäre sehr freundlich.«

Die Straßen lagen verlassen vor ihnen. In der Ferne war Geschützlärm zu hören. Und sie spazierte hier am Arm ihres Feindes durch die Nacht.

»Ich hoffe, Sie hassen uns nicht, Mademoiselle.«

Überrascht sah sie ihn von der Seite an. »Ich verstehe nicht ...«

»Nun, ich bin der Feind, aber so ist das im Krieg. Es gibt die Besatzer und die Besetzten. Es könnte auch umgekehrt sein.«

Seine Stiefel hallten laut auf dem Pflaster der nächtlichen Stadt.

»Das glaube ich nicht, Monsieur.«

»Sie meinen, dass Ihre Regierung uns nicht überfallen hätte? Dass wir Ihrer Armee nicht einfach nur zuvorgekommen sind?«

Was wollte er von ihr?

»Nein, das denke ich nicht. Wenn Sie meine ehrliche Meinung hören wollen …?«

»Das möchte ich. Bitte, Mademoiselle.«

»Wir sollten diesen Krieg beenden. Haben Sie von der Frauenfriedenskonferenz in Den Haag im zweiten Kriegsjahr gehört?«

Sein Schritt verlangsamte sich. »Ja, das habe ich. Der Mut dieser Frauen hat mich beeindruckt. Sie haben viel auf sich genommen, um sich in Den Haag zu treffen und dort über einen möglichen Frieden zu sprechen. Waren Sie dabei?«

»Nein, ich hatte nicht die Ehre.« Beinahe wäre ihr herausgerutscht, dass sie zu jener Zeit in einem Lazarett tätig gewesen war. »Ich habe werdenden Müttern zur Seite gestanden. Das Leben, Monsieur … Verstehen Sie, warum ich den Krieg nicht gutheißen kann? Ich helfe neuem Leben auf die Welt, das nur großgezogen wird, um als Kanonenfutter zu enden. Ich kann darin keinen Sinn sehen.«

Sie waren nicht mehr allzu weit vom *Le Septième* entfernt. Die Umrisse der Kathedrale Notre-Dame-de-la-Treille ragten aus der Dunkelheit hervor. Dieser Boche unterhielt sich mit ihr über den Frieden. War er tatsächlich anders als die anderen? Eine Ratte huschte vor ihnen um eine Hausecke.

Leutnant Fuchs hob das Gesicht zum sternenklaren Nachthimmel, während der Geschützdonner eine Pause einlegte. »Meiner Familie gehört seit Generationen ein Gut in Pommern. Der älteste Sohn erbt das Gut, der mittlere geht zum Militär und der jüngste wird Priester. So war es immer, und so ist es bis heute. Ich bin der Zweitgeborene. Für mich war die Karriere beim Militär vorherbestimmt. Dabei hätte ich gern studiert. Mein Großonkel ist Doktor der Philosophie. In Weimar.«

Sie war sich nicht sicher, ob er noch mit ihr oder mehr zu sich selbst sprach, doch sie unterbrach ihn nicht. Sollte der Boche nur erzählen, vielleicht erfuhr sie etwas Nützliches.

»Eine wunderschöne Stadt mit Geschichte. Kennen Sie die großen deutschen Dichter Goethe und Schiller? Nein, natürlich nicht. Was rede ich? Aber sie waren dort, in Weimar, Goethe und Schiller. Ich verehre ihre Werke. Die Franzosen haben Montaigne und Voltaire, die Engländer Shakespeare und William Blake.«

»Lord Byron und Christina Rossetti, wenn ich mir diese Ergänzung erlauben darf.«

Fuchs ging langsam weiter. »Sie dürfen, selbstverständlich. Ich hätte fragen müssen, welche Dichter Sie bevorzugen. Byron ist mir geläufig, Christina Rossetti nicht.«

»Sie war eine Dichterin aus dem Kreis der Präraffeliten und …«, weiter kam Vera nicht, denn Fuchs hörte nicht mehr zu, weil sie vor dem Hotel angekommen waren.

»Bitte, nach Ihnen.« Er ließ sie durch die Tür gehen und folgte ihr zur Rezeption, wo Albert den Nachtdienst übernommen hatte.

»Bonsoir«, grüßte Albert, reichte dem Leutnant seinen Zimmerschlüssel und sah Vera strafend an.

Diese senkte den Blick und folgte Fuchs durch das Foyer zur Treppe. Im ersten Stock blieb Fuchs stehen.

»Ich würde Sie noch auf ein Glas in mein Zimmer bitten. Aber ich fürchte, Sie würden diese Einladung missverstehen. Dabei plaudere ich einfach nur gern mit Ihnen.« Der deutsche Offizier musterte sie eindringlich. »Liegt es an Ihrer englischen Herkunft, an Ihrer Tätigkeit als Hebamme? Sie scheinen mir viel reifer und gebildeter als die anderen jungen Dinger hier.« Er machte eine kurze Pause. »Oder sind Sie gar nicht die, für die ich Sie halte?«

Hastig erwiderte Vera: »Danke, dass Sie mich hergebracht haben. Ich muss morgen früh raus. Gute Nacht!«

Leutnant Fuchs neigte leicht den Kopf. »Sie schulden mir noch ein Gedicht. Das nächste Mal kommen Sie nicht so leicht davon.«

Vera schluckte und lief die Treppen hinauf. Für heute Nacht hatte sie genug von zweideutigen Bemerkungen und zudringlichen Männern, wobei sie Fuchs nicht vorwerfen konnte, sich ihr gegenüber unsittlich verhalten zu haben. Seufzend ging sie auf ihr Zimmer und setzte sich an ihren Waschtisch, um sich abzuschminken. Dabei glitt ihr ein Träger ihres Kleides über die Schulter. Müde streifte sie die Schuhe ab und streckte ihre Beine, als sie eilige Schritte auf der Treppe hörte. Kurz darauf wurde energisch an ihre Tür geklopft.

»Mach auf, ich weiß, dass du da bist, Marie!«

Hugo Morin! Vera erhob sich mit zitternden Knien und öffnete die Tür einen Spalt breit, doch Morin drängte sich mit seinem Gewicht dagegen und schob sich hindurch. Sein pomadisiertes Haar glänzte, und die Gerüche der Bar hingen in seinem Anzug. Seine Wangen waren leicht gerötet, und er fuhr sich mit der Zunge über die Lippen.

»Warum bist du hier und nicht bei dem Boche im Zimmer?« Morin drückte die Tür hinter sich mit dem Schuh zu und stellte sich vor sie.

»Aber, Monsieur! Für was halten Sie mich denn?!«, entrüstete sich Vera und fuhr zusammen, als Morin mit den Fingern über ihre nackte Schulter strich.

»Für ein hübsches Ding, das sich nützlich machen kann. Es springt ja auch etwas für dich dabei heraus. Das versteht sich von selbst.« Er setzte ein widerwärtiges Grinsen auf und legte beide Hände auf ihre Schultern. »So frisch und jung. Diese weiche Haut.« Plötzlich beugte er sich vor und leckte über ihren Hals.

Dabei kratzte sein Schnauzbart, und Vera stieß ihn vehement von sich. »Lassen Sie das! Lassen Sie mich in Ruhe!«

Du bist Marigold, schoss es ihr durch den Kopf, und ihre Wut verwandelte sich in Verzweiflung. Irgendwann hatte ein Moment wie dieser kommen müssen. Vorbereitet war sie darauf nicht. Oh Iris, wie kannst du in solchen Situationen nur beherrscht und konzentriert bleiben! Vera biss sich auf die Lippen und verharrte starr in der Mitte des kleinen Raumes. Machte sie einen Schritt nach hinten, stieß sie gegen das Bett, und das war der letzte Ort, an dem sie mit dem lüsternen Morin landen wollte.

Morin stierte sie aus kleinen Augen an. »Was ist mit dir? Sind dir Männer zuwider? Bist du eins von diesen frigiden Weibern?«

Sie musste sich nicht einmal anstrengen, die Tränen traten ihr ganz von selbst in die Augen. Ängstlich schüttelte sie den Kopf. »Nein, Monsieur. Ich meine, ich habe noch keine Erfahrung …«

Augenblicklich veränderte sich Morins Verhalten. Er legte ihr eine Hand unter das Kinn und sah sie mit einer Mischung aus Verlangen und Bedauern an. »Du bist noch Jungfrau? Ist es so?«

»Ja«, flüsterte sie. »Mein Mann ist gefallen bevor … Wir hatten kaum Zeit miteinander.« Der Mann vor ihr roch nach Schweiß, Tabak und Alkohol. Nicht dieser Mann, dachte sie, bitte lass es nicht mit diesem widerlichen Kerl sein.

Plötzlich ließ Morin sie los. »Das ist ja noch besser, Mädchen. Leutnant Fuchs hat spezielle Vorlieben, und es mit einer Jungfrau zu treiben, ist eine davon. Ich werde das arrangieren.« Sehr geschäftsmäßig sah Morin sich um. »Du wirst dich mit Fuchs treffen und ihm zu Diensten sein. Und alles«, Morin packte ihren Arm und drückte fest zu, »absolut alles, was er erzählt, gibst du an mich weiter. Und sei nicht dumm! Ich erfahre, wenn du die Informationen auf eigene Faust verkaufen willst. Das haben schon andere versucht.«

»Was meinen Sie denn? Warum sollte ich Informationen verkaufen und an wen?«

Hugo Morin sah sie an und schien zu überlegen. »Vielleicht bist du tatsächlich so naiv. Vielleicht auch nicht. Deine Vorgängerin zumindest hat sich überschätzt.«

Meinte er Kathleen McMillan, die als Angelica hier gearbeitet hatte? »Von wem sprechen Sie, Monsieur? Von dieser Angelica?«

Morin stieß sie grob zur Seite. »Halt den Mund! Genug geschwätzt. Geh schlafen. Morgen sage ich dir, was zu tun ist. Du magst ihn doch, den Boche, nicht wahr? Das habe ich gesehen. Er ist einer dieser Intellektuellen, die sich gern mit Gedichten und solchem Mist schmücken. Das gefällt euch Frauen doch, oder?« Morin lachte, wurde jedoch schnell ernst.

»Hör zu, Marie, du tust das für dein Vaterland, für deinen gefallenen Mann, für die Ehre Frankreichs! Wir alle müssen tun, was wir können. Und du wirst dafür entlohnt. Ich zahle besser als die Herren vom Geheimdienst, die einem Honig um den Bart schmieren und sonst nichts.«

Vera schlang die Arme um ihren Körper und brachte ein zaghaftes Lächeln zustande. »Ja, Monsieur. Wenn Sie sagen, dass es für die Ehre Frankreichs ist, dann mache ich es.«

»Braves Mädchen, wusste ich's doch. Wir werden gut zusammenarbeiten, und die anderen Dinge bringe ich dir auch bei. Ich habe eine Wohnung in der Stadt, dort sind wir ganz ungestört. Meine Frau braucht ihre Ruhe, die Arme ist gebrechlich.« Er nahm ihre Hand, zog sie an sich und küsste sie. Dabei ließ er seine Hände über ihren Körper wandern und presste ihren Unterleib gegen seine Hüfte.

Sein Atem ging schneller, und sie spürte seine Erregung zwischen ihren Beinen. Seine Zunge fuhr grob durch ihren

Mund, und er schmeckte so abstoßend, dass ihr übel wurde. Der Würgereiz setzte ein, doch plötzlich ließ er von ihr ab und gab ihr noch einen Klaps auf den Hintern.

»Es wird dir gefallen, wirst schon sehen.« Dann griff er in seine Anzugjacke und zog einen Geldschein hervor, den er auf den Waschtisch legte. »Eine kleine Anzahlung.«

Vera starrte noch lange, nachdem er den Raum verlassen hatte, auf die geschlossene Tür.

7

Von Füchsen und Wölfen

In dieser Nacht wachte sie gegen drei Uhr morgens auf und lauschte gespannt in die Nacht. Das Geschützfeuer war anders als sonst, massiver. Es klang nach gewaltigen Detonationen, und die Erde schien zu vibrieren. Was tun wir uns an, dachte Vera und zog das Laken enger um sich. Wenn sie dazu beitragen konnte, diesem Wahnsinn ein Ende zu bereiten, würde sie es tun. Nachdem sie diesen Entschluss gefasst hatte, schlief sie wieder ein.

Veras Dienst begann um neun Uhr, was bedeutete, dass man sie eine halbe Stunde vorher in der Küche zum Frühstück erwartete, wo Monique ihnen den Dienstplan mitteilte. Die Sonne war bereits aufgegangen und tauchte die Stadt in milchige Rottöne. Vera stand in ihrem dünnen Nachtkleid vor dem offenen Dachfenster und lauschte in die frühmorgendliche Stille, die genauso unwirklich schien wie der Anblick der schlafenden Stadt. Die Geschütze waren verstummt.

Ein Windhauch brachte die morgendliche Kühle in den kleinen Raum und sie rieb sich die nackten Arme. Ihr Körper hatte sich verändert, seit sie an der Front Dienst tat. Ihre Hüftknochen stachen durch den Stoff, und ihre Ellenbogen waren genauso knochig wie ihre Knie geworden. Die schwere

Arbeit in den Lazaretten hatte ihren Tribut gefordert, doch als wesentlich anstrengender und zehrender empfand sie das Spionieren. Was als heroische Idee begonnen hatte, entpuppte sich als der dumme Traum eines Mädchens vom Lande, das sich wünschte, eine wichtige Aufgabe zu erfüllen und dadurch endlich so interessant und begehrenswert zu sein wie ihre Freundinnen.

Vera bemerkte nicht, dass ihr eine Träne über die Wange lief. Alles schien so lange her. Sebastian, der fesche junge Offizier, der kluge Gelehrte, der nur Augen für Alice gehabt hatte, ohne zu erkennen, dass sie ihn geliebt hatte. Aber war es tatsächlich Liebe gewesen oder nur die Schwärmerei eines eifersüchtigen Mädchens? Auch danach hatte es keine Affären in ihrem Leben gegeben. Nicht einmal mit Captain Redmond. Heute wünschte sie sich, dass sie mutiger gewesen wäre und sich in eine Liaison mit dem attraktiven schottischen Arzt gestürzt hätte. Dann hätte sie ihre erste sexuelle Erfahrung mit jemandem gemacht, für den sie etwas empfand.

Sie starrte weiter über die Dächer von Lille, einer Stadt, die nicht mehr den Franzosen gehörte. Die Schilder der deutschen Besatzer verwehrten überall das Passieren von Straßen, deutsche Soldaten drangsalierten die Einwohner, schikanierten die Geschäftsinhaber und nahmen sich Kohle und Nahrungsmittel. Die Bevölkerung hungerte, während die Deutschen sich Kaffee kochten und das frische Brot mit Butter bestrichen.

Sie hatte keine Zeit, sich trügerischen Erinnerungen an glücklichere Tage hinzugeben. Das Leben machte keine Pause, vor allem im Krieg nicht, es ging einfach weiter, und sie musste sich fügen. Die Kirchturmuhr schlug zur sechsten Stunde. Vera setzte sich an den schmalen Tisch, vor sich den aufgeschlagenen Roman *Lord Jim*. Mittlerweile war sie im Codieren ihrer Nachrichten geübt, sodass sie mühelos die Zahlen auf einem Briefbogen notierte. Auf einem weiteren Blatt schrieb sie persönlichere Zeilen an Juliet. Juliet, eigentlich Iris, sollte über ihre Unternehmungen informiert sein, um ihr notfalls helfen zu können. Ob das überhaupt möglich wäre, war eine andere Sache.

Beim bloßen Gedanken an den skrupellosen Morin und dessen Zudringlichkeiten umklammerte Vera den Füllhalter fester und presste wütend die Lippen zusammen. Als Krankenschwester hatte sie gelernt, mit Leid und Tod umzugehen, sie konnte den Anblick von Blut, abgetrennten Gliedmaßen und verbrannten Gesichtern ertragen. Doch wenn ihr ein Kerl wie Morin zu nahe kam, rang sie mit ihrer Selbstbeherrschung. Vielleicht hätte man die jungen Frauen im Hauptquartier des Geheimdienstes genau auf solche Einsätze besser vorbereiten müssen. Aber davon wollten die Herren dort oben nichts wissen. Es war einfacher, stillschweigend vorauszusetzen, dass die Frauen taten, was zu tun war, und sich nicht beklagten. Immerhin war man im Krieg.

Vera faltete die Blätter und steckte sie in einen Briefumschlag. Der schwierigere Teil war das Einwerfen des Briefes, doch sie hoffte, dass es ihr vor dem Frühstück gelang. Die Ausgangssperre endete demnächst, und Vera kleidete sich an, um sich möglichst unauffällig durch die Küche nach draußen zu schleichen. Tatsächlich hatte Vera Glück an diesem Morgen und gelangte während der Brotlieferung unbehelligt auf die Straße hinter dem Hotel.

Während sie die Straßen entlangeilte, erwachte die Stadt, und schon dröhnten auch die Geschützsalven wieder in der Ferne. So viel Munition konnte es doch gar nicht geben, dachte Vera, die Berge von Granathülsen am Rand der Schlachtfelder gesehen hatte. Nicht weit vom Hotel entfernt lag ein kleiner Park, den sie durchquerte. Vera nahm nicht die erste Seitenstraße, sondern die nächste und bog dann in die Rue Patou ein. Sie fand den Hauseingang mit dem gelb-weißen Schild und trat in den Flur. Neben der Tür zur ersten Wohnung hing eine Liste, wie sie jeder Haushalt führen musste. Die Güter des jeweiligen Haushaltes mussten vollständig aufgeführt sein, denn alles konnte beschlagnahmt werden. Die Deutschen nahmen sich Matratzen, Metall, Küchenutensilien, Holz, Korken, Wein, Wäsche und was sie sonst noch fanden. Leitungen wurden notfalls demontiert und genauso eingeschmolzen wie Glocken oder Kunstgegenstände.

Vera stand vor acht Briefkästen und auf einem stand der Name Fleur Bertrand. Es handelte sich um ein Mehrfamilienhaus. Die Fliesen waren abgewetzt, die Farbe blätterte von den Wänden, und in einer Ecke befand sich ein Stapel Holzkisten. Auf der Treppe erklangen schlurfende Schritte, und ein alter Mann kam mit einem Bottich voller Küchenabfälle herunter. In seinem Mundwinkel hing eine zerbissene Pfeife.

Er warf Vera einen argwöhnischen Blick aus wässrigen Augen zu. »Bonjour«, grunzte er.

»Bonjour, Monsieur. Ist das hier das Haus der Schneiderin Emmeline?«

»Kenne ich nicht«, murmelte er und schlurfte an ihr vorbei zum Hintereingang, der wohl in den Hof führte.

Vera wartete, bis er ihr den Rücken zugedreht hatte, und steckte rasch den Brief in den Briefkasten von Bertrand. Wer mochte Fleur Bertrand sein? Doch sie hatte nicht die Anweisung, sich mit dem Kontakt zu treffen. Wollte man sie benachrichtigen, würde man ihr eine Botschaft ins Hotel senden.

Mit klopfendem Herzen trat Vera auf die Straße und sah noch einmal nach oben. Hinter einem Fenster im zweiten Stock bewegte sich die Gardine, und sie erkannte die Silhouette einer schlanken Frau. Ob Kathleen ebenfalls hier gewesen war? Ein deutscher Soldat kam ihr auf dem Gehweg entgegen, und Vera senkte den Kopf und ging zielstrebig weiter.

Als sie kurz darauf in die Straße zum Hotel bog, begegnete ihr Monique, die sehr müde aussah.

»Bonjour, Marie. Was machst du denn so früh schon draußen? Hast du dich herumgetrieben?«

»Aber nein! Ich habe nur einen Spaziergang gemacht, denn ich konnte nicht schlafen. Was war das für ein Lärm heute früh? Es hat sich angehört, als wollte die Erde bersten.«

Monique rieb sich über die Stirn. Die Schatten um ihre Augen waren dunkel, und es schien so, als hätte auch sie wenig geschlafen. Sie sah sich kurz um, doch sie waren außer Hörweite anderer Passanten, und deutsche Soldaten waren nicht zu sehen. »Hast du es nicht gehört?«

»Nein, was denn?«

»Wir haben ein Radio im Haus. Du kannst stolz auf deine Landsleute sein, Marie. Die britischen Truppen haben bei Messines große Erfolge erzielt.«

Vera wusste, dass die Briten schon seit einem Jahr die Gräben und Stellungen bei Messines ausbauten und unterirdische Tunnelsysteme angelegt hatten, um den Deutschen empfindliche Schläge zu versetzen. General Herbert Plumer hatte für den Munitions- und Materialnachschub neue Feldbahnen bauen und außerdem Wasserleitungen an die Front legen lassen, weil die Frontsoldaten stets unter Durst litten. Mit der Unterstützung von Aufklärungsfliegern war es den Briten in den vergangenen Tagen gelungen, einen großen Teil der deutschen Artillerie bei den Hügeln von Messines zu zerstören. So konnten sich die feindlichen Truppen nicht mehr mit Nahrung und Wasser versorgen.

»Das habe ich gehört. Aber was war heute früh los?«

Monique beugte sich vor und flüsterte: »Die Briten haben Tausende Tonnen Sprengstoff gezündet. Es soll das reinste Flammeninferno sein, die Verluste der Boches gehen in die

Abertausende!« Sie drückte Veras Arm. »Ein guter Tag ist das! Ein Hoch auf die Briten!«

»Mein Gott, endlich ein Sieg! Aber die Verluste sind doch sicher auch bei uns hoch …«, murmelte Vera.

Monique hakte sie unter. »Komm mit, wir frühstücken jetzt erst einmal. An solchen Tagen ist Madame großzügig.«

Tatsächlich war Madame Morin an diesem Morgen bester Laune, ganz im Gegensatz zu ihrem Mann und den Deutschen. Mit versteinerten Mienen liefen die Offiziere durch das Hotel und waren sofort nach dem Frühstück verschwunden. In der ersten Etage trug Vera einen Korb schmutziger Wäsche über den Flur, als Lucie zu ihr kam. Die lange Nacht schien ihr nichts ausgemacht zu haben, oder sie hatte einen tieferen Schlaf als Vera.

»Wieso bist du gestern denn so früh abgezogen? Wollte der Boche was von dir?«

Am Ende des Flures klapperte der Fahrstuhl, und Vera stellte den Korb ab. »Ich war einfach hundemüde, Lucie. Und dann all die Männer, die laute Musik. Ich bin das nicht gewohnt, weißt du?«

Lucie grinste. »Du hast aber mächtig Eindruck gemacht auf die Herren. Die stehen auf Frischfleisch.«

Genervt verdrehte Vera die Augen. »Wirklich, Lucie, wie fühle ich mich denn da?«

Die Blondine zuckte nur mit den Schultern. »Na, wie schon? Begehrt. Das ist es, worauf es ankommt. Dann kannst du sie ausnehmen wie die Weihnachtsgänse. Hier, schau mal!« Sie strich die Haare über ihren Ohren zurück.

Geometrische silberne Ohrringe mit hellblauen Steinen kamen zum Vorschein. »Hübsch. Was sind das für Steine?«

Lucie hob das Kinn. »Echte Aquamarine! Von Oberst Keller«, fügte sie kichernd hinzu.

Ein unangenehm ziehendes Gefühl in ihrem Magen erinnerte Vera daran, dass sie sich nicht besser als die junge Frau vor ihr fühlen musste. Sie hatte nicht den geringsten Grund, abschätzig von ihr zu denken, denn was auch immer Lucie getan haben mochte, um den Schmuck zu erhalten, sie selbst würde bald in genau der gleichen Situation sein. Nun, relativierte Vera ihre Gedanken, nicht ganz, denn immerhin würde sie ihrem Vaterland einen wichtigen Dienst erweisen. Für Frieden und Vaterland, dachte Vera bitter und presste die Lippen zu einem schmalen Strich zusammen.

»Du gönnst es mir nicht«, meinte Lucie beleidigt.

»Oh, aber natürlich!«, beeilte sich Vera zu sagen.

»Und warum guckst du dann so herablassend? Du bist nicht besser als ich!«

»Nein, bin ich nicht. Bitte, Lucie, ich habe eben an etwas ganz anderes gedacht.« Sie tippte Lucie auf die Stupsnase. »Du bist noch hübscher mit den Ohrringen.«

Ein Strahlen ging über Lucies Gesicht. »Danke! Und jetzt sag du, wie es bei dir war!?«

»Ah, der Leutnant hat mich nach Hause gebracht und sich höflich von mir verabschiedet«, meinte Vera lakonisch.

»Der Fuchs scheint mir einer von den Anständigen zu sein.« Lucie sah sich um, als die Fahrstuhltür quietschend aufging. Monique schob Madame Morins Rollstuhl auf den Gang.

»Lass dich nur von den beiden nicht erwischen! Die haben kein Verständnis für uns.«

»Anständige Mädchen gehen auch nicht mit dem Feind ins Bett, Lucie.«

Doch Lucie lachte trocken. »Wer ist in einem Krieg schon anständig? Die können mir viel erzählen. Außerdem sind Männer alle gleich, und die hier sind wenigstens nicht kleinlich.« Damit ging sie mit schwingenden Hüften zum nächsten Zimmer.

Vera hob den Korb auf und machte sich auf den Weg zur Wäschekammer. Madame Morin war im Gegensatz zu ihrem Mann, der als Kollaborateur agierte, eine Patriotin. Wenn sie wüsste, was ihr Gatte trieb. Vielleicht hätte sie ihn sogar selbst an ihre Landsleute verraten. Zuzutrauen wäre es ihr.

»Lucie!« Scharf hallte die Stimme von Madame durch den Gang. Die Zimmertür flog auf, und Lucie kam heraus.

»Hat jemand nach mir gerufen?«

Vera nickte in Richtung der Hotelbesitzerin, und Lucie wurde ein wenig blass.

»Das gibt Ärger«, sagte sie leise zu Vera und ging langsam auf Madame Morin zu, die von Monique in ihre Richtung geschoben wurde.

Vera wollte sich mit ihrem Korb aus der Gefahrenzone entfernen, doch Madame warf ihr einen Blick zu, der sie erstarren ließ. »Bleib hier und hör dir an, was ich mit Mädchen mache, die den Ruf meines Hauses ruinieren! Du bist ein Flittchen, Lucie! Eine Schande für dein Land!«

Die eben noch so kesse Lucie ließ den Kopf hängen und faltete die Hände vor ihrer weißen Schürze. »Ich habe mir nichts zuschulden kommen lassen, Madame«, widersprach sie zaghaft.

»Nein? Man hat mir zugetragen, dass du dich im *La Framboise* herumtreibst und dich den Boches an den Hals wirfst. Was ist das für Schmuck an deinen Ohren? Der ist doch neu, nicht wahr? Ich habe dich als mittelloses, ungelerntes Ding hier aufgenommen, und so dankst du es mir! Pfui, schäm dich!« Die zierliche Frau im Rollstuhl umklammerte wütend die Stuhllehnen und strahlte dabei eine solche Stärke aus, dass man sie als ernst zu nehmenden Gegner fürchten musste.

Ihre weiße Bluse war mit einem üppigen Spitzenkragen bis unter das Kinn verschlossen, und ihr einziger Schmuck war ein schwarzes Samtband, an dem ein goldenes Kreuz hing.

»Ich lass mich nicht beschimpfen! Nur weil ich mich arrangiere mit dem verdammten Krieg.« Lucie ballte kampflustig die Fäuste.

»Arrangieren nennst du das? Ich nenne das Verrat! Frauen, die sich mit den Boches einlassen, sind Landesverräterinnen. Meiner Ansicht nach gehört ihr alle standrechtlich erschossen.« Madame Morin sagte das mit unterdrückter Wut in ihrer Stimme und schob ihr Kinn vor. »Wäre ich nicht an diesen verfluchten Stuhl gefesselt, ich würde euch zeigen, wie man …«

Stiefelschritte auf der Treppe kündigten den Feind an. Leutnant Fuchs und Oberst Keller grüßten knapp und verschwanden in einem Zimmer.

»Hol dir unten deinen Lohn ab, Lucie, und lass dich hier nicht mehr sehen! Und wenn du das nächste Mal beim Bäcker dein Brot kaufst, tja, dann weißt du ja, was dir blüht …«, fügte Madame Morin etwas beherrschter hinzu.

»Madame, da war noch der Brief«, erinnerte Monique sie und sah dabei zu Vera.

»Richtig. Hier, bitte, Marie, der kam heute früh für dich an.« Madame zog einen Briefumschlag aus ihrem Rock hervor und reichte ihn Vera, die begierig danach griff.

Nachrichten aus der Heimat? Die Briefmarke stammte aus England. Sie hatte so lange nichts von ihrer Familie und ihren Freunden gehört. Sorgsam strich sie das leicht verschmutzte Papier glatt. Die Handschrift war ihr nicht vertraut. Es kam jedoch immer wieder vor, dass der Geheimdienst Briefe öffnete und weiterleitete.

»Willst du nicht wissen, was drinsteht?«, fragte Madame Morin.

»Ich lese ihn später in Ruhe, danke, Madame.« Sie bückte sich nach dem Wäschekorb, und Madame Morin nickte. »Lucie tut mir leid, Madame. Wollen Sie ihr nicht vielleicht doch noch eine Chance geben? Sie ist sehr fleißig und noch so jung.«

»Sie ist alt genug, um die Konsequenzen für ihr Handeln abwägen zu können. Nein, für Flittchen habe ich kein Verständnis. Lass dir das eine Lehre sein, Marie!«

»War das auch der Grund für das Verschwinden dieser Kathleen?«, wagte Vera zu fragen.

Irritiert runzelte Madame Morin die Stirn, und Monique räusperte sich ungehalten.

»Wie kommst du jetzt darauf? Nein, ich habe sie nicht entlassen. Sie war eine zuverlässige Mitarbeiterin. Tatsächlich war ich nicht glücklich über ihr Verschwinden.«

»Aber warum ist sie denn gegangen? Ich mache mir Sorgen, dass ihr etwas zugestoßen sein könnte, das ist alles. In diesen Zeiten passieren so viele furchtbare Dinge«, erklärte Vera rasch.

»Das ist wohl wahr. Deshalb ermahne ich meine Mädchen, sich korrekt zu verhalten. Geht nicht spät nachts noch aus, dann kommt ihr nicht in Schwierigkeiten. So, nun geh wieder an die Arbeit, und Lucie musst du nicht bedauern. Sie hat es nicht anders gewollt.« Sie sah sich um und sagte leise: »Heute ist ein Tag zum Feiern. Die Briten haben uns einen Sieg verschafft. Ihr dürft euch alle ein Glas Wein mehr heute Abend gönnen. Monique, bring mich nach unten!«, forderte Madame ihre Mitarbeiterin auf, die gehorsam den Stuhl in Richtung des Fahrstuhls wendete.

»Danke, Madame.« Vera trug den Korb in die Wäschekammer und zuckte zusammen, als Monsieur Morin kurz darauf in die kleine Kammer trat.

»Meine Frau versteht die großen Zusammenhänge nicht.« Der Hotelier lehnte sich an eines der Regale und sah Vera an. Sein Schnauzbart und die Haare glänzten selbst in der kaum beleuchteten Kammer.

»Ich kann ihr nicht erklären, dass man sich mit dem Feind arrangieren muss, um ihn hinterrücks auszutricksen.«

»Nun, das kann man anders sehen. Ihre Frau ist eben eine Patriotin.«

»Aber du verstehst das, nicht wahr? Wir sind uns einig? Morgen Abend triffst du den Boche hier im Hotel. Meine Frau ist dann bei ihrer Mutter und wird nichts mitbekommen.« Er streckte die Hand nach ihr aus und berührte ihre Wange. »So unschuldig. Er zahlt gut, und du bekommst einen Monatslohn extra.«

Dann zahlte der Boche sicher das Vierfache, aber Vera nickte. »Ja, Monsieur. Dann kann ich meiner Familie das Geld zukommen lassen.«

Draußen auf dem Gang erklangen Schritte, und Monique rief nach Albert. Monsieur Morin tätschelte ihre Wange. »Gutes Mädchen.«

Mit einem Würgereiz in ihrer Kehle sackte Vera gegen einen Wäschestapel, während Monsieur die Kammer hastig verließ.

8

Nachrichten aus Kent

In ihrer Mittagspause ging Vera in den Hof hinter der Küche und setzte sich auf einen ·Stapel Holzkisten. Die Sonne schien tröstlich warm vom Himmel, und wäre der entfernte Geschützlärm nicht gewesen, hätte man diesen Junitag in Lille genießen können. Sorgsam öffnete sie den Umschlag und zog die eng beschriebenen Blätter hervor. Ihr Herz klopfte schneller, als sie die Handschrift von Alice erkannte. Tränen füllten beim Lesen der Kopfzeile ihre Augen: *Hill House, im Mai 1917.* Bilder und Gefühle überfluteten sie, und ihre Finger zitterten. Im Haus der Buxtons hatte sie die glücklichsten Augenblicke ihrer Kindheit erlebt. In ihrem eigenen Elternhaus hatte es wenig Grund zur Freude gegeben, denn ihr Vater war ein strenggläubiger Methodist und der von allen Kindern gefürchtete Dorfschullehrer.

Gehorsam und Strafe waren die Grundpfeiler von Oswald Lyttletons Erziehung, Liebe und Mitgefühl hatten seine Kinder kaum erfahren. Seine Frau Edith stand ganz in seinem Schatten und war zu schwach, sich gegen den gottesfürchtigen Mann zu stellen, der jede Widerrede im Keim erstickte. Viele Jahre hatte Vera versucht, sich für ihre jüngeren Geschwister stark-zumachen, sie vor der unbarmherzigen Hand des Vaters zu schützen, doch irgendwann hatte sie resigniert und war in die Ausbildung geflohen. Die Schwesternschule war ihre Zuflucht und ihre Chance auf ein selbstbestimmtes Leben geworden. Beinahe hätte sie alles durch einen Abend mit Alice und ihren Künstlerfreunden in einem berüchtigten Londoner Klub verloren. Doch Alice hatte zu ihr gestanden und dafür gesorgt, dass sie nicht von der Schule verwiesen wurde.

Meine liebe Vera, las sie.

Ich hoffe sehr, dass meine Zeilen dich bei guter Gesundheit antreffen. Dieser schreckliche Krieg zehrt an uns allen, aber du bist an der Front, mitten im Grauen, das ich mir kaum vorzustellen vermag. Ich bewundere dich zutiefst für die Arbeit, die du leistest, deinen Einsatz bei den Verwundeten, die mehr als alle anderen unsere Unterstützung benötigen. Ich berichte dir ein wenig von Hill House und dem täglichen Wahnsinn, den wir hier erleben. Wobei ich zugeben muss, dass ich es genieße, all die Kinder hier zu haben. In unserer Schule lernen sie spielerisch und können den Krieg eine Weile vergessen. Die Kleinen sind eine Freude, in ihren Augen liegt die Zukunft, die unschuldige Freude am Leben, und das gibt mir Kraft.

Meine süße kleine Carolina wächst mir viel zu schnell. Herrje, ich möchte sie ständig in den Arm nehmen und herzen und küssen! Aber sie wird schon eine richtige kleine Persönlichkeit und macht einen Schmollmund, wenn es ihr zu viel wird mit der Mutterliebe. Du müsstest sie sehen, dieses entzückende engelsgleiche Geschöpf. Mein Vater ist ganz verrückt nach ihr und verwöhnt sie viel zu sehr. Aber ach, was freue ich mich, dass seine Enkeltochter ihm so viel Freude bereitet! Er schreibt gerade ein weiteres Kinderbuch. Diesmal stehen ein Hase und eine Maus im Mittelpunkt.

Hatte ich dir in meinem letzten Brief erzählt, dass ich wieder guter Hoffnung bin? Lorenzo ist ganz aus dem Häuschen und davon überzeugt, dass es diesmal ein Junge wird. Mir ist das vollkommen egal, solange mein Kind nur gesund ist. Vor einem Monat ist er wieder abgereist. Ich wollte ihn nicht gehen lassen, meinen geliebten Mann. Es zerreißt mir das Herz, ihn ziehen zu lassen, jedes Mal mehr. Ich weiß ja, dass ich ihn nicht halten kann, dass er gehen muss, er kann ja gar nicht anders. So ist seine Natur, aber ausgerechnet in die italienischen Alpen! Da toben derzeit heftige Stellungskämpfe. Nun, es ist sein Land, seine Heimat, natürlich wollen sie ihn dort vor Ort wissen.

Ich wünsche dir so sehr, liebste Vera, dass du jemanden findest, den du so lieben kannst wie ich meinen Lorenzo. Bevor ich ihn traf, wusste ich nicht, was Liebe bedeutet. Und durch unsere Kinder sind wir auf ewig miteinander verbunden. Rose war kürzlich mit Michael hier und lässt dich ebenfalls sehr herzlich grüßen. Du würdest sie nicht wiedererkennen, Vera, so bodenständig und praktisch ist sie geworden. Wir sind gemeinsam nach Mandeville Park hinübergegangen, wo die verwundeten und traumatisierten Soldaten gepflegt werden. Rose weint dem verblichenen Glanz ihres Familiensitzes keine Träne nach. Im Gegenteil, sie betont, wie froh sie ist, dass der alte Kasten nun wenigstens einen Sinn erfüllt und Menschen hilft. Ihre Mutter, die Duchess, sieht das natürlich ganz anders. Sie bewohnt noch immer vier Räume im Herrenhaus und kommandiert das arme Mädchen herum, das es gerade bei ihr aushält. Wir fürchten, dass es mit der Duchess kein gutes Ende nehmen wird, denn sie bringt die Dinge oft durcheinander und lebt nur noch in der Vergangenheit. Letztens waren wir bei ihr, und sie fragte dauernd, wann der selige Duke denn nun von der Jagd zurückkäme. Sie kann oder will seinen Tod nicht akzeptieren.

Zurzeit leben zweiundzwanzig Kinder und zwölf Frauen bei uns auf dem Gelände von Hill House. Manchmal sind es auch mehr, aber wir haben ein weiteres Gebäude auf der Wiese hinter der Schule errichtet, und so haben wir genug Platz. Mein Vater unterstützt uns, wo er kann, seine einzige Bedingung ist, dass wir in Hill House selbst möglichst Ruhe halten, denn sonst kann er nicht schreiben. Abgesehen von wenigen Gästen ist es in dieser Hinsicht tatsächlich ruhig geworden. Keine Gartenpartys, kein Ray mit seinen verrückten Künstlerfreunden. Ray ist übrigens mit einem dieser riesigen Überseedampfer nach New York geschippert und lässt sich dort ausgiebig feiern. Seine Ausstellung war ein großer Erfolg.

Erinnerst du dich an Jodie Green, die Amerikanerin mit ihrem Automobil? Unsere Bootspartie und dann die Panne und wie wir in dem Gasthof endeten? Ein herrliches Abenteuer war das! Jodie ist im Nahen Osten als Geheimagentin tätig. Sie trifft sich mit Beduinenfürsten und alliierten Generälen. Eine wirklich unerhört mutige Person ist das!

Ich sitze auf der Terrasse von Hill House, und der Duft der Rosen ist heute besonders schwer und süß. Es sind Tante Charlottes Rosen, die am schönsten blühen. Manchmal fehlt sie mir so sehr, dass ich weinen könnte. Aber ich habe es mir verboten, weil ich den anderen ein Vorbild sein muss. Wir Frauen beweisen unsere Stärke jede an ihrem Platz. Ich muss gestehen, dass ich schrecklich neugierig bin, von dir zu hören. Aber das holen wir nach, wenn du wieder hier bist. Dann trinken wir alle gemeinsam im Garten von Hill House Tee, wärmen die nackten Füße auf den Mühlsteinen, wenn die Sonne sie erhitzt hat, und gehen hinunter zum See im Wald. Dort blühen jetzt die Lilien. Sie mögen die Feuchtigkeit, und ich überlege, ob ich ein paar Pflanzen ausgrabe und sie in meinen Garten oben am Haus anpflanze. Ich habe dort einen kleinen Seerosenteich, an dem sich die Lilien recht hübsch machen würden.

Newton, unser Butler, ist auch noch bei uns. Ein Butler ist er schon lange nicht mehr, eher ein Teil der Familie, ein Freund, der sich ums Haus kümmert. Damals bei der Sache mit Rose' Freundin in Schottland war er einfach großartig. Aber glaube nur nicht, dass er darüber ein Wort verliert. Ein so bescheidener, loyaler Mann, dass ich ihn gar nicht genug in den Himmel loben kann. Er darf das nur nicht wissen, denn dann würde er den Kopf schütteln und sagen, dass er nur tut, was zu tun ist.

Zwei unserer Gärtnerburschen sind an der Front. Grant ist noch bei uns, ihn wollten sie bei der Armee nicht, weil er einen kaputten Rücken hat. Das hat ihn schwer getroffen. Ich bin deswegen nicht gram, wie du dir vorstellen kannst, denn Grant ist nicht nur ein hervorragender Gärtner, sondern tischlert auch und baut uns die Häuser aus.

Nun habe ich dich mit genügend Kleinigkeiten aus unserem beschaulichen Leben in Hill House gelangweilt. Alle senden Grüße, Caroline schickt dir einen zuckersüßen Kuss, und ich umarme dich aus der Ferne, du Tapfere!

Deine Alice

Vera hatte während des Lesens abwechselnd gelächelt und geweint. Für einige Minuten hatte sie alles um sich herum vergessen und an die gemeinsamen Abende mit den Buxtons und ihren Freunden in Hill House gedacht. Alice hatte an sie gedacht und teilte ihre kleinen und großen Sorgen mit ihr, wie man es mit einer lieben Freundin tat. Das bedeutete ihr mehr, als Alice wahrscheinlich ahnte. Als sie die Briefbögen zusammenfaltete, rutschte ein Zettel heraus und fiel zu Boden. Sie bückte sich und hob das mit Bleistift beschriebene Stück Papier auf.

Wir haben eine neue Methode zur plastischen Wiederherstellung von Gesichtsverletzungen entwickelt. Wenn Sie wieder bei uns sind, werde ich Ihnen zeigen, was möglich ist. Sie fehlen hier überall!

CR

Ihr Atem stockte. Captain Redmond hatte ihr diese persönlichen Zeilen geschrieben. Meinte er, was er sagte, oder handelte es sich um eine chiffrierte Nachricht? Sie zog ihr Exemplar von *Lord Jim* hervor und probierte eine Weile hin und her, kam jedoch zu keinem zufriedenstellenden Ergebnis. Es schien, als hätte der Captain ihr tatsächlich eine persönliche Botschaft geschrieben und in den Brief, der offensichtlich geöffnet und weitergeleitet worden war, hineingelegt.

Sie schloss die Augen und sah den schottischen Arzt vor sich. Grünbraune Augen, ein markantes Kinn, und wenn er lächelte, was selten genug vorkam, bildeten sich Grübchen um seine Mundwinkel. Durfte sie tatsächlich hoffen, dass er sich um sie sorgte? Sie wagte sich nicht vorzustellen, dass er mehr für sie empfand, denn dafür war sie zu kritisch sich selbst gegenüber. Nie würde sie eine Schönheit werden wie Rose oder auch Lucie, die zumindest hübsch war. Aber sie war reifer geworden, und die Erfahrungen an der Front und in den Lazaretten hatten sie geprägt. Ihre Augen waren groß, die Wimpern lang, ihre Lippen kirschenhaft und voll, und wenn sie sich etwas herausputzte, zog sie die Blicke der Männer durchaus auf sich.

Als die Kirchturmuhr zweimal schlug, zuckte Vera zusammen. Heute Abend sollte sie sich mit dem Boche treffen. Mit zitternden Händen schob sie die Papiere in den Umschlag und steckte ihn in ihre Rocktasche. Die Ursache für ihr Zittern konnte auch ihr knurrender Magen sein, denn heute war die Mittagsration sehr mager ausgefallen. Koch Jacques hatte sich über das Ausbleiben einer Lebensmittellieferung beschwert.

Im zweiten Kriegsjahr war der Nordfranzösische Ernährungsausschuss gegründet worden. In Lille hatte der Industrielle Louis Guérin sich mit dem Belgischen Nationalen Komitee und dem amerikanischen Hilfskomitee für Belgien darauf verständigt, dass er ein eigenes Hilfswerk gründen dürfe. Die Deutschen hatten die Verantwortung für die Versorgung der französischen Zivilbevölkerung gern an Guérin abgetreten und sich zumindest bereit erklärt, die gelieferten Lebensmittel nicht zu beschlagnahmen. Doch es kam regelmäßig zu Engpässen bei der Lieferung von Grundnahrungsmitteln wie Weizen, Reis, Speck, Fett, Zucker oder Kaffee. Und dabei ging es ihnen hier noch vergleichsweise gut. In anderen Besatzungsgebieten und vor allem in Deutschland selbst litten große Bevölkerungsteile unter Mangelernährung. Die Folge waren Ausbrüche von

Cholera, Ruhr, Tuberkulose und Pocken. Vera wusste um den Rückgang der Geburtenrate in den besetzten Regionen und das Ansteigen der Kindersterblichkeit. Die Menschen begannen zu rebellieren, doch jede Meuterei wurde von den Deutschen mit aller Härte niedergeschlagen.

Der Gedanke an das unermessliche Leid, das die Aggressoren über Millionen von unschuldigen Menschen gebracht hatten, schürte Veras Wut und Entschlossenheit zu tun, was notwendig war, um dem Ende des Krieges näher zu kommen.

Madame Morin zitierte ihre Angestellten um siebzehn Uhr zu sich in ihr Büro. Jacques, Albert, Monique und Gilles saßen dort, als Vera hinzukam. Die Hotelchefin wirkte blasser als sonst, und man merkte ihr die Gebrechlichkeit an.

»Heute ist ein guter Tag, denn die Deutschen haben eine große Niederlage bei Messines hinnehmen müssen. Ihr habt die Detonationen vernommen, die von der tapferen britischen Armee geplant und durchgeführt worden sind. Die Verluste der Boches gehen in die Tausende, leider haben auch die Briten, Australier und Neuseeländer große Verluste erlitten. Dennoch!« Madame schlug mit der flachen Hand auf die Lehne ihres Rollstuhls. »Wir haben einen Sieg errungen! Ihr alle dürft heute Abend ein Glas Wein mehr trinken. Jacques wird euch nachher die Flaschen geben. Die Deutschen kennen eben doch nicht alle unsere Verstecke.«

Vera und die anderen klatschten. »Danke, Madame!«

»Ich werde mich jetzt zurückziehen. Es geht mir nicht gut. Wahrscheinlich bin ich die nächsten Tage nicht im Hotel, aber mein Mann ist da. Wendet euch an ihn, wenn es Probleme gibt.« Madame presste einen Finger gegen ihre Stirn. »Und die Deutschen werden sich nicht von ihrer besten Seite zeigen, glaubt mir. Geht ihnen aus dem Weg, soweit möglich. Wir hatten sehr viel Glück mit den Boches, die sich hier einquartiert haben. Wenn von den Offizieren welche gefallen sind, kommen andere.« Sie verzog das Gesicht. »Besser, den Teufel, den man kennt ...«

Monique stand auf, um ihrer Chefin zu helfen, und die anderen erhoben sich ebenfalls.

»Ah, hier seid ihr alle!« Monsieur Morin kam herein. »Was gibt es denn?«

»Ich habe mir erlaubt, unseren Angestellten zusätzlichen Wein anlässlich des Sieges bei Messines zu spendieren«, antwortete seine Frau.

Kurz glitt ein Schatten über Monsieurs Gesicht, doch dann nickte er. »Sicher, sicher, das haben sie sich verdient. Soll ich dich zu deiner Mutter bringen, chérie?«

»Nein, lass nur, Monique begleitet mich hinunter, und dann kommt der Wagen.«

Als Vera eine Stunde später auf die Straße trat, um frische Luft zu schnappen, spürte sie die Veränderung. Die Detonationen und Granatsalven waren noch immer zu hören. Immerhin trennten sie nur sechzig Kilometer von der Frontlinie. Die patrouillierenden Soldaten schauten grimmiger als sonst drein, und es erschien Vera angezeigt, ihnen aus dem Weg zu gehen. Aus Rache würden sie jede Gelegenheit nutzen, ihren Zorn über die Niederlage an denen auszulassen, die ihnen zufällig in die Hände fielen. Vera lief mit gesenktem Kopf im Schutz der Mauern oder Bäume entlang. Aus dem Jardin Vauban, der direkt unterhalb der Zitadelle lag, erklang Musik. Die Deutschen ließen dort Konzerte abhalten und legten überhaupt großen Wert auf kulturelle Veranstaltungen für ihre Soldaten. Selbst dem Theater von Lille hatten sie ihren Stempel aufgedrückt. Im Frontgiebel des Theaters stand nun *Théâtre allemand*, deutsches Theater. Goethes *Iphigenie* war dort zur Eröffnung gespielt worden. Schlimmer noch waren Aufführungen der *Nibelungen* und verschiedene Operetten. Monique hatte Vera erzählt, dass die

Einheimischen eingeladen wurden, jedoch nie in die deutschen Aufführungen gingen.

Vera konnte nicht erkennen, was die Kapelle dort im Park spielte, doch sie sah die betrunkenen Soldaten, die pöbelnd herumliefen. Rasch entfernte sie sich aus dem Park und spazierte in die Rue Patou. Noch blieb ihr etwas Zeit. Vor dem Haus ihres Kontaktes blieb sie einen Moment stehen, trat dann aber kurz entschlossen in den Flur. Vor den Briefkästen stand eine Frau, die eine Kittelschürze über ihrem schwarzen Kleid trug. Ein kleiner Junge verbarg sich hinter ihr und drückte ein Holzautomobil an sich. Ängstlich sah er zu Vera.

»Was ist denn, Liebling?« Die Frau drehte den Kopf.

»Bonsoir, Madame. Ich wollte nicht stören.« Vera starrte auf den Briefkasten von Madame Bertrand, den die Fremde eben geschlossen hatte.

»Madame Bertrand? Im Lazarett in Saint-Omer und in Calais ...«, begann Vera zögernd und bemerkte eine Veränderung in der abwehrenden Haltung der Fremden.

Die Tür der Wohnung im Parterre knarrte, und Fleur Bertrand sagte: »Wie schön, dass wir uns hier wiedersehen. Wir haben uns beide verändert. Kommen Sie mit, meine Liebe.«

Der Blick der Fremden bedeutete, keine weiteren Worte im Eingangsbereich zu verlieren, und so folgte Vera ihr und ihrem Sohn hinauf in den zweiten Stock. Dort stieß Fleur Bertrand die Tür zu einer Wohnung auf, die aus drei kleinen Räumen bestand, die mit einfachen Möbeln eingerichtet waren. In der Küche stand ein Topf auf dem Herd, aus dem es nach Kräutern duftete.

»Machen Sie die Tür hinter sich zu. Adrien, geh mit deinem Automobil in dein Zimmer.«

Der kleine Junge, den Vera auf vier Jahre schätzte, ging gehorsam davon.

Plötzlich war Fleur Bertrand wie verwandelt. Was vorher weich und mütterlich erschienen war, wich einer wachen und angespannten Haltung. Die dunklen Augen musterten Vera kritisch. »Warum sind Sie hier? Ich habe Sie beobachtet, als Sie den Brief eingeworfen haben. Sie sollten nicht einfach so hier auftauchen. Sagen Sie mir, welche Blumen Juliet bevorzugt.«

Vera biss sich auf die Lippe. »Butterblumen.«

Fleur Bertrand nickte und hob den Deckel, um den Topfinhalt zu inspizieren. »Hm, also gut, warum gefährden Sie meine Tarnung, Marigold?«

»Es tut mir leid, ich wollte einfach mit jemandem sprechen, dem ich vertrauen kann. Heute Nacht treffe ich Leutnant Fuchs im *Le Septième*. Wenn ich an wichtige Informationen komme, leite ich die sofort über Sie weiter. Falls ich einen Fehler mache und entdeckt werde, wissen Sie, mit wem ich zusammen war. Monsieur Morin hat das Treffen eingefädelt. Er ist …«

Fleur Bertrand winkte ab. »Ein Kollaborateur. Ich weiß. Morin ist ein Wurm, der nur auf seinen Vorteil bedacht ist. Um sich zu rechtfertigen, wirft er uns ab und an ein paar Informationen über Truppenbewegungen hin.«

»Warum lassen Sie ihn nicht auffliegen?«

Fleur Bertrand gab mit einer Schöpfkelle etwas Suppe auf einen Teller. »Wollen Sie kosten? Ist nicht übel, dafür, dass kein Fleisch drin ist.«

Vera nahm den Teller und probierte. Die Gemüsesuppe war dünn, aber schmackhaft.

»Jede Information könnte von Bedeutung sein. Also lassen wir ihn noch. Bisher hat er uns nicht geschadet. Nur die Sache mit Angelica ist schlimm. Deshalb sind Sie doch eigentlich hier, nicht wahr?«

»Ja, was wissen Sie darüber?«

»Nicht viel, das ist es ja. Sie ist von einem auf den anderen Tag verschwunden. Es gibt keine Hinweise darauf, dass die

Deutschen sie gefangen genommen haben. Angelica war eine gute Agentin. Wir haben ihr viel zu verdanken.«

Es klopfte an der Tür. »Inspektion! Aufmachen!«

Vera hätte beinahe den Teller fallen lassen.

»Bleiben Sie ganz ruhig. Das kenne ich schon. Und heute nach der Niederlage sind sie umso schlimmer.«

Fleur Bertrand ging zur Tür und öffnete. »Ja?«

»Papiere! Wer ist hier? Und sagen Sie gleich, falls Sie etwas vor uns verstecken. Wir finden es sowieso«, schnauzte der Offizier, der mit einer Mappe unter dem Arm vor ihr stand.

Vera stand in der Küchentür, beobachtete das Geschehen und hatte ihre Papiere bereits in der Hand, als einer der Soldaten sie nach vorn winkte.

»Wohnen Sie hier?«, wollte der Offizier in schlechtem Französisch wissen.

»Nein, ich bin zu Besuch.« Sie gab ihm die Papiere, die er sich genau ansah, bevor er sie zurückgab.

»In Ordnung. Die Gardinenstangen, Müller!«

Einer der Soldaten riss die Gardinen herunter und schaute sich die Stange an. »Verzinkt.«

»Mitnehmen! Und die Pfanne auch.«

Madame Bertrand presste die Hände ineinander, verzog jedoch keine Miene. Die Soldaten stießen die Tür zum Kinderzimmer auf, doch auch der kleine Adrien blieb ruhig.

»Nichts. Nur ein Kind«, meinte ein Soldat.

Der Offizier notierte etwas in seiner Mappe, und die Soldaten nahmen ihren Sack, in dem sich weiteres Raubgut befand.

»Und Sie gehen jetzt nach Hause, Mademoiselle. Die Sperrstunde beginnt bald«, wandte er sich an Vera.

Vera warf Fleur Bertrand einen fragenden Blick zu, und als diese zustimmend die Augen niederschlug, sagte sie: »Ich wollte sowieso gerade gehen. Bis bald, meine Liebe, und gib deinem Jungen einen Kuss von mir.«

Kaum hatte sie gemeinsam mit den Soldaten die Wohnung verlassen, spürte sie die Hand des Offiziers in ihrem Rücken. »Ich lade Sie zum Essen ein, Mademoiselle. Was sagen Sie zu einem Diner im *Belleville*?«

»Das geht nicht, Monsieur, mein Dienst beginnt gleich. Ich arbeite im *Le Septième*.« Sie lief schneller die Treppe hinunter. Nur raus aus diesem Haus! Im Hauseingang warteten die Soldaten und verstellten ihr den Weg.

»Na, Püppchen, nu mal nicht so eilig. Der Herr Offizier ist noch nicht fertig mit dir.« Sie sahen einander vielsagend an, und einer packte ihr Handgelenk.

Angst breitete sich in ihr aus und ließ ihr den Schweiß auf die Stirn treten. »Nein! Lassen Sie mich los!«, rief sie.

»He, was macht ihr da? Lasst das Mädchen los!«, rief eine befehlsgewohnte Stimme auf Deutsch von der anderen Straßenseite.

Vera riss sich los und sprang auf den Gehweg, direkt in die Arme von Leutnant Fuchs. Er bewahrte sie vor einem Sturz, gab sie jedoch sofort wieder frei. »Na, da kam ich ja gerade zur richtigen Zeit.«

»Danke, Monsieur«, sagte sie verlegen und erschrak, als sie ihn ansah.

Blut klebte an seiner Stirn, die Uniform war staubig und ebenfalls blutverschmiert, und seine Augen blickten leer aus einem grauen Gesicht. Leutnant Fuchs war nur noch ein Schatten seiner selbst.

Der andere Offizier salutierte. »Herr Leutnant, wir haben gesäubert, wie befohlen.«

»Lassen Sie es für heute gut sein, Mann.« An Vera gewandt sagte Fuchs: »Kommen Sie, allein sollten Sie heute nicht durch die Straßen von Lille spazieren.«

9

Eine Weile gingen sie schweigend nebeneinanderher. Sie begegneten nur wenigen Soldaten und einigen Kindern, die vor ihnen davonliefen. Seit gestern Nacht hatte das Dröhnen und Donnern von der Frontlinie nicht aufgehört, bis jetzt. Es war beinahe unnatürlich still in dieser frühen Abendstunde. Kein Vogelgezwitscher, keine Musik aus den Cafés oder auf den Plätzen.

Plötzlich sagte Fuchs: »Dieses Elend.«

Unsicher, wie sie reagieren sollte, antwortete Vera: »Es gab große Verluste auf beiden Seiten.«

»Ja, und es ist nicht zu Ende.«

»Wann wird es zu Ende sein?«

Fuchs blieb stehen und packte sie an den Schultern. »Wenn keiner mehr übrig ist.«

»Aber so weit muss es doch nicht kommen!«

Er ließ die Hände sinken und ging weiter. »Doch. So sind Kriege. Sie sind wie eine Maschine, die einmal in Gang gebracht, nicht mehr zu stoppen ist.«

Was für ein seltsamer Mann war dieser Boche, dachte Vera. Er schien das Töten zu verabscheuen und es gleichzeitig für unabdingbar zu halten. Vor dem Hotel sagte Vera: »Ich nehme den Hintereingang.«

»Wie Sie wünschen. Ich erwarte Sie um zehn Uhr.«

Er wusste es, hatte nicht vergessen, was Morin eingefädelt hatte. Der Mann war eiskalt und nicht einzuschätzen, dachte Vera. Mit trockenem Mund erwiderte sie: »Ja, Monsieur.«

In ihrer Kammer erwartete sie eine weitere Überraschung. Morin hatte ihr ein grünes Kleid aus fließendem Stoff und passende Unterwäsche aufs Bett gelegt. Ob Kathleen dasselbe Kleid getragen hatte?

Um Punkt zehn Uhr klopfte Vera leise an die Zimmertür des Deutschen. Vorher hatte sie sich vergewissert, dass sie niemand beobachtete.

»Herein!«, rief Fuchs, und Vera schlüpfte schnell in das Hotelzimmer.

Der Offizier hatte sich gewaschen, sein Haar war noch feucht, und er stand barfüßig, nur in Hemd und Hose an seinem Schreibtisch. Konzentriert starrte er auf eine aufgeklappte Karte und notierte etwas auf einem Stapel Papiere. Geöffnete Briefe und weiteres Kartenmaterial lagen überall verstreut.

»Eine verdammte Sache ist das«, murrte er und warf den Bleistift auf den Tisch. »Wollen Sie etwas trinken?«

Er ging zu einem Rollwagen, auf dem zwei Weinflaschen und eine Cognacflasche standen. »Cognac?«

Vera schüttelte den Kopf und schlang nervös die Arme um ihren Körper. In ihrer Schwesternuniform fühlte sie sich sicher, selbst in der Dienstmädchenkleidung war sie selbstbewusster als in diesem luftigen, viel zu weit ausgeschnittenen Kleid.

Fuchs stürzte ein Glas Cognac hinunter und lehnte sich an einen Sessel. Das Zimmer war geräumig, wurde an der Stirnwand von einem großen Bett dominiert, verfügte über den Schreibtisch, eine Sitzecke und einen Kleiderschrank, neben dem sich ein Paravent befand. Die bodentiefen Fenster waren geöffnet und ließen die kühlere Abendluft und die Geräusche der Stadt herein. Nur hin und wieder klangen gedämpft

Detonationen oder Granatsalven von der Front herüber, die Vera zusammenfahren ließen. Warum war der Boche nicht bei seinen Männern? Sollte er ihnen nicht beistehen und Mut zusprechen?

»Ein Glas Wein, bitte«, bat Vera und schlenderte beiläufig in Richtung des Schreibtischs, der neben dem Fenster stand.

Während sie den Fensterflügel noch ein Stück weiter aufzog, erkannte sie die Geschützstellungen auf der Karte, welche die Hügel von Messines zeigte.

Fuchs kam mit einem Weinglas zu ihr und drehte die Karte um. »Das ist nichts für Sie, Mademoiselle.« Argwöhnisch betrachtete er sie. »Oder sprechen Sie Deutsch?«

»Ich? Aber woher denn? Verzeihung, ich ...«, sie nahm das Glas und nippte an dem Rotwein.

Fuchs stellte sich neben sie und strich über ihren Rücken. »Ein hübsches Kleid tragen Sie.«

»Darf ich Sie etwas fragen, Monsieur?«

Seine Hand glitt tiefer und presste kurz ihr Gesäß. »Bitte.«

»Warum sind Sie hier?« Wenn ihn die Frage verärgerte, ließ er sich nichts anmerken.

»Sie meinen, warum ich hier und nicht bei der Truppe bin?« Er stand jetzt hinter ihr, und sie spürte seinen Atem an ihrem Ohr.

»Ich habe mir diesen Abend verdient, mein Mädchen. Mein Jagdgeschwader hat mehr Abschüsse zu verzeichnen als alle anderen. General von Stetten hat versagt, um es deutlich zu sagen. Auf sein Konto gehen Tausende von gefallenen Soldaten. Es werden so viele sein, dass diese Feuerschlacht in die Geschichte eingehen wird. Ganze Garben scharlachroter Flammen spien die Anhöhen bei Messines aus. Ein Anblick, der sich mir eingebrannt hat. Die Explosionen waren so gewaltig, dass von den meisten Soldaten nichts übrig geblieben ist. Nichts! Sie wurden einfach in winzige Stücke zerrissen!«

Er zog sie an sich und ließ sie seine Erregung spüren. Vera leerte das Weinglas in einem Zug. Vielleicht wäre der Cognac doch die bessere Wahl gewesen.

»Bist du nervös?«

Der plötzliche Wechsel zur vertraulichen Anrede ließ Vera ihr Glas stärker umklammern. »Kann ich noch ein Glas Wein haben, bitte?«

Fuchs nahm ihr das Glas ab. »Du bist wirklich noch Jungfrau? So nervös, wie du dich gibst, könnte ich es fast glauben.«

Die Schamesröte stieg Vera ins Gesicht. Sie konnte nichts dagegen tun, obwohl sie sich deswegen noch unwohler fühlte. Überlegt und konzentriert musste sie die Sache angehen. Ganz wie eine erfahrene Agentin. Aber genau da lag das Problem. Sie war nicht erfahren, und sie hatte ihre eigene Courage überschätzt.

Der Leutnant ging nach hinten und hantierte mit Flaschen und Gläsern. Sie nutzte den Moment, um noch einmal nach den Karten und Briefen zu sehen. London stand auf einer Karte, und ein Luftgeschwader war eingezeichnet unter einem Datum. War es der 14. oder der 17. Juni? Fuchs drehte sich um, und Vera zuckte zurück und nestelte an ihrem Kleid.

»Bitte, trink nur aus, das macht dich freier. Ich bin kein Unmensch, falls du dich fragst, was dich erwartet. Jeder hat so seine Marotten. Meine ist, ich mag keine benutzten Dinge.« Er reichte ihr das Glas, das sie mit bebenden Händen nahm.

Keine benutzten Dinge! Sie war auf einiges gefasst gewesen, aber das war noch widerwärtiger, als sie es sich hätte vorstellen können.

»Sie sind verheiratet?« Über den Glasrand hinweg beobachtete sie ihn. Was machte er mit seiner Frau? War sie auch ein benutztes Ding?

Seine Miene verdüsterte sich kurz. »Ich war verheiratet. Hast du genug getrunken?«

Hastig nahm sie einen großen Schluck und stellte das Glas auf einen Beistelltisch. Der Boche kam zu ihr, strich ihr die Träger des Kleides von den Schultern, und dann fuhr er plötzlich mit der Zunge über ihre Wange. Wie ein sabbernder Hund leckte er dann ihren Hals und über ihr Dekolleté. Vera erstarrte innerlich vor Abscheu und schloss die Augen.

»Sieh mich an!«, befahl er und nahm ihre Hand. »Berühr mich!«

Langsam streckte sie die Finger aus und legte sie auf seine Brust, doch er schob ihre Hand tiefer, öffnete seinen Gürtel und unterdrückte ein Stöhnen, als sie sich seiner erregten Männlichkeit näherte.

Lautes Klopfen an der Tür ließ sie auseinanderfahren. Der Leutnant konnte gerade noch seinen Gürtel schließen, als die Tür aufgestoßen wurde und Oberst Keller hereinkam. Der Oberst schien geradewegs von der Front zu kommen, denn seine Uniform war staubig, die Stiefel verdreckt, und an seiner rechten Hand sickerte Blut durch einen Verband.

»Verzeihung, Herr Leutnant, aber ich komme direkt vom Generalstab.« Sein kantiges Gesicht wirkte noch härter, weil sich Pulverspuren und Schmutz rings um die Augen und auf der Stirn eingegraben hatten.

Vera drehte sich um und richtete ihr Kleid, wobei sie genau zuhörte, was die Deutschen besprachen.

»Sie versteht uns nicht?«, erkundigte sich Keller, bevor er weitersprach.

»Nein, was gibt es?«

»Die Engländer sind im Wytschaete-Bogen in unsere vordersten Stellungen eingefallen, wir werden dort verlieren. Die Verluste gehen in die Tausende, und ebenso viele unserer Männer sind in Gefangenschaft geraten.« Keller hatte die

Stimme beschämt gesenkt. »Von Stetten wird wohl abgelöst, und Dieffenbach will mit dem IX. Reserve-Korps die neue Frontlinie westlich von Warneton bis Zandvoorde halten. Sie, Herr Leutnant, sollen die Gruppe Lille leiten.«

Vera hatte sich still an die Seite gedrückt und dabei die Karten auf dem Schreibtisch angesehen, wo sie die Namen der Orte wiedererkannte. Als Fuchs sich abrupt nach ihr umdrehte, senkte sie den Blick und flüsterte: »Ich gehe jetzt, Monsieur.«

Fuchs war sichtlich ungehalten über die Unterbrechung seiner Abendunterhaltung und antwortete grimmig und mit einem verärgerten Seitenblick auf den Oberst: »Jaja, geh nur. Schick mir Morin rein, wenn du ihn siehst.«

Um das Zimmer zu verlassen, musste Vera sich dicht an Oberst Keller vorbeischieben, der keinerlei Anstalten machte, ihr aus dem Weg zu gehen. Im Gegenteil, er wartete nur darauf, dass sie ihn streifte, und fuhr mit der Hand über ihr Gesäß. »Und wenn er mit dir fertig ist, gehörst du mir«, zischte er mit fauligem Atem an ihrem Ohr.

Der Gestank des Schlachtfeldes hing an ihm. Sie konnte getrocknetes Blut riechen und die Reste von Pulver und Rauch. Nein, dachte Vera, die Chance wirst du Dreckskerl sicher nicht bekommen. Wenn es eine Gerechtigkeit gibt, wirst du von einer Granatsalve zerfetzt, oder du krepierst im Graben. Sie wischte sich demonstrativ über Wange und Ohr und verließ zügig den Raum. Der Flur lag verlassen, sodass sie rasch die Treppen zu ihrer Kammer hinaufeilte, wo sie die aufgeschnapp-ten Informationen auf einem winzigen Zettel notierte, den sie um eine ihrer Haarspangen wickelte. Auch das war ein belieb-tes Versteck, um Nachrichten zu übermitteln. Die Zettel waren winzig und ließen sich mit einem Stück Seidenband als Teil des Haarschmucks tarnen. Kaum hatte sie ihre Arbeit beendet, als Schritte auf der Treppe erklangen und Morin in ihre Kammer trat.

»Warum bist du schon wieder hier? Hast du dich zu dumm angestellt?« Morin nahm ihren Arm und sah sie strafend an.

»Nein, Monsieur.« Sie berichtete vom Auftauchen des Obersts.

»Ach, es soll also eine neue Gruppe hier in Lille geben?« Morin strich sich über den Schnauzbart. »Und wer ist der Kommandant?«

»Dieffenbach, glaube ich.«

»Hm, und was haben sie sonst noch gesagt?«

»Das weiß ich nicht, Monsieur, ich habe nur den Namen und das mit der neuen Gruppe verstanden. Ich spreche kein Deutsch. Und die Karten waren alle abgedeckt, da konnte ich nichts erkennen.«

»Na gut, für heute hast du dich einigermaßen geschlagen. Beim nächsten Mal erwarte ich bessere Auskünfte.«

»Leutnant Fuchs fragte nach Ihnen, Monsieur.«

»Tatsächlich?« Er nahm ihr Kinn in die Hand und sah sie prüfend an. »Du sagst das nicht, um mich loszuwerden?«

»Nein, Monsieur, der Leutnant will Sie sprechen.«

»Gib auf das Kleid acht, du wirst es beim nächsten Mal wieder tragen.«

Er tätschelte ihre Wange und verließ ihre Kammer. Sofort stellte Vera den Stuhl unter den Türgriff und spritzte sich kaltes Wasser ins Gesicht. Sie schlief unruhig in dieser Nacht und erwachte mit den ersten Sonnenstrahlen, die durch das Dachfenster fielen. Die Kampfhandlungen waren wieder aufgenommen worden, wie das entfernte Dröhnen der Geschütze zeigte. Eine Staffel Jagdflieger donnerte über die Dächer von Lille. Vielleicht war Fuchs dabei und kam heute nicht zurück. Obwohl sie Keller für übler hielt. Der Oberst hätte sie nicht so einfach gehen lassen, darüber machte sie sich keine Illusionen. Bevor sie zum Frühstück ging, wollte sie Fleur Bertrand die gestern aufgeschnappten Informationen über die deutschen

Stellungen mitteilen. Vera befestigte die Haarspange in ihrer Frisur, nahm sich aus der Hotelküche heimlich einen kleinen Kuchen mit, den sie Adrien geben wollte, und machte sich durch den Hinterausgang des Hotels auf den Weg in die Rue Patou.

Die Cafés öffneten ihre Türen, und vor den Bäckereien standen bereits Kunden. Ein Gerangel zwischen den Wartenden erregte Veras Aufmerksamkeit. Sie erkannte Lucies hellen Haarschopf und hob die Hand, um ihr zuzuwinken, als ihr klar wurde, was dort passierte. Eine ältere Frau in Schürze und mit einem Kopftuch spuckte nach Lucie und schimpfte: »Du dreckige Hure. Du bist eine Verräterin! Lass dich hier nie wieder blicken. Für dich haben wir kein Brot!«

Lucie wischte sich das Gesicht ab, und Vera konnte sehen, dass sie den Tränen nahe war. Ganz so einfach war das Leben als Geliebte eines Boche also doch nicht. Das ehemalige Zimmermädchen umklammerte seine Tasche und stolperte außer Reichweite der erbosten Frau. Dabei kam sie auf Vera zu, schüttelte jedoch den Kopf, als diese etwas sagen wollte.

Vera ging weiter, und es dauerte nicht lange, da hatte Lucie sie eingeholt. »Was machst du denn so früh hier?«

»Ich will eine Freundin besuchen. Sie hat einen kleinen Jungen, für den ich immer etwas dabeihabe. Der kleine Kerl freut sich so sehr über eine Süßigkeit«, log Vera, ohne darüber nachzudenken.

Überall standen deutsche Verbotsschilder und machten deutlich, dass sie Gefangene in der eigenen Stadt waren.

»Du bist zu nett, Marie. Denk doch lieber mal an dich.« Lucie wedelte mit ihrem Handgelenk, an dem es sanft klingelte.

»Schon wieder ein Geschenk von deinem Verehrer?«

»Nächstes Wochenende nimmt er mich mit nach Tournai. Da will er mir ein Kleid und neue Schuhe kaufen.«

Vera machte einen Umweg, denn sie wollte nicht, dass Lucie sah, in welches Haus sie ging. »Hältst du das für eine gute Idee? Tournai ist ein wichtiger Eisenbahnknotenpunkt. Gerade jetzt, wo die Briten einen Vorstoß bei Messines errungen haben, werden sie nicht nachlassen und solche Ziele sicher verstärkt unter Beschuss nehmen«, warnte Vera die unbedarfte junge Frau.

»Ach was, das ist doch noch ein ganzes Stück entfernt. Ich wünsche mir genau wie du, dass dieser Krieg endlich aufhört, aber ich glaube nicht, dass die Alliierten das in absehbarer Zeit schaffen. Die Boches haben einfach viel zu viel Nachschub und dann sind sie schon bald auf …« Lucie biss sich auf die Zunge, als hätte sie etwas verraten, was sie nicht hätte erzählen dürfen.

»Was meinst du denn? Hast du etwas Konkretes gehört? Komm, sag es mir, Lucie! Das kann doch wichtig für unsere Leute sein!«

Die junge Frau schien zu überlegen, sah sich um und zog Vera mit sich neben einen Ahornbaum. »Na schön, ich hab's mitbekommen, als sich Keller mit seinen Leuten unterhalten hat. Ein paar Brocken verstehe ich schon, auch wenn er das natürlich nicht wissen darf. Ich sag es dir, weil du ja eine halbe Britin bist. Sie wollen London in der nächsten Woche von der Luft aus bombardieren. Das genaue Datum weiß ich nicht. Ein Luftangriff, das habe ich verstanden und dann noch am zwölften oder am dreizehnten. Hast du Familie in London?«

Vera packte Lucie am Arm. »Das ist doch nicht wichtig. Es sind unschuldige Menschen, Zivilisten, Frauen, Kinder, die sterben sollen. Lucie, wenn du solche Dinge erfährst, musst du sie mir sagen, hörst du?«

Lucie machte sich los und trat einen Schritt zurück. »Warum? Was willst du denn machen?« Plötzlich begriff sie und schlug sich die Hand vor den Mund. »Du bist eine Spionin!«

»Nein!« Entsetzt sah sich Vera um, doch nur zwei Frauen gingen auf der anderen Straßenseite entlang und waren in ein

Gespräch vertieft. Ein Junge trieb einen Esel mit einem Karren voller Gerümpel über das Kopfsteinpflaster.

Doch Lucie ließ sich nicht von ihrer Erkenntnis abbringen. »Sicher bist du das. Deshalb hast du so viele Fragen gestellt und wolltest immer alles ganz genau wissen.«

»Nein, nein, Lucie, so hör doch. Ich will doch nur wissen, was mit Angelica geschehen ist! Und natürlich müssen wir jede Information, die unseren Leuten helfen kann, weitergeben. Das ist doch unsere Pflicht!«

»Angelica? Wirklich? Ich habe dir doch gesagt, dass du deine Nase da nicht reinstecken sollst. Du kannst mir ja auch mal was glauben.« Lucie sah sie mit ihren großen Augen, unter denen dunkle Schatten lagen, an.

»Wie denn, du hast ja nichts weiter dazu gesagt! Was weißt du denn über Angelica?«

Das laute Motorengeheul von Flugzeugen übertönte alle Geräusche, und die beiden Frauen sahen zum Himmel hinauf, wo drei deutsche Jagdflieger nach Norden flogen.

»Wie viele verdammte Jahre haben die Boches sich auf diesen Krieg vorbereitet?«, murmelte Vera.

»Ich muss mich beeilen, Marie. Wenn ich aus Tournai zurück bin, sprechen wir über Angelica, aber bitte such nicht weiter nach ihr. Es wäre sinnlos, glaub mir.« Plötzlich nahm Lucie sie bei den Schultern und küsste sie auf die Wangen. »Mach's gut, Marie.«

»Und du, pass auf dich auf, Lucie!« Vera sah der kleinen blonden Gestalt nach, wie sie eilig in einer Seitenstraße verschwand, und ging bedrückt weiter.

Dass der heutige Tag nicht gut angefangen hatte, war eine Sache, aber was sie jetzt erwartete, eine ganz andere.

10

Die nach tagelangem starken Zerstörungsfeuer zwischen Ypern und dem Ploegsteert-Walde, nördlich von Armentières, einsetzenden Angriffe der Englaender sind südöstlich von Ypern von niederschlesischen und wuerttembergischen Regimentern abgewiesen worden.
Liller Kriegszeitung (8. Juni 1917)

Vera hörte, wie sich zwei deutsche Soldaten, über eine Ausgabe der *Liller Kriegszeitung* gebeugt, die neuesten Meldungen vorlasen. Als von den hasenfüßigen Engländern die Rede war, die aus den Sprengungen bei Messines nur kurzzeitig einen Vorteil hatten ziehen können, hätte sie am liebsten ihrer Wut freien Lauf gelassen und die Soldaten angebrüllt. Stattdessen setzte Vera ihren Weg zu Fleur Bertrand fort, senkte den Blick, wenn sie weiteren Soldaten begegnete, und ballte in den Rocktaschen ihre Hände zu Fäusten.

Sie hätte ihre Informationen verschlüsselt aufschreiben und den Umschlag nach Anweisung in den Briefkasten des Hauses in der Rue Patou werfen sollen. Aber Vera musste mit jemandem sprechen, dem sie vertraute. Seit der vergangenen Nacht fühlte sie sich ausgeliefert und unsicher und erhoffte sich von Fleur aufmunternde Worte. Und auch wenn es ihr äußerst unangenehm war, wollte sie Fleur über die Intimitäten befragen, die sich zwischen Mann und Frau im Bett abspielten. Fleur war erfahren und konnte ihr vielleicht einen Tipp in Bezug auf ihr Verhalten gegenüber dem Leutnant geben.

Eine Gruppe Schüler kam ihr entgegen und pfiff lauter als gewöhnlich die französische Nationalhymne. Vera zwinkerte den Gymnasiasten zu, die immer dann besonders laut pfiffen, wenn die alliierten Armeen einen Sieg errungen hatten. Abgelenkt durch die Schüler, hatte sie die ungewöhnlichen Geräusche, die aus Fleur Bertrands Haus kamen, nicht bemerkt. Ein Soldat schleuderte einen Sack aus dem Fenster über ihr, und nur mit knapper Not konnte Vera dem Geschoss entgehen. Scheppernd und klirrend landete der Sack neben ihr auf dem Gehweg. Rasch betrat sie den Flur und drückte sich neben den Briefkästen an die Wand, denn zwei Soldaten hielten Fleur an den Armen zwischen sich und schleiften sie die Treppenstufen hinunter in den Eingangsbereich.

Vera presste sich die Hand auf den Mund, als sie das zerschundene Gesicht der Französin sah. Aus einer Platzwunde an der Schläfe lief das Blut über Hals und Brust der Frau, deren linkes Auge blau unterlaufen und zugeschwollen war. Ihr Kleid war über der Brust zerrissen und ihre Knie aufgeschürft. Was hatten sie ihr angetan? Die Soldaten rissen die wehrlose Frau mit brutaler Gewalt auf die Füße, doch die Knie sackten unter ihr weg.

»Fleur!«, flüsterte Vera und streckte die Hände nach ihr aus.

»Aus dem Weg!«, bellte einer der Soldaten.

Der Offizier, der auch bei ihrem letzten Besuch zugegen gewesen war, kam hinter seinen Leuten die Treppe herunter, gefolgt von einem weinenden Adrien, der ein Stofftier im Arm hielt und mit nackten Füßchen die Stufen hinunterstolperte.

»Mein Sohn, bitte verschont meinen Sohn. Er ist doch noch ein Kind!«, rief die verzweifelte Fleur, und als sie Vera entdeckte: »Nimm ihn mit, nimm mein Kind mit nach Hazebrouck zu seiner Tante, bitte, ich flehe dich an! Das gelbe Haus neben der Kirche …«

Einer ihrer Peiniger schlug ihr ins Gesicht. »Halt's Maul, Verräterin. Mit dir machen wir kurzen Prozess!«

Vera fing den verzweifelten Blick von Fleur auf und nickte ihr zu. Sie würde alles tun, um das Kind in Sicherheit zu bringen, und sie wollte, dass Fleur zumindest mit dem Gefühl ging, dass ihr Kind gerettet würde. Die Tür der Wohnung im Parterre war einen Spalt breit geöffnet, und Vera sah, dass ein alter Mann sie beobachtete. Helfen konnte hier niemand, ohne selbst sein Leben aufs Spiel zu setzen, und so blieb Vera an der Wand stehen und hoffte, dass der Offizier sie nicht wiedererkannte.

Als er sich ihr näherte, ging die Tür neben ihr etwas weiter auf, und der Alte streckte seine Hand aus und winkte sie zu sich. »Kommen Sie, na kommen Sie schon!«, zischte er.

Vera packte den kleinen Adrien und betrat ohne zu zögern die Wohnung des Alten, der sofort die Tür hinter ihr schloss. Es dauerte nur eine Minute, bis es klopfte. Der Alte schob sie und das Kind, das sich schluchzend an sie klammerte, in eine winzige Küche und ging zur Tür.

»Wo ist das Kind?«, verlangte der Offizier zu wissen.

»Ich passe auf den Jungen auf. Das habe ich immer getan, wenn Madame arbeiten musste. Lassen Sie mir den Jungen, er ist doch ein unschuldiges Kind. Ich bitte Sie, Monsieur!«, bat der Alte.

»Und die Frau? Was hat die hier verloren? Wer ist sie?«

»Meine Nichte, sie hilft mir, bringt mir Essen, kocht. Ich bin ein alter Mann, was sollte ich schon ausrichten? Bitte, Monsieur, haben Sie Mitleid mit uns!« Die Stimme des Alten war brüchig und klang unterwürfig.

Ob es der Tonfall war, der den Offizier dazu bewog, sich milde zu zeigen, oder ob er tatsächlich Mitleid mit dem Jungen hatte, war nicht zu sagen, doch letztlich zog er sich zurück.

»Machen Sie keinen Ärger! Wenn wir herausfinden, dass Sie von Madame Bertrands Aktivitäten wussten, erwartet Sie das Gleiche wie diese Verräterin.«

Die Tür fiel ins Schloss, und Vera rannte mit dem Jungen zum Fenster, um zu sehen, was mit Fleur geschah. Tatsächlich schleiften die Soldaten die arme Frau mit sich, und sie hörte das Wort Zitadelle fallen.

»Was geschieht mit der armen Madame Bertrand?« Der Alte trat neben sie und sah ebenfalls auf die Straße. Hinter den Fenstern im gegenüberliegenden Haus bewegten sich die Bewohner, doch alle hielten sich versteckt hinter den Gardinen. Niemand wollte auffallen und die Aufmerksamkeit der verhassten Besatzer erregen.

»Sie bringen sie in die Zitadelle. Monsieur, wie kann ich Ihnen nur danken, Monsieur …?« Sie sah den Alten an.

Ein ausgemergelter Mann mit schlohweißem Haar und eingefallenen Wangen. Seine knochigen Hände sahen aus einem zerschlissenen Hemd hervor, und auch seine Wohnung, die lediglich aus der Küche und einem Nebenraum bestand, war ärmlich eingerichtet. Hier war für die Deutschen nichts mehr zu holen, weshalb der Offizier sich wohl so großzügig gezeigt hatte. An einer Wand stand ein Holzrahmen mit einer dünnen Matratze und Bettzeug unter einer alten Wolldecke. Ein Kruzifix hing darüber und daneben ein verblasstes Aquarell, das ein im Sommerwind wogendes Lilienfeld zeigte.

»Keine Namen, Mademoiselle. Nehmen Sie das Kind und gehen Sie. Sie wissen, wohin Sie den Jungen bringen sollen?«

»Ja, ich glaube schon. Haben Sie die genaue Adresse von Madame Bertrands Verwandten in Hazebrouck?«

»Nein, habe ich nicht. Ich weiß gar nichts. Madame wohnt noch nicht lange hier. Aber ich habe immer gedacht, dass sie etwas tut, was uns alle irgendwann in Gefahr bringen kann.« Der Alte sah auf die Straße. »Warten Sie noch, bis die ganze

Bande verschwunden ist, und dann verlassen Sie das Haus durch den Hintereingang, und kommen Sie nie wieder!«

»Aber wenn Madame zurückkehrt?«

Der Alte sah sie traurig an. »Glauben Sie das wirklich? Wir wissen doch beide, was mit Spionen geschieht.«

Adrien wog schwer in ihren Armen, und Vera setzte sich mit dem Kind auf einen Schemel. »Ist ja gut, mein Schatz, ist ja gut.« Beruhigend strich sie dem Jungen über den Rücken. Sie fühlte seine verzweifelten Kindertränen auf ihrer Bluse und das Klopfen seines Herzens an ihrem Körper. Armes Geschöpf, dachte sie, was sollte nur mit ihm werden?

»Ich bringe dich zu deiner Familie, Adrien. Dann wird alles gut, hörst du? Schsch«, murmelte sie und streichelte die weichen Kinderlocken. Als der Junge gleichmäßiger atmete und einnickte, sagte sie leise zu dem Alten: »Helfen Sie mir, ein paar Sachen für den Kleinen zu packen?«

Der Alte nickte und schlurfte davon. Kurz darauf kam er mit einem Rucksack zurück. »Unterwäsche, ein Pullover, eine Hose und Schuhe.«

»Keine Socken und ein Spielzeug oder ein Stofftier?« Der Junge seufzte im Schlaf und schmatzte.

Vera wiegte ihn sanft hin und her, was ihm zu gefallen schien, denn er schlief weiter.

»Ich habe diese Holztiere gefunden und ein Tuch, auf dem er zu schlafen scheint.« Der Alte stopfte fünf bunte Holztiere und ein kariertes Flanelltuch in den Rucksack.

»Papiere? Gibt es Dokumente für den Jungen?«

Auf der Straße hallten Stiefeltritte über das Pflaster, und der unablässige Geschützlärm der Front rief ihnen ihre gefahrvolle Lage ins Bewusstsein.

»Die werden die Deutschen mitgenommen haben. Mademoiselle, Sie sollten jetzt gehen, bevor die es sich anders überlegen und zurückkommen. Man kann nie wissen.«

Vera setzte Adrien für einen Moment auf einem Stuhl ab, wobei er erwachte und zu wimmern begann. »Es ist gut, Adrien. Wir gehen jetzt deine Maman suchen.«

»Maman, Maman!«, schluchzte der Junge.

»Ein Foto seiner Mutter …«, sprach Vera, die noch einmal in Fleurs Wohnung gegangen war, ihre Gedanken aus und fand eine mit Blumen bedruckte Pappschachtel neben dem Bett, in der eine getrocknete Rose, zwei Milchzähne, eine silberne Kette mit einem Herzanhänger und ein Foto von Fleur mit Baby Adrien im Arm lagen. »Das nehmen wir für dich mit, damit du weißt, wer deine tapfere Mutter ist.«

Noch war Fleur am Leben, und Vera betete für ein Wunder, dass die Boches sie nicht sofort vor ein Standgericht brachten und verurteilten.

Die Mittagssonne brannte heiß über den Hügeln rings um Lille. Vielleicht kam es Vera auch nur so vor, denn der kleine Junge wollte immer wieder auf den Arm genommen werden, und wenn sie ihn an sich presste und durch die Felder lief, rann ihr der Schweiß über Gesicht und Körper. Außerdem wog Adriens Rucksack schwer. Sie hatte sich ein Kleid und ein Hemd von Fleur eingesteckt, um zumindest Wäsche zum Wechseln zu haben. Ins Hotel war sie gar nicht erst zurückgekehrt. Stattdessen hatte sie den Alten gebeten, Madame Morin einen Brief von ihr zu übergeben, in dem sie ihre Notsituation erklärte und um Verständnis bat. Letztlich war es Vera egal, ob Madame sie feuerte, wenn sie ins Hotel zurückkehren sollte. Das Leben des kleinen Jungen hatte Vorrang.

Die Hügel waren durchzogen von Feldwegen und nur wenigen Straßen. Vereinzelte Bauernhöfe und kleine Dörfer prägten die Landschaft. Die Frontlinie befand sich nordwestlich von ihnen, und nach der erdrückenden Präsenz der deutschen Besatzer in Lille fühlte sich das Leben hier draußen beinahe normal an. Das mochte auch daran liegen, dass nicht überall deutsche Schilder und Soldaten zu sehen waren. Vera setzte Adrien auf den Boden und streckte sich. Sie stand auf einer grünen Hügelkuppe, hinter ihr ein Wäldchen, vor ihr Wiesen, Weizenfelder und einige Weinberge. Ein besonders lautes Geschützfeuer holte sie gewaltsam in die Realität zurück.

Adrien weinte. »Maman, wo ist Maman?«

»Oh mein kleiner Schatz, wir besuchen jetzt deine Tante in Hazebrouck. Ist das nicht schön?« Sie hockte sich vor Adrien ins Gras und wischte ihm die Tränen aus dem von Anstrengung und Hitze geröteten Gesicht. Sie wusste nicht einmal den Namen seiner Tante. Das gelbe Haus neben der Kirche. Lieber Gott, hilf mir bei dieser Aufgabe, flehte Vera und ertappte sich dabei, dass sie tatsächlich auf die Kraft des Glaubens vertraute. Zwar war sie religiös erzogen worden, doch alles in ihr hatte sich gegen den strengen Vater und seine strafende Hand gewehrt. Sein Arm sei der verlängerte Arm Gottes, hatte er seinen Kindern gegenüber stets betont. Wenn er strafte, richtete Gott.

Vera hatte das nie hinnehmen wollen und beinahe den Glauben verloren. Doch die Arbeit als Krankenschwester hatte sie verändert. Für manch todkranken Patienten war der Glaube an ein Leben nach dem Tod der einzige Trost, und sie konnte das verstehen. Und mehr noch begriff sie die Kraft des Glaubens, wenn sie die sterbenden Soldaten im Lazarett in ihren letzten Augenblicken begleitete. Und dennoch wurde sie gleichzeitig von Zweifeln geplagt. Wie konnte ein Sinn in diesem grauenvollen Schlachten liegen? Das konnte doch kein barmherziger Gott wollen. Mit ihren Zweifeln war sie nicht allein. Oft hatte sie mit Captain Redmond über den Sinn ihres Tuns gesprochen. Er selbst stand manches Mal mit einem Ausdruck tiefster Verzweiflung vor den neu eingelieferten Körpern, die zerfetzt von Granatsplittern zuckend vor ihnen lagen. »Wir flicken sie zusammen, damit sie beim nächsten Angriff sterben«, hatte er gesagt.

»Maman«, schluchzte der Junge und sah sie mit seinen großen Kinderaugen an.

Sie drückte ihn an sich und erlaubte sich eine Träne, verbat sich jedoch einen Gefühlsausbruch, denn damit würde sie das Kind nur weiter verunsichern. »Wir machen jetzt einen Ausflug zusammen. Deine Maman hat gesagt, dass ich auf dich aufpassen soll, Adrien. Wir sind sehr gute Freundinnen, deine Maman und ich. Und heute laufen wir zu Fuß nach Hazebrouck. Ist das nicht ein großes Abenteuer?«

Adrien stellte sich vor sie. Mit seinen vier Jahren verstand er schon genug, um zu begreifen, was sie ihm zu erklären versuchte.

»Wir laufen weit?«

»Ja, sehr weit. Kannst du das schaffen? Es ist sehr wichtig, dass wir zu deiner Tante kommen, weißt du?«

»Warum?«

»Weil du hier in Gefahr bist, mein Schatz. Deine Maman sagt, dass du bei deiner Tante sicher bist. Also gehen wir dahin.«

»Aber warum nicht mit Maman? Wie heißt du?« Er schien sich von dem Schock erholt zu haben und begann zu fragen, was Vera in Erklärungsnot brachte.

»Ich bin Marie. Und deine Maman kommt später nach. Sie muss noch etwas Wichtiges in der Stadt erledigen.«

»Sie lässt mich nie allein.«

»Nein, das tut sie nicht, aber diesmal ging es nicht anders, Adrien.«

Unten am Fuße des Hügels erschien ein Fahrradfahrer, eine Frau mit einem Korb voller Gemüse. Auch auf dem Lande kämpften die Menschen gegen den Hunger, denn die Deutschen plünderten regelmäßig alle Bauernhöfe und konfiszierten Eier, Butter und Schweine. Wer noch eine Kuh oder Ziegen besaß, konnte sich glücklich schätzen.

»Komm, Adrien, lass uns ganz schnell den Hügel hinunter-laufen, ja?«

Der Kleine sah sie erfreut an. »Wir spielen?«

»Ja, wir spielen, wer zuerst unten ist.«

Sie ließ ihn vorlaufen, und es schien ihm tatsächlich Spaß zu machen, denn er quietschte, als er stolperte und hinfiel, rappelte sich sofort wieder auf und lief auf seinen kurzen Beinen so schnell er konnte weiter. Vera setzte sich den Rucksack auf die Schultern und folgte Adrien. Die Frau auf dem Rad hatte sie ebenfalls entdeckt und war abgestiegen.

Als sie leicht außer Atem unten anlangten, hüpfte Adrien vor Vera hin und her. »Erster! Ich war schneller als du!«

Vera hob ihn hoch, küsste ihn auf die Wangen und sagte: »Ja, du bist ein großartiger Junge!«

»Bonjour!«, sagte die Fremde, die ihr Rad festhielt. Sie war jung und trug ein einfaches Kleid. Ihre Hände sahen abgearbeitet aus, und ihre nackten Füße steckten in Sandalen. »Habt ihr Hunger? Ich habe euch gesehen. Ihr seid nicht von hier.«

Die Fremde nahm zwei Karotten aus ihrem Korb und hielt sie Vera und Adrien hin. Der Junge biss sofort in das frische Gemüse und kaute lautstark.

»Vielen Dank, das ist sehr freundlich. Wir kommen aus Lille. Ich bringe meinen Neffen zu meiner Schwester. Wir haben noch einen Tagesmarsch vor uns.« Die Fremde erschien ihr nicht gefährlich. Ihr Akzent verriet, dass sie hier aus der Gegend stammte.

»Wir haben einen Hof in der Nähe. Das hier ist für meine Großeltern, die in Fromelles leben.«

»Da müssen wir auch durch«, erwiderte Vera. »Ich bin Marie, und das ist Adrien.«

»Camille. Na schön, gehen wir ein Stück zusammen.«

Vera war froh, ihren Rucksack auf dem Rad absetzen zu dürfen, und als Adrien müde wurde, hob sie ihn auf den

106

Fahrradsattel. Der kleine Junge ließ sich gern von den beiden Frauen festhalten und fand es aufregend, von seiner erhöhten Position in die Landschaft zu sehen. Wenn er etwas Interessantes entdeckte, zeigte er mit dem Finger darauf und rief: »Da, da!«

Ein Schwarm Krähen flatterte in einem Feld auf, und Camille deutete auf eine kleine Baumgruppe. »Dahinten ist ein See. Warst du schon dort? Vor dem Krieg war das ein beliebter Ort für alle hier aus der Gegend. Wir sind zum Schwimmen hin. Aber jetzt mit den Boches muss man aufpassen. Als Mädchen kann man allein nirgends mehr hingehen. Und ich bin keine, die sich mit dem Besatzerpack einlässt.«

Camille warf Vera einen schnellen prüfenden Blick zu.

»Nein, das möchte wohl niemand.«

»Denkst du, aber einige machen für die Boches die Beine breit, weil sie sich was erhoffen. Bei uns im Dorf würde sich das keine trauen, aber in Lille, pah!« Sie machte eine vielsagende Handbewegung.

Eine warme Brise ging über die Felder und ließ die Gräser sanft rauschen. Vera nahm die Natur so deutlich wahr, weil der Geschützlärm pausierte und sie an ihre Heimat dachte. Ein tiefer Seufzer entfuhr ihr.

»Wo kommst du eigentlich her? Du klingst nicht, als wärst du von hier. Flandern oder England? Ich hab's nicht mit Akzenten.«

»England«, antwortete Vera wahrheitsgemäß. »Ich bin eigentlich Hebamme, und in der Krankenpflege kenne ich mich auch aus. Mein Mann war aus der Gegend hier. Er ist gefallen.«

»Wirklich? Oh, das tut mir leid. Mein Bruder ist auch gleich im ersten Jahr gefallen.« Camille packte den Lenker fester und blinzelte. »Verfluchter Krieg! Erzähl mir von England. Ich bin noch nie weiter als bis Saint-Omer gekommen. Da lebt ein Onkel. Ich wollte immer mal an die Küste. Es ist ruhig, hörst du?«

»Schon eine Weile. Vielleicht haben unsere Truppen einen weiteren Sieg errungen.« Sie waren allein auf der Landstraße, nur auf den Feldern sah man vereinzelt Landarbeiter, meist Frauen, die Heu harkten oder sich um die Zäune kümmerten. Das trügerische Landidyll ließ Vera an Südostengland und ihre Freundinnen denken. »Von Calais ist es nur ein Katzensprung bis nach Dover oder Folkestone.«

Vera erzählte von englischen Sommern, ihren glücklichen Tagen in Hill House und dem Ausflug mit der Amerikanerin Jodie und deren Automobil. »Und jetzt ist Jodie irgendwo im Nahen Osten unterwegs und vermittelt zwischen den Beduinen und unseren Generälen. Sie ist eine unglaubliche Person.«

Fasziniert hatte Camille ihr zugehört und dabei den kleinen Adrien aufgemuntert, der langsam müde wurde. Sie hatten ihm zwar ein Taschentuch als Sonnenschutz auf den Kopf gebunden, doch für ein Kleinkind war eine solche Tour viel zu anstrengend.

»Ich liebe es hier, aber irgendwann möchte ich sehen, wovon du mir erzählt hast, Marie. Man muss Träume haben, nicht wahr? Gerade in Zeiten wie diesen, wo alles so trüb und grauenvoll ist.«

»Die Boches können nicht ewig so weitermachen. Keiner kann das. Was bleibt denn noch?«

»Verbrannte Erde und Gräber«, sagte Camille traurig.

Und wie aufs Stichwort meldeten sich mit dumpfem Grollen aus der Ferne die Geschütze.

11

Der Himmel fällt in Stücken auf die Natur.
Und nirgends 'ne Blume,
die unverletzt lebt.
   Theo van Doesburg (1883–1931)

Sie erreichten Fromelles in den frühen Abendstunden. Adrien schlief in Veras Armen, und sie selbst war erschöpft vom Laufen. Zweimal hatten sie unterwegs einer deutschen Patrouille ausweichen müssen und sich im Gebüsch versteckt, bis die Deutschen außer Sichtweite gewesen waren. Das Haus von Camilles Großeltern lag am Rande des Dorfes und hatte einen großen Garten, in dem ein Hühnerstall stand.

Als sie vor dem Gartentor hielten, sah Camille sie mitleidig an. »Du bist doch viel zu müde, um noch weiterzulaufen, und überhaupt, im Dunkeln solltest du nicht allein unterwegs sein. Wollt ihr nicht bei uns übernachten? Ihr könntet dann morgen direkt bei Sonnenaufgang weiter.«

Dankbar nahm Vera das Angebot an. Camilles Großeltern waren liebenswerte ältere Leute, die ihr bescheidenes Mahl gern mit ihnen teilten. Sie fragten nicht, warum und wohin Vera unterwegs war, sondern wiesen ihr ein Bett zu, in dem sie mit Adrien einige Stunden schlafen konnte. Immerhin konnte sich Vera mit ihren medizinischen Kenntnissen für die Gastfreundschaft revanchieren. Camilles Großmutter litt an einem offenen Bein, das Vera fachkundig säuberte und verband. Mit den ersten Sonnenstrahlen erwachte Vera, verabschiedete sich von den freundlichen Gastgebern und machte sich zu Fuß weiter auf den Weg nach Hazebrouck.

Vera und Adrien sollten zwei weitere Tage benötigen, bevor sie Hazebrouck erreichten. Es war schwieriger als angenommen, mit einem Kleinkind zu reisen, und Vera war über jedes Transportmittel, das sich ihnen unterwegs bot, dankbar. Sie überquerten die Grenze auf dem Heuwagen eines Bauern, dessen Felder auf beiden Seiten der Frontlinie lagen. Er gab sie als eine entfernte Verwandte aus, und die deutschen Soldaten stellten angesichts des weinenden Adriens keine weiteren Fragen. Die Soldaten hatten desillusioniert und kampfesmüde gewirkt, was Vera Anlass zur Hoffnung auf ein baldiges Kriegsende gab.

Adrien hatte geschlafen und trottete nun an ihrer Hand neben ihr her. Sie waren von Süden über die Rue de Merville in die Stadt gekommen. Zu ihrer Rechten lag ein Park und vor ihnen der Friedhof. Die Kirche Saint-Éloi befand sich direkt oberhalb des Parks.

»Dort vorn muss irgendwo das Haus deiner Tante sein, Adrien«, ermunterte Vera den kleinen Jungen, der immer wieder nach seiner Mutter fragte, was Vera das Herz zerriss.

»Maman? Ist da Maman?«, wollte Adrien wissen.

»Vielleicht, mein Schatz, aber auf jeden Fall ist deine Tante dort.« Nun musste die Tante nur vor Ort sein, und vor allem musste Vera das gelbe Haus finden.

Als sie vor der Backsteinkirche standen, sah sie sich suchend um. Weiße Häuser, aber kein gelbes waren zu sehen. Sie befanden sich in der Rue de l'Église, die in die Innenstadt führte. Von Hazebrouck aus waren es vierzig Kilometer bis Dünkirchen, und die vielen militärischen Wagen und alliierten Soldaten zeugten von der Bedeutung der Kleinstadt als Nachschubposten. Zumindest waren sie nicht länger im besetzten Gebiet, und Vera konnte sich frei bewegen. Als eine ältere Dame mit zwei kleinen Kindern vom Friedhof auf sie zukam, sprach sie diese an.

»Verzeihung, Madame, aber ich suche ein gelbes Haus, das sich hier bei der Kirche befinden soll. Dort wohnt die Tante von Adrien Bertrand.«

Die Frau hatte geweint, und die kleinen Mädchen an ihren Händen wirkten bedrückt. »Bonjour, Mademoiselle, verzeihen Sie uns, aber wir haben gerade das Grab meines Sohnes besucht. Wir vermissen ihn schmerzlich. Er war Pilot und ist über Arras abgeschossen worden.«

»Mein herzliches Beileid, Madame.« Vera legte sanft ihre Hand auf Adriens Kopf. »Seine Mutter wurde vor einigen Tagen erst in Lille inhaftiert. Sein Vater ist ebenfalls gefallen. Verstehen Sie, wir müssen die Tante finden.« Vera sprach mit großer Eindringlichkeit, und die Fremde verstand.

»In Zeiten der Not müssen wir uns gegenseitig helfen, aber ja, Mademoiselle. Ein gelbes Haus, hm, lassen Sie mich nachdenken. Es gab mal eins die Straße hoch. Aber Bertrand? Es müsste das weiße mit dem Stufengiebel und der roten Tür sein. Fragen Sie dort, Mademoiselle, und viel Glück!«

Den Blick auf die Häuser gerichtet, ging Vera weiter und achtete nicht auf die Gruppe von englischen Offizieren, die an ihr vorbeiging.

»Vera? Vera Lyttleton?!«

Beim Klang der vertrauten Stimme fuhr sie herum. »Captain Redmond!«

Der Captain schien genauso erfreut, sie zu sehen, wie sie und begrüßte sie mit Küssen auf die Wangen. »Meine Herren«, sagte er zu den drei Offizieren, die ihn begleiteten, »darf ich Ihnen eine der fähigsten Krankenschwestern der Armee vorstellen? Vera Lyttleton. Wir vermissen Sie schmerzlich!«

Verlegen erwiderte Vera die Begrüßung. »Sind Sie hier in Hazebrouck stationiert, Captain?«

»Wir hatten einige komplizierte Fälle, bei denen ich chirurgisch helfen konnte. Ich werde noch drei Wochen hier im Lazarett sein. Und Sie, was führt Sie her? Einen Moment.« Captain Redmond wechselte einige Worte mit seinen Begleitern, die nickten und sich höflich verabschiedeten.

Als sie allein auf dem Gehweg standen, sah Captain Redmond sie mitfühlend an. »Wie geht es Ihnen, Vera? Was bedeutet es, dass Sie hier mit diesem Jungen auftauchen? Haben Sie Ihre Aufgabe in Lille erfüllt?«

Vera schüttelte unglücklich den Kopf und fasste rasch zusammen, was geschehen war.

Der Militärarzt hörte mit gerunzelter Stirn zu. »So ist das. Ja, dann kommen Sie, suchen wir die Verwandten des Jungen doch gemeinsam.«

Er bot ihr seinen Arm, und als Vera sich bei ihm unterhakte, floss ein Gefühl der Wärme und Sehnsucht durch ihren Körper. Sie hatte den schottischen Arzt vermisst, mehr als sie sich jemals eingestehen würde, und nach all den Strapazen der vergangenen Wochen war sie vielleicht verletzlicher und sehnte sich nach der Nähe zu einem Menschen, dem sie vertrauen konnte.

Seite an Seite und mit Adrien an Veras Hand spazierten sie die Straße hinauf, bis sie hinter der Kirche vor einem weißen Haus mit roter Tür standen. An einigen Stellen schimmerte die ehemals gelbe Farbe hervor.

»Das hier müsste es sein«, sagte Vera.

»Lassen Sie mich fragen.« Der Captain stieg die Stufen hinauf und klingelte. Es dauerte nicht lange, und die Tür wurde geöffnet. Es folgte ein Wortwechsel, und schließlich winkte Captain Redmond sie hinzu.

»Madame Roux, das ist Miss Lyttleton, die Ihnen alles erklären wird.«

»Bonjour, Madame. Es tut mir leid, dass ich unter diesen Umständen und so überraschend …« Doch es bedurfte keiner weiteren Erklärungen, denn Fleurs Schwester nahm ihren Neffen, der sich schüchtern neben Vera gestellt hatte, in die Arme und drückte ihn weinend an sich.

»Kommen Sie herein, bitte«, sagte sie unter Tränen und ging voraus in ein kleines Wohnzimmer, in dem ein alter Herr in einem Lehnstuhl saß und ihnen erwartungsvoll entgegensah. Als er Adrien entdeckte, breitete er die Arme aus.

»Mein Vater, er hatte einen Schlaganfall und kann nicht sehr gut gehen und sprechen. Hier, Papa, der kleine Adrien.«

Der von der langen Reise erschöpfte Junge ließ sich widerstandslos herzen und umarmen, nur ein leises »Maman« kam immer wieder über seine Lippen.

Madame Roux ging mit Vera und dem Captain ans Fenster, von wo aus sie in einen Hinterhof blickten. Fahrräder, Kisten und ein Gemüsebeet stritten sich um den spärlichen Platz. Vera erzählte, was geschehen war. »Ihre Schwester befindet sich jetzt in der Zitadelle von Lille, Madame. Ich kehre sobald als möglich dorthin zurück und werde versuchen, ihr zu helfen. Aber ich wollte ihrem Wunsch entsprechen und Adrien zuerst in Sicherheit bringen.«

Sie alle wussten, dass es kaum Hoffnung für Fleur Bertrand gab und dass Veras Entscheidung, Adrien aus der Stadt zu bringen, die einzig richtige gewesen war.

Madame Roux, eine zierliche Frau mit Brille, nestelte nervös an ihrem aufgesteckten Haar. »Meine arme Schwester, ich habe geahnt, dass es einmal so mit ihr enden würde, als sie mir von ihrer Arbeit als …« Sie sprach das Wort Spionin nicht aus und presste sich die Hand an die zitternden Lippen.

Captain Redmond räusperte sich angesichts der unangenehmen Situation, denn immerhin war er für die Rekrutierung zahlreicher junger Frauen für den Geheimdienst verantwortlich.

»Ihre Schwester hat gewusst, auf was sie sich einlässt, Madame. Sie ist eine tapfere Frau, die sich für die Freiheit Frankreichs einsetzt.«

Verzweifelte Wut sprach aus Madame Roux' Miene. »Ach, hören Sie doch auf mit Ihrem Gewäsch von Ehre und Vaterland und Pflicht und all dem Unsinn! Mein Mann ist seit zwei Monaten vermisst, mein jüngster Bruder gefallen, und mein anderer Bruder liegt oben in seinem Zimmer und starrt die Decke an. Zu mehr ist er seit einem Gasangriff nicht mehr fähig. Und meinen Vater hat der Schlag getroffen. Ich kann keinen Sinn mehr in diesem verfluchten Krieg sehen!«

»Nein, ich auch nicht, Madame. Aber wir stecken alle gemeinsam mittendrin und müssen doch versuchen, diesen Wahnsinn zu beenden. Oder wollen Sie, dass die Deutschen auch hierherkommen und alles besetzen?«

Vera nahm die Hand der verzweifelten Frau und drückte sie sanft. »Ich kann Sie so gut verstehen, Madame«, fügte sie leise hinzu.

Die Frau wischte sich die Augen und rang um Fassung. »Ja, natürlich, ja, ich danke Ihnen, dass Sie mir Adrien gebracht haben. Er ist hier sicher, und wir kümmern uns um ihn. Sagen Sie das meiner Schwester, falls …« Sie biss sich auf die Lippen.

Captain Redmond sagte: »Verzeihen Sie uns, Madame, aber wir müssen weiter. Wenn Sie mehr über das Schicksal Ihrer Schwester wissen wollen, kommen Sie doch morgen ins Hauptquartier.«

»Müssen Sie wirklich schon gehen, Miss Lyttleton?« Madame Roux griff nach Veras Arm.

»Es tut mir so leid, Madame. Adrien ist ein reizender kleiner Bursche. Ich habe zusammengepackt, was ich greifen konnte. Es ist alles in dem Rucksack. Aber vielleicht haben wir Glück und seine Mutter wird nur zu einer Gefängnisstrafe verurteilt.«

Madame Roux ließ sie los und trat zurück. »Das hoffe ich. Und wie sehr ich das hoffe.«

Vera entnahm dem Rucksack die Wäsche, die sie für sich eingesteckt hatte, und erst als sie wieder auf der Straße stand, konnte sie die Trauer und die Verzweiflung, die sich wie ein schweres Tuch im Haus von Madame Roux über sie gelegt hatte, abschütteln und aufatmen. »Können wir etwas für Madame Bertrand tun?«

Der Captain reichte ihr erneut seinen Arm und ging langsam mit ihr in Richtung Stadtmitte. »Ich fürchte nicht, Vera. Sie wissen selbst, dass wir keine Namen preisgeben können, ohne andere zu gefährden. Sie selbst wären in Gefahr, wenn Sie zurückgehen. Wollen Sie das überhaupt?«

»Aber ja! Ich bin dicht davor, mehr über die Pläne der Deutschen zu erfahren, und Monsieur Morin hat etwas mit dem Verschwinden von Kathleen zu tun, davon bin ich überzeugt.«

Unter den herabhängenden Zweigen einer Kastanie, die sie vor den Blicken anderer schützte, blieb der Captain stehen und schaute sie an. »Ich bin froh, dass Sie unbeschadet bis hierher durchgekommen sind, Vera, sehr froh. Ich habe oft an Sie gedacht und mir Vorwürfe gemacht, Sie auf diese Mission geschickt zu haben. Sie sind mir zu wichtig, als dass ich Sie verlieren möchte.«

Er nahm ihre Hände und küsste sie auf die Fingerknöchel. Veras Knie zitterten, und sie wusste nicht, ob das an mangelndem Essen oder an den überwältigenden Gefühlen lag, die sie durchströmten. Durfte sie hoffen, dass er mehr für sie empfand?

»Sir, ich ...«

»Vera, bitte, ich möchte, dass Sie Frederick zu mir sagen. Würden Sie das tun?«

Noch immer hielt er ihre Hände, und seine Augen ruhten voller Wärme auf ihr.

»Ja, Frederick«, flüsterte sie und spürte, wie die Röte in ihre Wangen stieg. Nach allem, was sie erlebt hatte, benahm sie sich wie ein Schulmädchen. Beschämt wollte sie zu Boden sehen, doch Frederick Redmond legte einen Finger unter ihr Kinn.

»Haben Sie für heute Nacht eine Unterkunft, Vera?«

Stumm schüttelte sie den Kopf.

»Dann werde ich ein Zimmer bei Madame Legrange für Sie besorgen. Das Haus liegt gegenüber von unserem Hotel, und wenn Sie möchten, lade ich Sie heute Abend zum Essen ein.«

»Ich würde mich sehr freuen!«, erwiderte Vera leise und konnte ihr Glück kaum fassen. »Oh, und die Informationen, die ich in Lille gesammelt habe ...« Sie zog die Haarspange aus ihrer Frisur und zog das Papier ab.

Rasch erklärte sie dem Captain, was sie aufgeschnappt hatte.

»Sehr gut, ich leite das sofort weiter. Bis nachher, Vera.«

Madame Legrange war eine mütterliche ältere Dame, die gemeinsam mit ihrer Tochter ihr gesamtes Haus an Soldaten und Gäste vermietete. Die beiden Frauen teilten sich ein Zimmer im Dachgeschoss. Vera war froh, sich nach zwei Tagen auf der Straße richtig waschen zu können. Kurz vor der mit Captain Redmond verabredeten Zeit verließ Vera ihr Zimmer und ging hinunter in den kleinen Salon, der sich gegenüber der Küche befand.

Madame Legrange stand am Herd und schnitt Gemüse klein. »Haben Sie schon gegessen, Mademoiselle? Möchten Sie etwas von unserem Brot? Es ist frisch, und wir haben sogar Butter.«

Gern folgte Vera der freundlichen Einladung und trat zu ihrer Hauswirtin in die Küche. Auf vielen der blau-weißen Kacheln waren handgemalte Motive von Windmühlen, Bäumen und Blumen zu sehen.

»Die Kacheln sind sehr schön. Werden die hier hergestellt?«
Vera nahm das gebutterte Brot, das Madame ihr reichte, und
schloss genießerisch die Augen, während sie abbiss.

»Die hat mein Großvater gemalt. Er war sehr gut und hat
seine Kacheln überallhin verkauft. Auch nach England. Da
kommen Sie her, nicht wahr?«

Vera wischte sich einen Krümel von der Lippe. »Das Brot ist
himmlisch! Ja, ich bin Engländerin und als Krankenschwester
dem Sanitätskorps beigetreten. Ich hatte das Glück, mit
Captain Redmond arbeiten zu dürfen. Er ist ein hervorragender Chirurg.«

Die Französin gab das Gemüse in einen Topf und rührte
einmal um. »Das habe ich gehört. Der Sohn einer Freundin
wurde vor einigen Tagen von Ihrem Captain operiert und ist
voll des Lobes.«

»Was kochen Sie Feines?«

»Nichts Besonderes, nur eine Suppe. Uns fehlt das Fleisch.
Für diese Woche ist die Ration aufgebraucht. Aber wir haben
noch genug zu essen, damit geht es uns besser als vielen anderen.«

Seufzend nickte Vera. »Bei uns zu Hause wird bestraft,
wer Essensreste an seine Schweine verfüttert. Und wenn man
Fleisch an seinen Hund verfüttert, muss man mit einer hohen
Geldbuße rechnen.«

»Ja, so ist das in Kriegszeiten. Nichts als Elend, und wozu?
Das kann einem doch keiner erklären. Meine Meinung, ganz
einfach.«

Madame Legranges Tochter, eine hübsche rundliche Person,
kam herein. »Bonsoir, Mademoiselle. Bleiben Sie zum Essen?
Dann lege ich noch ein Gedeck mehr auf.«

»Nein danke, ich bin eingeladen und mache mich jetzt auf
den Weg.«

»Frühstück gibt es ab sieben Uhr.« Madame Legrange
lächelte.

Als Vera in ihrem von Fleur Bertrand geborgten Kleid auf die Straße trat, kam Captain Redmond gerade um die Ecke. Es hatte sich etwas abgekühlt, und Vera schlang sich ihr Tuch um die Schultern.

»Vera, Sie sehen zauberhaft aus, wenn Sie mir das Kompliment erlauben«, begrüßte Frederick Redmond sie und reichte ihr seinen Arm.

»Danke«, antwortete sie schüchtern. »Das Kleid gehört mir gar nicht. Es gehört der armen Fleur. Ach, ich hätte das nicht sagen sollen.«

Er drückte ihren Arm. »Warum denn nicht? Sie waren sehr mutig und haben Fleur Bertrands Sohn gerettet. Seine Mutter hätte sicher nichts dagegen, dass Sie ihr Kleid tragen. Vera, ist das alles zu viel für Sie? Wollen Sie aussteigen?«

Er war ehrlich besorgt um sie. »Nein, nein, ich gehe zurück und beende meinen Auftrag. Morin weiß mehr über Kathleens Verschwinden, als er zugibt. Und ich will mich für Fleur Bertrand einsetzen. Haben Sie schon etwas über sie in Erfahrung bringen können?«

»Nein, was ein gutes Zeichen sein könnte. Normalerweise brüsten sich die Deutschen damit, wenn sie einen angeblichen Spion verurteilt haben.«

Vera biss sich auf die Lippe. »Hoffentlich foltern sie Fleur nicht.«

»Daran dürfen Sie nicht denken. Sie wusste, auf was sie sich einließ, und wird einen Fehler gemacht haben, der zu ihrer Enttarnung führte.«

»Und wenn es meine Schuld ist? Ich hätte Fleur nicht aufsuchen dürfen.«

Sie gingen langsam die Straße entlang, vorbei an den roten Backsteinfassaden mit den weißen profilierten Fensterlaibungen der Bürgerhäuser. Wären nicht überall Militärfahrzeuge,

Soldaten, Pferde, Kisten mit Nachschubmaterial und die Flaggen der alliierten Truppen zu sehen, hätte man sich heimelig in Hazebrouck fühlen können. Vera mochte die Kleinstadt, die etwas beruhigend Bodenständiges ausstrahlte.

Captain Redmond verlangsamte seine Schritte. Sie befanden sich vor einem kleinen Restaurant, aus dem der Duft von gekochtem Fleisch zu ihnen herüberzog. »Madame Bertrand stand seit Monaten in engem Kontakt mit einem Doppelagenten aus dem Umkreis des deutschen Generalstabs in Lille. Wenn jemand schuld an ihrer Enttarnung ist, dann dieser Kontakt, nicht Sie, Vera. Und jetzt wollen wir uns dem Abendessen widmen. Sie sehen viel zu blass und dünn aus. Dieses kleine Restaurant ist ganz hervorragend. Der Rindereintopf ist schmackhaft, und die gefüllten Waffeln zum Dessert muss man einfach mal gegessen haben.«

Das Restaurant bestand aus einem kleinen Speiseraum und einigen Tischen im Hinterhof. Lampions erhellten die Juninacht und aus einem Grammophon plärrte: *Ma p'tite Mimi,* ein Chanson von Théodore Botrel, in dem es um Mimi, das Gewehr der Soldaten, ging.

Jusqu'au bout, restons unis, pour le salut du pays, hieß es im Liedtext, was so viel bedeutete, dass der Soldat und sein Gewehr zum Wohl des Landes bis zum Ende verbunden blieben.

Außer ihnen saßen weitere Landsleute, aber auch kanadische und französische Offiziere – die meisten vom medizinischen Korps – und zwei Krankenschwestern an den Tischen. Captain Redmond nickte in die Runde und setzte sich mit Vera an den einzigen freien Tisch, der für sie reserviert war. »Ist es Ihnen hier recht?«

Er schob ihr den Stuhl hin, und Vera setzte sich. »Natürlich, ja, es ist sehr nett hier. Aber bitte, Sie müssen sich meinetwegen keine Umstände machen.«

Captain Redmond nahm ihr gegenüber Platz und schenkte ihr ein Lächeln. »Das sind keine Umstände, Vera, ich möchte, dass Sie sich wohlfühlen. Nach allem, was Sie erlebt haben, ist das das Mindeste, was ich für Sie tun kann.«

Ein Kellner trat an ihren Tisch, und Captain Redmond bestellte Wein und den Rindereintopf, der neben einer Zwiebelsuppe das einzige Gericht war, das angeboten wurde.

»Wir tun doch alle nur unsere Pflicht, Captain.«

Er sah sie traurig an. »Hatten wir uns nicht auf Frederick geeinigt?«

Sie räusperte sich und war froh, dass der Kellner mit einer Karaffe Wein an den Tisch kam. Captain Redmond hob sein Glas. »Auf einen baldigen Frieden und auf tapfere Frauen wie Sie, Vera!«

»Auf den Frieden!«

Während des Essens erzählte Frederick Redmond ihr von seiner Heimat Schottland. Er stammte von der Hebrideninsel Skye, und aus seinen Worten sprach die Verbundenheit zu der rauen Landschaft, dem Meer und seiner Familie, die dort oben im Norden eine Schafzucht betrieb. Der Eintopf schmeckte herzhaft, wenn auch kaum Fleisch darin war, doch was zählte, war eine warme Mahlzeit in angenehmer Gesellschaft. Vera zupfte sich ein Stück Brot ab und wischte ihren Teller damit aus, um keinen Bissen zu verschwenden.

»Aber ich habe nur von mir erzählt. Sicher vermissen Sie Ihre Familie ebenfalls. Woher stammen Sie? Wir haben so lange miteinander gearbeitet und wissen doch kaum etwas voneinander.«

Der Kellner kam zu ihnen, und Frederick Redmond bestellte die mit Vanillecreme gefüllten Waffeln. Auf den Tischen wurden Kerzen angezündet, und Vera wartete auf den Lärm von Geschützsalven, doch es blieb ruhig. Allerdings waren sie hier weiter von der Frontlinie entfernt als in Lille.

»Von mir gibt es nicht viel zu erzählen. Ich stamme aus Kent, aus einem winzigen Nest nicht weit von Ashford. Vielleicht haben Sie von Geoffrey Buxton gehört?«

»Dem Schriftsteller? Ja, ich schätze seine Werke sehr.«

»Sein Anwesen, Hill House, liegt nur einen Steinwurf von unserem Dorf entfernt, und ich bin mit seiner Tochter Alice befreundet. Ich muss gestehen, dass ich als Kind lieber bei den Buxtons als bei meinen Eltern war. Mein Vater ist ein strenger Methodistenprediger.«

Es fiel ihr schwer, über ihre Familie zu sprechen, denn sie wollte keine undankbare Tochter sein. »Verstehen Sie mich nicht falsch. Es ist meine Familie, aber ich empfand die geistige Enge bei uns immer als belastend.«

Frederick Redmond hörte aufmerksam zu, während seine feingliedrigen Finger mit dem Weinglas spielten. Es waren die Hände eines Künstlers, dachte Vera, denn was er an den Patienten vollbrachte, war mehr als medizinisches Handwerk.

»Krankenschwester zu werden, war mein größter Wunsch. Ich wollte Menschen helfen, richtig helfen, nicht bloße Worte von der Kanzel predigen wie mein Vater.« Sie hielt inne, um seine Reaktion abzuwarten, doch er nickte zustimmend.

»Ich verstehe Sie sehr gut, Vera. Sie müssen sich nicht rechtfertigen. Es gibt wohl kaum etwas Schwierigeres, als sich gegen die eigene Familie zu stellen. Mein Vater wollte, dass ich die Farm übernehme. Für ein Medizinstudium war kein Geld eingeplant. Ich bin meinem Bruder bis heute dankbar, dass er auf der Farm geblieben ist.«

»Aber Sie sind ein erfolgreicher Arzt! Da müssen Ihre Eltern doch schrecklich stolz sein.«

Redmond lächelte schmal. »Sicher, bei Gelegenheit schmücken sie sich gern mit dem Sohn, der an der Front die Soldaten zusammenflickt, aber in ihrem Leben dreht sich alles nur um das Land, die Tiere und das Wetter. Das Leben auf Skye ist hart, und im Grunde haben sie ja recht, wenn sie mir vorhalten, dass ich davor geflohen bin. Ich wollte nie dortbleiben. Jedenfalls nicht für immer.«

»Und wie haben Sie es allein geschafft? So ein Studium ist doch sehr kostspielig.«

»Mein Onkel hat mir geholfen. Er ist Tuchhändler in Edinburgh, und ich konnte bei ihm wohnen und in den Ferien für ihn arbeiten. Seither kenne ich jeden Tweedstoff, eine sehr lehrreiche Zeit.« Frederick Redmond lachte, und zum ersten Mal wirkte er gelöst und glücklich.

»Allein hätte ich es auch nicht geschafft. Ohne die Hilfe meiner Freundin hätte ich meinen Traum aufgeben müssen. Alice und ihr Vater haben mich finanziell unterstützt, als die Schwesternschule mich wegen ungebührlichen Betragens hinauswerfen wollte.«

Ungläubig hob Redmond eine Augenbraue. »Sie haben sich ungebührlich betragen? Das kann ich mir nicht vorstellen.« Er schmunzelte. »Jetzt wird es interessant.«

Vera grinste. »Nun ja, ich muss Sie enttäuschen, denn eigentlich war ich nur zur falschen Zeit am falschen Ort. Alice hat recht illustre Freunde, Künstler und Suffragetten, und wir waren zusammen in einem Klub, der nicht den besten Ruf genießt, dem *Cave of the Golden Calf.* Da kam es zu einem Zwischenfall unter anderen Gästen, die Polizei wurde gerufen, und alle Anwesenden wurden als Zeugen befragt. Das wäre nicht weiter schlimm gewesen, aber die Presse hat eine große Sache daraus gemacht, und ich war leider auf einem der Fotos zu erkennen. Die Oberschwester meiner Schule liest bedauerlicherweise Zeitung und fand mich untragbar für eine moralisch unbefleckte Schwesternschule.«

Redmond lachte herzlich. »Ah, das muss furchtbar für Sie gewesen sein, aber ich stelle es mir ausgesprochen amüsant vor. In dem Klub war ich vor Jahren ebenfalls, skandalös, aber gerade deshalb so begehrt.«

Ein junger Offizier trat an ihren Tisch. »Guten Abend, Captain. Entschuldigen Sie die Störung. Ich wollte Ihnen nur mitteilen, dass der Pilot mit der Brandwunde stabil ist. Ihre Entscheidung für die Operation war richtig. Das hat McKinnon nun auch eingesehen.«

»Sehr schön, danke, Felton. Wir sehen uns später noch zur Nachtvisite.«

Der Offizier verabschiedete sich kurz und verschwand im Innern des Restaurants.

»Ein vielversprechender junger Arzt. Er muss nur seinem Talent vertrauen lernen. Er lässt sich leider einschüchtern von unserem Doktor McKinnon. An Jahren ist McKinnon uns voraus, an Erfahrung auch, nur an Können nicht. Da kommt es öfters zu Meinungsverschiedenheiten.« Redmond trommelte kurz mit den Fingern auf der Tischplatte. »Man legt sich nicht ungestraft mit einem Professor aus Glasgow an. Er stammt aus einer wohlhabenden Familie, die alle seine missglückten Operationen vertuschte. Und hier im Feld tut mir jeder arme Teufel leid, der unter seinem Skalpell landet.«

»McKinnon? Ich habe von ihm gehört. Da gab es mal einen Skandal um einen Jungen, der in seinem Operationstheater gestorben ist.«

»Sie sind gut informiert, Vera. Und Sie sind eine der besten Krankenschwestern, die ich kenne. Haben Sie mal daran gedacht, selbst Ärztin zu werden?«

Fast hätte sich Vera an ihrem Wein verschluckt. »Ich? Ich bin eine Frau!«

»Das sehe ich, sonst säße ich nicht hier mit Ihnen. Die Zeiten ändern sich. Irgendwann wird es auch weibliche Ärzte geben. Nicht nur eine oder zwei, sondern viele, und ich halte das für eine wichtige Entwicklung.«

»Wirklich?« Sie konnte ihre Überraschung angesichts seiner liberalen Einstellung nicht verbergen.

Captain Redmond lächelte. »Ich bin kein borniertes Fossil wie McKinnon. Der würde Frauen am liebsten den Mund verbieten und sie entmündigt auf das Gebären reduzieren. Und dabei sind sie oft viel intelligenter als viele meiner Geschlechtsgenossen. Ihre Informationen waren hilfreich, Vera. Genauere Geschützpositionen oder Aktionsdaten wären noch besser, aber wir arbeiten mit dem, was wir bekommen können.«

Nach dem Essen begleitete Captain Redmond sie zu ihrer Unterkunft. »Vera, es war mir eine große Freude heute Abend. Ich …«

Weiter kam er nicht, denn ein junger Sanitäter kam keuchend angelaufen. »Captain Redmond!«

»Was gibt es?«

Außer Atem und verschwitzt brachte der Sanitäter hervor: »Kommen Sie schnell, bitte! McKinnon will amputieren, aber der Patient will nicht, und Stabsarzt Crow weigert sich und bestand darauf, Sie zu holen. Der Patient ist der Sohn von Lord Dacre.«

Lord Dacre of Glaston war ein Berater des Außenministers. Während seiner Zeit als Gouverneur in Indien war er wegen seiner unnachgiebigen Politik den Einheimischen gegenüber umstritten gewesen. Sein Reichtum beruhte auf dieser Politik, und niemand wollte sich ihn zum Feind machen.

Redmond sah zu Vera, doch die nickte. »Gehen wir. Brauchen Sie Hilfe?«

»Ihre Hilfe immer.« Zum Sanitäter sagte Redmond: »Das ist Schwester Lyttleton, eine der fähigsten Operationsassistentinnen, die wir kriegen können. Los!«

12

Durch das nächtliche Hazebrouck raste der Transporter mit den Ärzten ans andere Ende der Stadt. Das Lazarett befand sich in einer Sackgasse neben einer Lagerhalle. Vera und Captain Redmond sprangen aus dem knatternden Gefährt und folgten dem Sanitäter in ein verschachteltes Backsteingebäude. Die Gänge waren spärlich beleuchtet, Tragen und Kisten mit Verbandsmaterial standen herum.

»Vor dem Krieg war das hier eine Schule. Die Ausstattung ist nicht überwältigend, aber besser als alles, was wir im Feld haben.« Redmond zog seine Uniformjacke aus und streifte einen weißen Kittel über, der mit Blut befleckt war.

Er winkte einer müde aussehenden Schwester, die gerade aus einem der Zimmer kam. »Geben Sie der Schwester hier einen Kittel!«

Die Krankenschwester musterte Vera feindselig. »Aber was soll denn das? Sie trägt keine ordentliche Schwesterntracht.«

»Keine Widerrede, tun Sie einfach, was ich sage, Schwester Marjorie!«, befahl der Captain knapp.

Als Vera den widerwillig bereitgestellten Kittel überzog und das Band um die Taille knotete, verspürte sie ein Gefühl der

Sicherheit, vergleichbar mit der Heimkehr an einen vertrauten Ort. Sie wusste genau, was zu tun war, hier war ihr Platz. Sie setzte die Haube auf und sah zu, wie der Captain die weiße Arztkappe überstreifte.

Ein junger Arzt kam um die Ecke gelaufen und sah sich suchend um. »Ah, da sind Sie ja, Doktor! Ich kann McKinnon nicht länger zurückhalten. Der Einzige, auf den er noch hört, sind Sie!«

Vera folgte den beiden Männern durch einen langen Flur, von dem verschiedene Krankenzimmer abgingen, in einen Operationssaal. Um den Operationstisch standen zwei Männer und eine Schwester, die sich im Hintergrund hielt. Der ältere mit Schnauzbart und wütender Miene musste McKinnon sein.

»Verflucht, was soll das denn hier! So ein Affenzirkus und warum?! Da warten noch andere Patienten darauf, von mir operiert zu werden, und Sie halten hier alles auf! Das wird Konsequenzen haben!«, brüllte McKinnon.

»Darf ich mal sehen?« Redmond trat an den OP-Tisch und nahm die Hand des armen Teufels, der mit großen Augen um sich starrte.

»Doktor Redmond?«, fragte der junge Mann mit heiserer Stimme. Seine Pupillen waren geweitet, die Haut fleckig und vom Fieber gerötet, und auf seiner Stirn sammelten sich Schweißperlen. Wenn der Wundbrand bereits eingesetzt hatte, war Eile geboten, und McKinnon hatte vielleicht recht, dachte Vera.

Redmond drückte sanft die Hand des Patienten und nickte. »Ja, ich bin es. Lassen Sie mich einmal schauen. Machen Sie sich keine Sorgen, wir tun, was wir können.«

Der Sohn von Lord Dacre keuchte angestrengt. »Aber dieser Mensch da will mein Bein amputieren. Unter keinen Umständen erlaube ich das. Lieber sterbe ich.«

McKinnon verschränkte die Arme vor der Brust und schnaufte verärgert. »Sind Sie der Arzt oder ich? Ich soll Ihr Leben retten!«

Redmond schlug das Laken zurück, das über dem verwundeten Bein lag. Der Anblick, der sich ihnen bot, weckte wenig Hoffnung. Granatsplitter hatten den Oberschenkel des Mannes zerfetzt. Die Wundränder färbten sich bereits dunkelrot, und der faulige Geruch war ebenfalls kein gutes Zeichen. Doch Redmond zischte zwischen schmalen Lippen: »Wir müssen schnell handeln, säubern, mehr Antiseptikum, die Splitter entfernen, und dann schneide ich das zerstörte Gewebe weg. Anschließend legen wir eine Drainage zum Abfluss des Wundsekrets.«

»Wenn sich die Wunde infiziert, und das wird sie, müssen wir dennoch amputieren«, sagte McKinnon. »Warum also nicht gleich amputieren? Das spart Zeit und dem Patienten Leiden.«

»Nein!«, rief der junge Lord Dacre.

»Keine Sorge, wir retten Ihr Bein«, versprach Redmond. »McKinnon, ich übernehme die Verantwortung. Das Bein ist nicht gebrochen, die Splitter vom Knochen können wir entfernen.«

»Hochmut hat schon manchen seine Karriere gekostet. Beten Sie, dass Sie erfolgreich sind, Redmond, sonst haben Sie zum letzten Mal operiert.« McKinnon stob aus dem Operationssaal.

Vera hatte zahlreiche ähnliche Verletzungen gesehen. Bei komplizierten Knochenbrüchen und massiven Granatsplitterwunden wurde fast immer amputiert, doch wenn Redmond operieren wollte, hatte er seine Gründe. Er war keiner, der sich auf Kosten seiner Patienten profilierte und unnötige Risiken einging. McKinnon gehörte zu den Vertretern der konservativen Behandlungsmethoden, für die eine Amputation die erste Wahl war.

In den nächsten zwei Stunden arbeiteten die beiden jungen Ärzte konzentriert an der Oberschenkelwunde. Crow hatte die Narkose eingeleitet und überwachte sie. Redmond schnitt heraus, legte die Drainage und vernähte die Wunde. Mehrfach hatten sie Probleme, den Patienten ruhig zu halten, und als Crow die Ätherdosis erhöhte, fürchteten sie das Schlimmste für den jungen Lord Dacre. Es dauerte lange, bis der Patient wieder zu Bewusstsein kam, und Vera sah Redmond die Erleichterung an, als Dacre die Augen zu öffnen versuchte.

»Bringen Sie ihn auf die Station und geben Sie mir sofort Nachricht, sobald sich sein Zustand verändert«, ordnete Redmond an, als die Sanitäter den frisch Operierten fortbrachten.

Vera wusch sich gemeinsam mit der anderen Schwester die Hände.

»Sie sind sehr gut, Vera. Arbeiten Sie schon lange mit Doktor Redmond? Hat er Sie angefordert?«, fragte die Schwester leise. Sie hatte einen walisischen Akzent.

»Nein, nein, ich war zufällig hier. Und wenn wir gebraucht werden, helfen wir, nicht wahr?«, antwortete Vera möglichst unverbindlich.

»Natürlich.« Die Schwester beäugte sie dennoch interessiert und schien sich ihre Gedanken über Veras Verhältnis zu dem schottischen Arzt zu machen.

Noch in Kittel und Haube trat Vera auf den Flur und wich zwei Sanitätern aus, die im Laufschritt eine Trage mit einem Verwundeten transportierten. »Hier rein?«

Die Tücher auf dem Körper des Verwundeten waren blutdurchtränkt, und der Mann stöhnte.

Eine Schwester folgte ihnen und scheuchte sie weiter. »Zweite Tür links. McKinnon wartet schon. Was hat er?«

»Granatfeuer und Splitterbruch, sieht übel aus«, hörte Vera einen der Sanitäter sagen, bevor sie hinter der Tür verschwanden.

Eine weitere Amputation, dachte sie und fuhr sich mit dem Handrücken über die Stirn. Plötzlich fühlte sie sich müde und erschöpft. Ihr Körper verlangte nach Ruhe, und sie wollte nur noch schlafen. Sie stützte sich an der Wand ab und überlegte, wie sie nun in ihre Unterkunft käme, als sie Redmonds Stimme hörte.

»Danke, Crow, das war gute Arbeit. Morgen Mittag wird sich zeigen, ob wir es geschafft haben. Ah, Vera, da sind Sie ja!«

Sie straffte die Schultern und wandte sich um. Er wirkte ebenfalls erschöpft, doch sein Lächeln war voller Bewunderung und Mitgefühl. »Ich bringe Sie jetzt zurück. Was für ein Abend, bitte entschuldigen Sie …«

»Wir sind im Krieg, Frederick, da bedarf es keiner Entschuldigungen. Aber vorhin im Restaurant hätte ich beinahe vergessen, weshalb wir hier sind«, erwiderte sie leise.

Er hatte seine Kappe bereits abgenommen und fuhr sich durch die dichten rotbraunen Haare. »Kommen Sie.«

Ein Fahrer brachte sie zurück in die Stadtmitte und hielt in der Nähe des Hotels. Captain Redmond half ihr aus dem Wagen. Es war weit nach Mitternacht, und die Straßen waren bis auf eine Patrouille leer. Vera lauschte in die Nacht, doch es war ruhig.

»Ob die Deutschen jemals aufgeben werden?«, fragte Vera, als sie unter den Zweigen einer Kastanie innehielten.

»Ich fürchte nicht. Vera, ich möchte mich bei Ihnen bedanken. Sie sind eine besondere Frau.« Er nahm ihre Hand und drückte sie an seine Lippen.

»Oh«, war alles, was sie herausbrachte.

Er zog sie sacht an sich und strich über ihre Wange, bevor er ihr Gesicht umfasste und sie zärtlich küsste. Ihr Herz schlug schneller, und sie wusste nicht, wie sie reagieren sollte. Durfte sie seinen Kuss erwidern? Sie lehnte sich an ihn, und als hätte er darauf gewartet, vertiefte er den Kuss und drückte sie an sich.

Sein Körper war warm und fest und auf eine verwirrende Art sehr männlich. Hätte sie nur etwas mehr Erfahrung im Umgang mit Männern gehabt! Doch Redmond schien ihre Verlegenheit nicht zu stören. Er lehnte sich an den Kastanienstamm und ließ seine Hände über ihren Rücken gleiten. Seine Lippen erkundeten ihre Wangen und ihren Hals, und sie konnte nicht anders, als leise zu seufzen.

»Vera«, sagte er mit rauer Stimme. »Ich habe an dich gedacht, seit du nach Lille gegangen bist.«

»Warum? Ich bin nicht hübsch, nicht so wie Iris.« Oder wie Rose Mandeville oder Alice, dachte sie und sah ihn erstaunt an. Machte er sich über sie lustig? Wollte er sie nur in sein Bett locken? Und wenn schon, es wäre ihr egal.

Er hielt sie an der Taille an sich gedrückt und strich ihr die Haare aus der Stirn. »Wer sagt denn so etwas Dummes? Du bist sehr hübsch, Vera, weil du intelligent und mutig bist. Du hast eine innere Stärke, die mich bewegt. Ich habe das sofort erkannt, als du zu uns ins Hospital kamst. Wenn du dich um die Kranken kümmerst, vertrauen sie dir, weil sie deine Stärke spüren.«

»Ich helfe gern, es ist mir ein Bedürfnis.«

»Und genau deshalb bewundere ich dich. Du hast das Herz einer Kämpferin und die Gabe zu heilen und Trost zu spenden. Ich kann operieren und die Patienten auf den Weg der Genesung bringen, aber wenn sie den Mut verlieren, keine Hoffnung mehr haben, dann war meine Arbeit vergebens. Dann brauchen sie dich.«

Veras Augen schimmerten feucht. »So etwas Schönes hat noch niemand zu mir gesagt.«

Frederick Redmond küsste sie auf die Wange und ließ sie los. »Ich würde dir gern noch mehr sagen, Vera. Aber nicht heute. Wir sind beide am Rande der Erschöpfung. Du solltest jetzt schlafen gehen, und morgen sehe ich dich zum Mittagessen. Was hältst du davon?«

»Das klingt wundervoll, Frederick.« Sie liebte es, seinen Namen auszusprechen, und berührte kurz seine Brust. Durch den rauen Stoff seiner Uniformjacke spürte sie seinen Herzschlag.

»Bis morgen dann.« Er brachte sie zur Tür von Madame Legranges Gästehaus und wartete, bis sie im Haus war.

Als Vera in ihrem Bett lag, fiel sie in einen tiefen, traumlosen Schlaf. Am nächsten Morgen wusch sie sich mit der nach Mandeln duftenden Seife, die Madame Legrange im Badezimmer bereitgelegt hatte. Der ungewohnte Luxus, sich in aller Ruhe waschen zu können, tat nach den anstrengenden und nervenaufreibenden Wochen wohl. Anschließend ging sie in die Küche, wo sie von ihrer Gastgeberin mit einer Tasse Kaffee mit viel Milch begrüßt wurde.

»Bonjour, meine Liebe, nehmen Sie Platz. Wir haben schon gehört, dass Sie gestern noch im Lazarett waren und dem Captain assistiert haben. Bitte, greifen Sie zu.« Vera setzte sich an den Küchentisch. Ein Teller mit frisch gebackenen Brioches wurde zu ihr hingeschoben. Dazu stellte Madame ein Glas mit hausgemachtem Quittengelee auf den Tisch.

»Himmlisch gut!«, brachte Vera zwischen zwei Bissen hervor. »Besser als zu Hause!«

»Oh, das ist ein Kompliment, aber Sie haben es sich verdient. Ich kann kein Blut sehen und meine Tochter auch nicht, sonst hätten wir uns auch zum Sanitätsdienst gemeldet«, sagte Madame mit ehrlichem Bedauern in der Stimme. »Was nützen zwei Weiber, die dauernd in Ohnmacht fallen oder sich angesichts der Verwundeten übergeben müssen? Wir wären keine Hilfe.«

»Dafür unterstützen Sie die Männer hier, indem Sie ihnen ein Zimmer und Ihre Fürsorge geben. Jeder hilft auf seine

Weise.« Vera stopfte sich den Rest der köstlichen Brioches in den Mund und nahm einen Schluck Milchkaffee aus der großen Schale.

Madames Tochter betrat mit einem Korb voller Einkäufe die Küche. Sie stellte Mehltüten, ein Stück Butter und eine Tüte mit Kartoffeln auf die Arbeitsplatte. »Zucker ist aus, Hefe kommt morgen mit der neuen Lieferung. Ah, unsere Heldin von gestern Nacht!«

Die Tochter der Wirtin wischte sich die Hände an einem Tuch ab und beugte sich vor, um Vera auf die Wangen zu küssen.

»Hazebrouck ist ein Dorf, wundern Sie sich nicht. Hier passiert kaum etwas, ohne dass wir es erfahren.«

»Zu viel der Ehre, wirklich«, wehrte Vera ab. »Die Ärzte haben dem Mann sein Bein gerettet, daran hatte ich keinen Anteil. Allen voran Captain Redmond. Wissen Sie, wie es um den Patienten steht?«

»Gut, soweit mir das meine Bekannte, die das Hospital mit Brot beliefert, gesagt hat.« Madames Tochter war eine quirlige junge Frau, die offensichtlich gern redete. »Haben Sie schon den neuen Film mit der Musidora gesehen?«

Vera kannte sich mit den französischen Schauspielern nicht aus und schüttelte den Kopf, während sie eine weitere Brioche aß.

Die Französin schwärmte: »Ah, die Musidora ist nicht nur schön, sie spielt auch so wundervoll dramatisch. Hach, in dem Vampirfilm fand ich sie schon herrlich, aber in den Schakalen ist sie noch besser, finde ich. Ein Abenteuerfilm, der …«

Ihre Mutter schob sie zur Seite. »Jaja, du und deine Filme, davon will unser Gast sicher nichts hören. Geh lieber nach der Wäsche sehen, und dann mach die Zimmer sauber!«

»Ich geh ja schon. Ein wenig amüsieren wird man sich doch noch dürfen, das Leben geht schließlich weiter«, beschwerte sich die Tochter halb im Scherz und verließ die Küche.

»Schon gut«, sagte Vera. »Sie hat ja recht. Wir dürfen uns vom Krieg, so schrecklich er auch ist, nicht alles zerstören lassen. Haben Sie vielleicht einen Bogen Papier und einen Umschlag für mich?«

»Natürlich. Ich lege Ihnen alles in den Salon, dann können Sie in Ruhe schreiben. Ihre Familie ist wohlauf, ja?« Madame prüfte das Mehl.

»Danke, ja, meine Brüder sind noch zu jung, um sich zu verpflichten, und mein Vater ist ein Prediger. Er verweigert den Dienst an der Waffe.« Dafür züchtigt er seine eigene Familie, fügte Vera verbittert in Gedanken hinzu.

»So? Nun, jeder muss sein Handeln vor sich verantworten.« Madame bedachte sie mit einem nachdenklichen Blick. »In meinem Herzen bin ich auch Pazifistin, aber meine Neffen sind an der Front, und der Verlobte meiner Tochter ist Sanitäter oben in Dünkirchen. Sie kämpfen für unsere Freiheit, und ich finde, sie tun das Richtige.«

»Ich verstehe Sie, Madame.« Vera dachte an Rose und deren Engagement auf der Friedenskonferenz in Den Haag. »Es hat ja doch keinen Sinn, sich für den Frieden starkzumachen. Am Ende entscheiden die Waffen.«

Madame Legrange drückte ihren Arm. »So ist es seit Jahrhunderten gewesen, und so wird es bleiben. Essen Sie noch eine Brioche. Wie lange bleiben Sie bei uns?«

»Ich fürchte, ich muss Sie heute verlassen. In Lille wartet noch eine Aufgabe auf mich.« Ein Seufzer entfuhr ihr. »Mit etwas Glück bin ich in einigen Tagen zurück.«

Wie sehr sie sich täuschen sollte, ahnte Vera noch nicht.

Captain Redmond sagte das Mittagessen ab, weil er im Hospital gebraucht wurde, und da Vera eine Mitfahrgelegenheit bis zur Frontlinie fand, konnte sie Redmond nur benachrichtigen, ohne ihn noch einmal zu sehen.

Ohne den kleinen Jungen im Schlepptau gelangte Vera in der Hälfte der Zeit zurück nach Lille. Die Kontrollpunkte der Deutschen passierte sie problemlos, am frühen Abend des 12. Juni erreichte sie die Stadt. Als sie durch die Straßen ging, spürte sie eine Veränderung unter den Besatzern. Die Gesichter der Boches waren grimmiger als sonst, und die Bevölkerung wirkte noch verhaltener. Hatte es eine Strafaktion gegeben? Sie betrat das Hotel durch den Hintereingang. In der Küche herrschte die gewohnte Hektik, die jeden Abend während der Essenszeit ausbrach. Jacques war in seinem Element und kommandierte die Mitarbeiter lautstark herum.

Unbeachtet gelangte Vera bis in den Flur, der zur Lobby mit der Rezeption führte. Dort begegnete ihr Monique.

»Na, das ist ja eine Überraschung! Wo kommst du denn her? Wir haben dich nicht zurückerwartet.« Die Hotelangestellte musterte sie verärgert und mit vor der Brust verschränkten Armen. »Madame Morin hat übrigens eine Neue eingestellt. Sandrine wohnt noch bei ihren Großeltern, soll aber dein Zimmer übernehmen.«

Vera gab sich schockiert. »Oh nein! Aber ich habe doch eine Nachricht geschickt! Es war ein Notfall! Ich musste das Kind einer Freundin zu den Verwandten bringen.«

»Tja, das hättest du mit den Morins absprechen müssen. So geht das nicht, Marie. Hier kann doch nicht jeder einfach verschwinden, wenn's ihm beliebt, und dann wiederauftauchen, als wäre nichts gewesen. Was glaubst du, wer deine Arbeit hier gemacht hat? Ich! Und das passte mir überhaupt nicht.«

»Es tut mir leid, Monique. Aber es ging um die Sicherheit eines Kindes. Das musst du doch verstehen!«

Sie standen allein im Flur, als eine Tür zuschlug und die Räder von Madame Morins Rollstuhl quietschend näher kamen.

Die Hotelbesitzerin sah sehr blass aus und kam Vera kleiner und zusammengesunkener vor als bei ihrer letzten Begegnung. »Ach, da schau einer an. Die verlorene Marie!«

Vera setzte eine zerknirschte Miene auf. »Verzeihen Sie mir, Madame, aber es war ein Notfall. Das Kind …«

Doch Madame Morin sah sie mit unerbittlicher Strenge an. »Solches Verhalten dulde ich nicht in meinem Haus. Sie bleiben noch diese Woche, und dann packen Sie Ihre Sachen. Sandrine wird Ihr Zimmer übernehmen.«

»Was geht denn hier vor sich?!« Monsieur Morin war von der Küche zu ihnen getreten und legte seine Hand auf Veras Schulter. »Wir haben uns Sorgen um Sie gemacht, Marie.«

Morins Gattin schnaufte verächtlich. »Ich habe mich klar ausgedrückt. In meinem Haus bleibt diese Person nicht länger als notwendig.« Energisch wendete sie ihren Rollstuhl und fuhr zurück zur Rezeption.

»Ich muss noch etwas mit Marie besprechen, Monique«, sagte Morin bestimmt, woraufhin Monique mit einem Ausdruck des Missfallens verschwand.

Kaum waren sie allein im Gang, packte Morin Vera hart am Arm. »Was hast du dir nur dabei gedacht, so einfach fortzulaufen? Du hättest mich vorher fragen müssen! Leutnant Fuchs war sehr enttäuscht.«

Vera schluckte. »Es ging nicht anders, Monsieur. Das Leben eines Kindes stand auf dem Spiel.«

»Auch deines ist in Gefahr, wenn du Fehler machst. Vergiss das nicht!« Er ließ sie los und strich über seinen Schnurrbart. »Aber du hast Glück. Der Leutnant bedarf deiner Dienste nicht mehr, zumindest für längere Zeit nicht.«

»Was? Warum nicht?«

»Sein Aufklärer wurde abgeschossen. Dass er überhaupt am Leben ist, kommt einem Wunder gleich. Seine Verbrennungen sind schwerwiegend.«

Obwohl es sich bei Fuchs um einen Boche, den verhassten Feind, handelte, empfand Vera Mitleid. »Wie schrecklich! Wo liegt er?«

»Hier in Lille im Hospital. Gib dir keine Mühe. Fraglich, ob er überhaupt ansprechbar ist. Oberst Keller sagt, es steht nicht gut um ihn.«

Auf den Leutnant hatte Vera gehofft. Wen sollte sie nun um Hilfe für Fleur bitten? »Haben Sie gehört, ob in der Zitadelle jemand hingerichtet wurde?«

Morin kniff die Augen zu kleinen Schlitzen zusammen. »Ich habe geahnt, dass du wegen der Spionin weg bist. Das war ihr Kind, nicht wahr?«

»Ein unschuldiger kleiner Junge, ja. Er kann doch nichts dafür. Ich war zufällig in der Nähe. Was hätte ich denn machen sollen? Die Deutschen hätten ihn mitgenommen und wer weiß was mit ihm gemacht.«

»In diesen Zeiten ist sich jeder selbst der Nächste. Seine Mutter hat genau gewusst, was sie riskierte. Wenn es wahr ist, was man sich erzählt«, meinte Morin mit gesenkter Stimme.

»Was erzählt man sich denn?« Vera hielt ihren Rucksack umklammert.

»Sie soll eine Doppelagentin gewesen sein und hat es wohl übertrieben.« Morin sah sie prüfend an, während er eiskalt log.

Niemals hätte Fleur sich mit den Besatzern eingelassen. Aus der Küche klangen das Klappern von Geschirr und Töpfen und die energische Stimme des Chefkochs herüber. Veras Magen knurrte, und sie legte verschämt ihre Hand darauf.

»Das kann ich nicht glauben.«

»Nun, die Beweise müssen erdrückend gewesen sein, denn sie wurde am Morgen nach ihrer Festnahme erschossen.«

Entsetzt hielt Vera die Luft an und starrte ihn an. »Nein«, brachte sie schließlich krächzend hervor. »Der arme Junge!«

Ein junges Mädchen kam mit einem Tablett aus der Küche, auf dem zugedeckte Teller und Schüsseln standen.

«Für wen ist das?«, verlangte Morin zu wissen.

»Den Boche in der Elf.«

»Wie oft muss ich noch sagen, dass die Deutschen hier im Hotel nicht Boches geschimpft werden! Merk dir das endlich. Wir verdienen gutes Geld an unseren Gästen. Davon zahlen wir deinen Lohn. Und jetzt ab, sonst wird das Essen kalt.«

»Ja, Monsieur.« Das Mädchen lief mit hochrotem Kopf eilig davon, wobei sie Mühe hatte, das voll beladene Tablett auszubalancieren.

»Keller hat nach dir gefragt, Marie. Da Fuchs nun ausfällt, werden wir unser kleines Arrangement auf den Oberst übertragen.«

Ein eisiger Schauer überlief Vera. »Nein, Monsieur. Da mache ich nicht mit.«

Konsterniert, denn offensichtlich hatte er nicht mit ihrer Ablehnung gerechnet, erwiderte Morin: »Sicher machst du das. Es ist für Frankreich, vergiss das nicht. Die Offiziere sind alle gleich. Im Bett verraten sie die größten Geheimnisse, und da Keller nach dir gefragt hat, wird er dir gegenüber auch gesprächig sein. Morgen Abend. Stell dich darauf ein. Oder willst du enden wie diese Bertrand?«

»Nein, Monsieur.« Fieberhaft überlegte Vera, wie sie sich aus dieser misslichen Situation herauslavieren konnte. Nur eines wusste sie genau: Bevor sie mit dem widerwärtigen Keller das Laken teilte, würde sie ihn eher erschießen.

13

Deutsches Theater Lille,
Gastspiel des Armeetheaters,
11. Juni Die Neuvermählten
12. Juni Mein Alter Herr
Anfang 6 Uhr
   Liller Kriegszeitung (1917)

Vera ging hinauf in ihre Kammer, wo sie ihre Sachen zwar noch vorfand, allerdings war einiges nicht mehr an seinem Platz. Jemand hatte das Zimmer in ihrer Abwesenheit durchsucht. Die Ausgabe von *Lord Jim* lag aufgeschlagen auf dem Tisch, aber da sie nichts hineingeschrieben hatte, konnte auch niemand Verdacht schöpfen. Rasch packte sie ihre spärliche Habe in ihre Tasche und den Rucksack. Hier konnte sie nicht bleiben, ohne in der Gewalt von Oberst Keller zu enden. Keller war nicht Fuchs und hatte Vergnügen daran, seine Macht auszuleben. Sie hatte ihn in dem Klub erlebt und wollte sich nicht ausmalen, was sie erwartete, wenn sie Morins Anweisungen befolgte.

Allerdings war Morin nicht ihr Vorgesetzter und auch nicht ihr Kontakt hier in Lille. Das war Fleur gewesen. Sie war dem Hotelier nicht verpflichtet. Nur Redmond und Iris gegenüber musste sie Rechenschaft ablegen. Vera sank auf das schmale Bett und starrte auf die Tür. Sie würde ihren Auftrag nicht erfüllen können, wenn sie Lille fluchtartig verließ. Wenn es ihr wenigstens gelingen würde, Morins Rolle in der Affäre um Kathleens Verschwinden aufzuklären.

Madame hatte sie für heute zur Spätschicht eingeteilt, weshalb Vera ihre Dienstkleidung anlegte und ihre Kammer verließ. Als sie langsam die letzten Stufen nahm, darauf bedacht, weder Keller noch einem der anderen Boches in die Arme zu laufen, hörte sie Stimmen. Die Deutschen unterhielten sich lautstark in einem der Zimmer. Vera schnappte einige Wörter auf und reimte sich zusammen, dass über einen Luftangriff gesprochen wurde. Vorsichtig lugte sie in den Korridor und schlich bis zur Tür, hinter der sie die Stimmen vernahm, die jetzt gedämpfter klangen. Sie musste ihr Ohr an die Tür legen, um etwas verstehen zu können.

»Morgen in den frühen Morgenstunden werden die Flieger London erreichen«, hörte sie Oberst Keller sagen. »Die Bomben werden die Engländer aufwecken und ihnen zeigen, dass wir die Stärkeren sind. Die verdammten Explosionen bei Messines werden sie noch bedauern!«

»Marie!«

Erschrocken fuhr sie auf, stieß sich den Kopf am Türrahmen und stotterte: »Ja, ich war, ich wollte …«

»Du hast gelauscht!«, fauchte Monique. »Ich werde das Madame melden. Deinen Lohn kannst du vergessen. Hol die frische Wäsche und dann mach Zimmer vierzehn! Wenn du damit fertig bist, reinigst du das Badezimmer der Etage und feudelst die Treppe.«

Vera nickte unterwürfig und machte sich an die Arbeit. Dabei überlegte sie fieberhaft, wie sie ihre Neuigkeiten weitergeben konnte. Die Boches planten einen Bombenangriff auf London! Sie musste ihre Leute doch warnen!

Während sie die Laken glatt strich, spielte sie die Möglichkeiten durch, die sie hatte, um eine Nachricht weiterzuleiten. Jetzt herrschte bereits Ausgangssperre, und selbst wenn sie es schaffte, Lille zu verlassen, käme sie ohne Transportmittel nicht weit. Sie dachte an Camille und deren hilfsbereite Familie. Aber durfte sie die in Gefahr bringen? Hier im Hotel gab es ein Telefon, wobei alle Leitungen nach draußen von den Deutschen überwacht wurden. Es war zum Verzweifeln!

»Ah, hier ist unser kleines Püppchen! Wir haben dich vermisst!« Eine Hand wurde besitzergreifend auf ihr Gesäß gelegt, und Vera gelang es gerade noch, sich mit einer Drehung außer Reichweite von Oberst Keller zu bringen.

Ihr Herz raste, denn der Oberst war allein mit ihr im Zimmer, und er hatte eindeutige Absichten, denn er öffnete seine Uniformjacke und fuhr sich mit der Zunge über die Lippen. Sie schaute zur Zimmertür, doch der Oberst grinste überheblich, hielt den Schlüssel in die Luft und steckte ihn in seine Hosentasche.

»Den habe ich, Püppchen. Bei unserem lieben Leutnant Fuchs warst du nicht so spröde. Jetzt stell dich nicht an, sondern komm her.« Kellers Wangen waren gerötet, und die Worte gingen ihm schwer von der Zunge. Er hatte getrunken.

Vera stand neben dem großen Doppelbett, auf dem Nachtschrank befanden sich eine Lampe und ein Glas. Der Lampenfuß war aus Metall und schwer genug, um damit einen Schlag auszuführen.

»Monsieur, seien Sie doch vernünftig. Ich will nichts von Ihnen. Bitte lassen Sie mich gehen.«

Die glasigen Augen fixierten sie gierig, und sein Gesicht glänzte verschwitzt.

»Ich war noch nie vernünftig. Geschwätz ist nichts für mich. Ich nehme mir einfach, was ich will.« Er lachte anzüglich und machte einen Schritt auf sie zu, wobei er Mühe hatte, sich auf den Beinen zu halten.

Seine Uniformjacke war verschmutzt. Dunkle Flecken waren auf seiner Brust und auch auf seinen Oberschenkeln zu sehen.

»Ist das Blut? Sind Sie verletzt?«, versuchte sie ihn abzulenken.

Er sah kurz an sich herunter. »Das ist nicht mein Blut, sondern das Blut meiner Kameraden. Deine Landsleute haben sie auf dem Gewissen, und deshalb wirst du mich jetzt bedienen, wie es sich für eine Hure gehört. Na los, geh auf die Knie!«

Auf die Knie? Sie stolperte rückwärts gegen den kleinen Tisch und griff hinter sich nach der Lampe. Der Boche öffnete seinen Gürtel und nestelte an seiner Hose herum. All ihren Mut zusammennehmend riss Vera die Lampe mit Schwung herum und schlug sie dem Deutschen auf den Kopf. Der kräftige Mann schrie wütend auf, fiel nach vorn, und sie konnte gerade noch zur Seite aufs Bett springen, um ihm zu entkommen.

Er fluchte und hielt sich den Kopf, und Vera sah, dass Blut aus einer Platzwunde tropfte. Sie rannte zur Tür und hämmerte dagegen. »Hilfe! Monique! Hilfe!«

Verzweifelt rüttelte sie an der Türklinke und trat mit den Füßen gegen die Tür. In der Zwischenzeit kam der Oberst wieder auf die Beine und wankte durch das Zimmer Richtung Tür. Mit einer Hand hielt er sich den Kopf, mit der anderen tastete er nach Halt.

»Warte, du Luder, dir werd' ich's zeigen! Erschossen wirst du! Kurzen Prozess machen wir mit Weibsbildern …«

Endlich hörte sie, wie ein Schlüssel von außen ins Schloss gesteckt wurde, und ging zur Seite, um einer verärgerten Monique Platz zu machen, die aber sofort den Ernst der Lage begriff.

»Um Himmels willen, Marie, was hast du getan? Schnell!«
Monique riss Vera mit sich durch die Tür, die sie wieder zuzog,
und hielt sie kurz fest. »Verschwinde von hier, Marie! Mit dem
Oberst ist nicht zu spaßen. Hast du Freunde in der Stadt? Geh
dorthin oder versteck dich irgendwo bis Sonnenaufgang, und
versuch dann, aus Lille rauszukommen.«

Es polterte hinter der Tür, und sie hörten den wütenden
Oberst brüllen.

»Danke, Monique«, flüsterte Vera unter Tränen und rannte
die Treppe zu ihrer Kammer hinauf, wo sie ihre bereits gepackten Sachen ergriff und panisch den Korridor entlanglief. Sie
trug noch immer ihre Dienstkleidung, und es musste auffallen, wenn sie mit Rucksack und Tasche durch das Hotel lief.
Aus einigen Zimmern schauten neugierige Gäste heraus, doch
Boches waren nicht darunter. Drei Offiziere kamen jedoch aus
dem Foyer die Treppe herauf, und Vera ging etwas langsamer,
senkte den Blick und suchte nach einem anderen Weg, als sie
Monsieur Morin aus dem Fahrstuhl treten sah.

Der Hotelier runzelte fragend die Stirn, als er sie mit dem
Gepäck entdeckte, hörte jetzt den Lärm und winkte sie zu sich.
Sie musste sich zwischen zwei Übeln entscheiden und wählte
Morin, von dem sie sich zumindest etwas Mitgefühl erhoffte.
Immerhin war er Franzose. Sie ging an Morin vorbei in den
Fahrstuhl. Der Hotelier folgte ihr.

Nachdem sie auf den Knopf für das Erdgeschoss gedrückt
hatte, fragte er: »Was zum Teufel ist denn los?«

»Oberst Keller ist betrunken und wollte über mich herfal-
len. Monsieur, ich kann das nicht. Es tut mir leid. Aber ich habe
dennoch eine wertvolle Information erfahren – die Deutschen
wollen morgen früh London mit ihren Flugzeugen angreifen!
Wir müssen die Menschen warnen!«

Die Enge des Fahrstuhls war erdrückend, und sie stand so
dicht vor Morin, dass sie die Tabakreste in seinem Schnurrbart

sehen und seine Ausdünstungen riechen konnte. Vera unterdrückte einen Würgereflex.

»Was ist nur mit euch Engländerinnen los? Kalt wie ein Fisch. Was hätte es denn geschadet, dem Boche etwas gefällig zu sein? Er ist doch auch nur ein Mann. Am besten, du gehst wieder rauf und entschuldigst dich bei ihm. Ich übermittle die Nachricht.«

»Nein! Das kann ich nicht! Das geht nicht!«, wiegelte Vera entsetzt ab.

»Sicher geht das.« Der Fahrstuhl ruckelte und kam zum Halten. Morin hielt die Tür fest.

»Er würde mich umbringen. Ich habe ihm eine Lampe auf den Kopf geschlagen«, murmelte Vera und hielt ihre Tasche fest an sich gedrückt.

Morin hob die Augenbrauen. »Das war tatsächlich ein Fehler, der dich teuer zu stehen kommen kann. Und mich auch. Raus, du musst hier verschwinden!«

Er zog die Tür auf, schaute ins Foyer, wo zwei Deutsche vorbeigingen. Von der Treppe waren laute Stimmen zu hören, und der Portier sah zu ihnen hin.

Morin winkte ihn heran. »Ich muss kurz weg, Albert. Sollte jemand nach mir fragen, sagst du, dass ich ein Medikament für meine Frau hole.«

Der junge Portier nickte. Er war es gewohnt, alle Arten von Aufträgen zu erledigen, ohne Fragen zu stellen. »Ist gut, Monsieur.«

»Und wenn jemand nach Mademoiselle Marie fragt, hast du sie nicht gesehen. Egal wer, hörst du!?«

»Sicher, Monsieur. Ich habe nur Sie gesehen.« Albert tippte an seine Mütze und ging zurück auf seinen Posten an der Tür.

Außer ihnen hielt sich niemand im Foyer auf, nur die Stimmen der Deutschen wurden lauter und näherten sich dem

Eingangsbereich. Morin scheuchte Vera um die Ecke zur Küche. »Schnell jetzt!«

Energisch schritt Morin durch die Gänge seines Hotels. In der Küche war das Personal mit dem Abwasch vom Abendessen und den Vorbereitungen für morgen beschäftigt. Morin ging ohne ein Wort zur Hintertür. Erst als sie im nächtlichen Hinterhof standen, sagte er: »Ich bringe dich in meine Stadtwohnung. Da bleibst du bis morgen, und dann sehen wir weiter.«

Er ging zielstrebig die verwinkelten Straßen von Lille entlang, vorbei am Offizierscasino in der Rue de Pas. Viele Häuser waren von den Offizieren beschlagnahmt worden. Selbst Marie Boselli-Scrive hatte ihre herrschaftliche Villa räumen müssen. Die Soldaten waren zumeist in stillgelegten Fabriken untergebracht worden, so in der Tabakmanufaktur. Irgendwo in der Ferne war dumpfes Grollen zu vernehmen, das jedoch wieder erstarb. Aus einer Bar ertönte Musik, und betrunkene Soldaten gingen singend durch die Straßen.

Eine Gruppe von vier Soldaten kam ihnen entgegen und verstellte ihnen den Weg. »Papiere!«

Der Anführer war ein untersetzter Deutscher mit Schnauzbart.

Morin zog seine Dokumente hervor. »Bitte. Ich habe eine Sondergenehmigung.«

»Und die da?«, verlangte der Soldat zu wissen.

»Gehört zu mir. Ich begleite sie in ihr Quartier. Sie arbeitet bei uns im Hotel und ist heute erst angekommen.«

Der Soldat musterte Vera kritisch. Aber da sie noch ihre Dienstkleidung trug, nickte er schließlich und gab Morin sein Dokument zurück. »Aber nächstes Mal muss sie auch Papiere vorweisen, sonst nehmen wir sie mit.«

»Danke. Kommen Sie doch bei uns vorbei und lassen Sie sich einen Drink ausgeben. *Le Septième*.« Morin war die Ruhe selbst und lächelte freundlich.

Vera hingegen zitterten die Knie, denn sie dachte, dass jeden Moment Oberst Kellers Leute auftauchen und sie verhaften könnten. Endlich zog die Patrouille weiter, und Vera seufzte erleichtert. Nach weiteren fünf Minuten erreichten sie endlich ein zweistöckiges Haus in einer schmalen Seitenstraße. In den Nachbarhäusern waren die Lichter ausgeschaltet oder die Gardinen zugezogen, sodass man nicht erkennen konnte, ob die Bewohner noch auf waren. Morin blickte sich um, doch außer einer streunenden Katze war niemand zu sehen.

»Hier wohnen Sie mit Ihrer Frau?«

»Natürlich nicht. Das hier ist meine Wohnung. Meine Frau war noch nie hier. Es gibt Dinge, die gehen sie nichts an.« Er holte einen Schlüssel aus seiner Hosentasche und öffnete die Haustür.

Der abgestandene Geruch gekochter Kartoffeln und ein Hauch von Pfeifentabak lagen noch in der Luft, als sie den Eingangsbereich betraten. Wie in den meisten Mietshäusern hingen auch hier die Briefkästen an einer Wand, und ein Fahrrad stand hinter dem Treppenaufgang. Mit einem unguten Gefühl stieg Vera hinter Morin die Treppe hinauf. Wer sagte ihr, dass er nicht zu Ende brachte, wozu Keller nicht gekommen war?

»Und wie übermitteln Sie die Nachricht von dem Luftangriff auf London?«, fragte sie, als sie hinter ihm im ersten Stock vor einer Tür stehen blieb.

»Pst! Nicht hier!« Er schloss auf und hieß sie eintreten.

Die Wohnung war nicht groß, aber komfortabel eingerichtet. Dicke Teppiche dämpften ihre Schritte im Flur, von dem vier Türen abgingen. Es gab sogar ein Bad neben der Küche. Morin stieß eine Tür auf.

»Hier kannst du schlafen. Etwas Kaffee müsste da sein und Wein, wenn dir danach ist.« Morin sah sie bedauernd an. »Ich muss zurück, sonst hätte ich dir Gesellschaft geleistet, Marie.«

Die Beleuchtung war spärlich, weshalb Vera hoffte, dass er ihre Erleichterung nicht sehen konnte. »Danke, Monsieur. Ich kann Ihnen gar nicht genug danken.«

Sie trat in das Schlafzimmer, in dem sich ein schmiedeeisernes Bettgestell, ein Sessel, ein Tisch und ein Kleiderschrank befanden. Üppige Stoffe mit Blumenstickerei, schwere Samtvorhänge und edles Mobiliar mit Bronzefüßen verliehen dem Raum einen Hauch von Eleganz. Nur die Gemälde irritierten Vera, denn es waren allesamt Aktdarstellungen junger Frauen in lasziven Posen.

»Gefallen dir die Bilder? Ein wenig Inspiration wirkt manchmal Wunder.« Morin lachte anzüglich.

»Und wie informieren Sie nun unsere Leute, Monsieur? Wir müssen sie warnen!«

»Es gibt ein Telefon hier in Lille, das die Deutschen nicht überwachen. Lass mich nur machen. Ich schließe die Tür ab, morgen früh komme ich dich holen. Verhalte dich einfach ruhig, und es wird dir nichts geschehen.«

»Und der Oberst?«, fragte Vera mit zitternder Stimme.

»Er bekommt eine Flasche Cognac, und den Rest sehen wir dann schon.«

Vera entging der drohende Unterton seiner Worte nicht.

»Alles hat seinen Preis. Das solltest du wissen, Marie.«

Und wie sie ihn verstand. Bevor er morgen früh zurückkehrte, musste sie einen Weg aus der Wohnung gefunden haben.

14

Sobald Morin den Schlüssel außen im Schloss umgedreht hatte, kleidete Vera sich um. Sie legte ihre Hoteluniform auf das Bett, denn sie hatte nicht vor, sie mitzunehmen. Danach machte sie sich daran, die Wohnung zu untersuchen. Neben ihrem Schlafzimmer und der Küche gab es ein Wohnzimmer und eine kleine Kammer mit einem Bett. Der Raum schien hauptsächlich von der Köchin genutzt zu werden, denn im Schrank hingen Schürzen und Hauben. Vera rümpfte die Nase bei dem Gedanken an die privaten Feiern, die Morin hier veranstalten mochte. Nein, sie musste so schnell wie möglich fort von hier!

Aber vorher wollte sie nachsehen, ob nicht ein Hinweis auf Morins Tätigkeit als Doppelagent oder auf die verschwundene Kathleen zu finden war. Im Kleiderschrank des Schlafzimmers hingen Abendkleider in verschiedenen Größen, und Strümpfe sowie seidene Unterwäsche lagen in einer Kommode. Vera untersuchte die eingenähten Schilder der Schneider und entdeckte tatsächlich an einem der Kleider den Namen eines bekannten Londoner Schneiders. Die anderen Kleidungsstücke schienen allesamt in Frankreich hergestellt worden zu sein. Doch was sollte sie damit anfangen? Ein Beweis war das Kleid nicht. Sie ging ins Wohnzimmer und blieb vor einem massiven Schreibtisch stehen.

Sie fand Rechnungen und private Korrespondenzen von Morin mit verschiedenen Frauen darin. Wenn diese erotisch angehauchten Briefe eine Art Code enthielten, war das äußerst raffiniert gemacht, doch Vera bezweifelte es und legte die Briefe zurück. Eine Schublade war verschlossen. Mit einem Brieföffner gelang es Vera, das Schloss aufzubrechen. Sie nahm einen Stapel Papiere und ein Buch heraus, und als sie den Titel las, stockte ihr der Atem. Eine Ausgabe von *Lord Jim* lag vor ihr. Vera lauschte in das nächtliche Mietshaus, konnte jedoch keine Schritte im Treppenhaus vernehmen. Mit klopfendem Herzen schlug sie das Buch auf. Es handelte sich tatsächlich um genau die Ausgabe, die auch sie selbst zum Codieren ihrer Nachrichten verwendete. Ob Morin wusste, was Kathleen getan hatte? Dann war auch ihre eigene Tarnung aufgeflogen, denn er hatte das Buch bei ihr im Hotel gesehen.

Vera blätterte das Buch durch und fand einige mit Bleistift unterstrichene Wörter. Zwischen den hinteren Seiten klebte ein kleiner Zettel, der in eher männlicher Handschrift mit Wörtern und Seitenzahlen beschrieben war. Die Handschrift stammte nicht von einem Engländer, folglich konnte Morin es geschrieben haben. Ob er Kathleen dazu gebracht hatte, ihm den Code zu verraten? Und was hatte er dann mit Kathleen getan? Man unterrichtete die Frauen während ihrer kurzen Ausbildung im Hauptquartier des Geheimdienstes im Gebrauch von kleinen handlichen Schusswaffen und rüstete sie auch mit einem solchen Damenrevolver aus. Die Waffen waren so klein, dass sie sich gut in doppelten Böden von Taschen oder Koffern verstecken ließen, doch Vera hatte sich dagegen ausgesprochen. In ihrem Berufsalltag pflegte sie die Opfer von Waffengewalt. Täglich wurde ihr in den Lazaretten vor Augen geführt, wie grausam und unsinnig der Krieg war. Wer konnte einen Sinn darin sehen, jungen Männern ihre Zukunft zu rauben, sie verstümmelt zurück ins Leben zu schicken? Ein Leben, das sie dann, weil oft hilflos oder traumatisiert, nicht zu bewältigen wussten.

Heute jedoch hätte sie gern einen Revolver bei sich gehabt, um sich nicht ganz so ausgeliefert zu fühlen. Sie legte das Buch zurück in die Schublade, die sie nicht wieder verschließen konnte, aber das machte keinen Unterschied. Wenn sie einen Weg aus ihrem temporären Gefängnis gefunden hatte, würde sie aus Lille fliehen und Morin bestenfalls nie wiedersehen. Wenn sie schon keinen Revolver hatte, wollte sie wenigstens ein Messer mitnehmen. In der Küche fand sie ein handliches Fleischmesser, das sie in ihren Rucksack steckte. Die Fenster im Wohnzimmer gingen zur Straße hinaus und hatten einen schmalen Austritt, von dem es jedoch keine Möglichkeit gab, in den Garten zu gelangen. Die Wohnung befand sich glücklicherweise im ersten Stock, und sie benötigte nur ein Vordach oder einen Baum, dessen Äste stark genug waren, sie zu tragen. Auch aus dem Schlafzimmer konnte sie nicht hinaus. Blieben noch das Bad und die Küche. Letztere zeigte zum Innenhof, und dort gab es einen Schuppen, dessen Dach sich auf halber Höhe unter dem Küchenfenster befand.

Der Innenhof lag dunkel und still vor ihr. Nur aus einem Fenster im gegenüberliegenden Gebäude schien Licht, und ein Schatten bewegte sich dort hinter der Gardine hin und her. Vera schulterte ihren Rucksack, schwang ihre Tasche aus dem Fenster und ließ sie einen Augenblick über dem flachen Schuppendach baumeln, bevor sie sie fallen ließ. Es gab einen dumpfen Aufprall. Ängstlich wartete Vera, bevor sie durch das Fenster kletterte und auf das Dach sprang, wobei sie das Gleichgewicht verlor und mit einem Knie über die raue Oberfläche des Pappdaches rutschte. Ihr Herz raste, während sie kauernd an ihrem Platz verharrte, ein brennender Schmerz durch ihr Knie fuhr und sie die Fenster ringsum beobachtete. Als alles ruhig blieb, warf sie die Tasche auf den Boden und schob sich über die

Kante des Daches, um sich langsam hinuntergleiten zu lassen. Es war unmöglich zu erkennen, was dort unten auf dem Boden lag, und sie wollte sich nicht auch noch an Steinen oder etwas Scharfkantigem verletzen. In der Nähe bellte ein Hund, und Soldatenstiefel polterten über das Pflaster von Lilles Straßen.

Als Vera auf einem Stapel alter Holzbretter landete, rutschten diese klappernd ineinander, doch diesmal wartete sie nicht, sondern packte ihre Tasche und rannte aus dem Hof auf die Straße. Es gab nur eine Möglichkeit: Sie musste sich bis zum Morgengrauen irgendwo in einem Garten verstecken und dann mit den ersten Sonnenstrahlen und im Schlepptau eines Lieferanten die Stadt verlassen. Ihre Papiere hatte sie bei sich, sie konnte nur hoffen, dass Oberst Keller sie nicht zur Fahndung ausgeschrieben hatte. Aber in dieser Hinsicht vertraute sie auf Morin, der die Deutschen gnädig stimmen wollte, um weiterhin von ihnen profitieren zu können.

Die wenigen verbleibenden Stunden der Nacht verbrachte Vera in einer Grünanlage auf der westlichen Seite der Zitadelle. Sie nickte mehrfach ein, schreckte auf, wenn sie ein Geräusch hörte, und als die erste Morgenröte die Dächer von Lille erreichte, klopfte sich Vera Gras und Erde von ihrem Kleid und machte sich auf den Weg. Dabei galt ihr erster Gedanke dem Luftangriff auf London. Aus tiefstem Herzen hoffte sie, dass es Morin gelungen war, eine Warnung an die Alliierten durchzugeben. Selbst als Doppelagent musste ihm doch daran gelegen sein, Menschenleben zu retten. Und doch ahnte sie bereits Furchtbares.

Nach der durchwachten Nacht und ohne einen Bissen im Magen fühlte sich Vera schwach und war glücklich, als sie einen Brunnen fand, aus dem sie etwas Wasser schöpfte, um sich zu erfrischen. An diesem Morgen setzten die Kampfhandlungen in der Ferne wieder ein. Flugzeuge stiegen auf und machten sich mit todbringender Fracht auf den Weg an die Front. Mit dem

Handrücken wischte sich Vera die Wassertropfen von ihren Lippen und sah zum Himmel. Die feindlichen Flugzeuge wirkten gegen das Rot der aufgehenden Sonne wie düstere Boten der Hölle.

Heute kam ihr der Rucksack schwerer vor, und auch in der Tasche schienen sich Steine zu befinden. Seufzend machte sich Vera auf den Weg zum Stadtrand, wo sie den ersten deutschen Kontrollpunkt passieren musste. Eine Weile wartete sie im Schutz eines Hauseingangs auf Händler oder Einwohner, die auf dem Weg ins Umland waren und denen sie sich unauffällig anschließen könnte. Doch nur ein alter Mann mit Hund und einem Handkarren, auf dem Stühle und ein paar Decken lagen, näherte sich langsam dem Kontrollpunkt. Zwei Deutsche in den Uniformen niederer Dienstgrade standen gelangweilt an einer Mauer und rauchten.

Auf der Mauer hatten sie ihre Kaffeebecher abgestellt, und als ein Mädchen mit einem Korb frischer Brioches vorbeikam, kauften sie ihr das ganze Gebäck ab. Als der Alte nur noch zehn Meter von den Soldaten entfernt war, wollte Vera aus ihrer Deckung treten, doch plötzlich ertönten laute Rufe, Motorengeräusche und Pferdehufe.

»Du bist dran, Walter, geh nachsehen, was da los ist!«, forderte der größere der Soldaten seinen Kameraden auf, der widerwillig seine Brioche ablegte, das Gewehr schulterte und hinter der Mauerecke verschwand. Nach wenigen Augenblicken kehrte er aufgeregt zurück.

»Eine Sanitätskolonne! Mindestens zwanzig Verletzte!«, rief er und stopfte sich den Rest seiner Brioche in den Mund.

Die Motorgeräusche wurden lauter, und ein Lastwagen kam durch die Maueröffnung gefahren. Die Planen auf einer Seite waren geöffnet, sodass Vera die Verwundeten sehen konnte, die dicht an dicht auf der Ladefläche lagen. Die Männer stöhnten, und einer schrie dauerhaft, was jedem durch und durch gehen musste. Die Schreie der Sterbenden und Verwundeten und der Geruch von Blut und verbranntem Fleisch, dachte Vera, würden sie ihr Leben lang in ihren Träumen heimsuchen.

Der Fahrer des Lastwagens lehnte sich aus dem Fenster und rief laut, um den laufenden Motor zu übertönen: »Wohin sollen wir sie bringen? Ich war noch nicht hier, komme eben erst aus Messines.«

»Die Charité ist voll«, erwiderte Walter.

Sein Kamerad rief: »Dann nach Faidherbe, da operieren sie jetzt auch.«

»Verdammt, wo ist das?« Ungeduldig trat der Fahrer aufs Gaspedal.

Der Soldat erklärte ihm den Weg zu dem Lazarett, das sich in einem umgewandelten Gymnasium befand. »Und von der Rue Solférino fahrt ihr in die Rue de Douai, und dann biegt ihr rechts ab, aber ...«

Ungeduldig winkte der Fahrer ab. »Schon gut, da werden ja wohl Wegweiser stehen.«

Mit aufheulendem Motor fuhr der Lastwagen weiter, dicht gefolgt von einem kleineren Transporter und einem Pferdefuhrwerk, die Ladeflächen mit Verwundeten bestückt. Die Pferde waren derart geschunden worden, dass sie schweißnass waren und ihnen blutiger Schaum aus Maul und Nüstern trat. Vera schluckte. Was konnten die Tiere für den Krieg? Ehemalige Rennpferde wurden auf den Schlachtfeldern zu Werkzeugen der Kavallerie, endeten zumeist als Kadaver zwischen den Toten oder wurden am Straßenrand geschlachtet.

Der alte Mann mit dem Handkarren wartete geduldig, doch sein Hund begann zu bellen und einer der Kontrollposten holte mit seinem Gewehrkolben aus, um den aufgeregten Hund zu schlagen. Überraschend schnell reagierte der Alte und riss seinen Hund zurück. Vera nutzte den Moment der Unruhe und trat zu dem Alten.

»Kommen Sie, Monsieur, lassen Sie uns jetzt vorbeigehen! Die sind zu beschäftigt, um sich um uns zu kümmern«, sagte sie leise zu dem Alten, der sie erschrocken ansah.

Doch er verstand sofort und hob ihre Tasche auf seinen Karren. »Mein liebes Kind, gut, dass du da bist. Eh, Messieurs, wir müssen zu meiner Enkelin, die ein Kind geboren hat. Sie braucht unsere Hilfe.«

Das Pferdefuhrwerk rumpelte durch ein Schlagloch, geriet in Schieflage und eines der Räder brach. Die Pferde wieherten verzweifelt, während der Kutscher sie mit der Peitsche bearbeitete, schafften es jedoch nicht, das Gefährt zu bewegen. So kam die gesamte Kolonne zum Stillstand, und die beiden Soldaten des Kontrollpunktes hatten alle Hände voll zu tun, um die übrigen Wagen an dem unerwarteten Hindernis vorbeizubringen.

In diesem Chaos zückten der Alte und Vera ihre Papiere, wedelten damit zu den Soldaten hinüber und schoben sich an den fluchenden Männern vorbei. Das Stöhnen der Verwundeten, das Röhren der Motoren, die Schmerzenslaute der Pferde und das Fluchen der Deutschen hinter sich lassend, beschleunigten Vera und der Alte ihre Schritte, bis sie die nächste Kurve erreicht und außer Sichtweite der Feinde waren.

»Haben Sie vielen Dank, Monsieur, wohin gehen Sie?«

Er nannte einen Weiler vor Fromelles. »Und was ist mit Ihnen, Mademoiselle?«

»Ich habe noch eine ganze Strecke mehr vor mir, will rüber hinter die Frontlinie und Freunde in Saint-Omer besuchen.« Sie nannte Hazebrouck bewusst nicht als ihr Ziel, um keine Spuren zu hinterlassen, sollte man den Alten befragen.

Angstvoll sah sich Vera immer wieder um, doch außer der Kolonne mit den Verwundeten waren keine weiteren Fahrzeuge an diesem Morgen unterwegs. Der Hund des Alten lief schnuppernd am Straßenrand entlang, stob davon und kam mit einem halb verfaulten Apfel zurück, der Vera jedoch sehr verlockend schien.

Der Alte bemerkte ihren Blick. »Haben Sie Hunger?«

Vera biss sich auf die Lippe, denn sie wollte nicht, dass der Alte womöglich das wenige, was er selbst hatte, mit ihr teilte. »Es geht schon. Bis zum nächsten Dorf halte ich durch.«

»Ach, das müssen Sie nicht. Meine Tochter hat mir etwas eingepackt. Wenn Anton und ich davon satt werden, dann auch Sie.« Lächelnd beugte er sich über seinen Karren, holte einen Korb unter einem Tuch hervor und teilte Brot, Käse und Karotten mit ihr, nachdem sie sich etwas abseits der Straße im Gras niedergelassen hatten.

Dankbar kaute Vera auf dem letzten Bissen Karotte, die süß und frisch schmeckte wie lange nichts, das sie gegessen hatte. »Mmh, das war wunderbar, ich danke Ihnen von Herzen, Monsieur.«

Bald darauf trennten sich ihre Wege, und Vera lief möglichst abseits der Straße weiter in Richtung der westlichen Frontlinie. Sie musste raus aus dem besetzten Gebiet, wo sie von den Deutschen bald gesucht werden würde. Gegen Mittag erreichte sie die Gegend, in der sie bei ihrer Flucht mit Adrien auf Camille getroffen war. Auch heute war das Idyll beinahe unwirklich. Sanfte Hügel, kleine Baumgruppen, Lilien entlang eines Wasserlaufes, und in einer Senke erkannte sie den See, den Camille ihr gezeigt hatte. Da Vera seit Stunden auf den Beinen war und ihre Füße und die Schultern schmerzten, ging sie durch die Felder zu dem See, um eine Weile zu verschnaufen.

Auf der gegenüberliegenden Seite des eher kleinen Sees befand sich ein kleines Wäldchen, und im Schutz des Blätterdaches ragte ein Steg ins Wasser. Ein Angler packte seine Angelrute ein, griff nach seinen Utensilien und verließ seinen Platz. Wahrscheinlich wurde es ihm zu laut, denn zwei Mütter hatten sich neben dem Steg mit ihren Kinderwagen und drei Kleinkindern niedergelassen.

Vera zog ihre Schuhe aus und trat in das kühle Wasser, das leise zwischen dem Schilf plätscherte. Wasserlilien hatten ihre zarten Blüten geöffnet, um die Sonnenstrahlen einzufangen, und es duftete nach Sommer. Vera schloss kurz die Augen und ließ sich von der Wärme einhüllen.

»Marie!«, ertönte plötzlich eine allzu bekannte Stimme hinter ihr.

Vera schnellte herum und sah Morin, der den Weg von der Straße heraufgekommen war. Ungefähr zwanzig Meter trennten sie voneinander. Sie lief ans Ufer, wobei das Wasser spritzte, und zog ihre Schuhe an. Auf dieser Seite des Sees war sie allein mit Morin, die Mütter mit den Kindern gegenüber nahmen keine Notiz von ihr.

Vera ergriff ihren Rucksack und die Tasche und ging zu dem Trampelpfad, der um den See herumführte. Wenn sie nur etwas dichter bei den Frauen sein könnte. Doch Morin beschleunigte seine Schritte und hatte sie bald eingeholt.

»Warum bist du weggelaufen? Hast du Angst vor mir?« Morin packte sie am Arm und zwang sie stehen zu bleiben.

»Ja, Monsieur. Nicht nur vor Ihnen, auch vor den Deutschen. Ich möchte nur noch weg von Lille. Das müssen Sie doch verstehen!«

Die Sonne stand bereits hoch am Himmel, und die Temperaturen waren hochsommerlich. Morin hatte sich seine Anzugjacke unter den Arm geklemmt und die Ärmel seines Hemdes aufgekrempelt. Unter seinen Achseln zeichneten sich große Schweißflecken ab, und sein Gesicht war gerötet. Er wirkte verärgert und angespannt und sah sich nach allen Seiten um.

»Ich verstehe eine Menge, und das schon länger, als du denkst. Lass uns die Karten auf den Tisch legen, Marie, oder wie auch immer du heißen magst. Du bist so wenig ein Zimmermädchen wie deine Vorgängerin, und deren Ende kann auch dich ereilen, wenn du nicht endlich sagst, weshalb du wirklich in meinem Hotel gearbeitet hast.« Der Griff um ihren Oberarm verstärkte sich.

»Wenn du schreist, hole ich Oberst Keller, also versuch es gar nicht erst.«

»Er ist hier?« Ihr Magen schnürte sich zusammen, und ihre Knie wurden weich. Reiß dich zusammen, Vera! Keine Schwäche zeigen, denk nach, zum Teufel!

»Ja, glaubst du denn, ich wäre den ganzen Weg gelaufen? Keller ist fuchsteufelswild. Du hast ihm eine ordentliche Platzwunde verpasst, und er will Rache. Es hat mich einige Mühe gekostet, dass er mir gestattete, dich allein aufzusuchen. Aber er schuldet mir einiges, das weiß er, und jetzt zeig mir, dass du es wert bist, dass ich mich für dich eingesetzt habe.«

Die eiserne Zwinge um ihren Arm lockerte sich ein wenig. »Was ist mit meiner Vorgängerin geschehen?«, flüsterte Vera und blickte suchend zur Straße hinauf, wo sie jedoch keinen Wagen sehen konnte. Allerdings verdeckten einige Bäume teilweise die Sicht.

Morins Schnurrbart glänzte in der Sonne, genau wie seine pomadisierten Haare, während er herablassend grinste. »Das ist es also. Wegen ihr bist du hier? Seid ihr aus demselben Stall? Wer ist eure Vertrauensperson? Zu welcher Einheit gehörst du? Ich habe die *Lord Jim*-Ausgabe gefunden. Hör auf zu leugnen!«

Die Frauen auf der anderen Seeseite beobachteten sie und begannen zu tuscheln. Morin zog Vera mit sich hinter ein Gebüsch. Dort schlug er ihr mit der flachen Hand ins Gesicht. »Rede endlich!«

Vera taumelte zur Seite, riss sich aus seinem Griff los und ließ sich zu Boden fallen. So hatte sie vielleicht die Möglichkeit, an das Messer in ihrem Rucksack zu gelangen. Sie tat so, als wäre ihr schwindelig, streifte die Schultergurte ab und nahm den Rucksack auf den Schoß, um sich darauf abzustützen. Morin stand breitbeinig vor ihr und starrte sie drohend an.

»Ich bin nur eine Krankenschwester aus England, die ihre Freundin sucht. Kathleen ist beim Geheimdienst, ja, das stimmt, aber ich nicht, ich habe mich nur anheuern lassen, um sie zu finden. Das müssen Sie mir glauben, Monsieur!«

Der Hotelier verlagerte sein Gewicht, zog ein Taschentuch aus seiner Hosentasche und tupfte sich das Gesicht ab. »Glauben? Warum sollte ich das? Ich vertraue niemandem, weil in diesem Krieg jeder für sich kämpft. Sie war also deine Freundin, ja?«

»War?« Ihr Herz machte einen Satz, als ihr klar wurde, dass Kathleen nicht mehr am Leben war. Und wahrscheinlich waren auch ihre Stunden gezählt, wenn Morin so offen mit ihr sprach. Dieser Mann ging keine Risiken ein und hatte kein Mitgefühl für andere. Er sorgte sich einzig und allein um sich selbst. Nicht einmal für seine kranke Frau hatte er viel übrig.

»Sie ist tot, Marie.« Er sah sie durchdringend an und schien auf eine Reaktion zu warten.

Vera atmete schwer und fingerte an ihrem Rucksack, um das Messer aus der Seitentasche zu ziehen. »Tot? Oh mein Gott! Was ist passiert?«

»Sag mir, was du über sie und ihren Auftrag weißt, und ich sage dir, wie sie gestorben ist.« Er lugte über den Busch und schien beruhigt.

»Wo sind die Deutschen?« Sie konnte den kalten Stahl des Messers fühlen, drehte den Rucksack ein wenig und bekam den Griff des Messers zu fassen.

»In der Nähe. Jetzt sag, was du weißt!«, befahl er.

»Über ihren Auftrag weiß ich nichts, weil wir alle nur wenige Informationen erhalten. Ich sollte wirklich nur herausfinden, was mit Kathleen geschehen ist, weil sie keine Nachrichten mehr geschickt hat. Das ist alles!«

»Was ist mit mir? Wollten die nichts über mich erfahren?«, verlangte Morin zu wissen.

»Nein!«, erwiderte Vera fest. »Ganz und gar nicht. Wie kommen Sie nur darauf?«

Selbstgefällig strich er sich über seinen Schnurrbart. »Nun ja, es gibt keinen Grund, ich tue mein Bestes, um den Feind im Zaum zu halten und den Einwohnern von Lille etwas Ruhe zu schenken.«

Sicher, dachte Vera voller Abscheu. »Wie ist Kathleen gestorben?«, wiederholte sie ihre Frage.

»Kathleen? Das war ihr Name. Ein hübsches Mädchen. Ich habe sie gemocht. Sehr sogar.« Morin kniete sich nieder und sah plötzlich müde und ausgelaugt aus. »Sie hat mich provoziert. Es war alles sehr unglücklich.«

»Wie meinen Sie das?«, fragte Vera kaum hörbar und ahnte Böses.

»Sie war nicht spröde, keineswegs. Wir haben sogar eine Zeit lang gemeinsam gegen den Feind gearbeitet. Ihre Informationen waren wertvoll und haben Leben gerettet.« Er schwieg und zupfte an einem Grasbüschel.

»Und dann? Was geschah mit ihr?«

»Marie, ich will das nicht, aber es passiert. Ich kann nichts dafür.« In den Augen, die sie nun ansahen, lag eine Art von düsterer Verzweiflung, die ihr Angst machte. Es schien gerade so, als würde sie in den Abgrund einer schwarzen Seele blicken.

»Wofür?«, flüsterte sie kaum hörbar.

»Wenn sie sich gegen mich stellen, muss ich sie töten.«

Vera erstarrte und umklammerte das Messer fester. »Wen meinen Sie?«

»Die Mädchen, Marie, die Mädchen. Solche wie du und deine Freundin. Ihr seid so frisch und unschuldig, und alles läuft gut. Aber irgendwann wendet sich das Blatt. Und wenn die Deutschen das merken, wird es zu gefährlich für mich. Dann muss ich es beenden. Das verstehst du, nicht wahr?«

»Nein, das verstehe ich nicht.« Vera zog die Beine an sich und wollte von ihm abrücken, doch er packte ihre Knie, drückte sie herunter und presste sein Gewicht auf sie, während er sie anschaute.

Seine Pupillen waren geweitet, und er atmete schwer.

»Lassen Sie das, Monsieur. Gehen Sie weg von mir. Ich will nur fort, von mir haben Sie nichts zu befürchten«, stammelte sie.

»Das verstehst du nicht, Marie. Ich muss euch alle mundtot machen, sonst habe ich die Deutschen am Hals. Meine Frau vermutet bereits, dass ich mit dem Feind kollaboriere. Das darf nicht sein. Es darf einfach nicht sein. Kein Risiko, keine Zeugen.« Er schob sich weiter vor und ergriff mit beiden Händen ihre Kehle.

»Wenn du dich nicht wehrst, wird es nicht lange dauern. Es ist schnell vorbei. Marie, wehr dich nicht, bitte!«, sagte er beinahe flehend.

So hatte er Kathleen getötet. Vera zitterte. »Wo ist sie?«, presste sie krächzend hervor.

»Na hier im See!« Morin drückte fester zu und fuhr sich mit der Zunge über die Lippen.

In diesem Augenblick zog Vera das Messer und stieß es ihrem Widersacher in die Seite. Er schien den Schmerz kaum zu spüren, drückte nur fester zu, und es gelang ihr gerade noch, das Messer mit einem Ruck aus seinem Körper zu ziehen und erneut zuzustechen. Ein erstickter röchelnder Schrei entfuhr Hugo Morin, sein Körper zuckte noch einmal, bevor er erschlaffte und auf sie zu sinken drohte. Doch Vera rollte sich schnell zur Seite. Du wirst keine von uns mehr quälen, dachte sie nur.

15

The One remains, the many change and pass;
Heaven's light forever shines, Earth's shadows fly;
Life, like a dome of many-coloured glass,
Stains the white radiance of Eternity …
(Das Eine bleibt, das viele geht; entstreben
die Schatten auch, Himmels Licht scheint allzeit.
Wie eine Buntglaskuppel färbt das Leben
den weißen Strahlenglanz der Ewigkeit …)
 Percy Bysshe Shelley, *Adonais* (1821)

Vera kroch hinter den Büschen hervor und schaute sich vorsichtig um. Die Frauen auf der anderen Seite des Sees waren mit ihren Kindern beschäftigt, doch als eine den Kopf hob und sie entdeckte, stand Vera auf und winkte.

»Ist alles in Ordnung bei Ihnen?«, rief die junge Mutter.

»Jaja, danke!«

Die Frau nickte und wurde von ihrem schreienden Kind abgelenkt, das hingefallen war. Immerhin war die Entfernung zu groß, als dass man einander genau erkennen konnte. Vera sah an sich herunter und stellte mit Schrecken fest, dass ihr Kleid blutverschmiert war. Rasch ging sie hinter dem Busch in die Hocke, zog sich aus und streifte ein frisches Sommerkleid über.

Das blutverschmierte Kleid stopfte sie in den Rucksack, um es bei nächster Gelegenheit zu entsorgen. Ihre Hände zitterten, und ihr Herz raste. Sie hatte einen Mann umgebracht. Auch wenn es Notwehr gewesen war, so hatte sie doch einen Menschen getötet. Sie war Krankenschwester und sollte doch helfen, die Menschen gesunden zu lassen. Kurz glitt ihr Blick zu Morin, und ihr Magen drehte sich um. Seine offenen Augen starrten blicklos in den Himmel. Rasch schloss sie ihm die Lider, stand auf, packte ihre Sachen und lief in möglichst normalem Tempo am Seeufer entlang, bis sie außer Sichtweite der Tagesausflügler war. Im Schutz von Bäumen und Gestrüpp holte sie das Kleid hervor und stopfte es unter einen Busch, der in den See hineinwuchs. Sie schaufelte mit den Händen etwas Schlamm auf das helle Kleid, sodass es kaum mehr zu sehen war.

Die Badegäste hielten sich auf der anderen Seite auf. Wo sie sich befand, war zurzeit niemand. Auf den Feldern waren keine Landarbeiter zu sehen. Die Ernte stand noch bevor. Lange sah sie zur Straße hinauf, konnte jedoch kein deutsches Fahrzeug entdecken. Ob Morin sie nur hatte einschüchtern wollen? Möglich wäre es. Wahrscheinlich, dachte sie, denn er hätte sicher keine Deutschen als Zeugen für seinen Mord an ihr haben wollen. Nein, entschied Vera und folgte einem Pfad durch die Felder. Morin hatte sie allein verfolgt und gehofft, sich ihrer entledigen zu können, um sie mundtot zu machen. Er war einer dieser windigen Menschen, die für etwas Profit alles taten und ihr Fähnlein ständig nach dem Wind ausrichteten. Skrupellos genug, jeden, der sich ihm in den Weg stellte, auszuschalten. Nur weil sie ihm auf die Schliche gekommen war, hatte er die arme Kathleen ermordet.

Vera lief immer so lange, wie sie sich unbeobachtet wusste. Sobald Wagen auf der Straße zu hören waren, suchte sie Deckung in Baumgruppen, hinter Heuhaufen oder in einem Schuppen. Als es dunkel zu werden begann, hatte sie ein einsames Gehöft erreicht, das von einer Frau mit ihrer Tante und vier halbwüchsigen Kindern bewirtschaftet wurde. Die Männer waren an der Front. Die Frauen gaben Vera etwas zu essen und wiesen ihr einen Schlafplatz in der Scheune zu. Dankbar schlief Vera ein paar Stunden und machte sich noch vor dem Morgengrauen wieder auf den Weg zur Frontlinie.

Um weitere Kontrollen zu umgehen, schlug sich Vera abseits der Straßen durch und benötigte vier Tage, bis sie es geschafft hatte, sich an einem der Kontrollpunkte vorbeizuschleichen. Erschöpft und vom Übernachten im Freien abgerissen aussehend, traf sie am Morgen des vierten Tages an einem Fluss auf einen englischen Truppentransport. Die Soldaten kamen von der Front und wirkten allesamt desillusioniert und am Ende ihrer Kräfte. Staubig und teils leicht verletzt hockten sie auf der Ladefläche des Transporters, der auf die Fähre wartete.

»Hallo, Mademoiselle«, sagte einer der Männer und hielt ihr einen Becher mit Wasser hin. »Sie sehen so aus, als hätten Sie Durst.«

Gierig leerte sie den Becher in einem Zug und gab dem Soldaten den Becher mit zittrigen Händen zurück. »Thank you«, erwiderte sie, und der Soldat lächelte.

»Eine Landsmännin. Wohin wollen Sie? Wir sind auf dem Weg nach Hazebrouck. Wir sind die Vorhut, nach uns kommen die Schwerverletzten. Verdammte Hunnen. Sie haben ihre Stellungen gehalten. Und das, obwohl sie nach den massiven Bombardierungen unter Dauerbeschuss standen.« Der Soldat goss den Becher erneut mit Wasser aus einer Feldflasche voll und reichte ihn Vera. »Bitte.«

Sie trank aus und fragte: »Was ist mit London? Konnte der Luftangriff verhindert werden?«

Erstaunt sah der Soldat sie an. »Verhindert? Ja wie denn? Die verfluchten Bastarde haben mit ihren Gothas unser Herz getroffen. Fast zweihundert tote Zivilisten, Kinder! Eine Schule haben sie erwischt!«

Vera musste sich an dem Wagen festhalten. Er hatte die Warnung nicht weitergegeben. Der Mistkerl Morin hatte in Kauf genommen, dass Unschuldige ihr Leben lassen mussten. Nur damit er sich weiter bei den Deutschen beliebt machen konnte. Ob dieses Wissen ihre Albträume lindern würde? Sie hatte Schuld auf sich geladen, daran ließ sich nichts ändern, auch wenn der Mann, den sie getötet hatte, ein Mörder war.

»Eh, Steve, es geht weiter. Miss, steigen Sie auf, wenn Sie auch nach Hazebrouck wollen«, bot ein anderer Soldat an.

Dankbar ließ Vera sich nach oben helfen. Sie hatte nur noch den Rucksack bei sich. Die Tasche hatte sie unterwegs liegen gelassen, weil sie ihr zu schwer geworden war. Ihre nackten Beine waren voller Schrammen vom Laufen durch Gestrüpp und Gräser, und ihr Kleid, das sie seit Tagen nicht gereinigt hatte, war am Saum eingerissen. Sie musste ein Bild des Elends abgeben, denn die Männer warfen ihr mitleidige Blicke zu. Einer gab ihr ein Stück Brot mit etwas Käse.

»Mehr haben wir hier nicht, aber in Hazebrouck gibt es Nachschub.« Doch einer der Soldaten schüttelte traurig den Kopf.

»Hast du's nicht gehört? Die haben den Bahnhof angegriffen. Wieder so ein verdammter Luftangriff. Eben wegen des Nachschubs.«

»Oh nein!«, entfuhr es Vera. »Wann denn?«

»Heute früh, das habe ich vorhin vom Funker gehört. Aber wir sollen trotzdem hin. Das Lazarett ist verschont geblieben.«

Die Fahrt nach Hazebrouck kam Vera endlos vor, denn sie dachte unentwegt an Captain Redmond und hoffte, ihn wohlbehalten im Lazarett bei seinen Patienten vorzufinden. Während der Lastwagen über die mit Schlaglöchern übersäte Straße holperte, hockten die Soldaten apathisch auf den Bänken und Kisten. Diejenigen, die sich besser fühlten, halfen den verwundeten Kameraden, sprachen ihnen Mut zu oder erzählten von der Heimat.

»Woher stammen Sie, Miss?«, fragte ihr Nachbar, der ihr erneut einen Becher mit Wasser hinhielt, doch sie lehnte ab. Die Männer brauchten das Wasser dringender als sie.

»Kent«, antwortete sie und sah die grünen Hügel und blühenden Gärten vor sich. Sie dachte an ihre Familie und an Alice und Hill House.

»Der Garten Englands«, sinnierte der Hauptmann. »Ich stamme aus Kirkbride in Lancashire. Es ist wunderschön dort oben. Wir haben ein Haus mit Blick auf den Solway Firth. Unser Boot liegt unten am Steg, und als Junge bin ich immer mit meinem Vater zum Angeln rausgefahren. Ich wollte da nie fort, wissen Sie.« Er betrachtete seine Hände, und Vera hörte einfach nur zu. »Meine Kinder sollten genauso aufwachsen wie ich. Wir haben eine kleine Gastwirtschaft, und mein Onkel ist Fischer. Fährt täglich mit seinem Kutter raus. Es gibt nichts Schöneres, als vor Sonnenaufgang in die Bucht hinauszuschippern. Nur die Möwen kreischen, die Wellen klatschen gegen das Boot, und es riecht nach See und Algen. Meine Mutter kocht die beste Muschelsuppe von ganz Lancashire!« Seine Stimme brach ab, und er verbarg sein Gesicht in den Händen.

Vera strich ihm über den Rücken. »Sie werden Ihre Familie wiedersehen. Und wenn Sie mit Ihrem Sohn das erste Mal zum Angeln gehen, ist das alles hier nur noch ein dunkler Schatten. Die Wunden heilen mit der Zeit. Sind Sie verheiratet?«

Es roch nach Rauch, und in der Ferne stiegen graue Schwaden über der Stadt auf.

Er wischte sich die Augen und brachte ein schwaches Lächeln zustande. »Verlobt. Wir wollten noch vor meiner Abreise heiraten. Sie wollte das, aber ich habe gesagt, dass wir vor den Altar treten, wenn ich gesund zurück bin. Sie ist wunderschön, und ich will nicht, dass sie mit einem Krüppel leben muss.«

So nobel, dachte Vera, aber vielleicht war es seiner Verlobten egal, ob er verletzt war, und sie wartete nur darauf, den Geliebten endlich wieder in die Arme schließen zu können.

Der Soldat, der ihnen gegenübersaß, hob müde den Blick. »Wir sind doch alle Krüppel. Hier drinnen sind wir tot.« Er tippte auf seine Brust, genau dorthin, wo sich das Herz befand. »Wie soll ich denn jemals diese grausamen Bilder aus meinem Hirn bekommen?«

Was sollte sie darauf erwidern? Ihr selbst ging es ja nicht anders. Die letzten Kilometer hing jeder seinen Gedanken nach, und erst als sie die ersten Häuser von Hazebrouck passierten, kam wieder Bewegung in die Männer. Je weiter sie in die Stadt hineinfuhren, desto bedrückender wurde das Bild der Zerstörung, das sich ihnen bot. Die Bomben hatten ganze Arbeit geleistet. Umgekippte und zerborstene Waggons, noch schwelende Kisten und Häuser ringsumher. Alliierte Truppen waren mit dem Löschen und Aufräumen beschäftigt, und das chaotische Treiben verdichtete den Eindruck des katastrophalen Luftangriffs auf den Bahnhof.

Ihr Wagen hielt nicht an, sondern fuhr direkt bis ans andere Ende der Stadt, wo sich das Lazarett befand, in dem Vera Redmond bei der Operation assistiert hatte. Die Männer halfen ihr vom Wagen, und sie bedankte und verabschiedete sich. Im Gegensatz zu ihrem vorangegangenen Besuch war heute der Vorplatz überfüllt mit ständig neu eintreffenden Krankentransporten. Ärzte, Schwestern und Sanitäter eilten von einem Verwundeten zum nächsten und taten, was in ihrer Macht stand, um zu helfen. Für die Ärzte war es keine einfache Aufgabe zu entscheiden, wer sofort operiert wurde und wer noch warten konnte.

Vera ging suchend umher, konnte Redmond jedoch nicht entdecken. Schließlich betrat sie das Lazarett, durchquerte den Flur und kam zum ersten Operationssaal, wo ein Team über einen Patienten gebeugt stand. Captain Redmond war nicht dabei. Nachdem sie auch in den anliegenden Sälen kein Glück gehabt hatte, wandte sie sich an eine Schwester, die Wäsche in einen Krankensaal bringen wollte.

»Verzeihung, ich kann Captain Redmond nicht finden. Ist er nicht mehr hier?«

Sie erkannte in ihr eine der Schwestern aus dem Operationsteam um Doktor Crow wieder. Die Schwester sah sie irritiert an, schien sich aber dann an sie zu erinnern und sagte: »Kommen Sie mit nach vorn. Doktor Crow kann Ihnen da besser Auskunft erteilen.«

Etwas an ihrem allzu besorgten Ton machte Vera nervös, während sie der Schwester zwischen den Reihen von Betten hindurch folgte. Sie erblickte Doktor Crow, der zusah, wie zwei Sanitäter einen Patienten von der Trage aufs Bett legten. Der Mann trug einen Kopfverband, der auch die Hälfte seines Gesichts verdeckte.

»Doktor Crow, hier ist jemand, der nach Doktor Redmond fragt ...«, sagte die Schwester, und der Stabsarzt wandte sich sofort zu ihnen um.

»Ich war vor einer Woche hier und habe Captain Redmond bei der Operation von Lord Dacres Sohn geholfen. Wo ist der Captain?« Ihre Stimme begann zu zittern, als sie die Trauer in den Augen von Crow sah.

Der Arzt legte eine Hand auf ihre Schulter. »Es tut mir sehr leid, Miss.«

»Nein!«, schluchzte Vera. »Aber was ist denn passiert? Das Lazarett wurde doch nicht bombardiert!«

»Nein, das nicht, aber Redmond war mit in dem Sanitätswagen, der Verwundete vom Bahnhof abholen sollte, als der Bombenangriff erfolgte. Wir konnten niemanden retten. So leid es mir tut.«

»Nein, nein, das darf doch nicht wahr sein. Wo ist er? Kann ich ihn sehen?«

»Das ist unmöglich. Wir konnten noch nicht alle bergen oder das, was noch von ihnen übrig ist. Bitte, Miss, es ist eine Tragödie, wie alles, was in diesem Krieg geschieht. Aber wir müssen uns jetzt um die kümmern, die unserer Hilfe noch bedürfen.«

Eine neue Trage wurde gebracht, und der Arzt nickte ihr ernst zu, bevor er seine Aufmerksamkeit dem neuen Patienten widmete.

»Nur eins noch, Doktor«, sagte Vera. »Hat der Sohn von Lord Dacre überlebt?«

Crow sah sich eine Drainage des Bauchraums an und hob abwesend den Kopf. »Ja, hat er. Redmond war der Beste, und deshalb ist sein Verlust umso schmerzlicher für alle.«

Mit tränenverschleierten Augen stolperte Vera davon. Sie war am Ende ihrer Kraft.

16

Die Regentropfen liefen die Fensterscheibe hinunter, ließen die Außenwelt wie durch einen Schleier in ihr Zimmer. Vera zog die Decke bis unter ihr Kinn und starrte an die Wand, wo ein gerahmtes Bibelzitat sie daran erinnerte, wo sie war.

Er heilt, die zerbrochenen Herzens sind, und verbindet ihre Wunden. Psalm 147,3 stand dort sorgsam von Frauenhand gestickt. Es klopfte, und die Tür wurde geöffnet.

»Guten Morgen oder vielmehr Mittag! Wie lange willst du dich noch hier verkriechen, Vera?!« Ihr Vater stellte sich an das Fußende ihres Bettes und musterte sie streng. »Du bist nicht die Einzige, die Schlimmes erlebt hat. Und sicher gibt es viele Menschen, die weitaus mehr ertragen müssen. Sieh dich an, du bist gesund, also steh auf und mach dich nützlich!«

Ihre Augen füllten sich mit Tränen. »Du weißt gar nichts, und du kannst mich nicht verstehen, Vater.«

Noch im Lazarett von Hazebrouck war Vera zusammengebrochen. Doktor Crow hatte ihr ein Beruhigungsmittel verabreicht, mit ihrem Verbindungsoffizier gesprochen und sie noch am selben Tag mit einem Heimkehrertransport nach Calais geschickt. Von dort war sie am Tag darauf nach Folkestone übergesetzt, wobei ihre Fähre nur knapp dem Beschuss durch eine deutsche Fregatte entgangen war. In einem Zustand völliger Entkräftung und ohne ihre sonstige Kraft und Entschlossenheit, allen Widrigkeiten zu trotzen, war sie mit dem Zug nach Hause gefahren. Ihre Eltern waren angesichts ihres abgemagerten Körpers und ihres verhärmten Gesichts in großer Sorge um sie gewesen. Doch nachdem sie auch nach einer Woche ihr Bett nicht verlassen hatte, war die Sorge in Ungeduld und Ärger umgeschlagen. Im Hause Lyttleton gab man sich nicht seinem Kummer hin, sondern baute auf Gott und machte weiter, als sei nichts geschehen.

Aber genau das war Vera unmöglich. Der Tod von Morin und der Verlust von Captain Redmond hatten Vera aus der Bahn geworfen. Nachts wurde sie von Albträumen heimgesucht, in denen sie manchmal den Körper von Kathleen im Wasser des Sees vor Lille schwimmen sah, oder sie spürte Morins Hände an ihrem Hals und wachte auf, weil sie das Gefühl hatte zu ersticken. Und wenn es nicht diese Schreckensbilder waren, dann stand sie am Bahnhof von Hazebrouck inmitten verkohlter Trümmer und suchte nach den Überresten von Captain Redmond.

»Du hast Besuch. Vielleicht bringt dich das ja wieder zur Besinnung. Die Tochter von Buxton ist unten«, sagte ihr Vater.

Vera riss die Augen auf. »Alice ist hier?«

In seinem schwarzen Anzug und mit seiner ernsten Miene wirkte Oswald Lyttleton immer wie ein Prediger und nie wie ein fürsorglicher Vater auf Vera.

»Das sagte ich. Wir haben niemandem erzählt, dass du hier bist, aber anscheinend hat sie es doch irgendwie erfahren. Also bitte, kommst du herunter, oder soll ich sie wegschicken?«

»Nein, ich stehe auf! Schick sie nicht fort, bitte!«, flehte Vera und fühlte sich wieder wie das kleine Mädchen, das Angst vor dem gestrengen Übervater hat.

Ihre Mutter tat in der Gemeinde Dienst, besuchte Kranke und Witwen und tröstete, wo sie konnte. Nur für ihre eigene Tochter hatte Edith Lyttleton kaum Zeit. Als Vera eines Abends versuchte, mit ihrer Mutter über ihre Arbeit für den Geheimdienst zu sprechen, hatte diese sofort abgeblockt. Über derlei Dinge sollten Frauen nicht sprechen, das sei Männersache. Daraufhin hatte Vera es aufgegeben, sich ihren Eltern anvertrauen zu wollen, und das Verhältnis zu ihren Geschwistern war nie besonders eng gewesen.

Vera stand auf und trat ans Fenster. Der Regen hatte aufgehört, und sie stieß das Fenster auf, um die frische Luft hereinzulassen. Vor ihrem Fenster befand sich der Garten des Hauses. Die meisten Blumen hatten Gemüsebeeten weichen müssen, doch die Rosen waren geblieben. Der Geruch von nasser Erde und feuchtem Gras weckte ihre Lebensgeister, und Vera trat an den Waschtisch. Aus dem Spiegel sah ihr eine Fremde entgegen. Strähnige Haare hingen um ein ausgemergeltes Gesicht mit matten Augen. Die Tiefe der dunklen Augenringe hatte sich ein wenig verringert, seit sie Frankreich verlassen hatte, doch sie weinte sich noch immer in den Schlaf, und ihre Lider waren geschwollen. Sie dachte oft an Frederick Redmond, obwohl sie es sich verbieten wollte, denn der Gedanke, was hätte sein können, zerriss ihr das Herz.

Sie spritzte sich kaltes Wasser ins Gesicht und kämmte sich die Haare, die geschnitten werden mussten. Nachdem sie auch ihren Körper gewaschen und sich einen schwarzen Rock und eine weiße Bluse angezogen hatte, ging sie hinunter. In der Küche hantierte ihre Mutter mit dem Teegeschirr und kam heraus, als sie die Schritte ihrer Tochter auf der knarrenden Treppe vernahm.

»Alice ist in den Garten gegangen. Möchtest du Tee mit ihr trinken? Ich bringe euch gern ein Tablett hinaus.« Edith Lyttleton strich ihrer Tochter über die Wange. »Ich habe Shortbread gebacken. Mit guter Butter, das wird dir guttun.«

»Danke, Mutter, ja, sehr gern«, antwortete Vera, überrascht über die Fürsorge, die ihr entgegengebracht wurde.

Genau in dem Augenblick, in dem Vera auf die Terrasse hinaustrat, brach die Sonne durch die Wolken und warf ihre warmen Strahlen auf die schwangere Frau, die in Gedanken versunken ihren Leib streichelte und dabei lächelte.

»Alice!«, sagte Vera leise, und die Freundin drehte sich um.

Die Schwangerschaft stand ihr gut zu Gesicht, das rosig und frisch wirkte. Alice' dunkelbraune Locken waren zu einem losen Zopf gewunden und fielen auf den Kragen ihres duftigen Sommerkleides. »Oh, Vera!«

Mit ausgebreiteten Armen kam Alice zu ihr und drückte sie fest an sich. Von allen Menschen, die Vera kannte, war Alice der herzlichste und der einzige, dem sie absolut vertraute. Und das war umso merkwürdiger, da sie nie so eng mit Alice befreundet gewesen war wie diese mit Rose Mandeville. Eigentlich war sie immer das dritte Rad am Wagen gewesen, doch irgendwie hatte sie stets eine besondere Nähe zu Alice gespürt. Aber es war leicht, Alice zu lieben, jeder, der sie näher kannte, mochte die freundliche, liebenswerte junge Frau.

Beide schluchzten, und als sie sich ein wenig beruhigt hatten, fasste Alice sie an den Schultern, trat einen Schritt zurück und musterte sie. »Vera Lyttleton, du bist viel zu dünn. Was haben sie nur mit dir dort drüben gemacht? Sieh mich an, ich bin ein fettes Walross. Ich esse für drei! Dieses kleine Wesen fordert mich ganz schön heraus.« Sie lachte und wischte sich die Augen. »Ich glaube, ich muss mich setzen.«

Vera führte sie zu einem Tisch mit vier Stühlen. Sie nahm einen Lappen aus einem Korb, der unter dem Hausdach stand, und rieb die Sitzflächen trocken. »Bitte sehr. Aber du siehst großartig aus, Alice. Wunderschön! Wie geht es deiner Tochter?«

»Ganz prächtig. Sie ist ein kleiner Wildfang und kostet meinen Vater Nerven, aber er liebt sie wie verrückt. Es ist entzückend zu sehen, was er alles für sie anstellt, um sie zum Lachen zu bringen. Oh, Lorenzo ist gestern überraschend zu Besuch gekommen. Er hat mir nicht geschrieben, dieser gemeine Kerl. Er wollte nicht, dass ich enttäuscht bin, falls er es doch nicht schafft. Also, morgen kommst du zu uns zum Essen. Wir alle freuen uns auf dich. Und jetzt erzähl, wie es dir ergangen ist.« Alice beugte sich vor und ergriff Veras Hand.

Die tröstende Berührung trieb Vera erneut die Tränen in die Augen, doch ihre Mutter kam mit dem Tee zu ihnen, und sie half, die Tassen und Teller auf den Tisch zu stellen, und verbat sich das Weinen.

»Es ist sehr freundlich von Ihnen, Alice, dass Sie uns besuchen. Ich hoffe, das Gebäck schmeckt Ihnen. Ich habe es gerade aus dem Ofen genommen.« Edith Lyttleton war den Buxtons gegenüber immer zurückhaltend gewesen, denn sie hegte großen Respekt und Bewunderung für Alice' Vater, den berühmten Schriftsteller, auch wenn sie das ihrem Mann gegenüber nie zugeben würde.

»Vielen Dank! Ich bin sicher, dass es wunderbar schmeckt, es duftet himmlisch!« Alice strahlte Edith Lyttleton an, nahm sich ein Stück Shortbread und biss hinein. Genüsslich schloss sie die Augen. »Mmh, ganz köstlich!«

Vera nahm sich ebenfalls ein Stück des Buttergebäcks, und ihre Mutter ging zufrieden ins Haus. Der Tee wärmte ihren Magen, den sie erst langsam wieder an regelmäßige Nahrungsaufnahme gewöhnen musste.

»Ich kann noch gar nicht glauben, dass ich wieder hier bin, Alice.« Sie begann leise von ihrer Arbeit für den Geheimdienst zu erzählen, nannte keine Namen, erwähnte nur einige Stationen, bis sie zu ihrer Arbeit mit Redmond kam und innehielt.

Alice stellte ihre Teetasse ab und lächelte verstehend. »Captain Redmond, hm?«

Vera nickte und schluckte, um den Kloß in ihrem Hals zu verdrängen. »Er ist ein wunderbarer Arzt, und er war mein Verbindungsoffizier, hat mich nach Lille geschickt. Nach Lille ...«

»Ist? War?«, fragte Alice vorsichtig.

Nachdem sie sich geräuspert hatte, erzählte Vera von ihrem Auftrag in Lille und ihren Erlebnissen mit Leutnant Fuchs, Madame Bertrand und Monsieur Morin. »Als ich den kleinen Adrien bei seiner Tante abgeliefert hatte, hat Frederick mich zum Essen eingeladen. Leider wurde er zu einem dringenden Fall gerufen.« Sie berichtete von der komplizierten Operation an Lord Dacres Sohn. »Aber er hat es geschafft. Der junge Dacre hat überlebt und ist auf dem Weg der Genesung. Er hatte recht ...« Sie wischte sich die Augen.

Alice beugte sich vor und streichelte ihre Hand. »Was geschah dann, Vera?«

Seit ihrer Abreise aus Frankreich hatte sie mit niemandem so ausführlich über ihre Erlebnisse gesprochen. Alles wurde plötzlich wieder lebendig, und die lähmende Starre, die seither von ihr Besitz ergriffen hatte, schien endlich zu weichen. Doch je klarer sie alles sah, desto schmerzhafter wurden die Erinnerungen. »Wir haben uns in jener Nacht geküsst, Alice. Es war ein besonderer Moment, und Frederick wollte nicht, dass ich nach Lille zurückgehe, aber ich musste es tun. Ich konnte Madame Bertrand nicht im Stich lassen.«

Seufzend schaute sie in den kleinen Garten ihres Elternhauses, in dem sich die regennassen Pflanzen der Sonne entgegenreckten. So friedlich, dachte Vera, warum kann der Krieg nicht endlich vorbei sein?

»Letztlich konnte ich nichts für sie tun, aber ich habe herausgefunden, was mit der armen Kathleen passiert ist.«

Sie erklärte, wie Morin sein doppeltes Spiel getrieben und Kathleen ermordet hatte. »Und dann am See, oh lieber Gott, es war so furchtbar, Alice. Ich wollte ihn doch nicht töten! Ich wollte es nicht! Aber er lag auf mir, und seine Hände pressten meine Kehle zu, und ich wusste genau, dass er mich niemals gehen lassen würde.« Sie machte eine kurze Pause und fügte leise hinzu: »Da habe ich zugestochen.«

»Aber das war doch Notwehr, Vera! Kein Gericht der Welt würde dich dafür verurteilen!«, rief Alice.

»Aber ich muss damit leben, Alice. Ich habe Schuld auf mich geladen. Helfen wollte ich, nicht töten, das nicht, niemals.« Sie holte tief Luft. »Ich bin dann nachts weiter nach Hazebrouck, was Tage gedauert hat, denn ich wollte keiner Patrouille in die Arme laufen. Und dann komme ich in Hazebrouck an, und die verfluchten Bastarde haben den Bahnhof bombardiert. Captain Redmond hatte an diesem Tag einen Krankentransport zum Bahnhof begleitet. In dem Flammeninferno konnten sie die Leichen der Opfer nicht identifizieren.«

»Oh, meine Liebe!« Alice erhob sich und legte die Arme um Vera, hielt sie fest und streichelte ihre Haare, während die Freundin schluchzte.

»Aber weißt du denn genau, dass der Captain unter den Opfern ist? Es kommt doch immer wieder vor, dass jemand vermisst wird und später doch noch auftaucht. Denk nur an Rose' Bruder. Rose ist übrigens auch wieder hier. Sie und Michael kommen morgen Abend ebenfalls.« Alice setzte sich wieder und sah sie liebevoll an. »Wir bringen dich auf andere Gedanken, Vera, wirst schon sehen. Und hast du schon mit Michael gesprochen? Der weiß immer viel.«

Vera schüttelte den Kopf. »Nein, ich habe noch mit niemandem hier in England geredet. Du bist die Erste, der ich alles erzählt habe. Aber sie haben mir in Folkestone schon gesagt, dass ich mich an Michael wenden soll, wenn ich so weit bin. Man hat mir einen Posten in einem hiesigen Lazarett angeboten. Vielleicht werde ich den annehmen, denn wenn ich noch einen Deutschen sehe, weiß ich nicht, was ich tue.«

17

Hill House

»Habt ihr das gelesen? Die königliche Familie hat ihren Namen von Sachsen-Coburg und Gotha in Windsor geändert!« Alice legte die Zeitung ab und sah in die Runde.

Ihr Vater hielt das Satiremagazin *Punch* in die Höhe. »Das hier trifft es sehr schön. Die Karikatur zeigte König George, wie er einige Kronen zusammenfegt, auf denen *Made in Germany* steht.«

»Zeig mal!« Alice betrachtete den Cartoon und schmunzelte. Auch ihr Ehemann, Lorenzo Ranieri, trat dazu und sah ihr über die Schulter.

Nach dem Essen hatten sich alle gemeinsam im Salon von Hill House eingefunden. Die Türen zur Terrasse standen weit offen, denn es war ein warmer Sommerabend. Rose und Michael Wodehouse kamen von einem Rundgang aus dem Garten zurück, und Butler Newton, der inzwischen zur Familie gehörte, spielte mit der kleinen Carolina Louise. Außerdem waren noch zwei Ärzte aus dem Lazarett zu Gast, die durch den Garten spazierten und Zigarre rauchten.

»Die Presse hat eurem Königshaus aber auch arg zugesetzt. Es ist nur richtig, dass sie dagegengesteuert haben«, meinte

Lorenzo, der seiner hochschwangeren Frau liebevoll über den Nacken strich.

»Die Bombardierung durch die Langstreckenflieger, die ausgerechnet Gotha G.IV heißen, hat letztlich zu dieser Entscheidung geführt. Wie sollte die Königsfamilie, aus deutschem Adelshaus stammend, sich noch mehr vom Feind distanzieren und dem Volk ihre Loyalität beweisen?« Michael Wodehouse geleitete seine Frau zu einem Sessel und nahm sich ein Glas Wein. Der Anwalt, der seit Kriegsbeginn beim Geheimdienst tätig war, fügte hinzu: »Denkt nur, wie Premier David Lloyd Georg den König als seinen kleinen deutschen Freund betitelt hat, und das öffentlich. Es musste gehandelt werden.«

»Oh ja, und mein werter Kollege H. G. Wells hat über den ausländischen Hof gewettert«, sagte Geoffrey Buxton.

»Und die Battenbergs haben ihren Namen ebenfalls geändert«, sagte Rose. »Mountbatten klingt sehr viel besser.«

Alice hob ihr Glas, in dem sich Limonade anstelle von Wein befand, und rief: »Auf England!«

Lorenzo ergänzte den Toast: »Auf einen baldigen Frieden!«

Alle fielen ein: »Auf den Frieden!«

Vera trank den letzten Schluck aus ihrem Weinglas und verspürte ein wehmütiges Ziehen in ihrem Magen. Es war die Sehnsucht nach glücklicheren Tagen, nach Zeiten, in denen alles möglich schien. Doch sie war hier, inmitten ihrer Freunde und dankbar für diesen Moment.

Rose hatte sich kaum verändert. Noch immer war sie eine blonde Schönheit, doch ihre Züge waren weicher geworden, und sie wirkte gelassener als in den Jahren, in denen sie für die Suffragetten gekämpft hatte. Die Ehe mit Michael tat ihr gut, und Vera gönnte ihr das Glück, denn die Mandevilles hatten viel durchleiden müssen. Zuerst hatte Rose' Vater den Familiensitz durch sein ausschweifendes Leben in den Ruin getrieben und sich schließlich das Leben genommen. Dann war Rose' Bruder,

Spencer, in Frankreich mit seinem Flieger abgeschossen worden und hatte lange als verschollen gegolten, bis er schwer verletzt zurückgekehrt war. Mandeville Park war in ein Lazarett umgewandelt worden, eine Tatsache, die Rose' Mutter, der alten Duchess, übel aufstieß. Die Duchess lebte mehr und mehr in der Vergangenheit und bewohnte noch immer vier Zimmer im großen Herrenhaus.

Schon einige Male an diesem Abend hatte Vera Rose dabei beobachtet, wie sie unbewusst über ihren Leib strich, und vermutete, dass im Hause Wodehouse bald Nachwuchs zu erwarten sein würde. Sie verbat sich Gedanken daran, wie eine gemeinsame Zukunft mit Captain Redmond ausgesehen hätte. Nach ihrer Schwärmerei für Sebastian war Frederick Redmond der einzige Mann gewesen, für den sie tiefe Gefühle empfunden hatte. Aber vielleicht war es überhaupt ein Glück, einmal geliebt zu haben, dachte Vera.

Michael Wodehouse suchte ihre Aufmerksamkeit und kam zu ihr. »Vera, darf ich dich kurz nach draußen bitten? Ich möchte noch etwas mit dir besprechen.«

»Natürlich«, sagte sie und erhob sich.

Geoffrey Buxton legte eine Schallplatte auf, und Alice rief: »Lasst uns tanzen!«

Als Michael und Vera an ihr vorbeigehen wollten, sagte Alice: »Wo wollt ihr denn hin? Jetzt wird getanzt!«

Michael nickte. »Wir sind gleich zurück. Ich habe noch Nachrichten für Vera.«

»Du alter Geheimniskrämer. Ich mag diese Spionageangelegenheiten nicht«, meinte Alice, doch Lorenzo kam dazu, nahm ihren Arm und sagte: »Lass nur, mia cara, sie sind ja gleich wieder bei uns.«

Alice drückte den Arm ihres Mannes und seufzte. »Und du musst schon bald wieder gehen, genau wie Rose und Michael. Ich möchte euch alle hierbehalten!«

Die Musik erklang, und Alice sagte: »Aber getanzt wird noch!«

Als Vera neben Michael auf der Terrasse vor dem Rosengarten stand, nahm sie den süßlichen Duft der prachtvollen Blüten wahr, die Alice' ganzer Stolz waren, denn sie hatte sie für ihre verstorbene Tante Charlotte gepflanzt. Vera kannte die Gartenanlage von Hill House nur zu gut, erinnerte sich an viele Nachmittage, die sie als Kind mit Alice und Rose im Heckenlabyrinth oder am See im angrenzenden Wald verbracht hatte. Hier war es so viel ruhiger als in Frankreich in Frontnähe. Auf der anderen Seite des Waldes lag Mandeville Park, und am Ende des Gartens hatte Alice nach und nach kleine Cottages für Kinder und Mütter in Not bauen lassen.

Zudem befand sich in einem der Häuser eine Schule, die Alice nach den Prinzipien von Signora Montessori führte. Die Erfolge der innovativen Lehrmethoden gaben Alice entgegen allen Anfeindungen und Neidern recht. Die oftmals traumatisierten Kinder fanden auf spielerische Art wieder Freude am Lernen. Eine getigerte Katze kam aus dem Garten herauf und strich um Veras Beine. Auf einem Stuhl lag eine dreifarbige Katze, die sich jedoch nicht stören ließ.

Vera streichelte das anschmiegsame Tier, während Michael Wodehouse sich eine Zigarette anzündete und den Rauch in die Dunkelheit blies.

»Vera, dein Bericht über die Vorgänge in Lille liegt mir vor, scheint mir aber lückenhaft. Außerdem verstehe ich die Sache mit Morin nicht«, sagte Michael bedächtig.

Ein eisiger Schauer überfiel Vera, sie ließ die Katze los und schlug die Arme um ihren Körper. Das verblichene Sommerkleid, das sie heute Abend trug, hatte noch in ihrem Elternhaus gehangen. Im Vergleich zu den anderen Frauen musste sie sehr einfach und bescheiden wirken.

»Ich wollte ihn nicht töten, Michael! Das musst du mir glauben. Es war Notwehr! Er wollte mich erwürgen!«, presste Vera möglichst leise hervor.

»Das glaube ich dir ja auch. Nur, es gab keine Leiche!«

»Wie bitte?« Sie fuhr zusammen und sah sich automatisch um.

»Du hast noch immer Angst vor ihm, meine Güte, was muss das für ein bedrohlicher Mann gewesen sein!«

Ihre Zähne klapperten kurz unkontrolliert aufeinander. »Ein skrupelloser Mörder und Verräter, das ist er. Ist oder war? Oh, was mache ich denn nur? Wenn er noch am Leben ist, wird er mich verfolgen und töten. Ja, das wird er …«

»Aber nein. Er hat genügend Probleme. Außerdem ist er in Frankreich.« Michael wollte ihr den Arm um die Schultern legen, um sie zu beruhigen, doch Vera wich ihm aus.

»Wissen wir das? Nein, er kann mir genauso gut gefolgt sein. Er wusste, dass ich Adrien nach Hazebrouck gebracht habe, und von dort ist es ein Leichtes herauszufinden, wer ich bin. Nein, nein, wie furchtbar! Ich werde nie wieder ruhig schlafen können. Und wenn es keine Leiche gibt, werde ich dann nicht angeklagt?« Sie hatte befürchtet, dass es doch noch zu einem Prozess kommen würde.

»Das ist nicht vorgesehen. Du hast gute Arbeit geleistet, das rechnet man dir hoch an. Die Leiche von Kathleen McMillan wurde gefunden.«

»Sie wurde gefunden! Von wem? Den Deutschen?«

»Ein gewisser Oberst Keller hat den Fund gemeldet. Wie die Leiche entdeckt wurde, ist uns nicht bekannt. Keller hat allerdings auch behauptet, dass Morin ein Doppelagent ist. In Lille kann sich Morin nicht mehr blicken lassen, immer gesetzt den Fall, er ist noch am Leben. Wenn die Deutschen ihn fassen, kommt er sofort vor ein Kriegsgericht, und was Spionen blüht, wissen wir.«

»Keller!« Noch ein Mann, den sie nicht nur physisch verletzt hatte und der sie hasste. »Ich kann nicht zurück. Michael, ich kann unmöglich dorthin zurück.«

»Das musst du auch nicht, Vera. Niemand würde dich dazu zwingen. Als Krankenschwester kannst du auch hier einen wichtigen Beitrag leisten.«

Stimmen näherten sich, und die glühenden Zigarren der beiden Offiziere leuchteten in der Dunkelheit. »Hallo zusammen!«

Doktor Trevor Ingram, der größere der beiden, war um die fünfzig, schlank, trug einen Schnauzbart und Brille und erzählte am liebsten von seinen vielen Reisen, die er als Missionsarzt unternommen hatte. Sein Kollege, Doktor Walter Lavenham, war jünger, etwas kleiner und untersetzt.

»Was haben wir für ein Glück, dass wir in Mandeville Park stationiert worden sind, zumindest für eine Weile. So sind wir in den Genuss dieser wundervollen Einladung gekommen. Eine bereichernde Abwechslung für unseren Alltag«, meinte Ingram lächelnd, als er mit Lavenham die Stufen zu ihnen hinaufstieg.

»Die Buxtons sind die herzlichsten Gastgeber, die man sich vorstellen kann«, sagte Vera.

»Musik!«, rief Lavenham. »Tanzen Sie, Miss Lyttleton?«

Vera schüttelte den Kopf. »Das gehört leider nicht zu meinen Stärken.«

»Du untertreibst, Vera«, sagte Michael. »Na komm, gehen wir alle hinein. Ich bin morgen noch hier, wir sollten uns ohnehin noch einmal treffen. Schon wegen deiner Papiere.«

Geoffrey Buxton tanzte gerade mit Rose zu beschwingtem Jazz, der aus einem Grammophon plärrte, als Vera und die anderen zurück in den Salon kamen. Doktor Ingram deutete eine Verbeugung an.

»Darf ich bitten?«

»Erwarten Sie nicht zu viel. Ich habe zwei linke Füße«, warnte Vera ihn, doch er lachte und führte sie geschickt zum Takt der Musik.

»Waren Sie schon einmal in Afrika?«, fragte er.

»Nein. Durch den Krieg habe ich ein wenig von Frankreich gesehen, weiter bin ich noch nicht gekommen. Eine Freundin von Alice, Jodie Green, ist mit ihrem Automobil in Nordafrika unterwegs. Eine echte Abenteurerin.«

»Ah, ja, ich habe von ihr gehört. Sie hat einige Erfolge bei diplomatischen Verhandlungen mit den Unterhändlern der arabischen Stämme erzielt. Aber ich meine nicht die Wüstenländer, sondern wenn man weiter nach Süden reist. Dann kommt man in Länder, in denen es grüne Landstriche und eine überwältigende Artenvielfalt gibt.«

Geoffrey und Rose machten ihnen Platz. »Ich werde zu alt für derlei anstrengende Aktivitäten«, stöhnte der Schriftsteller, obwohl man ihm sein mittleres Alter nicht ansah.

»So ein Unsinn, du bist so munter wie eh und je«, sagte Rose, ließ sich aber von Geoffrey zu einem Stuhl begleiten.

»Welche Länder meinen Sie?«, hakte Vera nach, die von der Idee, den unbekannten Kontinent zu bereisen, fasziniert war.

»Oh, ich bin einmal zu einer Station am Niger gereist. Nie werde ich den Anblick vergessen, als wir frühmorgens am Flussdelta ankamen. Majestätisch glitzerte das Wasser in der Morgensonne. Der Niger ist mindestens so breit wie die Themse, wenn nicht breiter. Und dann die Tiere! Eine Herde von Nilpferden stampfte gerade herbei, um ihr morgendliches Bad zu nehmen. Unsere einheimischen Führer wiesen uns an, uns still zu verhalten, weil die Nilpferde sonst sehr wütend werden können, und dann wird es gefährlich.«

»Ich kenne die Tiere nur aus Büchern, aber sie wirken so friedlich!«

»Meist sind sie das wohl auch. Und die Menschen! So lebhaft und laut und bunt! Man kann es sich nicht vorstellen. Es ist nicht einfach, sie zu verstehen. Zum einen wegen der Sprache und zum anderen, weil sie vollkommen anders zu leben gewohnt sind als wir. Einige Dinge sind für uns unvorstellbar und erscheinen grausam, aber für sie nicht. Das ist ein Dilemma in den Missionsstationen. Manche Prediger sehen sich als Weltverbesserer und können nicht genügend Verständnis für die Einheimischen aufbringen.«

Die Musik hörte auf, und Ingram ging mit ihr zu den anderen. »Möchten Sie etwas trinken?«

»Ein Glas Wasser, danke.«

Alice kam zu ihr. »Ein reizender Mann, nicht wahr? Er kann so schrecklich interessant erzählen.« Sie senkte die Stimme und beugte sich vor, sodass nur Vera sie hören konnte. »Lavenham ist auch ganz in Ordnung, aber er ist den geistigen Getränken ein wenig sehr zugeneigt.«

Tatsächlich stand Lavenham mit einem vollen Whiskyglas neben Lorenzo und debattierte laut und mit geröteten Wangen über Probleme bei der Strukturierung der Lazarette.

»Verdenken kann ich es keinem«, meinte Vera, und Alice nickte traurig.

Ingram kam mit dem gewünschten Wasser zurück. »Miss Alice, wir sind Ihnen zu Dank verpflichtet. Sie haben uns einen bezaubernden Abend geschenkt!«

»Oh, es ist mir eine Freude. Sie leisten die schwere Arbeit dort oben mit den Patienten, da können wir zumindest versuchen, Sie bei Laune zu halten«, erwiderte Alice lächelnd.

»Werden Sie denn wieder nach Afrika reisen?«, wollte Vera wissen.

»Hatte ich das nicht erwähnt? Übermorgen geht es nach Portsmouth und von dort mit der *HMS Sparrow* runter nach Gibraltar, dort durchs Mittelmeer und dann durch den

Suezkanal ins Rote Meer und weiter nach Madagaskar und Mombasa. Da steige ich aus.« Ingram strahlte, als erzählte er von einer Wanderung zum Mount Snowdon in Wales.

»Meine Güte! Das ist doch sehr gefährlich!«, rief Vera. »Ich meine, die Deutschen haben doch überall ihre Kriegsschiffe und U-Boote.«

Ingram hob die Schultern. »Nicht gefährlicher, als wenn ich den Landweg nehmen würde. Außerdem ist die *HMS Sparrow* eine neue Art von Schlachtschiff. Sie ist als ziviles Passagierschiff getarnt, verfügt aber über zweiundzwanzig Geschütze zur Torpedoabwehr und einen Turbinenantrieb mit einer Höchstgeschwindigkeit von zweiundzwanzig Knoten. Damit können wir viel Zeit gewinnen und den Kaiserlichen schon mal entwischen.«

»Na schön, gesetzt den Fall, Sie kommen in einem Stück da unten in Mombasa an. Was machen Sie dann?« Vera stellte sich wildes Buschland, besiedelt von unzivilisierten Stämmen vor, die sich auf jeden Fremden stürzten, der bei ihnen eindrang.

»Dann fahre ich landeinwärts, hoch zum Mount Kenya. Denn dort liegt die Missionsstation von Reverend George Williams und seiner Frau Ruth. Der Arzt, der dort bei ihnen war, will zurück nach England und wartet wahrscheinlich schon mit gepackten Koffern darauf, dass ich ihn ablöse.«

Michael und Rose hatten den letzten Teil der Unterhaltung mit angehört. »Aber Sie sind nicht nur Missionsarzt, nehme ich an. Die Kämpfe gegen die Deutschen in Ostafrika sind nach wie vor sehr heftig.«

Ingram nickte. »Sie haben natürlich recht. In der Nähe der Missionsstation befindet sich eine britische Kaserne, und dort werde ich ebenfalls tätig sein. Ich bin immer noch Stabsarzt.«

»Und warum erlaubt man Ihnen, dass Sie in einer Missionsstation arbeiten?«, fragte Rose. Ihr nachtblaues Kleid schimmerte seidig, und der Ausschnitt war mit kleinen Perlen bestickt.

»Das hat tatsächlich politische Gründe. Wir brauchen die Einheimischen vor allem als Träger an der Front, und dafür müssen wir uns auch um sie kümmern und guten Willen zeigen. Schulen und medizinische Versorgung werden dringend benötigt.« Ingram nippte an seinem Whisky.

»Dort würde ich auch gern helfen«, entfuhr es Vera, die an die Kinder dachte, die sie gern medizinisch versorgen würde. Nach allem, was sie in den letzten drei Jahren erlebt hatte, wäre die Arbeit in einer Missionsstation eine neue Aufgabe. Herausfordernd, sicher, aber auch bereichernd und fern der Front, der Schlachtfelder und weit weg von Widerlingen wie Morin.

»Dann machen Sie es doch!« Doktor Ingram sah sie aufmunternd an.

»Ich? Aber wie denn? Nein, das geht nicht«, wiegelte Vera ab.

»Warum nicht? Fähige Krankenschwestern werden überall gebraucht. Es ist nur eine Frage der Organisation. Lassen Sie mich ein paar Telefonate führen, und dann kommen Sie morgen nach Mandeville Park, und wir sprechen über die Möglichkeiten«, sagte Doktor Ingram mit einem Maß an selbstsicherer Überzeugung, das Vera beeindruckte.

Später in dieser Nacht saß Vera mit Alice und Rose auf der Terrasse. Die Ärzte waren gegangen, die kleine Caroline träumte bereits von rosa Kaninchen oder dem Hund, den sie sich so sehnlichst wünschte, und Newton räumte die Gläser ein. Lorenzo, Michael und Geoffrey plauderten im Salon und pafften an ihren Zigarren.

Rose hatte sich einen Schal um die Schultern gelegt und sah zu den Sternen hinauf. »Was für ein Himmel! Wisst ihr, wie lange das her ist, dass wir drei hier zusammengesessen haben?«

»Viel zu lange«, antwortete Alice.

Vera schluckte und sah überrascht auf, als Rose ihre Hand nahm.

»Es tut mir leid, dass wir uns nie so nahe waren, Vera. Die Jahre und das Leben haben uns alle verändert. Ich möchte, dass du weißt, wie sehr ich dich schätze, Vera.«

»Ich, aber …« Vera suchte nach Worten.

Rose drückte sanft ihre Hand. »Du musst nichts sagen, Vera. Wir wollen Freundinnen sein. Das ist mir wichtig. Du bist mir wichtig.«

»Oh, Rose, du weißt gar nicht, wie viel mir das bedeutet«, murmelte Vera und schluchzte.

Alice neigte sich ihnen zu und legte ihre Hand auf die ihrer Freundinnen. »Ich würde euch umarmen, aber ich bin so fett wie ein Walross, deshalb müsst ihr euch mit meiner Hand begnügen. Ich liebe euch, ihr verrückten Weibsbilder!«

Alle drei lachten, und zum ersten Mal in ihrem Leben fühlte sich Vera vollkommen akzeptiert und angekommen.

»Ach, wäre es nicht fabelhaft, wenn ihr bei der Geburt meines Sohnes dabei sein könntet?«, seufzte Alice.

»Wie kannst du so sicher sein, dass es ein Sohn wird?« Rose strich über Alice' kugelrunden Bauch. »Es bewegt sich!«

Vera berührte ebenfalls den Bauch der Freundin. »Das wird ein kräftiges Kind. Ich wünschte, ich könnte bleiben.«

»Nein, nein, ich weiß ja, dass ihr andere Verpflichtungen habt. Rose, die Hebamme ist sich sicher, dass es ein Junge wird. Was Lorenzo natürlich freut, obwohl er mir versichert, dass es ihm egal ist.«

»Wohin muss er denn als Nächstes?«, fragte Vera.

Die Miene der werdenden Mutter verdüsterte sich. »In seine Heimat. Venedig, Treviso und dann wohl in die Berge. Davor graut mir, denn dort sind die Kämpfe so unübersichtlich. Was soll denn so etwas? Da hocken die Soldaten hinter den Felsen auf beiden Seiten und beschießen sich! Am Ende wird gezählt, wer die meisten Opfer zu verzeichnen hat. Ja, das macht doch keinen Sinn!«

»Reg dich nicht auf, Alice, Liebes!«, meinte Rose. »Lorenzo ist vorsichtig und wird sich nicht unnötig in Gefahr bringen. Er ist ein erfahrener Kriegsberichterstatter, der weiß, wie weit er sich vorwagen kann.«

»Tja, wenn das mal so ist. Er hat sich schon mehrfach in ganz unmögliche Situationen manövriert, nur um einen noch besseren Bericht abliefern zu können. Ach, die männliche Seele werde ich nie verstehen!«, stöhnte Alice.

»Er ist vernünftig, ganz sicher, Alice«, wollte auch Vera sie beruhigen und dachte an Captain Redmond, der sich für seine Patienten aufgeopfert und dafür sein Leben gelassen hatte.

»Sag, willst du wirklich nach Afrika?«, fragte Rose unvermittelt.

Vera hob die Schultern. »Wenn es sich ergibt, ja, ich würde dorthin gehen. Nach allem und dem Desaster in Lille …«

»Ich habe Rose nichts erzählt, Vera«, wurde sie von Alice unterbrochen.

Fragend sah Rose sie an. »Du musst mir nichts sagen, Vera. Ich kann verstehen, dass es sehr hart für euch dort an der Front sein muss. Unvorstellbar.«

»Ein anderes Mal, Rose. Nur eine Sache, ich dachte, ich hätte jemanden getötet. In Notwehr, aber dennoch. Und nun weiß ich nicht, ob der Mann noch lebt und mich vielleicht verfolgt. Zuzutrauen wäre es ihm. Deshalb spiele ich mit dem Gedanken, nach Afrika zu gehen. Es wäre, nun ja, ein Ausweg.«

»Dann solltest du es tun, Vera«, sagte Rose ermunternd. »Weg von allem hier, und trotzdem erfüllst du deine Pflicht.«

»Meine Pflicht«, murmelte Vera, dachte an Frederick Redmond, und ihr Herz wurde schwer.

18

Der Morgennebel lag noch über den Wiesen, als Vera den langen Weg hinunterlief, an dessen Ende sich Mandeville Park befand. Majestätisch und erhaben blickte die Fassade des herrschaftlichen Anwesens über den angrenzenden Wald und die sanfte Hügellandschaft. Nur die Flagge des Roten Kreuzes, die über den Dächern wehte, zeigte an, dass die Aristokratie nicht länger das Sagen hatte. Die alte Duchess hockte dort oben in ihrem Zimmer und trauerte dem Glanz vergangener Zeiten nach. Rose und Michael waren für einige Tage zu Gast auf dem einstigen Familiensitz der Mandevilles, und das auch nur, weil Rose ihrer Mutter nahe sein wollte.

Auf dem Hof des Herrenhauses herrschte bereits Betrieb. Zwei Transporter waren eingetroffen, und Kisten wurden abgeladen. Die Soldaten grüßten Vera höflich, während sie die Kisten und medizinisches Gerät von den Ladeflächen wuchteten. Vor dem Haupteingang standen einige Offiziere und unterhielten sich, während sie rauchten. Ein Patient mit Kopfverband spazierte am Arm eines Pflegers auf dem Weg, der zu den großen Terrassen vor dem Haus führte. Von dort hatte man einen weiten Blick über die Parkanlage. Bis hinüber zu den Dächern von Hill House.

Aus dem Küchentrakt waren Musik und das Klappern von Geschirr zu hören. Jemand pfiff einen Gassenhauer, und eine Katze sprang vor einem Schwall schmutzigen Wassers davon, das durch ein Fenster nach draußen gekippt wurde. Der gesamte Westflügel wurde als Hospital für traumatisierte Soldaten genutzt, während sich auf die übrigen Räume die Unterkünfte von Offizieren, Ärzten, Pflegern und Krankenschwestern sowie Operationssäle, Behandlungsräume und Gemeinschaftsräume, die der Zerstreuung der Rekonvaleszenten dienten, verteilten.

Vera strich über ihren dunkelgrauen Rock, zupfte am Spitzenkragen ihrer Bluse und erwiderte den Gruß der Offiziere.

»Guten Morgen, die Herren. Wo finde ich Doktor Ingram?«

»Der müsste die erste Therapiesitzung des Morgens leiten. In der Halle rechts. Das ehemalige Musikzimmer.« Der Offizier trat zurück und legte den Kopf in den Nacken, um an der Fassade des prächtigen Anwesens hinaufzusehen. »Ein Jammer, dass diese großen Kästen so schrecklich unrentabel geworden sind. Wir haben auch so einen Klotz am Bein, in Nottingham.«

Ein anderer Offizier klopfte ihm auf die Schulter. »Hören Sie nicht auf ihn, Miss, der beschwert sich auf hohem Niveau.«

»Du hast doch keine Ahnung, was es kostet, so einen Haufen Steine zu unterhalten …«

Vera überließ die Männer ihren scherzhaften Plaudereien und betrat das Haupthaus durch die schwere Flügeltür. Weder kam ein Butler herbeigeeilt, um ihr den Mantel abzunehmen, noch huschten Dienstmädchen durch die Gänge, und die Gemäldegalerie wirkte ausgedünnt. Dafür standen praktische Rolltische entlang der Wände. Bettpfannen, Spucknäpfe und medizinisches Gerät waren überall zu finden, und ein Schirmständer diente der Ablage von Gehstöcken und einer Krücke.

Sie blieb kurz vor der breiten Freitreppe stehen und schaute nach oben. Bei großen Festivitäten war Rose hier in ihren schillernden Roben hinuntergeschwebt und hatte den Männern den Kopf verdreht. Heute verstand Vera besser, warum sie nie auf die Tochter der Duchess hätte eifersüchtig sein müssen. Ihrer beider Kindheit war ähnlich erdrückend gewesen, wenn auch auf verschiedenen gesellschaftlichen Ebenen.

»Vera!« Der blonde Haarschopf von Rose erschien über der Balustrade. »Guten Morgen! Du willst sicher zu Doktor Ingram, aber der hat noch eine Therapiesitzung. Hast du schon gefrühstückt?«

Rose kam in einem sportlichen Kleid die Treppe herunter und begrüßte Vera mit einem Wangenkuss.

»Das ist sehr lieb, Rose, aber ich möchte keine Umstände machen.«

»Was denn für Umstände? Frühstücken müssen wir alle. Michael schläft noch. Er und Lorenzo haben noch bis in die Nacht diskutiert und dabei die Bestände von Geoffreys Weinkeller etwas zu intensiv genossen.« Sie lachte und hakte Vera unter. »Na komm, gehen wir in die Küche. Das habe ich früher schon immer gern gemacht, mich mit an den großen Tisch gesetzt und beim Backen geholfen. Aber wehe, meine Mutter hat mich erwischt! Uhhu, das war angeblich unter meiner Würde … Und sieh dich heute um …«

Gemeinsam gingen sie durch die Halle hinüber in den ehemaligen Gesinde- und Küchentrakt. Eine Schwester schob einen Wagen mit Tellern und Schüsseln voller Porridge an ihnen vorbei. In der Küche herrschte Hochbetrieb, und ohne die Schwestern in ihren Uniformen, die ebenfalls mithalfen, hätte man jederzeit das Erscheinen des Butlers erwarten können, der das Essen für die Herrschaft kontrollierte.

»Miss Rose! Guten Morgen, wie schön, dass Sie uns hier unten besuchen.« Eine grauhaarige Frau mit Schürze und Haube, die sie als Köchin auswiesen, kam zu ihnen.

Rose ging zu ihr und drückte ihr einen Kuss auf die Wange. »Sally, wenn ich dich sehe, fühle ich mich wieder wie die kleine Rose, die sich zum Backen herunterschleicht. Erinnerst du dich noch an Vera?«

Sally, die das sechzigste Lebensjahr bereits überschritten hatte, kniff die wachen Augen hinter ihrer Brille zusammen, überlegte und nickte. »Miss Vera, ja, und Sie kamen meist mit Miss Alice. Sie haben sich verändert, Miss, wenn ich das sagen darf. Sie sind eine hübsche junge Frau geworden.«

Verlegen reichte Vera der Köchin die Hand. »Ich war ein unscheinbares Mauerblümchen, das ist wahr. Sind Sie die ganzen Jahre hiergeblieben, Sally?«

Die etwas rundliche Köchin, deren Wangen von der Arbeit und der Wärme in der Küche gerötet waren, scheuchte eine Küchenhilfe aus dem Weg. »Steh hier nicht herum, sondern hol die Milch aus der Vorratskammer.« Zu Vera sagte sie: »Oh nein, ich bin erst seit einem Jahr wieder hier. Zwischenzeitlich habe ich in einem anderen Haus in der Nähe von Uckfield gearbeitet. Dann wurde meine Schwester krank, und ich kam zurück ins Dorf. Und als ich hörte, dass sie noch Hilfe auf Mandeville benötigen, nun, da habe ich gern wieder hier angefangen.«

»Alles hat sich verändert, aber wenn ich Sally sehe und ihren Teekuchen esse, dann bleibt die Zeit für einen Moment stehen. Meine Mutter freut sich sehr, wenn sie deine Kuchen isst, Sally. Sie würde es zwar nie sagen, aber so ist es.«

Die Köchin winkte ab. »Ich kenne doch Ihre Ladyschaft. Wissen Sie, Miss Rose, ich konnte sie nie gut leiden, wer konnte das schon, so hochnäsig wie sie war, aber jetzt tut sie mir schon irgendwie leid. Ich meine, unsereins hat nicht viel zu verlieren. Aber wenn man mal so angesehen in der Gesellschaft war und dann von seinem hohen Ross runtermuss, ei, das schmerzt.«

Rose lächelte. »Du hast ganz recht, Sally. Aber mir hat es nie leid um den Kasten getan, und auf den Titel kann ich gut verzichten. Jetzt ist das Haus endlich für die Menschen da. Für viele Menschen, die ein Dach über dem Kopf benötigen, und das ist genau richtig.«

Sally blinzelte und drückte Rose die Hände. »Sie waren schon immer ein Engel, Miss Rose. Und wie Sie für die Rechte von uns Frauen gekämpft haben, das habe ich sehr bewundert. Das hätten nicht viele Frauen in Ihrer Position getan, nein, das wirklich nicht.«

»Und es ist noch immer viel zu tun, aber Schritt für Schritt geht es voran. Unsere Töchter werden irgendwann selbstverantwortlich leben können, das ist mein Ziel!« Die alte Kampfeslust stand in Rose' Augen.

»Aber zuerst müssen wir diesen verdammten Krieg gewinnen, der uns unsere Männer stiehlt«, meinte Vera.

Sally schob die beiden Frauen zu einem Tisch und sah zu, dass sie sich setzten. »Ich bringe Ihnen Tee und Scones, die sind ganz frisch. Oder wollen Sie Porridge, Eier und Röstbrot? Ach was, ich bringe von allem etwas, Sie sind viel zu mager, Miss Vera.«

»Ich liebe diese Frau«, sagte Rose, als Sally sich dem Herd zugewandt hatte. »Sicher, wir müssen den Krieg gewinnen, aber die Lage der Frauen verliere ich trotzdem nicht aus den Augen. Weißt du, Vera, in gewisser Weise hat der Krieg uns geholfen. Die meisten Männer sind an der Front oder sonst auf eine Art eingebunden, und wir Frauen machen jetzt Arbeiten, die wir früher nie hätten tun dürfen. Das stärkt viele Frauen, und sie werden nicht so einfach wieder an den Herd zurückkehren und ihre neu gewonnenen Freiheiten und Fähigkeiten aufgeben.«

Vera dachte an ihre Schwestern, die in einer Munitionsfabrik arbeiteten. »Einfach wird es nicht, aber wir alle werden uns auf Veränderungen einstellen müssen.«

Sally kam mit einem Tablett zurück und stellte Teetassen und eine Kanne vor sie hin. »Mit wenig Milch und einem Stück Zucker, nicht wahr, Miss Rose?«

Eine Krankenschwester brachte ein Tablett mit zerbrochenem Geschirr in die Küche. »Doktor Ingram hat mal wieder Ärger mit einem aus der Gruppe. Der Patient hat mit einer Tasse nach einem anderen Patienten geworfen. Herrje, die armen Kerle!«

»Ist die Therapiesitzung jetzt beendet?«, wollte Vera wissen.

»Oh ja, aber wenn Sie den Doktor sprechen wollen, der versorgt jetzt den durchgedrehten Soldaten. Traurig, das alles, die Gasattacken sind wohl das Allerschlimmste, jedenfalls scheinen mir die Betroffenen am meisten psychisch zu leiden.«

»Es kommt ganz darauf an«, sagte Vera. »Ich bin selbst Krankenschwester und war lange in Frontlazaretten tätig. Detonationen können ähnlich traumatische Auswirkungen haben. Das Zittern in Schüben überfällt einige Opfer so heftig, dass ein normales Leben für sie einfach nicht mehr möglich ist.«

»Sie waren an der Front?«, kam es respektvoll von der Schwester. »Dann muss ich Ihnen nichts erzählen.«

»Nein«, meinte Vera traurig.

Die Schwester machte sich an ihre Arbeit, und Vera und Rose frühstückten ausgiebig, wobei sie sich in alten Erinnerungen ergingen und für eine kleine Weile die Gegenwart ausblendeten.

Wenig später saß sie Ingram im Musikzimmer auf einem Armlehnstuhl gegenüber. Die Patienten waren gegangen, und der Arzt war sichtlich erfreut, sie zu sehen.

»Wissen Sie, Vera, eine so fähige Krankenschwester wie Sie ist ein Glücksfall für einen Arzt. Wir könnten hervorragend zusammenarbeiten, und ich würde Ihnen eine Reihe selbstständiger Aufgaben anvertrauen. Wäre das nicht reizvoll? Sie könnten die Kinderstation übernehmen. Bei schwierigen Fällen konsultieren Sie mich, aber erste Wundversorgungen und Beratungen von jungen Müttern könnten Sie allein ausführen. Trauen Sie sich das zu?«

»Sicher, ja, das klingt nach einer neuen Herausforderung. Und ich wäre weit weg von Morin …«, sagte Vera, wobei der letzte Satz mehr an sie selbst gerichtet war.

»Morin? Wer ist das?«

Sie erläuterte kurz ihre problematische Situation, woraufhin der Arzt nachdenklich nickte. »Dann sollte Ihnen die Entscheidung nicht schwerfallen, Vera. Packen Sie einen Koffer und begleiten Sie mich morgen früh nach Portsmouth.«

»Wie lange werden Sie dort unten bleiben?« Das Musikzimmer war mit Wandmalereien ausgestattet, die verschiedene Musikinstrumente und allegorische Szenen zeigten. Sogar der große Flügel war noch vorhanden. Bei Feierlichkeiten war darauf gespielt worden, und sie hatten oft bis in die Morgenstunden getanzt. Vera würde England vermissen, aber sie war auch viele Monate ohne Unterbrechung auf dem Festland gewesen, ohne unter Heimweh gelitten zu haben. Und diesmal würde es anders sein. Ihr Verhältnis zu Rose war vertrauensvoller und enger geworden, die freundschaftliche Verbindung auf ein neues Fundament gestellt worden. Vera wusste, dass sie hier immer einen Hafen der Freundschaft vorfinden würde. Und das gab ihr die Hoffnung, in Zukunft nicht auf sich allein gestellt zu sein.

»Das kann ich nicht sagen, denn es hängt von den Umständen ab, den Kampfhandlungen. Wir passen uns an und sind da, wo wir am nötigsten gebraucht werden. Ein Jahr werde ich mit Sicherheit dort sein. Sie können, müssen aber nicht so lange bleiben. Es besteht keine Verpflichtung, Vera. Vielleicht kommen Sie auch mit dem Klima nicht zurecht. Es gibt Frauen wie Männer, die krank werden und schon deshalb nach wenigen Wochen die Heimreise antreten. Ich will nichts beschönigen. Malaria, Schwarzwasserfieber und Bisse von giftigen Tieren sind ein ständiges Risiko.«

»Und Ihnen macht das nichts aus?«

Er hob die Schultern. Ein Arzt, der sich ganz seiner Profession verschrieben hatte. »Bisher hatte ich Glück, und ich sehe viele Erfolge bei den Einheimischen. Das macht die Anstrengungen wett. Wenn Kinder von Infektionskrankheiten kuriert werden können, an denen sie sonst gestorben wären, und später in die Schule gehen, dann ist das ein großer Erfolg. Aber es gibt auch Rückschläge. Manchmal kommen die Mütter ins Hospital, lassen ihr krankes Kind versorgen, nehmen die Medizin mit und kommen drei Wochen später wieder. Das Kind hatte einen Rückfall, und sie stellen die Medizinflasche stolz auf den Tisch, unangebrochen. Tja, auch damit müssen wir leben.«

Vera wollte etwas erwidern, als Michael Wodehouse nach kurzem Klopfen den Raum betrat.

»Guten Morgen zusammen!« Der Anwalt sah noch etwas mitgenommen aus, doch er strich sich die dunklen Haare aus der Stirn und zog sich einen Stuhl heran. »Doktor, ist es richtig, dass Sie Vera mit in eine kenianische Missionsstation nehmen wollen?«

»Ja, darüber sprechen wir gerade. Gibt es ein Problem?«, fragte der Arzt leicht irritiert.

»Im Grunde nicht, nur würde ich gern kurz allein mit Vera sprechen, wenn Ihnen das nichts ausmacht?«

Sofort erhob Ingram sich. »Keineswegs. Sie finden mich im Lazarett, Vera.«

Michael wartete, bis die Tür hinter Doktor Ingram ins Schloss gefallen war.

»Ich habe mit dem Hauptquartier gesprochen, Vera. Es gibt Hinweise, dass Morin in der Nähe von Calais gesichtet wurde.«

»Nein!«, rief Vera und schlug die Hände vors Gesicht.

»Du erwägst doch, mit Ingram nach Kenia zu gehen, ja?«

Zitternd flüsterte sie: »Jetzt mehr denn je. Aber Morin darf das nicht erfahren.«

»Deshalb wollte ich mit dir sprechen, Vera. Bis morgen kann ich dir einen neuen Pass besorgen. So kannst du unerkannt reisen. Was du dann vor Ort in Kenia machst, bleibt dir überlassen. Aber Morin kann dich zumindest nicht auf den Passagierlisten finden.«

Dankbar sah Vera ihn an. »Dann fahre ich mit Ingram. Außer Rose und Alice werde ich niemandem von meinem Entschluss erzählen, auch meinen Eltern nicht.«

»Gut. Das wollte ich dir auch raten. Je weniger Menschen von deinem Ziel wissen, desto sicherer ist es für dich. Ich werde alles Nötige veranlassen und den Pass in Portsmouth für dich hinterlegen lassen.« Er nannte ihr ein Büro am Hafen, in dem sie sich melden sollte.

Vera kehrte an diesem Tag in ihr Elternhaus zurück, packte ihre Sachen und verabschiedete sich mit unbestimmtem Ziel. Sie sprach von einem geheimen Auftrag in Frankreich. Ihre Eltern zeigten sich kaum überrascht, dass ihre Tochter sie so schnell wieder verließ, und ließen sie mit Gottes Segen ziehen. Am Abend desselben Tages ging Vera mit ihrem Reisegepäck hinüber nach Hill House, um ihren letzten Tag auf englischem Boden mit ihren Freunden zu verbringen. Wer konnte sagen, wann sie sich wiedersehen würden? In Zeiten wie diesen zählte der Augenblick.

Im Morgengrauen des folgenden Tages rollte ein Militärfahrzeug auf den Hof von Hill House, und Vera Lyttleton machte sich auf den Weg, um den dunklen Kontinent zu betreten. Ein Abenteuer mit ungewissem Ausgang erwartete sie.

19

Zwischenstation in Port Said

Das Leben auf einem Schlachtschiff verlief nach eigenen Regeln, auch wenn die *HMS Sparrow* sich als Passagierdampfer tarnte. Den Golf von Biskaya hatten sie unbehelligt durchquert, waren im Schutz der Küste an Portugal vorbei bis zur Straße von Gibraltar gelangt, wo sie zum ersten Mal von einem deutschen Kreuzer unter Beschuss genommen worden waren. Einen Tag nach dem Angriff standen Vera und Doktor Ingram an der Reling und sahen in der Ferne die afrikanische Küste.

»Haben Sie die Nachrichten schon gehört? Die Araber haben unter Führung von Major Lawrence Akaba eingenommen«, sagte der Arzt.

Auf See war es frisch, doch immer noch warm genug, dass Vera ein Schultertuch reichte. Heute Morgen hatte sich die *HMS Sparrow* einem Konvoi angeschlossen, der sie bis ins Rote Meer begleiten würde. Das neue Konvoisystem der Briten hatte sich als wirksamer Schutz gegen die U-Boot-Angriffe der Deutschen erwiesen.

»Meine Güte, wie haben sie das fertiggebracht? Meine geografischen Kenntnisse sind nicht herausragend, aber ich weiß, dass Akaba von der Landseite aus uneinnehmbar sein soll.«

Akaba war der letzte osmanische Hafen im Roten Meer gewesen. Strategisch bedeutsam war der kleine Stützpunkt, weil er am Weg von Arabien zum Suezkanal in Ägypten lag. Die mit den Deutschen verbündeten Osmanen hatten mehrfach Angriffe auf den Kanal ausgeführt, um den britischen Schiffsverkehr nach Indien abzuschneiden. Die Briten hatten im vergangenen Jahr jedoch einen Gegenangriff begonnen, den Sinai erobert und Jerusalem als Ziel für den Winter 1917 eingeplant. Solange die Osmanen Akaba besetzten, drohte jedoch nach wie vor jederzeit Gefahr.

»Oh, was der Major da vollbracht hat, grenzt an ein Wunder.« Ingram lehnte sich mit dem Rücken an die Reling und nickte einer mitreisenden britischen Familie zu, die mit ihren Kindern an Deck gekommen war. »Major Lawrence ist mit dem Beduinenführer Auda Abu Tayi und vierzig Männern auf Kamelen durch die Wüste Nefud geritten. Nur so konnten sie in einem Überraschungsangriff ein osmanisches Bataillon vor Akaba völlig aufreiben. Die dann noch verbliebenen türkischen Außenposten haben kaum Widerstand geleistet. Als dann Lawrence und die Araber in die Garnison eingezogen sind, haben die restlichen Soldaten die Stadt kampflos aufgegeben.«

Die Küste Afrikas glitzerte hell in der Sonne. »Was haben diese Männer auf sich genommen! Der Major wird sicher wie ein Held gefeiert, verdient hätte er es.«

Ingram machte eine skeptische Miene. »Lawrence ist gleich nach dem Sieg über den Sinai nach Kairo geritten, ebenfalls eine kaum fassbare Anstrengung. Er wollte seinen Sieg übermitteln und die Belohnung für die arabischen Kämpfer einfordern. Man darf nicht vergessen, dass diese Leute nur des versprochenen Goldes wegen mitgekommen sind. Das hat die britische Führung auch bewilligt, bei dem anderen Punkt bin ich mir nicht sicher.«

»Welcher Punkt?«

»Nun, die Araber in die Freiheit zu entlassen. Eine verzwickte Situation.«

Eine Woche darauf erreichten sie Port Said und damit die Durchfahrt ins Rote Meer. Seit 1916 wurden Port Said und die gesamte Sinai-Palästina-Front von den Ägyptischen Expeditionsstreitkräften, einem militärischen Großverband des Britischen Empires, gehalten und gegen die Angriffe der Osmanen verteidigt. Ein britisches Kriegsschiff und zwei französische Schiffe lagen im Hafen vor Anker. Die Passagiere der *HMS Sparrow* wurden ausgebootet und mit dem Gepäck an Land gebracht, denn das Schiff musste neu betankt werden, und nach dem Angriff bei Gibraltar waren einige Reparaturen notwendig.

Vera war glücklich, endlich wieder festen Boden unter den Füßen zu haben. Die Hafenanlage war weitläufig, und überall war die Präsenz des Militärs zu spüren. Ein riesiges mehrstöckiges Gebäude direkt am Hafeneingang fiel Vera auf. Sie hatte ihren Sonnenschirm aufgespannt, denn die Hitze und auch der Staub waren ungewohnt.

»Da residiert der Hafenmeister«, erklärte Ingram, der den Träger anwies, ihre Sachen in ein Hotel zu bringen. »Es gibt Konsulate von fast allen europäischen Ländern hier, und Sie werden sehen, dass die Stadt ein Einkaufsparadies ist.«

»Auf den ersten Blick hätte ich das nicht vermutet«, meinte Vera und staunte über die Kamele und Eselskarren und die bunte Mischung aus Einheimischen in Kaftanen, verschleierten Frauen und Europäern. Letztere bewegten sich selbstsicher in zumeist weißer Tropenkleidung durch die Straßen. Auf dem Weg zu ihrem Hotel zeigte Ingram ihr das große Hospital und ein französisches Gymnasium. Sie saßen in einer offenen Kutsche, die von einem Maultier gezogen wurde. Palmen säumten die Straßen, und vor den mehrstöckigen Häusern mit ihren Veranden und Balkonen, die eine Mischung aus europäischem und orientalischem Baustil darstellten, waren üppige Gärten angelegt. Prächtige exotische Blumen rankten über Zäune und Balkone.

»Wie schön!«, entfuhr es Vera, die sich seit ihrer Abreise aus England meist in Bücher vertieft und ihren trüben Gedanken nachgehangen hatte. Noch immer dachte sie ständig an Captain Redmond und ihren potenziellen Verfolger Morin. Ingrams Versuche, sie aufzuheitern und zu beruhigen, hatten wenig geholfen, doch sie mochte den Arzt, der umsichtig und hilfsbereit war.

Der Kutsche musste halten, um eine Gruppe von Schwestern über die Straße gehen zu lassen. Die Krankenschwestern trugen weiße Ausgehuniformen und winkten ihnen zu. Vera wollte eben die Hand heben, als ihr Blick auf ein auffallendes Automobil fiel, das am Straßenrand vor einem Laden mit der Aufschrift *Zigaretten* parkte. Ein roter Schal lag auf dem Sitz des offenen Wagens, und als die Ladentür aufgestoßen wurde und eine energische Frau in einem Hosenrock heraustrat, konnte Vera es kaum glauben.

»Jodie! Miss Green!«, rief sie erfreut, denn niemand anderes als die Amerikanerin lief die Treppen zum Gehsteig hinunter.

»Halten Sie an, bitte!«, bat Vera.

»Sie kennen die Dame?«, wollte Ingram wissen und sagte etwas zu dem Kutscher, der die Zügel angezogen hielt.

»Ja! Was für ein Zufall!« Vera kletterte aus der Kutsche und lief auf die überraschte Amerikanerin zu.

»Ich bin es, Vera, die Freundin von Alice, der Tochter von Geoffrey Buxton.« Vera trat auf die verdutzte Frau zu und wollte ihr die Hand reichen, doch ein erkennendes Aufleuchten glitt über Jodies gebräuntes Gesicht, und sie umarmte Vera.

»Na, das nenne ich mal eine gelungene Überraschung. Vera! Lass dich anschauen.« Sie hielt die Bekannte an den Händen. »Ich hätte dich nicht wiedererkannt, das muss ich zugeben.

Damals wirktest du sehr schüchtern. Aber sieh dich an! Wie hast du dich verändert!«

»Oh, ich freue mich so, dich zu sehen. Du musst mir alles erzählen! Ich habe nur manchmal in der Presse über deine Abenteuer gelesen.«

Jodie lachte. Sie trug ihre Haare kinnlang, ihre Augen leuchteten, und ihr dunkler Teint verriet ihren langen Aufenthalt in der Wüste. Ein Ledergürtel umschloss ihre schlanke Taille. Zu Hosenrock und Stiefeln trug sie eine weiße Bluse und einen dünnen Schal, den sie sich halb um den Kopf geschlungen hatte.

»Unbedingt! Wo logierst du? Wie lange bleibst du? Wer ist dein Begleiter? Ach, so viele Fragen! Wenn ich dich sehe, muss ich an Alice und Hill House und Ray denken. Eine schöne Zeit war das. Also, Abendessen? Ich wohne im *Hotel Paradies*, was alles andere als paradiesisch ist.« Sie lachte.

»Ich weiß gar nicht, wie unsere Unterkunft heißt.« Vera wollte sich an den wartenden Ingram wenden, doch Jodie sagte: »Dann komm doch zu mir. Das Restaurant ist ganz in Ordnung. Soll ich einen Tisch für drei reservieren?«

»Äh, ich soll den Doktor mitbringen?«

»Sicher, allein kannst du nach Einbruch der Dunkelheit sowieso nicht auf die Straße. Vielleicht sind wir auch zu viert.«

Jodie küsste sie auf die Wange. »Ich habe noch einen Termin im britischen Konsulat. Bis nachher!«

Doktor Ingram sah sie erwartungsvoll an, als sie wieder in die Kutsche stieg. »Sie haben eine Bekannte getroffen?«

Vera erklärte, woher sie Jodie kannte. »Und in welchem Hotel nächtigen wir?«

»Im *Hotel Cecilia*. Es ist eher klein, aber sehr sauber, und das Essen ist gut. Es wird von den Rendels, einer englischen Familie, geführt. Es wurde mir von einem der Offiziere empfohlen, die schon hier waren.«

»Und wie stehen Sie einer Einladung zum Abendessen mit Miss Green gegenüber?«

Erfreut hob der Arzt die Augenbrauen. »Wie nett, sehr gern begleite ich Sie zu Ihrer Freundin, die mir ein außerordentlich abenteuerliches Leben zu führen scheint.«

Die Kutsche brachte sie nach wenigen Minuten ans Ziel. Das *Hotel Cecilia* war ein zweistöckiges Gebäude mit ausladenden Balkonen und Säulen vor dem Eingang. Der Garten wirkte gepflegt, und auf der umlaufenden Terrasse mit Stühlen und Tischen saßen Gäste beim Tee.

Vera war entzückt und staunte über die koloniale Einrichtung der Lobby. Hohe Korbstühle standen um Cocktailtische, es gab Bücher und Zeitungen und eine Bar im Nebenraum. Nachdem sie die Anmeldeformalitäten erledigt hatten, bot man ihnen einen Drink an, denn die Zimmer mussten noch gerichtet werden.

Ein Deckenventilator brachte ein wenig Kühlung von der staubigen Hitze draußen, und Vera stürzte durstig ihre Limonade hinunter. Doktor Ingram trank Whisky und zündete sich eine Zigarette an, als ein junger Ägypter in Hoteluniform mit einem silbernen Tablett zu ihnen trat.

»Miss Lyttleton?«, fragte er höflich und mit starkem Akzent.

»Ja, das bin ich«, antwortete Vera.

»Ein Telegramm für Sie.«

Erstaunt nahm Vera den Umschlag entgegen und öffnete ihn sofort. »Wer kann denn wissen, dass ich hier bin?«

»Man wird es über die *HMS Sparrow* geschickt haben«, meinte Ingram.

»Oh ja, natürlich.« Vera überflog die Zeilen und konnte nicht glauben, was sie las. Tränen füllten ihre Augen, und sie presste sich die Hand an die Lippen. Als sie sich ein wenig gefasst hatte, flüsterte sie: »Er lebt. Captain Redmond lebt.«

Das Telegramm lautete: *BRIEF VON CAP REDMOND STOP RUF MICH AN STOP GUTE NACHRICHTEN STOP ALICE*

Ihr Herz raste vor Freude, und sie hätte am liebsten laut gejubelt. Doch sie strahlte stattdessen und erklärte Ingram, dass sie vom Tod des Captains bei dem Bombenangriff auf Hazebrouck ausgegangen war.

»Ich freue mich sehr für Sie, meine Liebe. Endlich sehe ich Sie lachen, so, wie es sich für eine so reizende junge Frau gehört.«

Ein junges Ehepaar kam von draußen herein, grüßte und trat zu ihnen an den Tisch. »Wir sind die Pedersons aus Schweden und auf dem Weg zu unserer Missionsstation.«

Der Mann trug einen runden Hut und einen schmalen schwarzen Kragen, wie man ihn von Priestern kannte. Vera war jedoch viel zu aufgewühlt, um sich mit den Fremden zu unterhalten, und erhob sich.

»Bitte entschuldigen Sie mich. Ich muss telefonieren.«

Der Doktor lächelte entschuldigend. »Wollen Sie sich setzen? Wohin führt Ihre Reise?«

An der Rezeption wies man Vera eine Telefonkabine in einer Ecke der Lobby zu, von der aus sie Alice anrufen konnte. Tatsächlich kam die Verbindung nach England nach mehrfachen Versuchen zustande.

»Hill House, wen wünschen Sie zu sprechen?«, erklang die Stimme von Newton.

Es knisterte in der Leitung, doch die Verbindung blieb stabil. »Ich bin es, Vera!«, rief sie aufgeregt. »Ist Alice in der Nähe?«

»Miss Vera? Ja! Bleiben Sie dran, ich hole sie!« Newton legte den Hörer ab, und es dauerte nicht lange, bis ihre Freundin sich meldete.

»Vera? Wo bist du?«

»In Port Said!«

»Meine Güte, dort unten! Geht es dir gut?«

»Ja, ja, Alice, was ist das für ein Brief?«

»Oh, natürlich. Ich habe ihn hier vor mir liegen, Vera. Er ist von Captain Redmond. Und abgeschickt wurde er vor einer Woche in Hazebrouck. Ist das nicht wundervoll?!«

»Ja, ich kann es gar nicht glauben. Mach ihn auf, Alice, bitte, öffne ihn und lies ihn mir vor!«

Der Hörer wurde abgelegt, Papier knisterte, und schließlich sagte Alice: »Ich hätte ihn dir geschickt, aber ich wusste nicht, wohin, und es hätte sicher viel länger gedauert, und womöglich wäre der Brief verloren gegangen. Wer kann das schon wissen in diesen Zeiten.«

»Alice! Bitte lies!«, unterbrach Vera sie.

»Natürlich.« Alice räusperte sich. »*Liebste Vera, es tut mir so unendlich leid, dass ich mich erst jetzt bei dir melde. Es ist so viel geschehen. Ich wusste ja nicht, dass du hier warst. Niemand hat es mir gesagt! Erst als ich mich an Michael Wodehouse gewandt habe, wurde mir das ganze Drama klar. Was musst du nur durchlitten haben, Liebste, denn das bist du mir geworden, mein Glück, meine Liebe. Die Deutschen haben den Bahnhof von Hazebrouck bombardiert, und du kamst kurz darauf hier an und dachtest, dass ich unter den Opfern sein müsste. Selbst meine Kollegen und die Schwestern hatten mich dort unter den armen Seelen gewähnt.*

Nur war ich mit einem früheren Zug nach Saint-Omer gefahren. Ich hatte mich kurzfristig dazu entschlossen, weil es dort bessere Behandlungsmöglichkeiten für den Patienten gab, den ich begleitete. Da ich dich nicht zurückerwartet hatte, bin ich ein paar Tage dortgeblieben. Ich weiß nicht, mit wem du im Hospital gesprochen hast, aber viele sind von dort in ein Frontlazarett versetzt worden. So erklärt sich wohl, dass man mir nichts von deinem Besuch gesagt hat.

Vera, wie ist es dir ergangen? Wie lange wirst du dort unten bleiben? Michael hat mir von deinen Plänen berichtet und mir

geraten, meinen Brief an deine Freundin Alice zu senden, mit der
du in Kontakt stehst. Ich hoffe, dass dich meine Zeilen erreichen.
Vielleicht kann ich eine Versetzung erreichen. Bis zum 1. August
bin ich noch in meiner Unterkunft in Hazebrouck. Ich werde wieder
der bei Alice nachfragen, um zu hören, wo du bist und ob du meine
Nachricht erhalten hast.

Wir sehen uns wieder, Vera, und dann haben wir mehr Zeit
füreinander. Ich möchte dir so viel sagen.

In Liebe, Frederick.«

Vera schluchzte. »Danke, Alice, das bedeutet mir so viel!«

»Und ich durfte dir die frohe Botschaft übermitteln! Es
freut mich sehr für dich, Vera. Alle lassen dich herzlich grüßen!«

»Wie lieb, und von mir einen Kuss, vor allem für deine
kleine Carolina. Wie geht es dir? Fühlst du dich wohl?«

Alice lachte. »Und wie! Ich bin noch fetter geworden, aber
es geht mir hervorragend. Mitte August ist es so weit, sagt die
Hebamme. Nur leider ist Lorenzo dann nicht mehr hier. Er
reist bald ab, weil er aus dem Kampfgebiet der südlichen Alpen
berichten soll, bei Caporetto.«

»Er kommt zu dir zurück, weil er dich liebt und seine
Kinder aufwachsen sehen will. Ganz sicher, Alice!«

»Natürlich, ja, das wird er. Ach, meine Vera, wer hätte
gedacht, in was für ein unmögliches Chaos wir hineinschlittern,
nicht wahr?«

Das Rauschen in der Leitung wurde so stark, dass Vera die
letzten Worte kaum verstehen konnte. »Was hast du gesagt?«

Alice wiederholte ihre Worte. »Und wir bleiben in
Verbindung, Vera, hörst du?«

»Sicher, ich melde mich aus Mombasa und aus der Station.
Mach's gut, Alice!«

Es knackte, und die Verbindung wurde unterbrochen, was
Vera jedoch nichts ausmachte, denn sie war viel zu glücklich.

Ein Pianist spielte Jazz, und die beschwingten Töne perlten durch den Speiseraum des Hotels. Man hatte die Türen zur Terrasse geöffnet, sodass die etwas kühlere Nachtluft hereinströmte und den Gästen Erholung von der Hitze des Tages bot. Die großen Blätter der Grünpflanzen wiegten sich leicht in der Brise, die vom Meer heraufwehte, und die Tiere der Nacht stimmten ihr Konzert an. Nach den Jahren in der Nähe der Front empfand Vera die gedämpften Geräusche als besonders wohltuend. Weder zerriss Geschützdonner die musikalische Untermalung des Abendessens noch dröhnten Motoren oder quälten die Schreie von Verwundeten die Gäste des *Hotel Paradies*.

»Es schmeckt ganz wundervoll. Diese Gewürze! Was ist da nur alles drin?« Vera legte ihr Besteck auf den Teller und lehnte sich zurück.

Sie hatten gewürzten Reis mit Auberginensauce, Fladenbrot, Linsensuppe, Nilbarsch und Hackbällchen gegessen, und Vera war so gesättigt wie seit Jahren nicht mehr.

»Ich hoffe, ihr habt noch Platz für das Dessert«, sagte Jodie. »Das Basbousa ist himmlisch. Orangenblüten- und Rosenwasser, viel Sirup und ein klebriger Teig, aber unwiderstehlich gut!«

Doktor Ingram trank seinen Minztee und holte seine Zigaretten heraus. »Danke, aber ich bringe keinen Bissen mehr hinunter.«

Das entspannte Geplauder der anderen Gäste mischte sich mit der Musik zu einem angenehmen Plätschern. Der Krieg schien weit weg, zumindest so lange, bis man nach draußen sah, wo das Militär patrouillierte und die Silhouetten der Kriegsschiffe sich im Hafen als dunkle Masse gegen den Nachthimmel abzeichneten.

Jodie hatte sie den ganzen Abend mit ihren Abenteuern unterhalten, um die Vera sie beneidete. »Und du hast dein Automobil allein repariert, als du in Horosko warst?«

»Sicher doch, oder denkst du, die Beduinen haben eine Ahnung von Motoren?« Jodie grinste. »Da zählt ein Kamel mehr als alles andere, mehr als die schönste Frau in ihrem Zelt.« Sie holte ein silbernes Zigarettenetui hervor und bot es geöffnet an. »Möchtet ihr? Das sind echte Simon-Arzt-Zigaretten, bester Tabak.«

Vera griff zu und sog den herben Duft ein. »Mmh, die sind gut. Wer ist Simon Arzt?«

»Hast du die Schilder nicht gesehen? Ihm gehören eine Tabakfabrik und viele Läden hier und in anderen Städten. Er entstammt einer jüdischen Fabrikantenfamilie, die sich mit Tabak einen Namen gemacht hat.« Die Amerikanerin zündete sich ebenfalls eine Zigarette an und blies den Rauch genüsslich in den Raum. »Kamele sind unglaublich ausdauernd und dem Automobil hier deutlich überlegen. Aber wenn ich die Wahl habe, sitze ich lieber hinter dem Steuer als auf dem Rücken eines störrischen Tieres, das plötzlich im Galopp die nächste Wasserstelle anpeilt und mich dabei Blut und Wasser schwitzen lässt.«

Sie lachten, und Jodie berichtete von den verschiedenen Beduinenfürsten, mit denen sie diplomatische Gespräche geführt hatte. Gemeinsam mit Major Lawrence hatte sie dort Erfolg gehabt, wo militärischer und politischer Druck nichts mehr hatten ausrichten können. »Verzeihen Sie, Doktor, aber ich kenne die Natur der Männer. Beduinenfürsten sind auch nur Männer, die bewundert, respektiert und ernst genommen werden wollen. Wenn ich ihnen mit Respekt begegne und meine Beweggründe darlege, hören sie mir eher zu, als wenn ich ihnen drohe oder sie als lächerliche Kaftanträger abkanzle, wie das so mancher Colonel unserer Armee macht.«

»Sie sind eine kluge Frau, Miss Green. Meine Hochachtung. Wohin führt Sie Ihr nächster Einsatz?«, fragte der Mediziner.

»Nach Kairo. Es geht um die Strategie für den Kampf an der Palästinafront. General Allenby will Gaza in den kommenden Monaten einnehmen, und ich glaube, dass die Chancen jetzt besser denn je stehen. Die eine oder andere Mission wird sich für mich finden, immerhin spreche ich inzwischen leidlich Arabisch. Und ihr wollt tatsächlich runter nach Mombasa?«

Ein etwa vierzehnjähriger Junge in einer weißen Uniform brachte ein Tablett mit kleinen Schalen, in denen verschiedene Süßspeisen appetitlich angerichtet waren.

»Oh, das sieht wieder ganz köstlich aus!« Jodie lächelte den Jungen an und steckte ihm ein Geldstück zu, woraufhin dieser strahlte und sich verneigte.

»Respekt und ein paar Münzen, und du kommst hier überall durch«, meinte Jodie mit einem Augenzwinkern.

Später gab Vera Jodie die Anschrift der Missionsstation am Mount Kenya, und man versprach, in Kontakt zu bleiben. Ein Wagen brachte sie und Doktor Ingram ins *Hotel Cecilia* zurück, wo nur noch das schwedische Ehepaar auf der Terrasse saß und las. Herr Pederson erinnerte Vera viel zu sehr an ihren Vater, sodass sie kein Verlangen verspürte, sich mit ihm zu unterhalten. Groß, hager und mit strengen Gesichtszügen blickte er von seinem Buch auf. Als er es zusammenklappte, sah sie, dass es sich um eine Bibel handelte.

»Ich gehe zu Bett, Doktor. Es war ein langer Tag«, sagte sie leise zu Ingram.

»Schlafen Sie gut, meine Liebe. Heute dürfte es Ihnen leichtfallen«, sagte er mitfühlend und wandte sich den Schweden zu.

»Mr Pederson, jetzt verraten Sie mir doch, warum es ausgerechnet Abyssinia sein muss. Ich verstehe nicht, wie …«

Die Müdigkeit plötzlich doppelt spürend, ging Vera auf ihr Zimmer, öffnete die Fensterflügel und horchte in die nächtliche Hafenstadt hinaus. Ein Meer und ein Kontinent zwischen uns, dachte Vera, doch sie lächelte, denn sie war voller Zuversicht.

20

Die Morgensonne glühte rot über der Savanne, die sich hinter der Missionsstation erstreckte. Hier gab es ein großes Wasserloch, an dem sich regelmäßig die Elefanten versammelten. Vera liebte diese Stunde vor Tagesanbruch, wenn die Tiere ungestört tranken und jedes Geräusch weit über den roten Sand Afrikas zu hören war. Wenn sie sich umdrehte, sah sie in der Ferne das Bergmassiv des Mount Kenya mit seinen drei schneebedeckten Gipfeln, dem Batian, dem Nelion und dem Point Lenana. Der Batian war mit über fünftausend Metern der höchste Gipfel, und Vera dachte bei seinem Anblick daran, dass es sich um einen erloschenen Vulkan handelte. Der Nelion war beinahe genauso hoch und dem Stamm der Kikuyu heilig, weil sie dort den Sitz ihres Gottes Ngai sahen. Zu Füßen der Berge erstreckte sich das Hochland, dort lag die Missionsstation. White Highlands wurde die Gegend unter den weißen Siedlern genannt, denn natürlich hatten die Kolonialherren sofort den Wert des fruchtbaren Bodens erkannt und für sich beansprucht.

Es war nicht an jedem Morgen so friedlich wie heute. Das konnte an hungrigen Löwen liegen, die auf Beutezug waren und Impalas oder die noch kleineren Kirk-Dikdiks jagten, oder an militärischen Manövern. Der Krieg fand auch hier statt. Langsam ging Vera denselben Weg zurück, den sie gekommen war. Dabei achtete sie auf Tierspuren und darauf, nicht auf eine in der Sonne dösende Schlange zu treten. Die Tierwelt war so vielfältig wie die Landschaft. Weiter östlich gab es einen Akazienwald, Felsschluchten, Wasserfälle und Flüsse, die ständig oder nur bei Regen Wasser führten. Das Leben in diesem Land war eine große Herausforderung für all seine Bewohner, Menschen wie Tiere. Ein winziger Moment der Unachtsamkeit konnte verheerende Folgen haben und endete schlimmstenfalls tödlich.

Die mit Holzlatten und Blättern gedeckten Dächer der Missionsstation erhoben sich über dem Buschwerk, welches das kleine Dorf auf dem Plateau umgab. Vor dem Plateau reckte ein riesiger Affenbrotbaum seine kargen Äste in den Himmel, so als flehte er die Wolken um Regen an. Der dicke Stamm mit den wenigen sich nach oben hin stark verjüngenden Ästen faszinierte Vera, wie sie überhaupt von dem fremden Land beeindruckt war. Jetzt herrschte Trockenzeit, und hier oben auf dem Plateau war es vor allem nachts kühl. Tagsüber jedoch herrschten milde zweiundzwanzig Grad Celsius.

Vera trug eine Jacke über ihrer Schwesterntracht und Stiefel, um gegen Schlangenbisse geschützt zu sein. Die einheimischen Frauen und Kinder belächelten sie, liefen selbst barfüßig über jedes noch so steinige oder staubige Terrain. Die meisten Patienten kamen mit Augenkrankheiten, Fieber und infizierten Wunden, die nicht selten zu Amputationen führten, weil die Menschen einfach viel zu lange warteten, bis sie medizinische Versorgung in Anspruch nahmen. Oh, es war nicht einfach, den Leuten hier die Vorteile der Medizin nahezubringen. Doch wenn sie einmal im Hospital gewesen und von einem Leiden kuriert worden waren, kehrten sie meist wieder.

»Guten Morgen, Mwangi!«, rief sie einem dünnen jungen Mann zu, der eine kleine Ziegenherde aus einem mit Dornbüschen abgezäunten Areal heraustrieb.

»Einen guten Morgen wünsche ich, Schwester«, erwiderte er langsam und betonte jede Silbe. Er war stolz auf sein Englisch, das er in der Schule der Station gelernt hatte. Mwangi gehörte zu den jungen Männern des Kikuyu-Stammes, die gern hier arbeiteten und eine kleine Hütte mit ihrer Familie im Dorf bewohnten. Sein Freund Elija betrieb mit seinem Vater eine kleine Werkstatt im Dorf. Dort wurde alles repariert, was sich mit einfachen Mitteln wiederherstellen ließ.

»Du hast gute Ziegen, Mwangi. Sie sehen kräftig aus«, lobte sie den jungen Kikuyu, denn nichts motivierte die Menschen mehr als ein Lob.

Er richtete sich auf und sagte stolz: »Ich lasse sie genug fressen. Dann geben sie mehr Milch.«

»Wie geht es deiner Mutter? Tut der Fuß noch weh?« Mwangis Mutter war ein Stein auf den Fuß gefallen. Neben einigen gebrochenen Fußknochen hatte sich die Fleischwunde entzündet.

»Nicht mehr viel. Deshalb hat sie die Medizin dem Sohn des Häuptlings gegeben, der ein kaputtes Bein hat.«

Innerlich stieß Vera einen Stoßseufzer aus. So machten sie es dauernd, gaben die Medikamente einfach weiter, wenn sie glaubten, dass sie schon gesund seien. »Schick deine Mutter noch einmal zu uns, Mwangi. Ich möchte mir den Fuß ansehen, um sicherzugehen, dass er ganz gesund ist.«

»Ist gut, Schwester.« Die Ziegen meckerten und liefen aufgeregt davon. Wahrscheinlich hörten sie eines der Wildtiere, die hier in großer Zahl lebten.

Es war eine andere Welt, wild, dunkel, ursprünglich, ehrlich, brutal und von einmaliger Schönheit. Man musste die Regeln dieser Wildnis verstehen, dachte Vera oft und fand es falsch, den Menschen hier die Gesetze der sogenannten zivilisierten Welt aufzuzwingen. Sie setzte ihren Weg fort und sah von Weitem, wie Wairimu, ein Kikuyu-Mädchen, zusammen mit Schwester Johana Wäsche auf die Balustrade vor dem Hospital hängte.

»Guten Morgen, Schwester Vera!«, begrüßte Johana sie. Die junge Frau war eine Häuptlingstochter vom Stamm der Ogiek, hatte sich als Zehnjährige einer Zwangsehe widersetzt und Zuflucht in der Station gesucht. Ihr Mut war außergewöhnlich, denn nur sehr selten verweigerten sich Frauen dem Willen der Stammesältesten. Johana hatte schon als Kind Kontakt mit den Missionaren gehabt und eine große Liebe für die Heilige Jungfrau entwickelt. Eine gläubigere Katholikin als diese junge Afrikanerin würde man wohl kaum finden. Ihre Flucht jedoch hätte beinahe zu einem Eklat geführt, denn ihr Vater war wutentbrannt mit seinen Kriegern bis vor die Missionsstation gezogen und hatte die Herausgabe seiner Tochter gefordert. Es hatte ein halbes Dutzend Ziegen und eine Brille für den Häuptling gekostet, um den Konflikt beizulegen.

Johana war das Vorzeigeprojekt von Reverend Williams. Wann immer der Reverend seine missionarischen Erfolge demonstrieren wollte, stellte er Johana als leuchtendes Beispiel vor. Wenn Vera die vor Eifer glühenden Augen der afrikanischen Schwester und deren Hingabe bei der Behandlung von Patienten sah, konnte sie den Reverend verstehen. Im Grunde jedoch war Johana ein Einzelfall, der keine Schule machte, und das bedauerte Vera.

»Schon so fleißig in der Früh?« Sie blieb bei den Frauen stehen und half, die letzten Wäschestücke aufzuhängen.

Die kleine Wairimu machte ein missmutiges Gesicht. »Kann ich heute Nachmittag wegen des Festes gehen, Johana? Meine Mutter braucht mich. Wir haben noch viel zu kochen.«

Johana, deren ebenholzfarbene Haut sich scharf von der weißen Schwesterntracht abhob, sah Vera an. »Was soll ich mit ihr machen? Wir brauchen jede helfende Hand. Vor allem jetzt, wo wir die Kämpfe wieder begonnen haben und jeden Tag neue Patienten kommen.«

»Wenn du deiner Mutter geholfen hast, Wairimu, kommst du dann wieder ins Hospital?«, wollte Vera wissen, denn sie hegte den Verdacht, dass die Familie die Tochter bereits versprochen hatte.

Wairimu starrte auf ihre Füße. Sie war ein schlaksiges Mädchen mit großen Händen und Füßen. Ihre Eltern hatten sie wahrscheinlich als gute Arbeitskraft verkauft.

Das Mädchen schwieg und scharrte mit den Füßen im Sand. Hinter ihnen führten Stufen zur umlaufenden Veranda des Hospitals hinauf, wo gerade die Fensterläden geöffnet wurden. Die Patienten wurden geweckt und das Frühstück vorbereitet. Danach machte Doktor Ingram seine Visite, und anschließend wurden die ambulanten Patienten behandelt, von denen die ersten schon seit einer Stunde unter dem Vordach warteten.

»Haben deine Eltern dir verboten, weiter hierherzukommen?«, bohrte Vera nach.

Auch wenn Wairimu die Schule erst seit einem Jahr besuchte, verstand sie die englische Sprache bereits gut und konnte sich verständlich machen. »Eine Tochter muss ihre Pflicht erfüllen. Wenn ich nicht tue, was meine Eltern verlangen, verlieren wir unsere Ehre.«

Johana nahm ihre Hand. »Sieh mich an, ich habe meinen Weg gefunden. Gott hat mich gefunden.«

Wairimu riss sich unwillig los. »Du bist eine Schande für deinen Stamm. Ich will nicht so sein. Du bist allein! Wie kannst du so leben?«

Die Schwester lächelte milde. »Ich bin nicht allein, weil Gott mich liebt. Er liebt auch dich, wenn du es zulässt.«

Doch das Mädchen schüttelte den Kopf und machte abwehrende Bewegungen mit den Händen. »Ich verrate unsere Ahnen nicht. Danke, Schwester Vera, für den Unterricht.«

Sie schien noch etwas sagen zu wollen, presste jedoch die Lippen zusammen und rannte davon.

»Ich hatte so sehr gehofft, dass sie bleibt. Sie ist intelligent und hätte eine gute Schwester werden können«, meinte Johana.

»Vielleicht ist das nicht ihr Weg«, erwiderte Vera und wollte die Stufen hinaufgehen, um eine der unausweichlichen Diskussionen über Gottes Großmut zu vermeiden.

»Aber ...«, begann Johana, doch Vera lief schon die Veranda entlang zum Eingang.

Als sie um die Ecke bog, hörte sie aufgeregte Stimmen und Doktor Ingrams beschwichtigenden Tonfall.

»Jaja, es ist nicht so schlimm, wie es aussieht. Bringt ihn herein. Ihr bleibt draußen!«

Vera sah eine Gruppe von Frauen, die einen verletzten Mann stützten, der sich kaum auf den Beinen halten konnte.

»Was ist denn los? Brauchen Sie Hilfe, Doktor?«

Der Arzt schwitzte und wischte sich die Stirn. Kein gutes Zeichen, denn er hatte bereits zwei Fieberschübe gehabt, seit sie hier waren. »Oh, Vera, der Himmel schickt Sie. Dieser Mann und seine Mutter oder Frau dürfen ins Behandlungszimmer, die anderen müssen draußen bleiben.« Er hob die Arme und wedelte mit den Händen. »Zurück, bitte. Nachher könnt ihr ihn besuchen, nicht jetzt!«

Es kam oft vor, dass eine Familie samt Freunden und Bekannten einen Kranken herbrachte und alle sehen wollten, was mit ihm passierte. Eine Frau hielt einen Beutel mit Nahrungsmitteln in die Höhe und zeigte darauf. Eine andere hatte in einem Korb quicklebendige Hühner dabei, die sicher für das Mittagsmahl bestimmt waren.

Vera stellte sich zwischen den Doktor und seinen Patienten und schaffte es mit Geduld und den wenigen Worten in der Sprache der Kikuyu, die sie mittlerweile beherrschte, die Leute zum Warten auf der Veranda zu bewegen. Kaum hatten die

Menschen sich auf den Holzbrettern niedergelassen, begann gegenüber die Kirchenglocke zu tönen. Reverend Williams rief zur Morgenandacht.

»Was hat der Mann denn, Doktor?« Vera folgte dem Arzt ins Hospital, und auch Schwester Johana kam dazu.

Als sie den Mann, der eine zerrissene Hose und ein blutbeflecktes Hemd, das einmal einem britischen Soldaten gehört hatte, trug, auf die Liege verfrachtet hatten, begann die Frau, die ihn hergebracht hatte, zu weinen und zu lamentieren. Es folgte ein schneller Wortwechsel mit Johana.

»Sie ist seine Mutter«, erklärte Johana. »Er heißt Kihiga und war ein Träger. Sie sagt, dass er schlecht behandelt wurde. Er musste schwere Kisten tragen, Gewehre schleppen, bis er zusammengebrochen ist. Da haben sie ihn getreten und beschimpft. Deshalb ist er fortgelaufen.«

Doktor Ingram war bereits dabei, die Beine des Verletzten zu untersuchen. »Ich werde ihn versorgen, aber hierbehalten können wir ihn nicht. Wenn der Major und seine Leute kommen, werden sie ihn verhaften. Er ist ein Deserteur.«

Das britische Militär warb zahlreiche einheimische Träger an, ohne die der Transport von Waffen, Nachschub und Gerätschaften nicht möglich wäre. Es gab kaum Straßen, die für motorisierte Fahrzeuge geeignet waren, sodass die Truppen zu Fuß marschierten. Anfangs hatten sich noch viele Einheimische freiwillig zum Kriegsdienst gemeldet, doch es fehlte an Männern, und nun zwangsrekrutierten die Briten ihre Träger aus den Dörfern. In der Realität sah es so aus, dass die Soldaten die Männer von den Feldern und aus ihren Häusern holten und in die Kasernen trieben. Und da die nächste britische Kaserne nur einen Tagesmarsch entfernt lag, war Doktor Ingrams Sorge berechtigt.

Vera half dem Arzt, die Wunden des Verletzten zu säubern, und reichte ihm Nadel und Faden, denn eine tiefe Schnittwunde an der Wade musste genäht werden. Am Oberarm musste eine

Fleischwunde, die wohl von einem Streifschuss herrührte, versorgt werden. Die Wundränder waren bereits dunkelrot, und eitriges Sekret verhinderte ein sauberes Abheilen.

»Das sieht nicht gut aus«, murmelte Vera, während sie Alkoholtupfer zum Auswischen bereitlegte.

Ingram tastete die Wunde ab, wobei der Mann aufschrie. »Ich muss das faulige Fleisch herausschneiden. Sehen Sie die Linie hier, Vera? Das ist eine beginnende Sepsis.«

»Johana, erklär ihm, dass wir schneiden müssen«, sagte Vera.

»Ohne eine Äthernarkose werden wir das nicht machen können«, sagte der Arzt. »Sagen Sie ihm das.«

Die junge Krankenschwester redete eindringlich auf den Patienten ein, dessen ohnehin große Augen sich noch mehr weiteten. Angstvoll wollte er sich erheben, sackte jedoch wieder auf die Behandlungsliege. Er war fiebrig und schwitzte, was auf einsetzenden Wundbrand hindeutete.

Johana versuchte weiter, Kihiga und seine Mutter zu überzeugen, doch beide machten Gesten, die auch Vera und Ingram verstanden.

»Er will keine Narkose. Er sagt, wenn er schlafen muss, wacht er nicht mehr auf«, dolmetschte Johana.

Der verletzte Kihiga klopfte auf seine Brust und sagte etwas zu Johana, die übersetzte: »Er ist ein starker Mann und wird das Schneiden ertragen.«

Ingram wischte sich selbst die Stirn ab und seufzte. »Na schön, dann hol zwei Männer, am besten Elija und Mwangi. Die sollen ihn festhalten. Bis sie hier sind, machen wir an den anderen Wunden weiter.«

Johana eilte davon, und Vera holte noch mehr Verbandszeug und Alkohol, um eine weitere schwärende Wunde an Kihigas Schulter zu reinigen.

»Warum lassen sie die Männer so viel tragen, dass sie sich verletzen? Das bringt doch nichts! Dann brechen sie zusammen und sind keine Hilfe mehr. Ich verstehe das nicht, Doktor.«

Ingram fühlte die Stirn seines Patienten. »Was macht schon Sinn, Vera? Ich denke nicht über das Warum nach, sondern flicke zusammen, was sie uns auf den Tisch bringen. Verflucht, die Wunde reicht bis zum Knochen. Der arme Kerl muss durch die Hölle gegangen sein.«

Routiniert verband Ingram die Schulterwunde mit einer Kompresse. »Das wird langwierig, und er muss zur Kontrolle kommen, wenn nicht hier, dann woanders.«

Johana kam mit den Männern zurück, die beide voller Staub waren.

»Ja, um Himmels willen, die sollen sich waschen, bevor sie hier den ganzen Schmutz hereinbringen!«, schimpfte Ingram. »Muss ich denn alles immer wieder sagen!«

Hastig verließen die Männer den Raum, um kurz darauf grinsend und mit noch feuchten nackten Oberkörpern zurückzukehren. Die beiden wussten, was von ihnen erwartet wurde, denn sie hatten schon öfter geholfen, Patienten festzuhalten, die sich einer Narkose verweigerten. Vera konnte Ingrams Verärgerung verstehen, manchmal kamen auch ihr die Leute wie Kinder vor, die den Ernst der Situation nicht verstanden oder nicht verstehen wollten. Man musste ihnen dieselben Dinge immer wieder erklären. Aber vielleicht wollten sie einfach nur demonstrieren, dass das hier nicht ihr Weg war und sie sich den Gesetzen der Kolonialherren nicht beugen wollten.

Als sie den ängstlich um sich schauenden Kihiga packten und auf die Liege drückten, lachten sie, woraufhin Ingram mit grimmiger Miene seine Arbeit begann.

Drei Stunden später stand Vera für eine Verschnaufpause auf der Veranda und trank eine Tasse Tee. Die Operation an Kihiga war geglückt, und seine Mutter und die begleitende Gruppe hatten den Verletzten fortgebracht. Ingram lag in seinem Büro auf einer Liege und erholte sich von einem Fieberanfall, der ihn nach der Operation niedergestreckt hatte.

»Major und Männer!«, rief Mwangi aufgeregt und kam über den Platz zwischen Kapelle und Hospital gelaufen.

Vera ging um die Ecke, um zu sehen, was Mwangi meinte, und beobachtete, wie sich eine Staubwolke auf die Missionsstation zubewegte. Nach und nach schälten sich die Umrisse von britischen Soldaten, einheimischen Trägern und Zebras heraus. Als Vera auch die zweite Tasse Tee geleert hatte, machte der Zug vor dem Hospital halt. Die Zebras trugen Kisten und Taschen und waren getarnte Ponys. Im Kampfgebiet hatte sich die Tarnung der Ponys als wirksames Täuschungsmittel herausgestellt, um die Deutschen in Sicherheit zu wiegen.

Der leitende Offizier ließ seine Männer ausschwärmen, und die Träger durften ihre Lasten absetzen. Vera hatte den Major schon einmal im Hospital getroffen, als er zwei seiner Männer hatte behandeln lassen.

»Schwester Vera, guten Tag!«, begrüßte er sie. Er war ein mittelgroßer Mann mit Schnauzbart und einem von der afrikanischen Sonne gegerbten Gesicht. Unter den Soldaten waren viele Inder, denn die machten einen Großteil der kolonialen Arbeitskräfte aus.

»Major Taylor, was führt Sie zu uns?« Vera lehnte sich an die Brüstung der Veranda.

Die wartenden Einheimischen blieben auf dem Boden vor dem Eingang des Hospitals sitzen und ignorierten die Soldaten, was der Major mit einem missbilligenden Seitenblick quittierte.

»Wir sind auf der Suche nach einem unserer Träger. Er hat sich mit einem Gewehr aus dem Staub gemacht, ist aber verletzt, weshalb wir annehmen, dass er nicht weit gekommen ist.« Major Taylor wandte sich an einen der Soldaten. »Wie hieß der Mann noch gleich?«

»Kihiga, Major«, antwortete ein indischstämmiger Soldat.

»Richtig, ja, also der Kerl wurde auf der Flucht angeschossen. Wenn Sie also einen Mann mit einer Schusswunde hier hatten oder haben?« Der Offizier musterte sie streng.

Doch Vera ließ sich nicht einschüchtern. »Ich kann mich nicht erinnern. Nein, tut mir leid. Sie sehen ja, was hier los ist. Wir wissen nicht, wie wir das alles schaffen sollen.«

»Wo ist Doktor Ingram? Ich will ihn sprechen!«, verlangte der Major.

»Der Doktor liegt mit Fieber im Bett. Wenn es nicht sein muss, Major, würde ich ihm die Ruhe gern gönnen«, bat Vera.

Der Major runzelte die Stirn. »Es hat ihn ziemlich erwischt. Tja, es ist Pech, wenn man sich das Fieber gleich zu Anfang einfängt, dann wird man es meist nur schwer los. Grüßen Sie ihn von mir, Schwester Vera.«

Er tippte sich an seine Mütze, hielt dann jedoch inne. »Hätte ich beinahe vergessen, wir haben Ihnen die Post mitgebracht. Sergeant, übergeben Sie der Schwester das Postpaket.«

Erfreut eilte Vera die Treppenstufen hinunter, um das Paket in Empfang zu nehmen.

»Und geben Sie uns sofort Nachricht, falls der Mann mit der Schusswunde hier auftaucht. Auf Wiedersehen!«

»Ja, das machen wir, danke und auf Wiedersehen, Major!« Vera drückte das Paket an sich und durchsuchte es auf dem Weg ins Schwesternzimmer. Überglücklich zog sie zwei Briefe heraus, die an sie adressiert waren. Einer war von Alice und der andere von Captain Redmond!

21

Die Einladung

Wir sind Eltern eines entzückenden Jungen geworden!, schrieb Alice. Mit ihren Briefen hatte sich Vera in einen Korbsessel im Schwesternzimmer zurückgezogen und Johana gebeten, sie fünf Minuten zu vertreten.

Wir haben ihn Lorenzo Sebastian genannt. Vera schluckte. Das war typisch Alice. Ihre Freundin dachte immer an andere und setzte Sebastian Fitzgerald mit dem Namen ihres Sohnes ein ehrendes Andenken. *Die kleine Carolina ist ganz vernarrt in ihren Bruder und erzählt überall stolz herum, dass sie auf ihn aufpasst. Wir haben mehr Schüler, als wir eigentlich aufnehmen können, aber abweisen mögen wir auch niemanden, und irgendwann wird sich die Lage ja wohl bessern. Immerhin haben unsere Jagdflieger erfolgreich einen dieser grässlichen Zeppeline abgeschossen. Furchtbare Monstren sind das, die lautlos über London herfliegen und die Menschen im Schlaf mit ihren Bomben töten.*

Der erfolgreiche Abschuss eines deutschen Luftschiffs durch britische Jagdflieger hatte die Schlagzeilen erst kürzlich beherrscht und die kriegsmüde Bevölkerung mit neuer Hoffnung erfüllt. Die Seeblockade im Ärmelkanal hatte zwar zur Folge, dass die Deutschen in einen Versorgungsengpass gerieten, der die Bevölkerung in eine Hungersnot trieb, doch auch die anderen Krieg führenden Länder litten unter dem unerwartet langen Krieg. Niemand war auf jahrelange kämpferische Auseinandersetzungen dieses Ausmaßes vorbereitet gewesen.

Alice berichtete von einer Mutter und ihrem Sohn, die sich seit Monaten mit um den Garten kümmerten und sich besonders mit dem Gemüseanbau auskannten. *Und dann kommt seit zwei Monaten ein junger Offizier, der unter den Folgen eines Gasangriffs leidet, und hilft im Haus. Er ist sehr geschickt beim Reparieren von Möbeln und kann auch streichen und tapezieren. Newton gefällt es nicht, dass der Mann uns so viel hilft, aber der gute Newton ist älter geworden. Nie würde er zugeben, dass er nicht mehr so belastbar ist wie früher, doch ich sehe ihn oft innehalten und nach Luft schnappen. Also sorge ich dafür, dass der junge Offizier die körperlich anstrengenden Verrichtungen für Newton übernimmt.*

Meinem Vater geht es gut, liebste Vera, er lässt dich grüßen und dir ausrichten, dass er in seinem neuen Roman eine Krankenschwester eingeführt hat, die sehr tapfer ist. Du hast ihn zu dieser Figur inspiriert. Oh, bevor ich es vergesse, dein Captain war hier! Was für ein reizender Mann! Ich kann dich nur zu ihm beglückwünschen. Er hat uns allen ganz prächtig gefallen. Er war mit Michael Wodehouse unterwegs, und die beiden haben einen spontanen Abstecher zu uns gemacht. Ich glaube, dass Rose schwanger ist. Sie wollte es noch nicht bestätigen, aber ich bin mir da ziemlich sicher, und es freut mich über die Maßen für sie! Da wird sie etwas ruhiger und kann sich auf ihre eigene Familie konzentrieren, nicht nur auf ihre Arbeit. Ich weiß natürlich, dass sie immer arbeiten wird und es liebt und braucht, aber eine Familie ist doch auch wichtig, wenn nicht das Wichtigste überhaupt. Denn wohin gehen wir am Ende des Tages? Zu unseren Lieben, wir alle brauchen einen Hafen, in dem wir uns geborgen fühlen.

Meine liebe Vera, ich wünsche mir für dich, dass du diesen
Hafen mit dem Captain findest.

Überschwängliche Küsse und ganz viel Babygeschrei von dei-
ner Alice & allen hier in Hill House

Wie sehr sie sich wünschte, jetzt dort bei Alice zu sein und
mit ihr die Geburt des Sohnes feiern zu können. Sorgsam nahm
sie den zweiten Brief zur Hand und öffnete ihn. Sie hatte dem
Captain auf seinen ersten Brief geantwortet, und dies war der
zweite Brief, den sie von ihm erhielt.

Meine liebe Vera,

ich bin glücklich, dich an der Seite des hervorragenden Doktor
Ingram zu wissen. Er ist ein geschätzter Kollege und ein erfahrener
Reisender. Natürlich beneide ich ihn um deine Gesellschaft, aber
mit ein wenig Glück werde ich meine Versetzung bis zum Jahresende
bewilligt bekommen. Ich pendele derzeit zwischen Saint-Omer,
dem Frontlazarett und Hazebrouck. Je nachdem, wo wir gebraucht
werden. Was wir auf unsere Tische bekommen, sind Männer, die
am Ende ihrer Leidensfähigkeit angelangt sind. Dir muss ich nichts
erklären oder beschönigen. Wie ergeht es dir in Kenia? Ich wollte
selbst immer einmal dorthin reisen, unter anderen Umständen,
aber ich hoffe, dass du dennoch die Schönheit des Landes siehst.

Warst du schon auf einer Jagd? Hast du Lord Delamere ken-
nengelernt? Er gehört zu den wichtigsten Männern in Kenia und
arbeitet für unsere Mannschaft. Wenn du ihn triffst, grüß ihn von
mir. Ich kenne die Familie seiner verstorbenen Frau Florence Cole.
Sein Sohn, Thomas, müsste jetzt siebzehn Jahre alt sein.

Was gäbe ich darum, jetzt mit dir dort zu sein und durch
die Berge zu wandern und die Tiere zu sehen. Löwen, Elefanten,
Leoparden und die Vogelwelt! Erzähl mir alles, liebste Vera, lass
mich teilhaben an dem, was du erlebst, und nimm dir Zeit für das
Neue, das Fremde, die Welt dort draußen, die so viel Schönes zu
bieten hat!

Dein Frederick

Sie überflog die Zeilen noch einmal, suchte nach seiner Stimme in ihrem Gedächtnis und erinnerte sich an das Gefühl, als seine Lippen ihren Mund berührt hatten. Die Sehnsucht nach ihm schmerzte, doch es war ein süßer Schmerz, dem sie gern nachgab, weil er sie ihrem Geliebten näherbrachte. Seufzend wollte sie den Brief wegstecken, als sie die Passage über Lord Delamere las. Für ihre Mannschaft arbeitete er? Das konnte nur bedeuten, dass der Lord ebenfalls für den Geheimdienst tätig war.

Als sie an diesem Abend mit Doktor Ingram, Reverend Williams und dessen Frau Ruth beim Abendessen beisammensaß, lobte Vera die Kochkünste von Ruth und deren Köchin. Sich an das Klima zu gewöhnen, war die eine Sache, das oft recht exotische Essen eine andere. »Diese Chips sind sehr gut. Wie haben Sie die nur gemacht?«

Ruth strahlte. »Da wir englische Kartoffeln nur sehr selten bekommen, müssen wir uns behelfen. Wir nehmen also grüne Bananen, schälen sie und schneiden sie in Streifen. Die werden mit Pfeffer und Salz gewürzt und frittiert. Und ich finde, sie schmecken durchaus annehmbar.«

»Sehr gut sogar!« Vera knabberte ein weiteres Stück und bewunderte die Hingabe und Ruhe, mit der die Missionarsfrau den Haushalt führte.

»Wir arrangieren uns, wissen Sie? Anders ist es einfach nicht möglich. Aber an die Kakerlaken und die furchtbaren Papierfischchen, die unsere Bücher auffressen, werde ich mich nie gewöhnen«, sagte Ruth. »Oh, und dann diese widerwärtigen Fliegen! Es gibt so viele verschiedene grässliche Fliegen! Die Tumbufliegen, wie die Leute sie nennen, legen ihre Eier auf die frisch gewaschene Wäsche, wenn sie draußen in der Sonne trocknet. Man muss die Wäsche sehr sorgfältig und heiß bügeln, damit die Eier zerstört werden.«

Der Reverend winkte ab. »Jetzt hör schon auf, dich zu beklagen, Ruth. Gott beschützt uns!«

Doch Ruth ließ sich nicht beirren. »Ich lege mein Schicksal in Gottes Hände, aber auf meine Kinder gebe ich dennoch lieber selbst acht. Hören Sie, Vera, mein Sohn kam im letzten Mai zu mir und zeigte mir eine Beule auf seinem Kopf. Ich bin damit zu Doktor Burt, der sagte, dass wir warten müssen, bis die Beule spitz wird. Das wurde sie nach ein paar Tagen, und dann erklärte er, dass es keine normale Beule sei, und schnitt sie auf, und was er da herausdrückte, war eine eklige Kreatur, eine Made! Eine Made von diesen Fliegen! Es schaudert mich noch jetzt, wenn ich daran denke.«

»Das Leben ist nicht leicht für Sie, vor allem, da wir Europäer nicht an die fremden Tiere gewöhnt sind«, meinte Vera voller Mitgefühl.

Seufzend legte die Missionarsfrau ihre Serviette auf den Tisch. »Nein, das ist es nicht, aber wir dienen Gott und wollen den Menschen hier helfen. Dafür lohnen sich die Strapazen.«

Ob die Einheimischen das auch so sahen, wagte Vera zu bezweifeln, wenn sie die missmutigen Gesichter der Dienstboten sah.

Nachdem die Teller abgetragen worden waren, brachte Vera das Gespräch auf Lord Delamere. »Reverend, kennen Sie Lord Delamere eigentlich persönlich? Ich habe so viel über ihn gehört. Er scheint eine schillernde Persönlichkeit zu sein.«

Aus den Erzählungen von Ingram und einigen britischen Farmern, die sich auf der Durchreise nach Nairobi im Hospital hatten behandeln lassen, wusste Vera von Lord Delameres großen Gesellschaften in seinem Haus auf Soysambu, seinen Experimenten in der Rinder- und Schafzucht und seiner Nähe zu den Massai. Die Leute erzählten viel, und es war schwer zu sagen, ob die Gerüchte der Wahrheit entsprachen.

Reverend Williams, ein großer Mann mit einem mächtigen grauen Vollbart, zündete sich seine Pfeife an. Das Mahl war beendet, und zwei Kikuyu-Mädchen räumten den Tisch ab. Die Kinder des Missionarsehepaares hatten in einem anderen Raum gegessen und waren bereits zu Bett gebracht worden.

»Lord Delamere? Ein beeindruckender Mann. Er tut viel für das Land und die Menschen hier. Jeder neue Siedler erhält sechshundertvierzig Morgen Land, und es ist seiner Initiative zu verdanken, dass so viele Farmer herübergekommen sind.« Er paffte an seiner Pfeife und stieß den Tabakrauch aus, der aromatisch roch und die Moskitos vertrieb.

Seine Frau Ruth nickte zustimmend. »Lord Delamere hat viel Geld mit seinen Tieren verloren. Schafe, Hühner, Rinder, alle sind sie ihm entweder an der Maul- und Klauenseuche, Babesiose oder einer Lungenseuche eingegangen. Ryeland-Schafböcke aus England hat er importiert, dann Merino-Mutterschafe aus Neuseeland. Kreuzen wollte er die Rassen mit den hiesigen Schafen. Aber er hatte keinen Erfolg und hat sich schließlich auf Weizen verlegt.«

»Weizen in diesem Klima?«, gab Vera zu bedenken.

Doktor Ingram, der sich eine Zigarette angezündet hatte, grinste. »Keine gute Idee, sollte man meinen, und anfangs wurden seine Ernten von Rostpilz vernichtet, aber Delamere ist clever, keiner, der gleich die Flinte ins Korn wirft, wenn ich das mal so salopp sagen darf. Er hat sich Wissenschaftler geholt, die in seinem Labor auf der Farm widerstandsfähige Weizensorten entwickelten, die im Hochland wachsen. Und er hat es geschafft!«

»Tatsächlich? Bemerkenswert!« Vera trank ihren stark verdünnten Wein.

»Das ist er in der Tat, ein bemerkenswerter Mann«, meinte Ruth und goss sich Wasser aus einer Karaffe nach. »Aber leider kein gottesfürchtiger Mensch.«

Die Miene ihres Gatten verfinsterte sich. »Du sollst nicht so sprechen, Ruth.«

»Es stimmt doch aber. Eve, die Frau von Tom Greenaway – die Farm der beiden liegt westlich von uns –, war auf einem der Feste auf Soysambu, dabei soll es hoch hergehen!« Ruth beugte sich zu Vera und machte eine verschwörerische Miene. »Unsittlich und lasterhaft. Die arme Eve wusste gar nicht, wie sie in Worte fassen sollte, was sie da gesehen hat.«

»Es reicht, Weib, schweig!«, donnerte der Reverend. »Man soll nicht schlechtes Zeugnis reden wider seinen Nächsten. Du weißt nicht, ob es stimmt, was Eve dir ins Ohr bläst. Sie ist eine geschwätzige Person. Hat sie das Geld für den Generator gestiftet? Nein! Das kam von Lord Delamere.«

Ruth sah betreten zu Boden, räusperte sich und wandte sich an Ingram. »Wie fühlen Sie sich heute Abend? Diese Fieberschübe sind schlimm. Wir machen uns solche Sorgen um Sie.«

Ingram drehte die Zigarette in seinen Fingern. »Es geht schon wieder, danke. Ein paar Monate bleibe ich Ihnen schon noch erhalten. Es kann aber sein, dass ich im nächsten Jahr wieder zurück nach Europa gehe.«

Der Reverend und seine Frau wechselten wissende Blicke. »So geht es hier zu. Die besten Mediziner gehen uns durch die Krankheiten verloren. Erst Doktor Freeman, dann Doktor Burt.«

»Doktor Freeman starb am Schwarzwasserfieber, das war furchtbar, wirklich kaum mit anzusehen, wie er gelitten hat, und keiner konnte helfen«, sagte Ruth. Sie war klein, hatte eine spitze Nase und ein fliehendes Kinn und machte ständig hastige kleine Bewegungen, die Vera irritierten.

Die Missionarsfrau kam ihr vor wie ein Wiesel, das ständig auf der Hut vor etwas war und dessen Verteidigungstaktik in plötzlichen Ausbrüchen von Geschwätz bestand. Vielleicht fürchtete sie sich vor ihrem Mann, der eine Art hatte, die Vera an ihren eigenen Vater erinnerte, und das machte ihr den Reverend nicht sympathischer.

Da in der Missionsstation jedoch nur der Reverend und seine Frau sowie Doktor Ingram und sie selbst aus England stammten, mussten sie miteinander auskommen. Manchmal kamen Farmer vorbei, die verletzte Arbeiter oder Familienmitglieder vorbeibrachten, doch der Großteil der Patienten bestand aus der einheimischen Bevölkerung, und die Verständigung war schwierig bis unmöglich. Mit der Zeit verstand Vera, dass man sich hier über jede Abwechslung freute und gesellschaftliche Verpflichtungen erwünscht waren und herbeigesehnt wurden. Einmal im Monat fuhren sie in die nahe gelegene Stadt Nairobi, in der man viele lebensnotwendige Dinge einkaufen konnte. Außerdem gab es dort einen englischen Klub, der ebenfalls von Lord Delamere finanziert worden war.

Zwei Wochen später kam eine kleine berittene Gruppe ins Missionsdorf. Es handelte sich um Engländer, die offensichtlich auf der Jagd gewesen waren. Die Gewehre waren hinter den Sätteln verstaut, drei große einheimische Träger trugen den Stoßzahn eines Elefanten. Vera erschauerte bei dem Anblick, denn der Zahn hatte einem Tier gehört, das sie lieber lebendig durch die Wildnis streifen sah. Noch nie hatte sie Verständnis für die Trophäenjagd gehabt.

Es war noch früh am Morgen, als die Pferdehufe über die sandige Piste trabten und vor dem Hospital anhielten. Vera war gerade von ihrem Spaziergang zurück und hatte Doktor Ingram getroffen. Gemeinsam begrüßten sie die Männer.

»Guten Morgen, Gentlemen, was führt Sie zu uns?«, sagte der Doktor, der sich von seinen Fieberschüben erholt hatte.

Die Männer tippten sich an ihre Lederhüte. Derjenige, der Ingram mit seinem Pferd am nächsten war, antwortete: »Einen wunderschönen guten Morgen auch Ihnen, Doktor. Sind Sie der neue Arzt? Der Reverend hat jedenfalls von einem exzellenten Chirurgen geschwärmt.«

Ingram nickte zögernd. Die selbstgefällige Art der Männer missfiel ihm. »Ich mache meine Arbeit, so gut ich kann.«

»Nicht so bescheiden, Doc. Hier draußen sind Leute wie Sie Gold wert. Unser Boss möchte Sie gern kennenlernen. Deshalb sind wir hier. Wir sollen Sie einladen. Verzeihung, hier in der Wildnis vergisst man die Etikette gern einmal. Mein Name ist Owen Dent. Ich bin der Sekretär von Lord Delamere, quasi sein Mädchen für alles.«

Seine Begleiter lachten, als hätte er einen guten Witz gemacht. Dent stützte sich auf den Sattelknauf und beäugte Vera. »Sie sind auch eingeladen. Das ist mal was anderes. Eine nette Abwechslung von dem Kirchengebimmel und den Schwarzen. Da kommen Sie mal wieder unter richtige Menschen.«

Er zog einen knittrigen Umschlag aus seiner Satteltasche und hielt ihn Ingram hin, der ihn beinahe widerwillig annahm. »Danke, das ist sehr freundlich. Sagen Sie Seiner Lordschaft, dass es uns eine Ehre ist und wir gern kommen.«

Dent, ein Rothaariger mit struppigem Schnauzer, hob die Zügel an. »Gut, dann sehen wir uns in einer Woche auf Soysambu. Cheerio!«

Der Sekretär des Lords schnalzte mit der Zunge, und die Gruppe setzte sich in Bewegung.

Vera beobachtete, wie die Stammeskrieger den schweren Stoßzahn schulterten. »Sollten sie nicht etwas essen und trinken?«

Dent drehte den Kopf und rief ihr zu: »Machen Sie sich keine Umstände, Miss, das sind Massai. Die laufen tagelang ohne Pause. Na los! Auf jetzt!«

Vera und Ingram sahen den Männern und Pferden nach, bis sie hinter einer roten Sandwolke verschwunden waren.

Dann erst öffnete Ingram den Umschlag und zog eine Karte heraus, auf der das Wappen von Hugh Cholmondeley, 3. Baron Delamere in Gold geprägt war. »Wir sind zu einer Dinnerparty mit einer Übernachtung auf Soysambu eingeladen. Das bedeutet, Anreise am Morgen, alberne Gesellschaftsspiele, gutes Essen, interessante Gäste, Tanz und sehr viel Whisky.«

»Das ist nichts für mich«, konstatierte Vera.

Ingram lachte und klopfte ihr auf die Schulter. »Sie haben schon ganz andere Sachen durchgestanden. Da werden Sie doch wohl nicht vor einer Party von Lord Delamere kneifen?!«

»Vielleicht zeigt er uns sein Labor, und die neue Schafrasse würde mich auch interessieren.«

»Na also, dann hätten wir das beschlossen. Soysambu in einer Woche.«

Johana kam zu ihnen. »Wo bleiben Sie denn nur! Da warten schon dreißig Patienten! Und die Mutter von Kihiga ist auch da und will Sie unbedingt sprechen.«

Doktor Ingram wischte sich mit einem Tuch die Stirn, steckte es in die Hosentasche und nickte. »Das habe ich befürchtet. Wo ist Kihiga? Nicht dabei?«

Vera und Ingram folgten der Schwester zum Eingang des Hospitals.

»Nein, Doktor, sie will es nicht sagen.« Aufgeregt huschte Johana hin und her und scheuchte die Leute zur Seite, damit sie den Weg freigaben.

Ingram rief als Erste die Mutter des verletzten Trägers herein. Die Luft im Behandlungszimmer war warm, und Johana stieß die Fensterläden auf. Nach mehrfachem Nachfragen fanden sie heraus, dass Kihiga in einer Höhle in einem nahen Ausläufer des Bergmassivs versteckt wurde. Und es ging dem Verletzten nicht gut. Wenn sie die Mutter richtig verstanden, delirierte er im Fieberwahn, was auf fortgeschrittenen Wundbrand hindeutete.

»Haben Sie die Verbände gewechselt, wie ich es angeordnet habe?«, wollte Ingram wissen.

Johana übersetzte: »Sie sagt, alles war gut, so schön weiß der Verband, da hat sie es gelassen. Aber jetzt ist es nicht mehr gut, und er schreit wegen Schmerzen.«

Ingram fuhr sich mit den Händen über das Gesicht und holte tief Luft. Sehr ruhig sagte er: »Sie muss ihren Sohn wieder herbringen, damit wir ihm helfen können. Sag ihr, dass er sonst stirbt.«

Johana diskutierte minutenlang mit der Frau, bis diese aufstand, ihren Stock auf den Boden stieß, nickte und das Zimmer verließ.

»Er wird sein Bein verlieren«, meinte Ingram und winkte den nächsten Patienten herein.

»Besser als sein Leben.« Vera half einer Mutter, ihr schreiendes Baby abzulegen, dessen Augen vereitert und voller Fliegen waren.

Ingram sah sie an. »Davon werden Sie ihn überzeugen müssen, Vera.«

22

Geheimnisse auf Soysambu

Vera gewöhnte sich an, täglich aufzuschreiben, was sie erlebte, und wenn sie genügend Geschichten gesammelt hatte, schickte sie einen Brief an Alice und einen an Captain Redmond. Alice liebte die Geschichten über das Leben in der Missionsstation, genau wie Vera sich über die Berichte ihrer Freundin über den Alltag in Hill House freute. Wenn sie von den Freunden und Bekannten in der Heimat las, fühlte sie sich ihnen nah und konnte die Rosen in Alice' Garten riechen. Da Alice regelmäßig im Dorf war, sprach sie auch mit Veras Eltern und berichtete ihnen vom Wohlergehen der Tochter. Den genauen Aufenthaltsort von Vera wussten nur Alice, Michael und Captain Redmond, denn noch immer fürchtete sich Vera vor Morin, der nach wie vor nicht aufzufinden war.

Nach ihrem Besuch auf Soysambu würde sie eine Menge zu berichten haben, dachte Vera und lehnte sich in dem offenen Wagen zurück, der sie nach Kiganjo zum Treffpunkt mit dem Farmerehepaar Portman brachte. Reverend Williams fuhr sie in seinem robusten Automobil, dem einzigen der Missionsstation, über die sandige Piste.

»So, da wären wir.« Der Motor spuckte und röchelte, als der Reverend den Wagen zum Stehen brachte.

Sie hielten an einer Straßenkreuzung, die man als solche kaum erkennen konnte. Hier kreuzten sich an einer Ansammlung von Hütten, vor denen Frauen um Feuerstellen hockten, vier Fahrspuren, die nach Norden und Süden, Westen und Osten führten. Hühner scharrten in kleinen, eingezäunten Arealen, während einige Männer bei ihren Ziegen standen. Im Schatten eines Baumes parkte ein Wagen, dem man ansah, dass er viele Touren durch unebenes Buschland hinter sich hatte. Die ursprüngliche Farbe war unter einer Schicht aus Schlamm und Dreck nicht zu erkennen, doch der Wagen hatte ein Sonnenverdeck und eine geräumige Ladefläche, auf der unter einer Plane ein Tier lag. Vera sah einen Hinterlauf hervorschauen, der einer Antilope gehören konnte.

Doktor Ingram, der gestern mit einem erneuten Fieberanfall gekämpft hatte, stieg schwerfällig aus dem Wagen und reichte Vera die Hand. »Kommen Sie, meine Liebe. Das müssen die Portmans sein.«

Der Reverend blieb sitzen. »Grüßen Sie mir Seine Lordschaft und richten Sie ihm unseren Dank für seine großzügige Unterstützung aus. Nächstes Mal folge ich seiner Einladung gern, aber wir können die Station momentan unmöglich allein lassen.«

»Danke, Reverend, das machen wir selbstverständlich gern«, erwiderte Ingram und wischte sich mit seinem Taschentuch die Stirn.

Vera sorgte sich um den Arzt, den die Fieberanfälle deutlich mehr geschwächt hatten, als er selbst zugab. Sie befürchtete, dass er an mehr als der Malaria litt.

Portman war ein rotwangiger Mann von muskulöser Statur, der mit einem Satz aus seinem Wagen sprang und sie freundlich willkommen hieß. »Wie schön, dass wir uns endlich kennenlernen!«

Sie stellten einander vor. Mabel Portman wirkte zart und blass unter ihrem breitkrempigen Hut und schien sichtlich erfreut, Vera zu sehen.

»Sie glauben gar nicht, wie selten ich britische Frauen zu Gesicht bekomme. Es ist mir eine Freude, mich mit Ihnen austauschen zu können, Miss Lyttleton.« Mabel klopfte auf den Platz neben sich, und Vera setzte sich zu ihr auf den Rücksitz.

Die beiden Frauen schüttelten einander die Hände, und Vera sah sofort, dass Mabel gesundheitliche Probleme haben musste. Ihre Augen waren geschwollen und von dunklen Schatten umgeben. Ingram stieg vorn neben dem Farmer ein, der den Motor startete.

»Auf geht's! Wir haben eine gute Stunde Fahrt vor uns, aber genügend Benzin, Getränke und Verpflegung dabei. Meine Damen, wenden Sie sich getrost an Ihren Fahrer, falls Sie austreten möchten.« Portman betätigte die Hupe, sie winkten Reverend Williams zu, und das Automobil setzte sich in Bewegung.

Vera hoffte, dass die Verpflegung nicht in dem Tier bestand, das hinten auf der Ladefläche lag.

Mabel Portman erwies sich als unterhaltsame Reisegefährtin. »Ich stamme aus Devon, bin in Torquay aufgewachsen, wo meine Eltern ein Hotel betreiben«, erzählte sie.

Torquay in Devon zählte zu den schönsten Kurorten Englands. Das Klima dort war mediterran und lockte zahlreiche Erholungssuchende in die hübsche Kleinstadt. »Um Himmels willen, was hat Sie denn nur nach Afrika verschlagen?«, entfuhr es Vera.

»Das frage ich mich auch …« Mabels Lachen war bitter. Die Motorengeräusche verhinderten, dass die Männer sie hören konnten. »Nun, wie es so kommt. Mein Mann entstammt einer Farmerfamilie aus der Nähe von Northampton. In der Einladung von Lord Delamere sah er seine große Chance.«

»Einladung?«

»Tja, Delamere wirbt schon seit einigen Jahren mit der verlockenden Aussicht auf Hunderte Hektar fruchtbaren Ackerlands in Kenia, wenn man sich auf den Weg macht. Andrew hätte nur den dritten Teil der elterlichen Farm geerbt. Seine zwei älteren Brüder waren vor ihm dran. Und mein Bruder übernimmt das Hotel unserer Familie in Torquay. Wir haben gedacht, dass dies hier unsere große Chance auf ein gutes Leben wäre.« Sie senkte die Stimme und zupfte mit ihren schmalen Händen an ihrem Schal. »Man hat uns zwar Land geschenkt, aber wie schwierig der Anbau von Weizen und Mais hier ist, hat uns niemand gesagt. Und dann diese Hitze und später der Regen. Alles hier ist so extrem! Aber das Allerschlimmste ist, dass ich meine Kinder nicht bei mir habe.«

»Nein? Warum nicht? Der Reverend und seine Frau sind mit ihren Kindern hier.«

»Das mag sein, aber wie kann ich meinen Kindern ein Leben in der Wildnis unter all diesen Gefahren zumuten? Nein, ich habe sie nach Hause zu meinen Eltern geschickt. Meine Schwester hat ihren Mann im ersten Kriegsjahr verloren und lebt im Haus meiner Eltern. Sie war noch kinderlos und freute sich sehr, als ich sie bat, sich um meine drei Mädchen zu kümmern. Drei Mädchen ...« Mabel Portman wischte sich die Augen. »Drei wunderhübsche zarte Mädchen. Was sollen sie hier lernen? Und dann diese Tiere! Wir hatten einen Sohn, müssen Sie wissen. Er war unser Ältester, der ganze Stolz meines Mannes.« Ihre Stimme brach, und sie schluchzte.

Vera nahm ihre Hand. »Sie müssen nicht darüber sprechen, Mabel.«

»Doch! Ich erzähle das jedem, denn mein Mann möchte es nicht wahrhaben, aber dieses Land will uns nicht. Wir sind hier Eindringlinge und werden immer Fremde bleiben. Was glaubt er denn, was die Kikuyu oder Massai oder wie diese Stämme alle heißen von uns denken? Sie hassen uns! Wir nehmen ihnen das beste Land fort. Das Hochland, auf dem wir leben, ist fruchtbar, der Rest trocken und nicht für die Landwirtschaft zu gebrauchen. Lord Delamere hat das sofort erkannt und seinen Vorteil daraus geschlagen.«

Es dauerte einige Augenblicke, bis Mabel Portman sich wieder gefasst hatte. Sie fuhren nach Westen, wo sich der Elmenteitasee befand, der zu Soysambu gehörte. Südlich von ihnen lagen Nairobi und das Stammesgebiet der Massai, das entlang der Grenze zu Deutsch-Ostafrika verlief.

»Das Land hat Jesse, meinen Sohn, getötet, Vera. Mein wunderhübscher, kluger Junge ...« Mabel hielt inne, schluckte und fuhr fort. »Er war sieben Jahre alt. Erst sieben Jahre! Er hatte sein ganzes Leben noch vor sich, und er liebte Tiere und dieses verfluchte Land. Jeden Tag brachte er irgendwelche Viecher mit nach Hause, zeigte mir stolz, was er gefangen hatte. Unser Hausdiener zeigte ihm, welche Schlangen giftig waren und welche nicht. Aber Jesse ist nicht hier groß geworden, wie sollte er so schnell lernen, welche Schlange man besser nicht anfasst? Oh, ich habe ihn angefleht, diese Mistviecher in Ruhe zu lassen.«

Vera ahnte das Schreckliche.

»Es war eine Gabunviper. Ihr Biss ist tödlich, und Jesse starb in meinen Armen. Er sagte noch, ich solle nicht böse sein, die Schlange könne ja nichts dafür.« Mabel weinte und barg ihr Gesicht in den Händen.

»Es tut mir so leid für Sie, Mabel. Weinen Sie nur.« Vera legte den Arm um die Schultern der trauernden Mutter, während die Männer sich vorn über Andrew Portmans letzte Safari mit Lord Delamere unterhielten.

Als sie später eine Pause machten, ignorierte Andrew Portman die verweinten Augen seiner Frau. Seine Überschwänglichkeit war ein wenig zu aufgesetzt, und Vera sah den tiefen Konflikt, der die Ehe der Portmans überschattete. Mabel hatte längst mit Afrika abgeschlossen, während Andrew hier seine berufliche Zukunft sah.

Soysambu stand auf dem Schild, das sich gestützt von zwei riesigen gemauerten Pfosten über der Straße erhob. Hier also begann das Land von Lord Delamere. Die Landschaft zeigte sich abwechslungsreich und grün, was an der Nähe zum Elmenteitasee lag. Auf einer Seite erstreckte sich ein herrlicher Akazienwald, gefolgt von Buschsavanne und offener Savanne und Grasland, wie Portman ihnen erklärte, während sie die endlos erscheinende Straße zum Haupthaus hinauffuhren.

»Dort sehen Sie die Ställe für Rinder und anderes Vieh, dahinter die Hühner und weiter vorn das Labor, in dem Delamere seine Experimente macht.« Portman hupte, weil ein Büffel mitten auf der Straße stehen blieb. »Die Viecher sind nicht zu unterschätzen. Wir müssen warten, bis er sich entscheidet weiterzulaufen. Sie wollen ans Wasser. Seit zwei Jahren ist es viel zu trocken. Das macht uns allen hier zu schaffen.«

Nach einigen Minuten drehte das mächtige Tier langsam den Kopf, warf ihnen einen letzten Blick zu und trabte zum See hinunter. Je näher sie dem Wohnhaus kamen, desto grüner wurde es, und die Wildnis wich kultivierter Landschaft. Es gab zwei Gästehäuser neben dem großzügig angelegten Haupthaus, das einstöckig im Kolonialstil errichtet war. Ein von Säulen getragenes, weit vorgezogenes Dach schützte die umlaufende Terrasse vor Sonne und Regen. Ein farbiger Bediensteter in Uniform winkte sie auf den Parkplatz, wo bereits ein halbes Dutzend Automobile stand. Die Nachmittagssonne warf bereits lange Schatten, und Vera war froh, endlich das Ziel der Reise erreicht zu haben.

Unzählige Dienstboten liefen umher und kümmerten sich um die Gäste, die in Sesseln auf der Terrasse saßen oder in einer der Hängematten dösten, von denen drei im großen Garten an Palmen aufgespannt waren. Andere flanierten auf den malerisch angelegten Wegen durch die Grünanlage mit Jacarandabäumen, Rasenflächen und Beeten, die mit Jasmin und in allen Farben schillernden Blumen bepflanzt waren. Überall blühte es und der Duft von Bougainvillea und Englischen Rosen hing in der Luft.

Andrew Portman und seine Frau waren häufige Gäste auf Soysambu und wurden vom ersten Hausdiener entsprechend begrüßt. »Mr Portman und Memsahib sind willkommen auf Soysambu. Wir haben Ihr Zimmer gerichtet.«

Dann wandte sich der mittelgroße Mann, den Vera dem Stamm der Kikuyu zuordnete, an sie und Ingram. »Ich bin Farai. Wen darf ich Seiner Lordschaft melden?«

Vera war von den Ausmaßen des Hauses und dem dekadenten Luxus, der sich überall zeigte, durchaus beeindruckt, doch konnte sie nicht umhin, die Gesichter der Dienstboten zu beobachten. In vielen Augen meinte sie eine spöttische Distanz zu lesen, vor allem bei den Männern. Die Menschen waren stolz und dienten einer Herrschaft, der sie nichts entgegenzusetzen hatten. Eine Frage der Zeit, dachte Vera, die sich an die russische Revolution erinnert fühlte. Unterdrückung konnte nie zu etwas Gutem führen.

Man brachte sie zu ihren Zimmern, die nebeneinanderlagen. »Vera, ich lege mich noch eine Stunde hin«, sagte Ingram, der blass wirkte.

»Ist es wirklich nur die Malaria, Doktor? Haben Sie Ihr Chinin genommen?«

Ingram, der stark abgenommen hatte, nickte. »Es hat mich schlimmer erwischt, als ich dachte, aber das gibt sich auch wieder. Machen Sie sich meinetwegen keine Sorgen. Wir sehen uns beim Dinner.«

Seine Versicherungen konnten sie nicht vollständig beruhigen, aber sie war keine Medizinerin, und er als Arzt wusste wohl am besten, wie es um ihn stand. Nachdem sich Vera erfrischt und umgekleidet hatte, ging sie in den Garten hinaus, dessen exotische Schönheit sie begeisterte. Die europäischen Gäste schlenderten plaudernd und lachend umher. Ein junges Paar küsste sich ungeniert, während ihnen eine Dame in einem extravaganten Abendkleid eine Kusshand zuwarf.

»Lady Ashbrook!«, rief ein gut aussehender Mann, der die vierzig erreicht haben mochte.

Die schöne Frau drehte sich mit einer eleganten Bewegung herum. »Richard, du auch hier? Was für eine Überraschung!« Ihre Worte troffen vor Sarkasmus, was den Mann nicht beeindruckte.

Die beiden schienen sich gut zu kennen, wenn Vera die Art der Begrüßungsküsse richtig deutete. Als sie zu ihr hinsahen, wandte Vera sich verlegen ab und ging zielstrebig auf einen Pavillon zu, verlangsamte jedoch ihre Schritte, als sie Stimmen hinter einer Hecke hörte. Ein Name hatte ihre Aufmerksamkeit erregt.

»Von Lettow-Vorbeck hat wieder zugeschlagen, der verdammte Hund!«, sagte eine männliche Stimme.

Durch das Blattwerk machte sie drei Herren in Abendanzügen aus, denn man hatte sich zum Dinner umgezogen. Ein großer Mann mit gut geschnittenen aristokratischen Gesichtszügen und einer sportlichen Figur sagte: »Der Kerl ist schon wieder entwischt. Seine Guerillataktik macht es uns so gut wie unmöglich vorherzusehen, wo sie als Nächstes angreifen werden.«

Sein Gesprächspartner, ein jüngerer Mann mit dünnem blondem Haar, meinte zynisch: »Das geht doch schon viel zu lange so. Wieso kann man diesen von Lettow-Vorbeck nicht fassen? Haben Sie nicht genügend Leute, D, oder zahlen Sie nicht genug?«

Der dritte Mann, mit Anfang vierzig etwa im Alter des ersten Sprechers, erwiderte verärgert: »Sie haben sich doch aus Ihrem Elfenbeinturm noch gar nicht herausgewagt, Peter. Unser lieber D hier kämpft an der Front mit echten Gefahren. Während Sie doch schon den Schwanz einziehen, wenn eine Giraffe vorbeigelaufen kommt.«

Die beiden Älteren lachten, und Peter räusperte sich betroffen. »Verzeihen Sie mir, das war tatsächlich unüberlegt gesprochen. Aber leider bin ich ausgemustert worden, schwaches Herz.«

»Das Herz, jaja, nun, gehen Sie doch schon ins Haus, Peter, da wird man Ihnen einen gemütlichen Platz an der Tafel zuweisen. Wir kommen gleich nach«, sagte D, bei dem es sich wohl um Lord Delamere handelte, wie Vera vermutete.

Als Peter außer Hörweite war, sagte der Lord leiser: »Es ist schlimmer als sonst, Lionel, denn seit einigen Wochen wird von Lettow-Vorbeck von einem Franzosen begleitet, der nur als *Le Boucher,* als der Schlächter bekannt ist. Seine Grausamkeit gegenüber den Opfern ist beispiellos.«

Ein kalter Schauer überlief Vera, die sofort an Morin dachte, obwohl das natürlich vollkommen unsinnig war.

»Brauchen Sie mehr Männer? Ich kann Ihnen noch einige zuverlässige Leute von meiner Farm zur Verfügung stellen. Zum Schutz meiner Familie muss ich natürlich selbst eine schlagkräftige Truppe behalten, aber wenn Sie möchten?«

»Danke, Lionel, wir können jeden guten Mann gebrauchen. In zwei Tagen ziehe ich wieder nach Süden. Können Sie mir Ihre Männer bis dahin rüberschicken?«

»Vera!«, rief eine Frauenstimme.

Ertappt schreckte Vera herum und sah Mabel Portman winkend vor der Terrasse stehen.

Hastig lief sie auf ihre neue Bekanntschaft zu. »Ein wundervoller Garten ist das!«, sagte Vera.

»Nicht wahr? Ein Juwel hier in der Wildnis. Wir haben kaum genug Wasser, um die Tiere zu tränken, und er wässert sogar noch seine Rosen. Aber er hat den See ganz in der Nähe.« Mabel hakte Vera unter und schaute zu den beiden Männern, die nun ebenfalls zum Haus kamen. »Da ist Seine Lordschaft«, flüsterte Mabel. »Ist er nicht ein gut aussehender Mann? Und er ist Witwer. Sind Sie verheiratet?«

»Verlobt«, log Vera, denn sie wollte auf keinen Fall von Mabel verkuppelt werden, wobei ein Lord ohnehin ein zu großer Fisch für sie wäre.

»Oh, das freut mich für Sie. Wer ist er?« Mabel sah sie an. »Doch nicht etwa Doktor Ingram? Wobei, er ist ein reizender Mensch.«

»Nein, ich meine, ich schätze den Doktor sehr, aber wir sind nicht verlobt. Ich habe Captain Redmond in Frankreich kennengelernt. Er ist ein schottischer Arzt, ein brillanter Chirurg.«

»Haben Sie ein Foto von ihm? Oh, ich bin schrecklich neugierig, verzeihen Sie mir.«

Ein Gong ertönte, und ein Raunen ging durch die Gäste, die sich nach und nach erhoben und ins Haus begaben.

»Endlich! Ich habe schon großen Hunger, und das Essen ist allein die Reise wert«, schwärmte Mabel und führte Vera in den großzügigen Eingangsbereich des Hauses.

Die großen Augen ausgestopfter Tierköpfe starrten sie von den Wänden an, darunter standen Stühle, die mit Zebrafell bezogen waren, aber auch chinesische Vasen und Gemälde europäischer Künstler fanden sich im Haus des Lords. Doch die Einrichtung war weit weniger üppig, als man das aus englischen Herrenhäusern kannte, fand Vera. Aber die Gäste waren eh mehr an der gut ausgestatteten Bar und dem Essen als am Interieur interessiert.

An einer lang gestreckten Tafel fanden zwanzig Personen Platz, und vor jedem Gedeck stand ein Namensschild. Silberbesteck,

Kristallgläser, gebügelte Servietten und Bedienstete in gestärkter Uniform und mit weißen Handschuhen warteten auf die Gäste. Vera suchte nach ihrem Namen und stellte erleichtert fest, dass man sie zwischen Doktor Ingram und Andrew Portman gesetzt hatte. Ein Diener rückte den Stuhl für sie zurecht, und sie nahm Platz.

Es dauerte nicht lang, und Ingram erschien. »Da bin ich, meine Liebe, verzeihen Sie meine Verspätung«, sagte er leise zu ihr, denn Lord Delamere kam herein und stellte sich an das Kopfende der Tafel.

»Guten Abend, meine lieben Freunde und solche, die es noch werden sollen!« Der Lord war tatsächlich niemand anderes als der aristokratisch wirkende Mann aus dem Garten.

Die Anwesenden lachten und klatschten. »Sie sind der Beste, D!«, rief Lady Ashbrook.

Neben ihr saß ihr Bekannter, der Vera kurz taxierte, sich aber sofort anderen weiblichen Gästen widmete.

»Ich mache nicht viele Worte, denn wir sind alle hungrig von einem langen Tag. Nachher haben wir genügend Zeit, uns kennenzulernen. Nur den neuen Doktor der Missionsstation am Mount Kenya möchte ich Ihnen vorstellen.« Er nickte Doktor Ingram zu, der verlegen lächelte.

»Der werte Doktor Ingram hat die Nachfolge von Doktor Burt angetreten und leistet hervorragende Arbeit. Wenn Sie also mal wieder angeschossen wurden oder sich den Arm beim Polospielen gebrochen haben, wenden Sie sich vertrauensvoll an ihn.«

Großes Gelächter folgte, und alle sahen Ingram neugierig an.

»Gut, dann wollen wir uns dem Mahl widmen. Farai!« Lord Delamere schnippte mit den Fingern, und der Diener, der sie begrüßt hatte, ließ das Essen auftragen. Farai schien die Stelle eines Butlers zu bekleiden, zumindest verhielt er sich genauso würdevoll.

Das Essen war eine Mischung aus englischen, indischen und afrikanischen Gerichten. Es gab Hühner- und Lammcurry, Bananenchips, Salat und Fleisch von Tieren, deren Namen Vera zum ersten Mal hörte.

»Haben Sie schon das Neueste von den Angriffen der Deutschen gehört?«, fragte Vera den Doktor und aß von dem Hühnercurry, das mit Mandeln und Rosinen abgeschmeckt war.

»Nein, erzählen Sie nur.« Ingram aß wenig, wie Vera besorgt feststellte. Außer Reis und einer Suppe hatte er kaum etwas angerührt.

Ingram war in ihre Vergangenheit eingeweiht und verstand ihre Bedenken, als sie von dem Franzosen berichtete, der seit Kurzem mit den Guerillatruppen im Grenzgebiet unterwegs war.

»Aber ein Grund zur Sorge ist das nicht, Vera. Wir wissen nicht, um wen es sich bei diesem *Boucher* handelt. Es könnte einfach ein Söldner, einer aus der Fremdenlegion sein. Gestrandete Existenzen, die sich für Geld verdingen, egal für wen, gibt es genug. Außerdem ist von Lettow-Vorbeck noch nie bis Nairobi vorgestoßen, und unsere Station liegt noch sehr viel weiter im Norden. Was sollte er dort wollen? Nein, denken Sie nicht daran, und nehmen Sie noch etwas von dem Curry, es duftet sehr gut.«

»Und Sie müssen auch noch etwas essen. Was ist nur los mit Ihnen, Doktor? Sie haben fast nichts zu sich genommen. Das gefällt mir ganz und gar nicht.«

»Nein, nein, wenn der Magen verstimmt ist, soll man ihm Ruhe und leichte Kost gönnen. Und der Wein mundet mir dafür umso mehr.« Ingram hob sein Glas und schenkte ihr ein aufmunterndes Lächeln.

23

Illustre Gäste auf Soysambu

Lord Delamere verfügte über eine ausgezeichnete Schallplatten-sammlung. Französische und englische Lieder oder beschwingte Jazzmusik klangen durch die Räume bis hinaus in den Garten. Einige Gäste tanzten, andere plauderten, und manch einer stand einfach nur auf der Terrasse, paffte an einer Zigarre oder nippte an einem Champagnerglas und lauschte in die afrikanische Nacht hinaus.

Vera und Doktor Ingram hatten sich draußen in zwei Sesseln niedergelassen, und Ingram klopfte mit halb geschlossenen Augen den Takt der Musik mit den Fingern.

»Was für ein wundervoller Abend«, sagte Vera.

»Es freut mich, dass es Ihnen bei uns auf Soysambu gefällt. Erlauben Sie?« Lord Delamere schnippte die Asche seiner Zigarre auf den Boden und wartete, bis Farai ihm einen Sessel zurechtgerückt hatte.

Ingram öffnete die Augen, richtete sich auf und lächelte seinen Gastgeber an. »Lord Delamere, wir danken Ihnen für die Einladung und sollen herzliche Grüße vom Reverend und seiner Frau ausrichten.«

»Der gute Reverend, jaja, er schlägt sich wacker in seiner Station. Und Sie, Doktor? Haben Sie sich eingelebt? Sie wirken blass. Fieber?«

Der Arzt nickte. »Das geht vorüber. Wir haben einen regen Zulauf an Patienten aus dem Umland. Der Reverend und seine Frau locken die Einheimischen mit der Schule. Wenn sie sich medizinisch behandeln lassen, müssen die Kinder zur Schule gehen. Es funktioniert ziemlich gut, einige der Mädchen und Jungen könnten durchaus weiterführende Schulen besuchen.«

»Ja, sie können lernen, wenn sie wollen. Nur wollen sie oft einfach nicht. Vor allem die Männer sitzen lieber vor ihrer Hütte und palavern. Die Frauen machen die schwere Arbeit. Wobei ich große Stücke auf meine Massai halte«, meinte der Lord und streckte die Beine aus.

Vera hatte die großen und schlanken Krieger der Massai ebenfalls bewundert. Sie bewegten sich mit einer raubtierhaften Eleganz und strahlten einen würdevollen Stolz aus. Ihre Hütten waren kreisförmig aneinandergereiht und von einem Dornenvorbau umgeben. Nicht weniger beeindruckend als die Männer wirkten die Frauen der Massai. Sie trugen große tellerförmige Halskrausen aus Kupfer- und Messingdraht und Drahtmanschetten an Ober- und Unterarmen und auch an den Unterschenkeln.

»Als Ihr Sekretär uns die Einladung überbrachte, wurde er von Massai begleitet, nicht wahr?«

»Ja, es sind hervorragende Jäger und Fährtenleser, auch wenn Viehzucht eigentlich ihre Hauptbeschäftigung ist. Wie alle Viehzüchter haben sie sehr unter der großen Rinderpest gelitten.« Die Miene von Delamere verfinsterte sich. »Ich habe fast alles verloren. Die Maul- und Klauenseuche hat meine Schafzucht nahezu völlig vernichtet. Wissen Sie, es waren prächtige Ryeland-Schafböcke, die ich aus England mitgebracht hatte, um sie mit den Massai-Mutterschafen zu kreuzen. Nun, mit den Tieren, die mir geblieben sind, haben wir es hier auf Soysambu zu einem kleinen stabilen Bestand gebracht.«

»Afrika verlangt seinen Bewohnern einiges ab«, meinte Ingram.

»Alles, Doktor. Dieser Kontinent kennt kein Mitleid. Hier überlebt nur, wer zäh genug ist, möglichst über ausreichende finanzielle Mittel verfügt und sich durch Rückschläge nicht entmutigen lässt.« Lord Delamere paffte an seiner Zigarre. »Ich habe nicht aufgegeben, obwohl viele meiner Freunde mir dazu geraten haben.«

»Bevor ich es vergesse, Lord Delamere. Ich soll Ihnen sehr herzliche Grüße von Captain Frederick Redmond ausrichten lassen«, sagte Vera.

»Redmond?«, überlegte Delamere kurz, bevor er erwiderte: »Aber ja! Guter Mann! Herausragender Arzt, und mit seinem Vater habe ich in Schottland im Winter gejagt. Ha, was waren das für kalte Winter!«

»Vermissen Sie das englische Klima?«, wollte Ingram wissen.

»Nicht wirklich, nein. Allerdings geht es mir gesundheitlich gut. Ich habe die Natur eines Ochsen!« Er lachte laut.

»D, hier stecken Sie. Wir wollen eine Runde Poker spielen. Sind Sie dabei?« Einer der Männer, die Vera im Garten belauscht hatte, kam zu ihnen.

»Lionel Robbins, Baron Robbins«, stellte Delamere seinen Freund vor.

»Lionel, hier schinden verstaubte Titel nicht so viel Eindruck«, meinte Robbins und nickte in die Runde. Er war von ähnlich sportlicher Statur wie Delamere, trug einen schmalen Oberlippenbart und hatte offene Gesichtszüge. An seiner Wange war eine große Narbe zu sehen, und er zog sein linkes Bein ein wenig nach, wie Vera bemerkt hatte.

»Wie gefällt es Ihnen hier, sind Sie zum ersten Mal in Afrika?«

»Es ist überwältigend in jeder Hinsicht«, antwortete Vera ehrlich. »Die Natur und die Tiere sind faszinierend, aber auch gefährlich. Schönheit und Tod scheinen mir hier wie Licht und Schatten miteinander verknüpft zu sein. Das mag dumm klingen …«

»Keineswegs, im Gegenteil. So ähnlich sieht es meine Frau auch«, erklärte Lionel Robbins. »Liz, meine Frau, wollte nie nach Afrika kommen. Sie ist nur meinetwegen mitgekommen, und jetzt ist sie krank. Das Klima bekommt ihr ganz und gar nicht, und ich werde sie nach England zurückschicken, sobald sie kräftig genug ist.«

»Das tut mir leid zu hören. Können wir helfen?«, fragte Vera Anteil nehmend.

»Wenn Sie möchten, besuchen Sie uns. Liz freut sich über jedes englische Gesicht. Sie ist sehr belesen, und unsere Bibliothek ist umfassend.« Lionel Robbins sah Vera hoffnungsvoll an.

»Gern, es wäre mir eine Freude.«

Er erklärte ihr, dass seine Farm nordwestlich von der Missionsstation lag. »Wir haben sogar ein Telefon, was für ein Luxus!«

»Wirklich? Ich wünschte, wir hätten eines in der Station«, seufzte Vera.

»Wenn Sie einen Anruf tätigen möchten, fühlen Sie sich eingeladen, Vera«, offerierte Lord Delamere.

Ein Leuchten glitt über Veras Gesicht. »Oh, das wäre ganz wundervoll, einfach, oh … ich kann Ihnen nicht genug danken!«

»Nun gehen Sie schon, Farai wird Ihnen zeigen, wo das Telefon steht. Farai!«, rief ihr Gastgeber.

Das Telefon hing an der Wand eines kleinen Arbeitszimmers. Vera hatte keine Augen für den Schreibtisch und die Fotografien, sondern wartete mit zitternden Händen darauf, dass die Verbindung nach Hazebrouck hergestellt wurde. Sie hatte die Hoffnung fast aufgegeben, denn das Knistern und Rauschen in der Leitung wurde immer lauter, doch plötzlich gab es ein Klicken, und eine weibliche Stimme meldete sich auf Französisch.

»Hospital, Hazebrouck, Schwester Vivienne.«

»Schwester Vera Lyttleton spricht. Ich rufe aus Kenia an! Wissen Sie, ob Captain Redmond Dienst hat?«

»Aus Kenia? Ja, du liebe Zeit. Warten Sie. Ich sehe nach. Die Herren haben gerade operiert.«

Es rauschte und knackte erneut so heftig, dass Vera fürchtete, die Verbindung würde abbrechen, doch dann hörte sie Stimmen, die sich näherten, und als der Hörer aufgenommen wurde, stockte ihr Atem.

»Ja?«

Sie musste sich zusammenreißen, um nicht zu weinen. »Frederick? Bist du es?«

»Vera! Ich konnte es nicht glauben. Wo bist du? Ich habe deine Briefe gestern erhalten, drei auf einmal, und ich bin so froh, dass es dir gut geht.«

Tränen des Glücks liefen über ihre Wangen, während sie lachend antwortete: »Ja, ja, es geht mir gut. Die Station leistet viel, und ich bin froh, helfen zu können. Aber Ingram ist krank. Er versucht es zu verbergen, aber ich fürchte, er leidet an einer sehr aggressiven Form von Malaria oder gar an einem anderen Fieber. Er will nicht darüber sprechen und beruhigt uns nur dauernd.«

»Ingram krank? Erzähl mir genau, welche Symptome er zeigt.« Im Hintergrund waren Stimmen und das Klappern von Gerätschaften zu hören.

»Er klagt über Übelkeit, und er hat schrecklich abgenommen, und er hat kaum noch Kraft.«

»Wenn du herausfinden kannst, wie sein Urin aussieht, wäre das von Vorteil. Schwarzwasserfieber ist meiner Kenntnis nach in eurer Gegend häufig. Aber natürlich gibt es viele andere Möglichkeiten.«

»Sicher, Schwarzwasserfieber, aber das wäre furchtbar. Ich werde ihn noch einmal fragen. Aber dir geht es gut? Wie ist die Lage? Können wir die Stellungen ausbauen? Oder haben die Deutschen an Boden gewonnen?«

»Wir behaupten uns hier und warten auf Nachschub. Die Hungersnot in Deutschland muss bitter sein, wie man aus den wenigen Berichten weiß. Lange können sie das nicht mehr durchhalten. Eine neue Offensive bei Ypern startet bald, davon erhoffen wir uns viel. Ach, Vera, wenn ich dich doch endlich wiedersehen könnte!«

Sie schluckte und drückte den Hörer fester an ihr Ohr, nur keine Silbe überhören, seine Stimme möglichst nah hören. »Das wünsche ich mir ebenso sehr«, sagte sie leise. »Bleibst du in Hazebrouck?«

»Das weiß ich nicht. Es ist ein großes Glück, dass du mich heute hier erwischt hast. Kann ich dich erreichen? Von wo telefonierst du?«

»Aus dem Haus von Lord Delamere, Soysambu. Aber ich bin vielleicht bald bei Lionel Robbins und seiner Frau zu Gast und kann von dort aus anrufen. Er hat eine Farm ...« Es knisterte, und für Momente konnten sie einander nicht hören.

»Vera? Bist du noch da, Vera?«, rief Redmond.

»Ja! Oh, Frederick, das muss ich dir erzählen! Hier im Grenzgebiet treibt ein deutscher General namens von Lettow-Vorbeck alle mit seinen Guerillaangriffen zur Verzweiflung. Aber was mich beunruhigt, ist, dass seit Kurzem ein Franzose unter seinen Männern ist, den sie *Le Boucher,* den Schlächter nennen. Ich habe solche Angst, Frederick. Hast du von Morin gehört?«

»Nein, gar nichts. Erst letzte Woche habe ich mit Michael gesprochen, aber Morin ist unauffindbar. Er ist womöglich tot. Halte dich von dem Kampfgebiet fern. Bleib in der Mission, im britischen Gebiet, dann bist du sicher, Vera.« Jemand rief nach Redmond, und er sagte: »Ich muss wieder in den OP. Denk an mich, Vera, so wie ich an dich denke, meine Liebste.«

»Ich liebe dich, Frederick!« Sie waren ihr über die Lippen gekommen, diese Worte, von denen sie nie geglaubt hatte, dass sie sie jemals aus tiefstem Herzen würde sagen können. Und doch war es so. Sie fühlte eine tiefe Verbindung zu diesem Mann, den sie wenig genug und doch so gut kannte.

»Ich liebe dich, Vera!« Dann brach die Verbindung ab, und Vera hockte in ihrem Sessel und weinte.

Es klopfte, und Farai kam herein. »Verzeihung. Oh, Memsahib weinen. Sind schlechte Nachrichten?«

Vera stand auf und schnäuzte sich die Nase. »Nein, im Gegenteil, gute Nachrichten. Danke, Farai.«

Der dunkelhäutige Mann neigte höflich den Kopf und geleitete sie zurück auf die Terrasse, wo Doktor Ingram in eine Unterhaltung mit Delameres Sekretär vertieft war.

»Das wird sich einrichten lassen, Doktor«, versicherte Owen Dent.

Aus der Nähe betrachtet und im Abendanzug wirkte Delameres Sekretär mehr wie ein Großwildjäger und Lebemann, doch er schien das Vertrauen des Lords zu genießen und verfügte in dessen Namen über finanzielle Zuwendungen.

»Ach, wir haben uns bereits gesehen, helfen Sie mir bitte …« Dent erhob sich und rückte Vera einen Sessel hin.

»Vera Lyttleton, ich bin Schwester in der Missionsstation am Mount Kenya.«

»Aber sicher, ja doch! Sie sehen bezaubernd aus, Miss Lyttleton. Nicht, dass Ihnen die Schwesterntracht nicht stehen würde, aber ein Abendkleid ist doch weitaus kleidsamer. Darf ich Ihnen etwas zu trinken bestellen?«

»Ein Glas Limonade, danke.«

»Limonade, wirklich? Keinen Champagner? Farai, bringen Sie zwei Gläser Champagner und einen Krug Limonade. Wie fanden Sie das Essen? Der neue Koch tut sich noch etwas schwer.«

»Es war alles ganz hervorragend, danke. Die Pasteten und dann der Flan, ich habe wirklich nichts vermisst.« Unter den anzüglichen Blicken des Sekretärs fühlte sie sich unbehaglich. In England hätte ein Mann seines Standes nicht gewagt, sich derart ungehörig zu benehmen. Afrika hatte diesen Einfluss auf die Menschen, dachte Vera, das harte Leben machte sie rau und fordernd. Jeder kämpfte ums Überleben, und Etikette verlor gegenüber den Überlebensfähigkeiten und der finanziellen Sicherheit an Bedeutung.

»Waren Sie schon auf einer Safari?«, wollte Owen Dent wissen und zündete sich eine Zigarette an. »Möchten Sie?« Er reichte ihr ein silbernes Etui.

»Danke, nein. Und ich war noch nicht auf einer Safari. Die Arbeit im Hospital lässt uns nicht viel Freizeit, Mr Dent.«

»Owen, bitte. Wir lieben es hier ungezwungen, wie Sie sicher bemerkt haben.« Der Zigarettenrauch stieg in die Nachtluft, und Doktor Ingram hustete.

»Die Jagd ist nichts für mich«, wiegelte Vera weiter ab.

Owen grinste. »Warum nicht? Was ist vergnüglicher, als mit Freunden durch die Savanne zu ziehen, zum Schuss auf Großwild zu kommen und abends im Camp den Tag Revue passieren zu lassen? Für mich gibt es nichts Vergleichbares!«

Er winkte einem Paar zu, das aus der Dunkelheit des Gartens auf das Haus zuspazierte.

»Sie meinen, es gibt nichts Erfüllenderes, als Tiere zu erschießen, ohne dass man Hunger leidet? Tiere, die man viel lieber beobachtet, weil wir noch so viel von ihnen lernen können.« Es kam plötzlich über sie, und sie konnte nicht aufhören zu sprechen, obwohl sie die Verärgerung auf dem Gesicht von Dent beobachtete. »Seit ich auf diesem fremden Kontinent bin, habe ich begonnen, vieles zu hinterfragen. Für mich ist das alles neu, und ich möchte es verstehen. Die Menschen und die Tiere. Beide machen mir manchmal Angst, aber das ist nicht ihre Schuld, sondern meine, weil ich hier der Gast bin.«

Ingram räusperte sich lautstark und hob sein Glas. »Trinken wir auf die Gastfreundschaft, Vera.«

Dent entspannte sich etwas, sah Vera irritiert an und hob ebenfalls sein Glas, und da Farai gerade ein Tablett abgestellt hatte, griff Vera nach einem Champagnerglas und lächelte.

»Auf unseren großzügigen Gastgeber, Lord Delamere!«

Ringsum fiel man murmelnd ein, und das junge Paar aus dem Garten gesellte sich zu ihnen.

»Peter und Emma Thomson. Sie betreiben die Farm Monbijou südlich von Nairobi«, führte Dent seine Freunde ein.

Emma hatte sich auf die Lehne vom Stuhl ihres Gatten gesetzt und spielte mit ihrer Perlenkette. Ihr seidenes Abendkleid war mit aufwendigen floralen Ornamenten, Perlen und Strass bestickt und musste ein Vermögen gekostet haben. »Wir sind Farmer! Liebe Güte, an den Gedanken werde ich mich wohl nie gewöhnen! Darling, dir macht das alles so gar nichts aus, nicht wahr?«

Sie küsste ihren Mann affektiert auf die Schläfe, was er mit einem nonchalanten Lächeln quittierte. »Darling«, er nahm die Hand seiner Frau und drückte sie an seine Lippen, »ich habe dich gefragt, und du wolltest mitkommen.«

»Himmel ja, was hätte ich denn allein zu Hause anfangen sollen? Gibt es denn nichts zu trinken? Wo ist dieser fabelhafte schwarze Mann, der sogar unsere Sprache spricht? Warum haben wir nicht so einen Mann bei uns, Darling? Unser Butler, wenn man den überhaupt so nennen kann, stolpert über seine eigenen Füße!«

Dent schob Emma ein Champagnerglas zu und winkte erneut Farai herbei.

Anscheinend hatte Emma Thomson bereits zu viel getrunken, denn sie leerte ihr Glas in einem Zug und stellte es etwas zu schwungvoll auf den Tisch. »Ups!«, sie kicherte und zeigte auf Vera.

»Sie sehen so ernst aus. Bei D wird sich amüsiert. Wer nicht witzig, reich oder zumindest schön ist, wird nicht wieder eingeladen.« Sie lachte laut, und ihr Mann nahm ihre Hand.

»Darling, du verschreckst die anderen Gäste. Nehmen Sie ihr diesen Übermut nicht übel, bitte. Wir sind heute erst aus Nairobi heraufgekommen und mussten erfahren, dass der Zug mit einem ganzen Waggon unserer Möbel und anderer persönlicher Dinge von den Deutschen überfallen und ausgeraubt wurde.«

Dent beugte sich interessiert vor. »Das wusste ich noch gar nicht. Da steckt sicher wieder von Lettow-Vorbeck dahinter.«

Peter nickte grimmig. »Derselbe. Und ich muss ganz ehrlich sagen, dass ich vor diesem verfluchten Teufelskerl eine gewisse Achtung habe. Er plant seine Angriffe verdammt clever und führt uns immer wieder an der Nase herum.«

»Und wissen Sie, was die Ironie an der Geschichte ist? Wir sind mit dem Mann auf demselben Schiff vor Ausbruch des Krieges nach Mombasa gereist. Man hat zusammen gespeist und sich ausgetauscht wie zivilisierte Leute.« Emma schnaufte und griff nach ihrem Glas, das Farai inzwischen wieder gefüllt hatte. »Diese Dänin war auch dabei, erinnerst du dich an sie, Darling?«

»Aber ja doch, eine reizende und ganz außergewöhnliche Person, Karen Dinesen«, meinte Peter. »Jetzt ist sie Baronin von

Blixen-Finecke. Ihr Mann Bror ist ein ausgezeichneter Jäger und beteiligt sich an militärischen Operationen, genau wie D.«

»Vielleicht lässt von Lettow-Vorbeck unsere Sachen zurückbringen, wenn er herausfindet, wen er beraubt hat«, meinte Emma Thomson.

»Na, darauf würde ich nicht wetten. Im Krieg ticken die Uhren anders. Cheers!«, sagte Dent.

Vera hörte zu und machte sich ihre eigenen Gedanken, die vor allem um den Deutschen und seine Guerillatruppe, zu der ein gewisser Franzose gehörte, kreisten. Wenn sie nur die Gewissheit hätte, dass es sich bei dem Mann nicht um Morin handelte.

24

Regenzeit

»Es regnet Katzen und Hunde«, sagte Vera und strich einem kleinen Jungen, der neben ihr auf der Terrasse des Hospitals stand, über den Kopf.

Der Kleine war der Sohn von Elija, dem Handwerker, ging in die Missionsschule und verstand schon einige Wörter. Er war aufgeweckt und neugierig und kam oft zu ihr herauf, um ihr zuzusehen. »Katzen regnen?«

Vera lachte. »Nein, das sagen wir so in England, Noma, wenn es sehr stark regnet.«

Noma, der fünf Jahre alt sein mochte, hielt seine Hand in den Platzregen hinaus und schüttelte den Kopf. »Keine Katzen!« Dann lachte er und lief davon.

Es war November, und sie befanden sich mitten in der zweiten Regenzeit. Die kleine Regenzeit nannten die Leute die Periode, die sich von Oktober bis Mitte Dezember zog. Vera hoffte, dass sie die große Regenzeit gar nicht erst miterleben musste, denn schon jetzt versank alles im Schlamm, und die Straßen waren unpassierbar. Immerhin beschränkten sich die Regengüsse auf den späten Nachmittag und den frühen Abend, sodass man morgens das Haus verlassen und Besorgungen oder

Krankenbesuche machen konnte. An Ausflüge nach Nairobi oder auf die umliegenden Farmen war ohne Pferde oder einen geländetauglichen Wagen nicht zu denken, und selbst dann gestaltete sich das Reisen abenteuerlich.

Der Wagen des Reverends streikte mal wieder, und Elija und sein Vater versuchten alles, um das alte Vehikel wieder zum Laufen zu bringen. Doch die Missionarsfamilie trug die Situation mit stoischem Gleichmut, sie waren an solche kleineren Unannehmlichkeiten gewöhnt. Vera warf einen missmutigen Blick zum wolkenverhangenen Himmel hinauf. Seit Wochen warteten sie auf Post, die irgendwo auf dem Weg von Mombasa nach Nairobi stecken geblieben war. Vielleicht war die ganze Sendung verloren gegangen, oder von Lettow-Vorbeck hatte wieder einmal zugeschlagen.

Seit ihrem Besuch auf Soysambu hatte sie die Portmans nur einmal gesehen. Mabel und Andrew waren auf dem Weg nach Nairobi in der Station vorbeigekommen, und sie hatten Tee getrunken. Vera mochte die Farmersfrau, die Sehnsucht nach der Heimat und ihren Töchtern hatte, ihren Mann jedoch nicht im Stich lassen wollte. Von ihr hatte sie erfahren, dass die Frau von Lionel Robbins ihre Abreise für den Dezember plante. Sobald die Regengüsse nachließen, wollte die Baronin, wie Mabel Liz Robbins ehrfurchtsvoll nannte, ihre Koffer packen und abreisen.

Hinter ihr wurden die Stimmen lauter, und als sie sich umdrehte, sah sie zwei Mütter lautstark miteinander streiten. Die Kleinkinder, die sie in Tüchern auf dem Rücken trugen, schrien, und die übrigen Patienten wurden ebenfalls unruhig.

»Was ist denn los?«, verlangte Vera zu wissen.

Ein Wortschwall in der Sprache der Kikuyu folgte. »Johana!«, rief Vera durch ein geöffnetes Fenster ins Hospital, und nach kurzer Zeit kam die Schwester herausgelaufen.

»Ich weiß nicht, was die schon wieder haben, der Regen macht uns alle fertig.« Vor allem Doktor Ingram litt unter dem feuchten Wetter.

Johana schlichtete den Streit mit Gesten und beruhigenden Worten. Vor sich hin murmelnd verzogen sich die Frauen in entgegengesetzte Ecken der Terrasse und sahen einander böse an.

Als Johana zu ihr trat, seufzte Vera. »Es ist so anstrengend mit ihnen. Was war denn diesmal der Grund? Das ist doch die Häuptlingsfrau, nicht wahr?«

»Sie ist die erste Frau des Häuptlings. Die andere ist die vierte Frau, aber sie ist jünger und hübscher und wollte sich vordrängeln. Das kann die erste Frau nicht dulden, denn wenn sie es zulässt, verliert sie ihre Position.«

»Ich verstehe. Oh, sieh doch, da kommt Kihiga!« Vera beobachtete, wie ein Mann mithilfe einer Krücke durch den schlammigen Hof humpelte.

Kihigas Unterschenkel hatte letztlich amputiert werden müssen, denn die Infektion war zu stark gewesen. Obwohl er jetzt ein Krüppel war, nahm er sein Schicksal mit relativer Gelassenheit, war er doch nun vom Militärdienst befreit und konnte seiner Familie im Dorf helfen.

»Ich mache mir Sorgen um Doktor Ingram. Ist er schon aus der Pause zurück?«, sagte Vera zu Johana, die traurig nickte.

»Ja, er ist wieder im Behandlungszimmer, aber gut geht es ihm nicht.«

Seufzend sah Vera zu, wie Kihiga langsam die Stufen erklomm und mit einem breiten Grinsen zu ihnen kam. Er bewegte sich sehr geschickt mit der Krücke, sodass man glauben konnte, er hätte sie schon lange.

»Memsahib, Vera, schauen Sie, wie gut ich laufe!«, sagte der Mann stolz.

Kihiga hatte ein wenig an Gewicht zugenommen, und seine Wunden waren gut verheilt, sodass kaum noch etwas an den abgemagerten, zerschundenen Träger erinnerte, der vor Wochen zu ihnen gebracht worden war. Als der Major von Kihigas Amputation erfahren hatte, war das Interesse an dem Flüchtigen schlagartig erloschen, und man hatte ihn nicht weiter verfolgt.

Vera musterte ihn anerkennend. »Du machst gute Fortschritte, Kihiga. Wir sind alle stolz auf dich. Zeig uns doch deine Wunde am Bein, dann können wir gleich den Verband wechseln.«

Das Grinsen auf Kihigas Gesicht wurde noch breiter. »Wo ist Doktor?«

»Drinnen, wollen wir zu ihm gehen? Johana, kümmerst du dich um die Neuzugänge?«, bat Vera die Schwester.

Vera war auf einiges vorbereitet gewesen, doch der Anblick, der sich ihr im Behandlungszimmer bot, verschlug ihr den Atem. Doktor Ingram saß vor seinem Schreibtisch und öffnete eine Pillendose. Vor ihm standen ein Wasserglas und eine flache silberne Flasche, in der er seinen Whisky aufbewahrte. Als er sie hörte, hob er müde den Kopf und blickte sie aus matten Augen durch seine Brille an. Dunkle Schatten lagen um seine sonst so wachen Augen, die Wangen waren eingefallen, und sein Teint war grau bis gelblich. Mit zitternden Händen stellte er die Pillendose zurück auf den Tisch, schluckte ein paar Tabletten und spülte sie mit einem Schluck Whisky hinunter.

Von dem energischen, humorvollen Arzt, den sie in England kennengelernt hatte, war kaum noch etwas geblieben. Ingram war nur noch ein Schatten seiner selbst und schien sich aufgegeben zu haben, und das machte Vera die größten Sorgen. Bisher hatte er immer voller Hoffnung in die Zukunft gesehen und seinen Gesundheitszustand als vorübergehend und kurierbar betrachtet, doch davon schien keine Rede mehr zu sein.

»Kihiga, setz dich hierher, bitte«, sagte sie zu ihrem Patienten und ging zu Ingram an den Schreibtisch.

Der Arzt holte mehrfach tief Luft und trank ein Glas abgekochtes Wasser. »Es geht schon, Vera, machen Sie nicht so ein Gesicht, als sähen Sie einen Geist«, versuchte er zu scherzen.

Normalerweise hätte sie eine solche Bemerkung beruhigt, doch seiner Stimme mangelte es an Überzeugungskraft. Mit einem Taschentuch wischte er sich Stirn und Nacken und steckte es dann in seinen Kittel.

»Wollen Sie nicht doch lieber nach Nairobi ins Krankenhaus und sich dort gründlich untersuchen lassen? Vielleicht kann ...«

Doch er unterbrach sie mit einer Handbewegung und sagte leise: »Seit heute Morgen weiß ich es, Vera.« Seine Stimme sank zu einem kaum vernehmlichen Flüstern. »Mein Urin. Schwarz.«

»Oh nein, Doktor! Trevor! Aber irgendetwas müssen wir doch tun können!« Schwarzwasserfieber! Seine Eröffnung traf sie wie ein Faustschlag mitten ins Gesicht.

Ingram schüttelte müde den Kopf. »Ich habe es befürchtet, schon länger, und das ist es nicht allein, Vera.« Er sah sie ernst an. »Lassen Sie es gut sein. Ich habe mich damit abgefunden. So, und was macht unser tapferer Krieger hier?!«

Der schwer kranke Mediziner erhob sich mühsam, doch als er erst einmal stand, schien er zu neuer Kraft zu finden und ging zu dem geduldig auf der Behandlungsliege wartenden Kihiga. Der Kikuyu trug nur Shorts, sein Oberkörper war nackt, und die verheilten Narben der Wunden an Armen und Schultern waren sichtbar.

Ingram drückte hier und dort an den Wunden, die er vor Wochen genäht hatte, und sagte: »Jetzt kannst du damit angeben. Das sind Narben, die du im Krieg davongetragen hast. Und wie steht es mit deinem Bein? Vera, holen Sie doch Schere und Verbandszeug.«

Kihiga hielt seinen Stumpf etwas höher, sodass der Doktor an den Verband gelangen konnte. »Nicht holen, jetzt schauen.«

Feierlich zog Kihiga den Verband von seinem Unterschenkel und schwenkte den Verband durch die Luft. Zu sehen war ein sauber abgeheilter Stumpf ohne nässende oder eiternde Stellen.

Ingram schlug die Hände zusammen. »Fantastisch! Das sieht ja noch viel besser aus, als ich zu hoffen gewagt hatte. Freut mich sehr, Kihiga. Du weißt, was ich gesagt habe, es kann noch manchmal schmerzen, aber das ist, weil der Körper nicht weiß, dass der Fuß nicht mehr da ist.«

»Fuß nicht mehr da, ja, ich weiß, aber vielleicht bekomme ich neuen Fuß von Elija!« Kihiga sah von Vera zu Ingram, doch beide waren ratlos, was er meinte.

»Elija macht mir neuen Fuß aus Holz! Er kann viele Dinge machen in der Werkstatt.«

»Eine Prothese meinst du? Aber das ist ja wunderbar. Eine gute Idee!«, meinte Ingram. »Wenn ihr Hilfe braucht, fragt mich. Noch bin ich hier.«

Seine Worte versetzten Vera einen Stich, und sie musste sich beherrschen, um nicht zu weinen. In den Wochen und Monaten, die sie mit Ingram arbeitete, hatte sie ihn als wertvollen, korrekten Menschen schätzen gelernt. Er war ein Arzt, der sich ganz seinen Patienten verschrieb und ohne Standesdünkel jeden behandelte, der seiner bedurfte. Mit seiner bedächtigen vorsichtigen Art hatte er sich das Vertrauen der Einheimischen erworben, den Respekt britischer Truppen und ebenso den der britischen Farmer, die zu ihnen kamen.

Kihiga stand mithilfe seiner Krücke auf und neigte den Kopf. »Ich komme wieder mit neuem Fuß. Dann kann Kihiga sein wie ein Mann. Und ich bringe Geschenk für Doktor.«

»Das ist sehr nett von dir, Kihiga. Ich werde warten, bis du mit deinem neuen Fuß kommst. Grüß deine Mutter von mir und sag ihr, dass sie kommen soll, damit ich ihre Augen untersuchen kann.«

Kihiga überlegte. »Vielleicht kommt Mutter. Aber vielleicht nicht.«

Damit ging der Mann langsam und würdevoll hinaus.

»Wer hätte das gedacht? Unser Elija ist ein geschickter Handwerker. Auf den Gedanken hätten wir auch kommen können. Eine Prothese ist für Kihiga der Schlüssel zu einem besseren Leben.« Ingram ging wieder zu seinem Schreibtisch und setzte sich.

»Vera, ich habe bereits um einen Ersatz für mich ersucht. Ich wollte es Ihnen noch nicht sagen, weil ich noch auf die Bestätigung warte.« Er griff nach seinem Zigarettenetui und rollte eine Zigarette auf der Tischplatte, bevor er sie zwischen die Lippen steckte und anzündete.

Vera sah zur Tür, wo sich bereits neue Patienten drängten, die jedoch respektvoll warteten, bis man sie hereinbat. »Sie hätten doch etwas sagen können. Wenn Sie nur vorher schon nach Nairobi gegangen wären.«

Doch Ingram blinzelte nur müde durch den Rauch. »Es hätte nichts geändert, Vera. Glauben Sie mir, ich weiß genug, um einschätzen zu können, wie es um mich steht.« Plötzlich zuckte er zusammen, krümmte sich und unterdrückte ein Stöhnen. Als der Schub vorüber war, zog er das Taschentuch hervor und wischte sich die Stirn. »Ich hoffe nur, dass der verdammte von Lettow-Vorbeck den Nachschub nicht wieder aufhält, sonst bekomme ich das Morphium nicht.« Ingram grinste. »Das wäre fatal.«

Die Medikamentenvorräte neigten sich dem Ende zu, da aufgrund der Regenzeit und der ständigen Überfälle auf britische Züge und Wagenkolonnen große Verluste zu verzeichnen waren. »Was kann ich tun? Soll ich versuchen, nach Nairobi durchzukommen? Ich könnte Mabel Portman bitten, uns zu helfen. Die Portmans haben einen Wagen!«

»Nein, nein, Vera, Sie müssen hierbleiben. Wenn ich ausfalle, können Sie übernehmen. Ich baue auf Sie!«

»Aber ich bin keine Ärztin!«

»Sie können beinahe alles, was ich tue, das weiß ich. Es ist ein Jammer, dass Sie nicht Medizin studiert haben. Sie wären eine gute Ärztin geworden, besser als viele meiner Kollegen. Nur kurz, bevor wir hier weitermachen. Ich habe einen ganz bestimmten Kollegen angefordert, Vera.« Er zog an seiner Zigarette und sah sie mit einem verschmitzten Lächeln an.

»Lavenham?« Vera hatte Lavenham und Ingram während ihres Besuches in Hill House kennengelernt.

»Nein, Vera, ich wollte Ihnen eine Freude machen. Captain Redmond ist der Arzt, den ich über das zentrale Büro angefragt habe. Und man hat sich zuversichtlich gezeigt.«

»Das haben Sie für mich getan?« Vera hätte Ingram am liebsten umarmt, doch sie wusste, dass das nicht angebracht war, und faltete stattdessen in dankbarer Geste die Hände. »Sie wissen ja gar nicht, was mir das bedeutet.«

Ingram zwinkerte ihr zu. »Ich habe so eine Ahnung. So, und jetzt rufen Sie den Nächsten herein. Wir haben noch viel zu tun.«

Einige Tage später ereignete sich ein merkwürdiger Vorfall in der Missionsstation. Wie jeden Morgen spazierte Vera von der Station hinunter in die Ebene, um den Tieren zuzusehen, die sich am Wasser trafen. Jetzt, wo es reichlich von dem kostbaren Gut gab, schienen die Tiere friedlicher, und so konnte sie Giraffen mit ihren Jungen, Zebras und an diesem Morgen eine Herde Gnus beim Baden in dem schlammigen Tümpel beobachten. Manchmal reckte eines der Gnus seinen Kopf und sah sie mit großen, sanften Augen an. Vera verharrte sehr still an ihrem Beobachtungsposten hinter einer Akazie und genoss das Schauspiel, das die Natur ihr bot. In einiger Entfernung befand sich ein kleiner Akazienwald, der heute die Aufmerksamkeit der Tiere erregte. Irgendjemand oder etwas schien sich dort zu verstecken und machte den Tieren Angst. Da Vera ohne Gewehr spazieren ging, was der Reverend und auch Mabel für unverantwortlich hielten, beschloss sie, vorsichtshalber den Rückzug anzutreten.

In der folgenden Nacht wurde in das Hospital eingebrochen und Medikamente und Verbandszeug gestohlen. Wer auch immer es gewesen war, hatte keine Spuren hinterlassen, wobei der Regen seinen Beitrag zum Verwischen möglicher Fußabdrücke geleistet hatte. Der Reverend ließ daraufhin Wachen aufstellen, und die Portmans boten an, zwei Wachhunde auszuleihen, damit sich die Bewohner der Station sicherer fühlten. Mabel und Andrew züchteten kräftige Hunde, die ebenso zum Rindertreiben wie für die Bewachung der Farm taugten. Die beiden Rüden hießen Bear und Duke und liefen von nun an nachts frei durch die Station, die von einem einfachen Zaun umgeben war.

Die Hütten von Vera und Ingram waren durch einen Holzsteg verbunden und verfügten über eine gemeinsame Terrasse. Es war alles sehr einfach und spartanisch eingerichtet, doch da sie die meiste Zeit im Hospital verbrachten, vermissten sie nicht viel. In einer der letzten Novembernächte wachte Vera auf, weil sie glaubte, ein Geräusch an der Rückwand ihrer Hütte gehört zu haben. Sie konnte auch schlecht geträumt haben, doch da war ein erneutes Kratzen, das jedoch sofort erstarb, als einer der Hunde anschlug und kurz darauf schnüffelnd um ihre Hütte lief.

Am nächsten Morgen fanden sie Bear tot auf dem Hof. Jemand hatte dem Hund vergiftetes Fleisch gegeben.

25

Träume und Hoffnung

If I had a flower
for everytime I thought
of you, I could walk
in my garden forever.
(Wenn ich für jeden Gedanken
an dich eine Blume hätte,
könnte ich ewig durch
meinen Garten spazieren.)
    Alfred Lord Tennyson (1809–1892)

»Nein, hören Sie nur!«, sagte Vera und faltete die Zeitung so, dass sie den Artikel besser lesen konnte. »Mata Hari, die niederländische Tänzerin und Abenteurerin, die ein Kriegsgericht vor zwei Monaten der Spionage für schuldig befand, ist heute Morgen erschossen worden.«

Doktor Ingram lag in seiner Hütte auf dem Bett und hatte gerade etwas Tee und eine Suppe zu sich genommen. Vera leistete ihm Gesellschaft und las ihm aus den Zeitungen vor, die gestern mit der Post geliefert worden waren. Es war nur noch eine Woche bis Weihnachten, und die Regenzeit schien endlich vorüber. Die Straßen waren wieder passierbar, und nach und nach trafen Postsendungen, Medikamentenlieferungen und andere seit Langem bestellte Dinge in der Missionsstation ein.

Sie suchte nach dem Datum. »Das war im Oktober! Die Franzosen haben sie hinrichten lassen. Ach, Trevor, ich bin es so leid, dieses Töten und dann noch eine Frau, eine Künstlerin. Was für eine Verschwendung von Leben ...«

Doktor Ingram scheuchte die allgegenwärtigen Fliegen mit seiner Hand fort. »Meine Liebe, es hat keinen Zweck, sich über das große Ganze Gedanken zu machen. Wir leben hier und tun, was wir können, um zu helfen, um Leben zu retten. Ich bin sehr stolz auf Sie, Vera. Sie vertreten mich so gut, dass wir eigentlich keinen neuen Stationsarzt brauchen, meinen Sie nicht auch?« Er brachte ein Schmunzeln zustande.

Der Anblick des ausgemergelten Mannes ließ Vera verzweifeln. Sie half zwar vielen der Patienten, die ins Hospital kamen, doch ausgerechnet ihm konnte niemand mehr helfen. Nur das Morphium machte ihm sein Dasein erträglich, half ihm über die Schmerzanfälle hinweg, die ihn zusammen mit den Fieberschüben plagten.

»Sie scherzen, Doktor. Ich komme hier oft genug an meine Grenzen, und der Major wird langsam ungeduldig und löchert den Reverend und mich dauernd mit Fragen nach der Ankunft von Captain Redmond. Aber wenn er selbst es schon nicht weiß!«

Sie hatte von Redmond einen Brief erhalten, in dem er ihr mitgeteilt hatte, dass er mit neunzigprozentiger Wahrscheinlichkeit noch vor Weihnachten in Kenia sein würde. Doch die Tage verstrichen, und er kam nicht. Immerhin hatte sich die Lage seit dem schrecklichen Vorfall mit dem vergifteten Hund der Portmans wieder beruhigt. Man hatte die Diebe, die in die Station eingebrochen waren und Medikamente gestohlen hatten, nicht gefasst, doch es hatten sich auch keine weiteren Vorfälle ereignet. Major Taylor schickte regelmäßig Patrouillen aus, die das Gebiet um die Missionsstation auf verdächtige Personen durchsuchten, bislang ohne Ergebnis.

Langsam legte sich auch Veras Angst, dass Morin sich in Kenia aufhalten könnte. Denn wenn er tatsächlich die Absicht gehabt hätte, sich an ihr zu rächen, wäre es ein Leichtes für ihn gewesen, sie bei einem ihrer Spaziergänge oder einer ihrer Fahrten zu den Farmen abzupassen. Die Aktivitäten von Lettow-Vorbecks erstreckten sich auf das Gebiet südlich von Nairobi, und nur selten wurden noch Überfälle in nördlicheren Regionen gemeldet. Dabei konnte es sich auch um marodierende Banden handeln, denn gewaltbereites Gesindel trieb sich seit Kriegsausbruch überall herum.

Der schwer kranke Arzt hustete und suchte mit zittrigen Händen nach seinen Zigaretten. Obwohl er kaum noch die Hütte verließ, achtete er darauf, dass sein Schnauzbart getrimmt war, und ließ sich von einer jungen Kikuyu-Frau die Haare schneiden. Subira war wie ein lautloser Schatten immer in der Nähe und kümmerte sich um den Kranken, der so vielen ihrer Leute das Leben gerettet hatte. Die junge Frau sprach kein Wort Englisch und verrichtete ihre Arbeit mit stoischer Gelassenheit. Auch jetzt hockte sie auf einer Matte in einer Ecke der Hütte, faltete die Hemden des Arztes, die sie gebügelt hatte, und wartete geduldig, bis er gegessen hatte, um dann das Geschirr abzuräumen und ihm zu helfen, sobald er seine Notdurft verrichten musste.

Vera hatte es aufgegeben, sich über die Beweggründe der Menschen hier zu wundern. Sie nahm die Dinge, wie sie kamen, und wenn sich eines ins andere fügte, war es gut so.

»Was gibt es noch Neues, Vera? Meine Augen schmerzen heute.« Ingrams Stimme war brüchig, und er blinzelte müde in das Halbdunkel des Raumes. Die Fensterläden waren geschlossen, sodass das Sonnenlicht nur gefiltert in den Raum gelangen konnte.

Vera räusperte sich und suchte in der Zeitung nach erheiternden Nachrichten, was nicht ganz leicht war, doch schließlich fand sie eine amüsante Theaterkritik.

Warum auch sollte sie Ingram erzählen, dass die Österreicher den Italienern bei Caporetto eine empfindliche Niederlage beigebracht hatten, dass die Briten in einer weiteren Flandernschlacht Passendale eingenommen hatten, dass ihren Truppen bei Cambrai ein Durchbruch gelungen war oder dass General Allenby mit seinen Truppen in die Heilige Stadt Jerusalem einmarschiert war? Der Krieg wütete weiter, und ein Ende war noch immer nicht abzusehen. Nun hatten die Vereinigten Staaten von Amerika auch Österreich-Ungarn den Krieg erklärt. Es schien, als wäre die ganze Welt ein einziges Schlachtfeld geworden. Dagegen fühlte sich das Leben in der kenianischen Missionsstation beängstigend friedlich an. Lediglich die Anwesenheit der britischen Truppen und die Klagen der Einheimischen, wenn man ihre Männer für das Militär zwangsrekrutierte, ließen nicht vergessen, dass das Blutvergießen auch auf dem afrikanischen Kontinent stattfand.

»*Die Schauspielkunst der Lydia Gordon überzeugte auch den letzten Kritiker, und man prophezeit der jungen Mimin eine große Karriere*«, las Vera und hob den Blick.

Trevor Ingrams Kopf war zur Seite gesackt, er war eingeschlafen. Leise erhob sich Vera, nickte Subira zu und verließ den Raum.

Draußen wurde sie von der milden Dezembersonne und frischer Luft empfangen. Vor einer Ansteckung bei Ingram hatte sie keine Angst, denn sie nahm regelmäßig ihre Chinintabletten und war noch nicht an Malaria erkrankt. Außerdem hatte sie sich gut an das Klima gewöhnt, und ihr Kreislauf war stabil. Das Einzige, worauf sie peinlichst achtete, war die Nahrung, die sie zu sich nahm. Wenn sie nicht sicher war, dass alles gründlich gewaschen und abgekocht war, verzichtete sie darauf, und anscheinend war sie mit dieser Taktik gut beraten.

Sie schaute über den Platz, sah, wie Ruth Williams mit ihren Kindern in die Schule ging, die gleich begann, und winkte ihnen zu. Mwangi trieb seine Ziegenherde hinter dem Hospital vorbei, wo vor der Treppe bereits eine Schlange Wartender stand. Seufzend machte sich Vera auf den Weg. Sie hoffte nur, dass keine schweren Fälle darunter waren, die sie abweisen musste.

Die Stunden verstrichen, und Vera arbeitete unermüdlich. Zwischen den einzelnen Behandlungen, bei denen es sich um leichte Verletzungen von Kindern, einer Schwangeren, mehreren Fällen von Krätze und einer Blinden, die auf eine Wunderheilung hoffte, handelte, trank Vera Tee, den Johana ihr hinstellte, und vergaß, wie hungrig sie war.

»Es ist Zeit für Mittag, Doktor Vera«, sagte Johana und blieb in der Tür des Behandlungszimmers stehen. Seit Vera die Praxis übernommen hatte, war sie in der Achtung der Schwester gestiegen, die sie nun mit diesem Titel bedachte, was Vera sehr unangenehm war.

»Du sollst mich nicht so nennen, Johana. Ich bin nur eine Krankenschwester.« Sie lehnte sich zurück und rieb sich den steifen Nacken.

»Sie machen die Arbeit wie der Doktor, also sind Sie jetzt Doktor«, stellte Johana schlicht fest.

Draußen fuhr ein Wagen vor, und sie hörten das aufgeregte Gemurmel der Leute, die jeden Neuankömmling neugierig beäugten. Johana lief nach draußen und kam kurz darauf mit strahlendem Gesicht zurück. »Oh, Doktor Vera, kommen Sie, kommen Sie!«

Endlich eine gute Nachricht, dachte Vera und erhob sich müde, um Johana zu folgen. Doch schon auf dem Weg durch den Flur hörte sie es. Diese Stimme, seine Stimme! Automatisch prüfte sie den korrekten Sitz ihrer Schwesternhaube und nahm die Schultern zurück.

»Wir sind ja so froh, dass Sie endlich hier sind, Captain, oder soll ich Doktor sagen? Ich mag es zwar nicht aussprechen, aber die Tage von Doktor Ingram sind gezählt, und die Schwestern hier sind restlos überfordert, nun, was soll man erwarten ...«, sagte Major Taylor.

»Danke, Major, aber wie ich Schwester Lyttleton kenne, wird sie sich wacker geschlagen haben«, erwiderte Captain Redmond, trat durch die Eingangstür und stand Vera gegenüber.

»Captain Redmond«, flüsterte sie und konnte die Tränen nur mühsam zurückhalten. Sie streckte ihm die Hand entgegen, die er sanft drückte.

»Wie geht es Ihnen, Schwester? Ich habe Sie und Ihre Kenntnisse vermisst.« Redmond sah sie liebevoll an und ließ ihre Hand nur langsam los. Trotz der Reise, die hinter ihm lag, wirkte er nicht erschöpft, sondern voller Energie. Er hatte seine Mütze abgenommen und sich unter den Arm geklemmt. Die beigefarbene Uniform stand ihm ausgezeichnet, wie Vera fand, doch für Vertraulichkeiten war weder der richtige Ort noch der richtige Zeitpunkt.

Major Taylor war neben den Captain getreten. »Ach, Sie kennen sich?«

»Wir haben eine Zeit lang in denselben Lazaretten an der Front gearbeitet. Es gibt nicht viele Schwestern, die bei Operationen so gut assistieren wie Vera.« Redmond ließ sie bei seinen Worten nicht aus den Augen, und Vera errötete leicht.

Monate unter afrikanischer Sonne hatten ihrer Haut jedoch eine sanfte Bräune verliehen, unter der die roten Wangen kaum auffielen, hoffte Vera.

»Nun, wir sind dennoch froh, dass endlich wieder ein Arzt seinen Dienst hier aufnehmen kann. Doktor Ingram konnte in den vergangenen Wochen nur selten die Soldaten in der Kaserne versorgen. Glücklicherweise hatten wir nur wenig Feindkontakt, sodass sich die Zahl der Verwundeten auf ein Minimum beschränkte.« Der Major sah Vera an. »Wollen Sie dem Captain seine Wirkungsstätte zeigen? Dem Reverend sind wir bereits begegnet. Er sorgt dafür, dass Ihr Haus bezugsfertig gemacht wird, Captain.«

»Danke, Major.« Die beiden Männer grüßten sich militärisch, und der Major verließ das Hospital.

Sie standen im Flur, beäugt von mindestens einem Dutzend Patienten, und Vera führte Redmond ins Behandlungszimmer, wo Johana etwas Ordnung geschaffen hatte. Die dunkelhäutige Schwester begrüßte Redmond mit einem Knicks, was Vera noch nie bei ihr gesehen hatte.

»Guten Tag, Doktor. Wir sind sehr froh, dass Sie zu uns kommen. Ich bin Schwester Johana.«

Redmond trat in das Zimmer, durch dessen geöffnete Fensterläden die Sonne hereinschien, und reichte Johana die Hand. »Captain Redmond. Auf gute Zusammenarbeit, Johana.«

»Möchten Sie vielleicht einen Tee trinken, Captain?«, fragte Vera. »Johana, sieh doch bitte in der Küche nach, ob es auch noch etwas zu essen gibt.«

Die Schwester warf dem Captain einen scheuen Blick zu und eilte davon.

Kaum war sie aus dem Zimmer, da schloss Redmond die Tür und nahm Vera in die Arme. »Mein Gott, ich dachte, ich würde dich nie wiedersehen«, murmelte er, bevor er sie küsste.

Es war ein inniger, langer Kuss, der Vera mit einer Wärme erfüllte, die sie noch nie gespürt hatte. Ihr Körper schmiegte sich an seinen starken männlichen, doch es war viel mehr als das Verlangen nach ihm, ein Gefühl tiefer Zugehörigkeit und Verbundenheit mit diesem Mann. »Ich liebe dich, Frederick.«

»Und ich liebe dich, Vera.« Er hielt sie noch immer an sich gedrückt und strich über ihren Rücken. »Ich werde mit dem Reverend sprechen. Er kann doch sicher Trauungen vollziehen?«

Überrascht legte sie den Kopf in den Nacken, um ihn anzusehen.

»Ja, was hast du denn gedacht?« Redmond lachte und wirkte jung und unbeschwert.

Und waren sie nicht jung? Hatten sie nicht auch ein Recht darauf, ein klein wenig glücklich sein zu dürfen? Sie schluchzte und lachte zugleich. »Nein, ja, das ist so wundervoll! Deine Frau zu werden, ist mein sehnlichster Wunsch!«

»Gut, dann soll er uns gleich morgen trauen, damit ich dich zu einer anständigen Frau mache.« Er küsste sie auf die Nasenspitze und ließ sie los. »Ich schätze, dass wir eine Menge zu tun haben. Zeig mir, wo alles ist, und ich fange gleich mit der Sprechstunde an.«

Es gab so vieles, über das sie reden wollten, doch das musste warten. Stattdessen arbeiteten sie gemeinsam, bis der letzte Patient gegangen war.

»Wollen Sie jetzt Visite machen, Doktor?«, fragte Johana.

Redmond sah vom Schreibtisch auf, an dem er die Behandlungen in einen Ordner eingetragen hatte. »Nein, jetzt möchte ich Doktor Ingram besuchen. Vera wird mich begleiten. Wann wird hier zu Abend gegessen?«

»Wir essen meist um sieben mit dem Reverend in seinem Haus. Ruth hat sicher etwas Besonderes für heute vorbereiten lassen«, sagte Vera und holte die Arzttasche, in die sie das Morphiumbesteck legte.

»So schlimm steht es um ihn?«, fragte Redmond.

Vera biss sich auf die Lippen. »Schlimmer.«

Seite an Seite verließen sie das Hospital und traten in die Abenddämmerung hinaus. Redmond ergriff ihre Hand, führte sie an seine Lippen und blieb mit ihr auf der obersten

Treppenstufe stehen. Vor ihnen erstreckte sich der sandige Platz, um den sich die Gebäude der Missionsstation reihten. Zwei Hunde streunten zwischen den Häusern umher, und es roch nach Essen. In der Ferne waren die Umrisse des Bergmassivs zu erahnen, und die dunklen Schatten der Akazien erhoben sich über der Savanne. Irgendwo brüllte ein Löwe, und Vögel flatterten auf.

»Ein grandioses Land. Und ich stehe hier neben der Frau, die ich liebe. Kann sich ein Mann mehr wünschen?« Er zog sie an sich, und sie legte den Arm um seine Hüfte.

»Dürfen wir das?«, fragte sie leise und schloss die Augen, als er ihre Wange berührte.

»Was? Hier zusammen stehen?« Ein leises Lachen durchfuhr ihn. »Was die Leute sagen, ist mir egal. Ich hoffe, dir auch. Über Konventionen bin ich hinweg.«

»Da habe ich dich vollkommen falsch eingeschätzt. Ich bin schockiert ...«, erwiderte sie lachend.

»Bewahre, das kann ich nicht verantworten. Oder doch.« Er drehte sie zu sich und küsste sie auf die Lippen. »Jetzt bist du restlos kompromittiert. Es gibt kein Zurück mehr.«

»Als ob ich das wollte. Es ist so unwirklich. Ich kann nicht glauben, dass du tatsächlich hier bist, Frederick.«

»Mein lieber Kollege Ingram hat es mit seiner Nachfrage speziell nach mir möglich gemacht. Ich bin ihm zu großem Dank verpflichtet. Er muss ein feiner Mensch sein, Vera.«

»Ja, das ist er. Und ausgerechnet er muss so leiden. Das ist nicht fair, Frederick.« Sie lehnte ihren Kopf an seine Brust und ließ ihren Tränen freien Lauf.

»Nicht, Vera. Nicht weinen. Komm, lass uns zu ihm gehen. Oh, hör doch!«

Sie hielt inne und vernahm die Klänge eines Klavierkonzertes, dessen Töne sich perlend in die Nacht hinausschwangen.

»Beethoven, das fünfte Klavierkonzert, wenn mich nicht alles täuscht«, meinte Redmond.

»Der Reverend hat Ingram sein Grammophon gegeben, damit er nicht ganz verzweifelt in seinem Leid.«

»Komm.« Redmond nahm ihre Hand, und sie liefen die Stufen hinunter.

Die stille Subira kam gerade aus der Hütte des Arztes und trug einen abgedeckten Nachttopf davon.

»Das ist Subira, eine Kikuyu-Frau, die seine Pflege übernommen hat.«

Sie klopften und traten ein, nachdem sie ein schwaches »Herein« vernommen hatten. Unter dem Moskitonetz war auf dem Bett der schmale Körper eines Mannes zu erkennen. Das Grammophon befand sich auf einem Tisch, auf dem ein Wasserkrug und eine Schale mit Medikamenten standen.

»Trevor, ich habe Ihnen Besuch mitgebracht!«, sagte Vera und stellte die Musik leiser.

Eine Regung ging durch den Kranken, und das Moskitonetz wurde zur Seite gezogen. Trevor Ingram richtete sich mühsam auf und hustete.

»Bleiben Sie dort stehen, Vera, ich will Sie nicht anstecken. Subira scheint es nichts auszumachen, aber wir Europäer sind nicht so stark.«

Redmond trat etwas näher. »Doktor Ingram, darf ich mich vorstellen? Frederick Redmond.«

Ein interessiertes Aufleuchten glitt über Ingrams Gesicht. »Eine große Freude. Sie haben es bis nach Kenia geschafft. Am meisten freut sich unsere liebe Schwester Vera, nicht wahr?«

»Ach, Trevor, ja, und wie sehr. Wir wollen heiraten. So schnell wie möglich. Vielleicht morgen schon.« Ihr kam ein Gedanke. »Wollen Sie unser Trauzeuge sein?«

Der fiebernde Arzt hob schwach die Hand. »Es wäre mir eine Ehre, aber das kann ich Ihnen nicht zumuten. Nein, nein, lassen Sie mich nur hier, so schade ich zumindest niemandem.«

Redmond zog sich einen Stuhl heran und nahm die Arzttasche auf seinen Schoß. »Ich habe hier Ihr Morphium. Wollen Sie mir nicht genau erklären, was Ihnen fehlt? Vielleicht kann ich Ihnen doch noch helfen.«

»Es ist Schwarzwasserfieber, lieber Kollege, und meine Nieren und die Leber wollen auch nicht mehr. Keine Chance. Es geht zu Ende, aber ich habe mich damit abgefunden.«

Vera wandte sich ab und weinte stumm. Die beiden Männer unterhielten sich leise, und als Redmond die Tasche schloss und aufstand, schnäuzte sie sich die Nase.

»Können wir Ihnen noch etwas bringen, Trevor?«

»Whisky, wenn es welchen gibt.«

Captain Redmond klopfte gegen die Tasche. »Ich habe welchen mitgebracht, den ich Ihnen mit Freude gebe.«

»Danke, mein Guter.«

»Ich bin es, der zu danken hat, lieber Ingram.«

Die Töne von Beethovens Klavierkonzert begleiteten sie in die Nacht hinaus.

26

Amazing grace, how sweet the sound,
that saved a wretch like me!
I once was lost, but now I am found,
was blind, but now I see.
(Unglaubliche Gnade, wie süß der Klang,
die einen armen Sünder wie mich errettete!
Ich war einst verloren, aber nun bin ich gefunden,
war blind, aber nun sehe ich.)
    John Newton (1725–1807)

Die kleine Kapelle der Missionsstation war bis auf den letzten Platz besetzt. Ruth Williams spielte auf einem Klavier, das seine besten Tage hinter sich hatte, doch die wehmütige Melodie von Veras Wunschlied erfüllte das Gebäude. Die Besucher waren aufgestanden und sangen gemeinsam die erste Strophe von *Amazing Grace,* während Vera allein, einen Blumenstrauß in den Händen, die wenigen Meter bis zum Altar schritt. Sie trug ein schlichtes weißes Kleid und einen kurzen Brautschleier, den Ruth ihr bereitwillig geliehen hatte. Die Kinder der Williams liefen vor ihr her und streuten Blütenblätter aus. Es duftete nach Rosen und Vanille, und Vera versuchte krampfhaft, nicht zu weinen. Doch als sie schließlich vor dem Reverend stand und Frederick Redmond ansah, wischte sie sich die Augen.

»Nur Tränen des Glücks«, flüsterte sie, und Captain Redmond ergriff ihre Hand.

Es folgte eine schlichte konfessionsübergreifende Zeremonie. Vor den Augen Gottes waren sie Mann und Frau, dem Gesetz würden sie in den nächsten Tagen in Nairobi Genüge tun. Für Vera zählte nur dieser Augenblick, als der Reverend sagte: »Amen. Sie dürfen die Braut nun küssen.«

Die Gäste jubelten, und Redmond küsste sie zärtlich auf die Lippen. »Vera, meine Liebste, nun gibt es kein Zurück mehr.«

Sie hakte sich bei ihm ein und sagte: »Gemeinsam sehen wir nur noch nach vorn. Und jetzt lass uns feiern!«

Vor der Kapelle hatte der Major seine Offiziere zu einem Spalier antreten lassen, unter dessen gekreuzten Degen sie hindurchliefen und von den Gästen mit Reis beworfen wurden. Ruth Williams hatte in ihrem Haus ein Büfett herrichten lassen, an dem sich alle laben durften. Auch Kihiga und seine Mutter waren gekommen, genau wie Mwangi und Elija mit seiner Frau und seinem Sohn Noma. Elija überreichte Vera feierlich eine geschnitzte Holzschale.

»Oh, die ist wundervoll. Vielen Dank, Elija!« Vera stellte die Schale aus edlem Holz auf den Tisch, auf dem noch weitere Geschenke standen. Der Major hatte eine Flasche Whisky beigesteuert, Mwangi ein Ziegenfell, Ruth und ihr Mann hatten dem jungen Paar das Automobil für einen Kurztrip nach Nairobi zur Verfügung gestellt, und Johana hatte Vera eine bestickte Tischdecke geschenkt. Lord Delamere hatte über den Major seine Glückwünsche ausrichten lassen und ein Geschenk angekündigt, und die Portmans wollten in den kommenden Tagen vorbeischauen, da sie so kurzfristig nicht abkömmlich waren.

Das Grammophon stand im Wohnzimmer, dessen Terrassentüren sich zu einem kleinen Garten hin öffneten, und es wurde beschwingter Jazz gespielt. Der Major tanzte mit Ruth, Johana mit einem der Offiziere, die Kinder der Williams rannten aufgekratzt umher, und Vera ließ sich von ihrem Mann zum Takt der Musik in den Garten führen.

»Nach allem, was wir erlebt haben, Frederick. Ich möchte nicht erwachen und feststellen, dass alles nur ein Traum ist.«

Er zog sie fester an sich und legte ihr einen Finger unter das Kinn, damit sie ihn ansehen musste. »Weißt du, dass ich dich schon damals in Folkestone bewundert habe? Du warst so furchtlos und entschlossen. Anders als die meisten Frauen. Ich wusste, dass in dir eine große innere Stärke steckt und eine Liebe für die Menschen. Deshalb liebe ich dich, Vera.«

»Nur deshalb?«, neckte sie ihn und meinte es doch ein klein wenig ernst.

»Und wegen deiner unglaublichen Augen, in denen ich versinken möchte. Ist das romantisch genug?« Er blieb stehen und küsste sie. »Und weil deine Lippen so süß schmecken, dass sie einfach unwiderstehlich für mich sind.«

»Hm, ja, das ist ein guter Grund.« Es war so ungewohnt und doch fühlte es sich vertraut an, mit ihm zu sprechen, seine Nähe zu spüren. Er war ihr Seelenpartner, dachte Vera, er verstand sie besser als sonst irgendjemand, und sie wollte sich ein Leben ohne ihn nicht mehr vorstellen.

Johana kam zu ihnen gelaufen. »Es gibt ein Feuerwerk, Vera! In fünf Minuten geht es los. Auf dem Platz. Der Major hat es organisiert. Ich habe noch nie ein Feuerwerk gesehen. Oh, was für ein Tag!«

Vera löste sich von ihrem Mann. »Ich muss kurz zu Doktor Ingram gehen, Frederick. Wir haben ihn vernachlässigt. Vielleicht kann ich die Fenster für ihn öffnen, sodass er auch etwas von dem Feuerwerk sehen kann. Ich bin in ein paar Minuten zurück.«

»Ist gut, Liebes. Lass mich nicht zu lange warten.« Er gab ihr einen Kuss, und Vera eilte durch den Garten davon.

Es waren nur knapp zwanzig Meter bis zu Ingrams Hütte, doch in der Dunkelheit, die sich bereits vollständig über das Missionsdorf gelegt hatte, schien die Strecke länger. Vera stolperte über den Saum ihres Kleides, fing sich gerade noch rechtzeitig und erreichte die Stufen zur Unterkunft des Doktors. Bevor sie eintrat, klopfte sie, und als keine Antwort zu hören war, öffnete sie vorsichtig die Tür.

Neben Ingrams Bett flackerte eine Petroleumlampe. Vera suchte in dem spärlich erleuchteten Raum nach der Kikuyu-Frau. »Subira, bist du hier?«

Als keine Antwort kam und auch keine Bewegung zu sehen war, trat Vera neben das Bett, öffnete das Moskitonetz und setzte sich auf die Bettkante. »Trevor«, sagte sie leise.

Der Kranke atmete gleichmäßig, und sie freute sich, dass er schlief, denn Schlaf war das Einzige, was ihm Erholung von seinen Schmerzen verschaffte. Außer dem leicht rasselnden Atem des Patienten war es still in dem Raum, in dem sich das Bett, ein Nachtschrank, ein größerer Tisch auf der anderen Seite, ein Kleiderschrank und ein Bücherregal gleich neben der Tür und zwei Stühle befanden. Die Ecke, in der sonst Subira hockte, war leer, und noch etwas war heute anders. Ein Kribbeln machte sich in Veras Nacken breit. Es war diese Art von Vorahnung einer Bedrohung, die sie zuletzt in Lille verspürt hatte. Sehr langsam wandte Vera sich um und starrte in die Dunkelheit neben dem Kleiderschrank. Die Fensterläden waren geschlossen, sodass von draußen nur winzige Lichtreflexe hereinschienen. Gegenüber dem Eingang befanden sich das Hospital und die Wirtschaftsräume, vor denen stets eine Lampe brannte.

Als ihre Augen sich an die Dunkelheit gewöhnt hatten, erkannte sie den ungewöhnlichen Schatten, der sich zwischen Schrank und Bücherregal presste.

»Wer ist da?«, rief sie heiser und klammerte sich an einen Bettpfosten.

Ingram rührte sich und murmelte etwas Unverständliches.

»Subira?«

Ein dunkles Lachen ertönte, und ein Mann löste sich aus der Dunkelheit. Etwas blitzte kurz in seiner Hand auf und verschwand wieder. »Du bist es tatsächlich, Marie.«

Ihr Herzschlag setzte aus, und sie hielt den Atem an, während ihr Körper von einer eisigen Starre erfasst wurde. Das konnte doch nicht sein!

Langsam machte er einen Schritt auf sie zu, und sie drückte sich ganz an den Nachtschrank neben dem Bett. Sie wollte schreien, doch ihre Stimme versagte, und nur ein trockenes Krächzen kam aus ihrem Mund.

»Wer ist da?«, fragte nun auch Ingram und setzte sich mühevoll auf. »Vera, was ist mit Ihnen, was ...« Der Arzt folgte ihrem Blick und erkannte den Angreifer, der jetzt mit einem Jagdmesser am Fußende des Bettes stand.

»Wer das ist, wollen Sie wissen?« Sein Englisch war eingerostet und der starke französische Akzent unüberhörbar. »Eigentlich müsste ich tot sein, weil diese Frau dort mich beinahe erstochen hätte.«

»Nein!« Vera stellte sich seitlich vor Ingram, um ihn zu schützen, sollte ihr Erzfeind, der niemand anderes als Morin war, sich auf ihn stürzen.

»Oh doch, das hast du, du Miststück. Dabei hättest du tot sein und deiner Freundin auf dem Grund des Sees Gesellschaft leisten sollen. Weißt du überhaupt, was ich deinetwegen erleiden musste? Die Deutschen haben mich als Verräter behandelt und gefoltert.« Morin rückte einen weiteren Schritt vor.

Vera suchte hinter sich verzweifelt nach einer Waffe, einem Gegenstand, mit dem sie ihn abwehren könnte, doch es gab nichts, nur die Schale mit den Medikamenten. »Sie sind ein Verräter, ein Kollaborateur. Sie haben Ihr Land verraten!«

Ihre Stimme war zittrig, und es mangelte ihr noch immer an Kraft und Selbstsicherheit. Draußen hörte sie Stimmen und plötzlich einen lauten Knall. Das Feuerwerk!

Morin grinste. Sein Gesicht war dunkel, tief gebräunt von seiner Zeit in Afrika. Die Haare hatte er sich abrasiert, und er trug keinen Schnauzbart mehr, weshalb sie ihn kaum wiedererkannt hätte, wenn sie ihm zufällig begegnet wäre. Nur die stechenden Augen hätten ihn verraten und seine Stimme.

Vera erschauerte und spürte, wie Ingram ihren Arm packte, so als wolle er ihr Mut machen. »Mein Mann wird jeden Moment hereinkommen!«

»Möglicherweise. Ich lasse es darauf ankommen. Er hat von dir gesprochen, als er mit dem Zug von Mombasa herfuhr. Ich habe meine Spitzel überall, Marie, oder Vera sollte ich wohl sagen. Weißt du, von Lettow-Vorbeck ist ein Ehrenmann, man sollte es nicht glauben, aber so ist es. Als ich ihm sagte, dass ich eine private Rachemission verfolge, hat er mich aus seiner Truppe geworfen. Und wieder bist du schuld!«

Morin rückte näher und stand nun an der Ecke neben dem Bett. Nur zwei Schritte trennten sie noch voneinander, während draußen die Feuerwerkskörper knallten und den Himmel in ein buntes Farbenmeer tauchten.

»Gehen Sie, Morin! Was soll das denn noch? Sie gewinnen doch nichts, wenn Sie mich töten.«

»Du hast ja keine Ahnung, Mädchen. Sicher hast du gehört, wie sie mich hier nennen. Den Schlächter«, sagte er stolz. »Es macht mir Freude zu töten.« Seine gebleckten Zähne blitzten weiß im Halbdunkel, und mit einem Mal hob er seinen Arm, und die Messerklinge schimmerte hell.

Er stürzte sich nach vorn und ließ das Messer herniederfahren, doch es traf nicht sie, sondern Ingram, der sich unter Aufbietung seiner letzten Kraft aufgebäumt und vor Vera geworfen hatte. Ein erstickter Schrei entfuhr dem Arzt, als er in ihren Armen zusammenbrach. Vera schrie jetzt aus voller Kehle: »Hilfe, zu Hilfe!«

Und plötzlich flog die Tür auf, ein Lichtkegel erhellte den Raum, und ein gleißender Blitz, begleitet von einem Knall, fuhr durch das Zimmer. Morin wurde nach hinten geschleudert, stolperte und fiel rückwärts gegen den Kleiderschrank, vor dem er liegen blieb.

»Zum Teufel, wer ist denn das?«, rief Major Taylor und steckte seinen Revolver ein.

Frederick drängte sich an ihm vorbei, nahm Ingram aus Veras Armen und legte den Sterbenden aufs Bett. Das Messer steckte tief in seinem Brustkorb.

»Bist du unverletzt?«, fragte Frederick, während er sich weiter um Ingram kümmerte.

»Ja, aber was ist mit ihm? Er hat mir das Leben gerettet. Trevor, oh Trevor, bitte nicht sterben!«, flehte sie und sank neben dem Bett auf die Knie.

Trevor Ingram öffnete mühsam die Augen, seine Lider flackerten, doch sein Blick war klar. »Vera?«

»Ich bin hier!« Sie nahm seine Hand. »Sie tapferer verrückter Mann.«

»Es ist gut so, Vera.« Seine Lider flatterten erneut, sein Kopf sackte zur Seite, und ein tiefer Atemzug entrang sich seinen Lungen.

Redmond wartete einen Augenblick, fühlte den Puls und schloss dem Toten die Augen. »Er hat es überstanden, Vera.«

Damit war alles gesagt, denn ihnen war klar, dass dem schwer kranken Arzt so ein qualvolles Dahinsiechen erspart geblieben war. Weinend erhob Vera sich und umarmte Frederick, der sie fest in seine Arme schloss.

»Und wer ist das hier jetzt?«, fragte der Major erneut.

»Volltreffer. Ich will mich ja nicht selbst loben, aber das war ein Blattschuss.«

Vera und Redmond traten um das Bett herum und sahen den Angreifer rücklings auf dem Boden liegen. Seine Augen starrten weit geöffnet zur Decke.

»Das war *Le Boucher*, der Schlächter, der mit von Lettow-Vorbeck unterwegs war«, sagte Vera leise und sah entsetzt an sich herunter. Ihr weißes Kleid war von Trevor Ingrams Blut getränkt.

»In der Tat? Kapital!«, meinte der Major zufrieden und ging zur Tür. »Sergeant, holen Sie zwei Männer und eine Trage. Am besten, Sie machen uns jetzt Platz, Captain. Um Ihren Kollegen kümmern Sie sich später, nehme ich an.«

»Natürlich, komm, Vera.« Redmond legte den Arm um ihre Schultern und geleitete sie nach draußen, wo sich eine kleine Gruppe Neugieriger versammelt hatte.

Der Reverend und seine Frau sahen sie besorgt an. »Sind Sie unverletzt? Was ist denn nur passiert?«

»Vera ist überfallen worden, Ingram hat sich für sie geopfert, und der Major hat den Angreifer erschossen«, fasste Redmond das Drama kurz und treffend zusammen. »Reverend, kümmern Sie sich um Ingram? Johana wird Ihnen helfen.«

Der Geistliche nickte mit gerunzelter Stirn, denn er hätte gern mehr erfahren, doch er war ein praktischer Mann und erfasste die Situation. »Ruth, hol meine Bibel und das Öl!«

Redmond brachte Vera zu ihrer Hütte, die direkt neben der von Ingram lag. Als sie vor ihrer Tür standen, sagte Vera: »Ich möchte nicht hierbleiben, nicht heute Nacht.«

»Dann kommst du mit zu mir. Mein Haus ist nicht …« Er hielt inne und lächelte. »Was rede ich denn da? *Unser* Haus liegt zumindest etwas weiter weg.«

Man hatte Captain Redmond eine Unterkunft auf der anderen Seite vom Haus des Reverends und seiner Familie zugewiesen. Das Haus war etwas größer und verfügte über ein Schlaf- und ein Wohnzimmer sowie eine umlaufende Veranda. Eigentlich war es für Dauerpatienten gedacht gewesen, doch mit der Ankunft des neuen Arztes hatte man umdisponiert.

»Unser Haus, das klingt schön«, flüsterte Vera und nahm den Arm ihres Mannes.

»Was brauchst du für die Nacht?«

Sie packten einen Koffer und gingen an Ingrams Hütte vorbei, aus der gerade der Major trat.

»Zwei Tote in einer Nacht, und das an Ihrem Hochzeitstag. So schnell werden Sie den nicht vergessen«, meinte Major Taylor mit einem schiefen Grinsen. »Verzeihung, Mam, wie geht es Ihnen?«

»Es geht. Ich bin müde.« Vera hielt Redmonds Arm fest und wollte nur noch in ihr Bett und alles andere hinter sich lassen, zumindest für eine Nacht.

»Wir sehen uns morgen oder übermorgen. Wir haben noch ein paar Fragen an Sie. Reine Formalität, machen Sie sich keine Gedanken. Eine gute Nacht!«, verabschiedete sich der Major und winkte einem seiner Leute.

Nachdem Redmond sie in sein Haus gebracht hatte, stellte er ihren Koffer in das Schlafzimmer und sah sich um. »Es ist nicht groß, aber hier bist du sicher. Ich bin gleich nebenan, wenn du etwas brauchst.«

Irritiert sah sie ihn an. »Nebenan?«

Er legte die Hände auf ihre Schultern. »Nun, es ist unsere erste gemeinsame Nacht, und ich möchte, dass du schläfst und dich von dem Schrecken erholst.«

»Und wenn ich dich bitte, bei mir zu bleiben? Ich möchte nicht allein sein.« Sie sprach leise und ein wenig unsicher, doch er machte es ihr leicht.

»Dann bleibe ich hier. Ich werde noch eine Zigarette rauchen und hole uns den Whisky aus dem Haus vom Reverend. Wir können beide einen Schluck vertragen.« Er drückte ihr einen Kuss auf die Haare und ließ sie allein.

Kaum war er gegangen, riss Vera sich das Kleid vom Leib und warf es in eine Ecke. Sie würde es verbrennen. Sie nahm das Stück Seife, das neben der Schüssel auf dem Waschtisch lag, und wusch sich so lange, bis sie das Gefühl hatte, vollkommen sauber zu sein. Als sie in einem frischen Nachtkleid im Bett lag, drehte sie sich auf die Seite und weinte sich in den Schlaf.

Wie lange sie geschlafen hatte, wusste sie nicht, doch als sie erwachte, spürte sie einen warmen Körper neben sich und zuckte kurz zusammen, aber dann überkam sie ein Gefühl von Geborgenheit, wie sie es noch nie erlebt hatte. Seufzend ließ sie zu, dass er seinen Arm um sie legte und sie noch ein wenig dichter an sich zog.

»Schlaf, Vera, morgen haben wir viel vor.«

»Ich will dem Major nichts von meiner Vergangenheit mit Morin in Lille erzählen«, flüsterte sie.

»Das musst du auch nicht. Er war einfach nur ein Söldner, der Medikamente stehlen wollte.«

Erleichtert strich sie über seine Hand. »Danke.«

»Kannst du jetzt schlafen? Ich bin verdammt müde.«

»Gleich, aber bitte, küss mich noch einmal so wie im Garten nach dem Essen.«

»Dann werden wir nicht mehr viel schlafen«, murmelte er und drehte sie zu sich um.

»Ich bin auch gar nicht mehr müde, und du?«

Anstelle einer Antwort berührte er sanft ihren Hals und küsste sie erst dort und dann ein wenig tiefer.

»Das meinte ich nicht, aber es ist sehr schön«, murmelte sie.

»Hm, und das?«

Und dann dachte Vera lächelnd, es wäre besser zu schweigen.

27

Over the mountains
And over the waves,
Under the fountains
And under the graves.
Under floods that are deepest,
Which Neptune obey,
Over rocks that are steepest,
Love will find out the way.
(Über den Bergen
Und über den Wellen,
Unter den Quellen
Und unter den Gräbern.
Unter tiefsten Fluten,
die Neptun gehorchen,
Über die steilsten Felsen,
Liebe findet ihren Weg.)
  Anonym (15./16. Jahrhundert)

»Bitte, nehmen Sie doch Platz!« Major Taylor stand im Behandlungszimmer des Hospitals vor dem Schreibtisch, an dem Redmond die Nachfolge des verstorbenen Doktor Ingram angetreten hatte.

Captain Redmond ignorierte die Aufforderung des Majors, der Gast in seinem Hospital war, und sagte: »Vera, Darling, setz dich, du siehst noch sehr mitgenommen aus. Johana bringt gleich den Tee.«

Fürsorglich rückte der Captain seiner Frau einen Stuhl zurecht und blieb neben ihr stehen, wobei er eine Hand auf ihre Schulter legte. »Major, was können wir für Sie tun?«

Der Offizier räusperte sich und schob sein Kinn vor. »Nun, die Vorgänge der vergangenen Nacht bedürfen noch einiger Erklärungen. Es gibt einige Ungereimtheiten, die mir Kopfzerbrechen bereiten.«

Redmond hob eine Augenbraue und drückte Veras Schulter, denn sie zuckte nervös. »Die da wären?«

»Dieser Franzose, wir konnten seinen Namen nicht ausfindig machen. Vermutlich war er einer dieser Kerle mit dunkler Vergangenheit, die aus dem Krieg Kapital für sich schlagen. Aber warum hat er sich ausgerechnet in der Hütte von Doktor Ingram versteckt?«

»Er wird wohl auf der Suche nach Medikamenten gewesen sein. Es gab vor einigen Wochen bereits einen ähnlichen Einbruch, und ein Wachhund wurde vergiftet, nicht wahr, Darling?«

Vera nickte und griff nach seiner Hand. »Ja, das ist richtig. Eine furchtbare Sache. Der Hund hat den Portmans gehört. Sie hatten ihn uns zum Schutz der Station geliehen.«

»Zum Schutz? Gab es einen besonderen Anlass?«, wollte der Major wissen und verlagerte sein Gewicht von einem Bein auf das andere. In seiner hellen Uniform wirkte er mehr wie der Teilnehmer einer Safari, fand Vera, unterschätzte die Zielstrebigkeit des Militärs jedoch nicht.

»Das müssten Sie besser wissen. Die Überfälle der Deutschen in unserer Region haben uns alle in Angst und Schrecken versetzt. Außerdem trieben in der Zeit zusätzlich marodierende Banden jeglicher Couleur ihr Unwesen. Wir sind im Krieg, noch immer, leider!«, gab Vera seufzend zu bedenken.

»Sicher, sicher. Kommen wir zurück zur gestrigen Nacht. Hat der Angreifer etwas zu Ihnen gesagt, bevor er sich mit dem Messer auf Sie stürzte?«

Einen kurzen Moment lang zögerte Vera, und Redmond kam ihr zu Hilfe. »Meine Frau war so schockiert, dass sie nicht einmal um Hilfe rufen konnte. Versetzen Sie sich doch einmal in ihre Lage! Wie soll sie sich da an alle Einzelheiten erinnern?«

Der Major räusperte sich erneut. »Verzeihung, Mam, wir sind es gewöhnt, militärisch zu denken. Ein Angriff aus der Dunkelheit also, und er hat nichts gesagt? Sie vielleicht etwas gefragt oder bedroht? Ich nehme nicht an, dass Sie ihn kannten?«

Erschrocken umklammerte Vera Redmonds Hand. »Nein, woher denn?! Er ... er wollte Morphium. Doktor Ingram bekam jeden Abend eine Injektion, und ich denke, dass der Verbrecher das wusste. Möglicherweise hat er sich schon länger hier herumgetrieben und die Vorgänge in der Station beobachtet. Wissen Sie, Major, wir haben jeden Tag so viel zu tun, es kommen so viele fremde Menschen hier durch, dass einer mehr oder weniger einfach nicht auffällt«, log Vera.

Ein Mann wie Morin wäre mit Sicherheit aufgefallen und hätte Anlass zu Nachfragen gegeben, doch warum sollte sie unnötige Aufmerksamkeit auf Morin und sich lenken? Viel zu viele Fragen würden aufgeworfen werden, und sie müsste sich verteidigen, ihre Rolle beim britischen Geheimdienst darlegen und wer weiß, was sonst noch. Sie konnte und wollte nicht mehr an diese Zeit erinnert werden. Ihre Erlebnisse in Lille hatten sie an ihre Grenzen gebracht, und beinahe wäre sie dabei von Morin getötet worden. Es war genug, dass die arme Kathleen zu seinen Opfern gehörte. Das Schicksal hatte ihn gerichtet, und daran sollte man nicht rütteln.

Major Taylor sah von ihr zu Redmond, überlegte einen Augenblick und rieb sich die Hände, so als wäre er zu einer Entscheidung gekommen. »Wir lassen den Mörder von Doktor Ingram auf dem Soldatenfriedhof der Kaserne in einem namenlosen Grab beisetzen. Es sei denn, Sie möchten ihn hier auf dem Missionsfriedhof bestatten lassen?«

Entsetzt schüttelte Vera den Kopf. »Das hat Trevor nicht verdient«, sagte sie leise.

»Das dachte ich mir. Dann wäre die Sache für uns abgeschlossen. Sollte Ihnen noch etwas dazu einfallen, was uns helfen könnte, die Identität des Mannes zu klären, wissen Sie, wo Sie uns finden. Entschuldigen Sie mein frühes Eindringen. Einen schönen Tag noch!« Major Taylor drehte sich abrupt um und wäre beinahe mit Johana zusammengestoßen, die mit einem Tablett hereinkam.

»Tee?«

Doch der Major winkte ab. »Wir brechen heute noch auf, um auf eine Erkundungsmission im Grenzgebiet zu gehen. Lord Delamere wartet bereits auf uns.«

»Viel Erfolg, Major!«, meinte Redmond. »Ist denn ein Sieg noch immer nicht in greifbarer Nähe?«

»Ich wünschte, es wäre so, Captain. Die Deutschen sind gerade erst wieder an der Ostfront erfolgreich und haben den Russen einen gnadenlosen Friedensvertrag aufgezwungen. Aber sie werden nicht ewig so weitermachen können. In Deutschland herrscht eine große Hungersnot«, erklärte der Major. »Das Volk wird sich irgendwann wehren. Und wir tun, was wir können, um ihnen das Leben hier so schwer wie möglich zu machen.«

»Und wir flicken unsere Männer wieder zusammen«, sagte Redmond traurig. »Grüßen Sie Lord Delamere von mir. Ich hoffe, dass wir uns bald einmal sehen.«

Bei aller Aufregung hätten sie beinahe vergessen, dass das Weihnachtsfest vor der Tür stand. Doch der Reverend und seine Frau sorgten dafür, dass die Missionsstation mit Blumen und grünen Zweigen geschmückt wurde und auf eine exotische Weise weihnachtlich wirkte.

Bei ihrem Besuch in Nairobi hatte Vera kleine Geschenke für die Kinder der Williams und für Johana und ihren Mann gekauft. Auch für Alice und ihre Mutter hatte sie etwas gekauft, handgewebte Decken in leuchtenden Farben. Im Grunde hätte sie am liebsten zuerst einen Brief an Alice geschrieben, doch auch ihre Eltern wussten ja noch nichts von ihrer Heirat!

Liebe Mutter, lieber Vater, schrieb Vera und biss sich auf die Lippen. Sie saß im Wohnzimmer des kleinen Hauses, das sie nun mit Frederick bewohnte und das ihr zu einem Rückzugsort geworden war. Im Hospital arbeiteten sie wie früher schon harmonisch miteinander. Sie verstanden einander, ohne viele Worte machen zu müssen, und tauschten kleine Zärtlichkeiten aus, die kaum jemand bemerkte, die Vera jedoch unendlich glücklich machten. Es war seine Art, ihr zu zeigen, wie sehr er ihr vertraute und auf sie baute.

Ich weiß gar nicht, wo ich anfangen soll. Endlich kann ich euch sagen, wo ich mich aufhalte, und ihr dürft mir schreiben, wenn ihr wollt. Solange der Krieg andauert, kann ich euch nicht alle Umstände verraten, die zu meiner überstürzten Abreise nach Kenia geführt haben, aber alles hat sich zum Guten gewendet. Ich arbeite als Krankenschwester in der Missionsstation von Reverend Williams und seiner Frau. Ursprünglich bin ich mit Doktor Ingram nach Kenia gekommen, doch der arme Mann ist dem Schwarzwasserfieber erlegen. Es gibt hier so viele furchtbare Infektionskrankheiten, denen wir Europäer nicht gewachsen sind. Selbst die Einheimischen leiden unter der Malaria und anderen Krankheiten, an denen oft die Fliegen oder Moskitos schuld sind.

Bei mir zeigen sich keine Anzeichen einer chronischen Erkrankung, also müsst ihr euch nicht sorgen. Und überhaupt bin ich sehr glücklich und freue mich, euch mitteilen zu können, dass ich einen wundervollen Ehemann gefunden habe. Es ist der schottische Arzt, mit dem ich bereits in Frankreich gearbeitet habe. Captain Frederick Redmond ist ein liebevoller und rücksichtsvoller Mann. Ich hätte es nicht besser treffen können. Seid nicht enttäuscht, dass ihr nicht bei meiner Hochzeit dabei sein konntet. Wir holen die Feier nach, wenn wir wieder in England sind. Vorerst bleiben wir hier in der Station, denn ein Arzt wird hier dringend gebraucht. Sie berichtete von der nahe gelegenen Kaserne und ihrer Bekanntschaft mit Lord Delamere. Letzteres würde ihre Mutter erfreuen und ihrem Vater ein missbilligendes Schnaufen entlocken. Schließlich beendete sie den Brief mit den Worten: *Immer eure liebende Tochter, die nun Vera Redmond heißt.*

Einen sehr viel längeren und detaillierteren Brief schrieb sie an Alice. Während sie ihrer Freundin von dem neu gefundenen Eheglück berichtete, kam ihr Mann vom Hospital herüber. Er warf seine Jacke auf einen Stuhl und beugte sich zu ihr, um sie zu küssen.

»Mmh, das hat mir gefehlt. An wen schreibst du?« Er ließ sich neben sie aufs Sofa fallen.

Vera grinste. »An Alice. Ob die Post morgen noch kommt? Ich kann gar nicht glauben, dass sie mich vergessen hat.«

»Bestimmt. Aber ich habe auch ein Geschenk für dich, wenn es das ist, worauf du spekulierst«, meinte Redmond und wollte sie an sich ziehen, doch Vera stieß ihn sanft zurück.

»Lass mich zuerst den Brief beenden. Sie soll doch wissen, wie schrecklich glücklich ich mit dir bin.«

Er berührte ihren Nacken und strich über die kurz geschnittenen Haare, die sie gerade mal hinter die Ohren streichen konnte. »Wir haben noch so viel vor uns, Vera, und ich freue mich auf jeden einzelnen Tag mit dir.«

Das Weihnachtsfest feierten sie in der Missionsstation, doch über den Jahreswechsel waren sie von Lord Delamere nach

Soysambu eingeladen worden, wo sie eine rauschende Party erlebten. Sie verzichteten auf die Teilnahme an der großen Safari, zu der Lord Delamere mit seinen Gästen am zweiten Januar aufbrach, und genossen die luxuriösen Vorzüge des Anwesens, zu denen eine Badewanne gehörte, für zwei weitere Tage. Zurück in der Missionsstation erwartete Vera ein Paket von Rose, die ihr Bücher und einen Seidenschal schickte. Die schönste Nachricht jedoch stand in ihrem Brief: *Liebe Vera, ich hoffe, es geht dir gut und du verträgst das Klima! Unter dem Siegel der Verschwiegenheit hat Alice mir ein wenig berichtet, und ich freue mich, dass es dir dort unten in Kenia gefällt. Wie geht es Doktor Ingram? Ich finde, er ist ein reizender Mensch.*

Aber jetzt muss ich dir einfach erzählen, was das neue Jahr mir gebracht hat – eine entzückende kleine Tochter! Ja, Michael und ich sind die stolzen Eltern eines bildschönen kleinen Mädchens geworden! Sie hat die blauesten Augen, die man sich vorstellen kann, und wir sind ganz vernarrt in sie. Sie heißt Phoebe Georgina und ist ein rechter Sonnenschein. Als ich sie meiner Mutter zeigte, sprach sie mit ihr, als wäre ich es, die da in ihrem Arm liegt. Ihre Verwirrtheit wird immer schlimmer, und sie treibt die arme Dorothy, die sich jetzt um sie kümmert, in den Wahnsinn.

Es folgten Schilderungen der Vorgänge auf Mandeville Park, Rose erzählte von ihrem Bruder Spencer, der aus Frankreich zu Besuch gekommen war, und über die Friedensbestrebungen des französischen Ex-Premiers Joseph Caillaux, der deswegen als Verräter verhaftet worden war. Vera schmunzelte, es war so typisch für Rose, sich über die Geburt ihres Kindes zu freuen und gleichzeitig die Politik nicht zu vernachlässigen.

Die Monate verstrichen, und während Vera und Frederick sich mit jedem Tag besser kennenlernten, wuchs ihre Liebe und auch der Respekt füreinander. Sie arbeiteten Seite an Seite im Hospital, wobei Frederick seiner Frau weniger schwere Fälle ganz überließ und ihr eine eigene Kinderstation einrichtete.

Es sprach sich bald herum, dass eine weiße Frau Doktor sich um die Kinder kümmerte, und der Zulauf war enorm. Die Einheimischen nannten sie respektvoll *Mama Doktor*, was Vera sehr berührte.

Die Arbeit im Hospital der Missionsstation erforderte ihre ganze Aufmerksamkeit und Kraft. Frederick war zusätzlich oft mehrere Tage im Lazarett der Kaserne tätig, doch meist kamen die Patienten zu ihnen. Der Ruf des Captains als hervorragender Chirurg verbreitete sich schnell, sodass auch die britischen Farmer oft lieber zu ihnen kamen, als dass sie nach Nairobi fuhren. Über dem alltäglichen Leben konnte man leicht vergessen, dass die Welt noch immer im Krieg mit Deutschland lag. Wenn nicht durch den Major, der seit jenem unglückseligen Vorfall in ihrer Hochzeitsnacht öfter in der Station vorbeischaute, um einen Whisky mit Frederick zu trinken, erfuhren sie durch Zeitungen und Briefe aus der Heimat, was an den Kriegsfronten vor sich ging.

Anfang März unterzeichnete Russland einen Friedensvertrag mit den Mittelmächten, was Anlass zu neuer Hoffnung gab. Diese erhielt einen Dämpfer, als die Deutschen Paris mit ihren neuen Fernkampfgeschützen aus einhundertzwanzig Kilometer Entfernung zu bombardieren begannen. Ende März scheiterten die Deutschen bei Arras am Widerstand der britischen Truppen. In den Monaten bis Juli war das Kriegsglück mal auf der einen, mal auf der anderen Seite, doch eine Wende zeichnete sich ab. Am 8. August 1918 gelang den Briten bei Amiens eine erfolgreiche Offensive, die Ludendorff als *schwarzen Tag des deutschen Heeres* bezeichnete. Von da an wendete sich das Blatt endgültig zugunsten der alliierten Streitkräfte. Immer neue Nachrichten von Siegen und erfolgreichen Eroberungen durch Briten und neuseeländische und kanadische Truppen erreichten die kleine kenianische Missionsstation. Die Leute jubelten und feierten jede einzelne Nachricht.

Am 19. September wurden die Osmanen in Palästina in der Schlacht von Megiddo vernichtend geschlagen. Vera erhielt ein Telegramm von Jodie Green, die noch immer als Botschafterin unterwegs war. *SIEG AUF GANZER LINIE JETZT HABEN WIR SIE,* schrieb die mutige Amerikanerin, und Vera wünschte sich nichts mehr, als dass der Krieg endlich zu Ende wäre. Die Kampfhandlungen im Grenzgebiet zu Deutsch-Ostafrika wurden weitergeführt, doch die guten Nachrichten begannen sich zu häufen.

Amerikaner und Franzosen begannen die Maas-Argonnen-Offensive, die Kanadier durchbrachen die Siegfriedstellung am Canal du Nord und am 3. Oktober bemühte sich Reichskanzler Prinz Max von Baden erstmals um einen Waffenstillstand. Ende Oktober kam es zu Meutereien in der deutschen Marine und zu Aufständen in vielen Großstädten, Österreich-Ungarn unterzeichnete am 3. November einen Waffenstillstand, und am 9. November dankte Kaiser Wilhelm II. ab und flüchtete in die Niederlande.

Zwei Tage darauf, am späten Abend des 11. November, Vera und der Captain beendeten gerade ihre Visite im Hospital, wurde auf dem Platz vor der Kapelle geschossen. Alarmiert ergriff Vera den Arm ihres Mannes. »Um Himmels willen, kommen die Deutschen jetzt hierher?«

Doch der Captain schüttelte den Kopf. »Das waren englische Gewehre. Komm, lass uns nachsehen, was los ist!«

Sie beruhigten die Patienten, die unruhig hin und her schauten. »Kein Grund zur Sorge, wir sind gleich zurück!«

Johana hielt mit zitternden Händen eine Schale mit schmutzigem Verbandszeug und folgte ihnen nach draußen.

Major Taylor und seine Leute warteten auf dem Platz vor der Kapelle auf ihren Pferden und rissen jubelnd die Gewehre in die Höhe.

»Es ist vorbei! Wir haben gesiegt!«, rief der Major.

Weinend fiel Vera ihrem Mann um den Hals und küsste ihn stürmisch. »Der Krieg ist vorbei! Oh lieber Gott, ist das schön!«

Frederick Redmond drückte seine Frau fest an sich, bevor er sich dem Major zuwandte. »Wann genau?«

»Um elf Uhr heute Vormittag hat die deutsche Delegation ein Waffenstillstandsabkommen unterzeichnet.« Der Major grinste breit. »In einem Eisenbahnwaggon bei Compiègne. Admiral Wemyss und Marschall Foch waren dabei. Von den Deutschen General von Winterfeldt und Graf von Oberndorff, um es kurz zu machen.«

Das Pferd des Majors tänzelte nervös hin und her.

»Und die Bedingungen? Wird der Frieden dauerhaft sein?«, wollte Redmond wissen und legte den Arm um Veras Schultern.

Die Menschen waren aus den Häusern nach draußen gelaufen und klatschten und jubelten, als sie begriffen, was geschehen war.

»Kompletter Rückzug aus allen besetzten Gebieten, Übergabe der Waffen, Eisenbahnwaggons und so weiter. Harte Kante!«, schrie der Major laut, um den Lärm zu übertönen.

»Danke, Major!«, rief Redmond.

»Wir müssen noch weiter, machen Sie es gut! *God save the King!*«, jubelte der Major, und seine Männer und alle Briten in der Station fielen ein und begannen zu singen:

»*Not in this land alone, but be God's mercies known, from shore to shore! Lord make the nations see, that men should brothers be, and form one family, the wide world over.*«

Veras Stimme war heiser, doch ihr Herz quoll über vor Glück und Erleichterung. Nicht nur in diesem Land, sondern von Küste zu Küste sei Gottes Gnade bekannt, hieß es in der Strophe, die allen aus der Seele sprach. Dass die Menschen Brüder sein sollen, eine Familie, auf der ganzen Welt. So sollte es sein, und mit dem Waffenstillstand war die Hoffnung auf eine strahlende friedliche Zukunft begründet.

Es sollte jedoch noch zwei Wochen dauern, bis auch die deutsche Schutztruppe in Ostafrika kapitulierte.

Am Weihnachtsabend saßen Vera und Frederick gemeinsam mit dem Reverend und seiner Familie am Tisch. Der Kuchen war angeschnitten worden, und die Kinder hockten auf dem Fußboden und spielten mit ihren Geschenken, die zumeist aus einfachem Holzspielzeug und Puppen bestanden. Reverend Williams hatte den Erwachsenen ein Glas Portwein eingeschenkt. »Auf ein friedvolles Jahr!«

»Auf den Frieden!«, sagten alle.

»Haben Sie schon Pläne für das neue Jahr?«, fragte Williams.

Seine Frau sah sie neugierig und ein wenig wehmütig an. »Sie werden uns sicher verlassen wollen, nicht wahr? Verdenken können wir es Ihnen nicht. Viel zu lange haben Sie Ihre Familien nicht gesehen.«

Vera und Frederick sahen sich kurz an. »Konkrete Pläne haben wir noch nicht, und wir werden Sie hier nicht sofort im Stich lassen. Aber irgendwann wollen wir zurück.«

Seufzend sagte Vera: »Ich vermisse England, auch wenn ich mich hier mittlerweile eingelebt habe. Aber es geht einfach nichts über das englische Wetter!«

Alle lachten, doch der Abschied von Afrika hing in der Luft.

28

Der Rosengarten blühte in üppiger Pracht und erfüllte die warme Luft mit seinem Duft. Bienen summten, Vögel zwitscherten und Kinder lachten und tollten durch die verzweigten Wege des weitläufigen Gartens von Hill House. Eine weißbraune Katze schlief auf einem der Mühlsteine, welche die Kreuzungen in Alice' Garten markierten. Vera konnte sich gar nicht sattsehen an der Schönheit der wundervollen Rosen in allen Farben. Und obwohl allein dieser Teil des Gartens schon ein kleines Paradies war, hatte Alice neue Ideen umgesetzt und einen weißen Garten angelegt, in dessen Mitte eine prachtvolle weiße Calla blühte, umgeben von weißen Moschusrosen und einer ebenfalls weißen Lilienart.

Seit einer Woche waren Vera und Frederick Redmond wieder in England. Der Abschied von Kenia war ihnen schwergefallen, doch die Sehnsucht nach der Heimat war größer gewesen, und es war ja nicht ausgeschlossen, dass sie irgendwann zurückgingen. Man hatte Frederick im städtischen Krankenhaus von Edinburgh eine Stelle als leitender Arzt offeriert. Er hatte seine Frau gefragt, ob sie mit ihm nach Schottland kommen wollte oder ob sie ein Heim in Südengland vorzog, doch Vera hatte sofort begeistert zugestimmt. Nur eine Bedingung hatte sie gestellt – dass sie die Einladung von Alice zum Sommerfest in Hill House annehmen und einige Tage dort verweilen würden.

Das Fest in Hill House ließ sich mit einem Besuch bei ihren Eltern im Dorf verbinden, auch wenn das Wiedersehen mit ihrer Familie eher zurückhaltend ausgefallen war. Ihre Eltern begegneten Captain Redmond mit einer Reserviertheit, die Vera missfiel und die sie nur auf Fredericks Konfessionslosigkeit zurückführen konnte. Vielleicht war vor allem ihrem Vater bewusst geworden, dass er nun keine Macht mehr über sie hatte. Letztlich war es Vera egal, was ihre Eltern dachten, denn sie war glücklich mit Frederick, der sie liebte und verstand.

»Hier steckst du!« Alice kam mit einem Hundewelpen auf dem Arm zu ihr und setzte sich neben sie auf die niedrige Steinmauer. Vorsichtig setzte sie den braun-weiß gefleckten Welpen ab. Mit großen Augen sah er zuerst sie und dann Vera an, entschied sich aber, dass es noch interessanter wäre, den Garten zu erkunden, und trottete über den Rasen.

»Hey, Moose, nicht so schnell!«, ermahnte Alice den tapsigen Hund, der seine Schlappohren schüttelte und sich unverdrossen weiter auf ein Beet mit Salbei und Strauchmargeriten zubewegte, in dem eine schwarze Katze ein Nickerchen machte.

»Er ist entzückend«, sagte Vera.

»Nicht wahr? Die Kinder haben mich so lange mit ihrem Wunsch nach einem Hund gequält, dass ich einfach nachgeben musste. Oh, sieh doch, er schnuppert an der Katze. Charly ist eher ein Einzelgänger …«

Sie hielten beide kurz die Luft an, als der Hundewelpe neugierig die Katze beschnüffelte. Doch der Kater blieb gelassen und hob nur einmal kurz die Pfote, als der Welpe ihm zu nahe kam. Moose wich zurück, kläffte kurz und suchte sich ein neues Objekt aus.

»Die Kommunikation funktioniert. Faszinierend, und Moose ist sehr süß, Alice. Ein Spaniel?«

Alice nickte. »Auf Mandeville Park hatten sie einen Wurf, und weil diese Hunde ein so liebevolles Wesen haben, dachte ich mir, dass es passen könnte. Ich freue mich so, dass ihr es noch zum Fest geschafft habt. Weißt du überhaupt, wer noch kommt?«

In diesem Moment rollte ein Wagen auf den Hof. Der Kies knirschte unter den Rädern, und es wurde gehupt.

»Na? Errätst du es?«

»Rose und Michael sind schon da. Spencer vielleicht?«, überlegte Vera, stand auf und stellte sich auf die Mauer, um in den Hof sehen zu können.

»Nein, Spencer hat gerade viel zu tun auf dem Weingut seiner Frau. Aber sein Champagner ist erstklassig, den werden wir nachher probieren.« Alice war ebenfalls aufgestanden und winkte den Neuankömmlingen, die aus dem Automobil stiegen.

Der mit Kieselsteinen bestreute Hof erstreckte sich vor dem Eingang und der Küche von Hill House, dem Wohnsitz der Familie Buxton. Der halbrunde Turm war nicht nur eine markante architektonische Spielerei, sondern beherbergte auch das Arbeitszimmer von Geoffrey Buxton, der gerade das Fenster öffnete, hinuntersah und ebenfalls winkte.

»Nein! Ist das tatsächlich …?« Vera sah einen großen grauhaarigen Mann in Begleitung einer Frau mit flammend rotem Haar.

Alice ergriff Veras Arm. »Ist das nicht wundervoll? Er wusste lange nicht, ob er im August schon aus New York zurück sein würde. Aber nun ist er da. Na komm. Begrüßen wir sie!«

Der große Mann mit dem vollen grau melierten Haarschopf war Raymond Saull, der mittlerweile international erfolgreiche Maler, den sie kannte, seit sie ihm hier in Hill House vor vielen Jahren zum ersten Mal begegnet war. Ray, wie er von seinen Freunden genannt wurde, war ein charismatischer Mensch, ein begabter Künstler und ein unverbesserlicher Schwerenöter.

Dass er mit seiner langjährigen Freundin May McGregor hier erschien, überraschte Vera. Die Rothaarige war eine schottische Malerin, die sie ebenfalls vor Jahren in Hill House kennengelernt hatte.

»Ach, Alice, das ist ja fast wie in alten Zeiten«, sagte Vera.

Ihre Freundin, die ein wenig runder und fraulicher im Gesicht geworden war, lächelte. »Wir haben uns alle verändert, und irgendwie sind wir trotzdem dieselben geblieben. Wir sollten uns jedes Jahr hier treffen, was meinst du, Vera? Edinburgh ist ja auch nicht aus der Welt. Komm, Moose!« Sie schnalzte mit der Zunge, und der kleine Hund hüpfte durch die Blumen auf sie zu.

Es ging wie immer alles sehr zwanglos in Hill House zu. Gegessen wurde gemeinsam, doch danach stellte Geoffrey Buxton das Grammophon an, und wer tanzen wollte, tat dies, und die anderen rauchten eine Zigarette oder gingen mit einem Glas Wein oder was die Bar der Buxtons sonst zu bieten hatte nach draußen. Das Wetter meinte es gut mit Alice' Sommerfest. Die Regenwolken, die sich am Nachmittag noch hartnäckig gehalten hatten, waren vollständig verschwunden, und die Sterne funkelten hell über der Grafschaft Kent.

Elegant schwang Frederick seine Frau in einer halben Drehung aus dem Wohnzimmer hinaus auf die Terrasse, wo sie beinahe mit Lorenzo und Michael zusammengestoßen wären. Rose saß in einem nachtblauen Abendkleid in einem Sessel und hielt eine Flasche Champagner in die Höhe.

»Michael oder ein anderer der Herren – seid so gut und öffnet doch bitte diesen Champagner. Spencer hat uns mehrere Kisten von seinem Weingut geschickt.« Rose zwinkerte ihnen zu. »Die hatten sie gut vor den Deutschen versteckt.«

Michael nahm seiner Frau die Flasche ab. »Und man stelle sich vor, die unsäglichen Deutschen hätten den Friedensvertrag nicht unterzeichnet. Dann säßen wir noch immer nicht hier beisammen.«

»Lorenzo, du warst doch in Versailles dabei. Wie lief das genau ab? Haben sie auch da noch Probleme gemacht?«, fragte Vera.

Ranieri drückte seine Zigarette aus. Wie bei ihnen allen hatten die Kriegsjahre Spuren in seinem Gesicht hinterlassen. Er sah noch immer sehr gut aus, doch die Linien um Mund und Nase waren tiefer geworden, und seine Augen blickten noch ein wenig melancholischer als früher. »Stellt euch den Spiegelsaal von Versailles mit all seinem Pomp vor und darin dicht gedrängte Stuhlreihen, bis auf den letzten Platz besetzt mit Delegierten, Gästen und uns Presseleuten. An der Längsseite war ein langer Tisch aufgebaut, an dem die Delegierten mit Ministerpräsident Clemenceau saßen.«

Der Korken der Champagnerflasche flog mit einem satten Plopp aus der Flasche, und Michael goss das edle Getränk in bereitstehende Gläser. Ray und Geoffrey Buxton traten ebenfalls zu ihnen heraus, und auch Newton, der Alice' Sohn an der Hand hielt, kam zu ihnen. Alle nahmen sich ein Glas, und Geoffrey sagte: »Auf einen lange währenden Frieden!«

Die Gläser klirrten leise aneinander, und auf den Gesichtern der Anwesenden spiegelte sich eine Vielzahl von Gefühlen. Die Freude über das Kriegsende überwog die Angst vor der Zukunft, keiner von ihnen nahm noch etwas als selbstverständlich hin, sondern sie alle waren sich der Kostbarkeit des Augenblicks bewusst, der sie hier zusammengeführt hatte.

»Lorenzo, wir wollten dich nicht unterbrechen. Bitte!«, forderte Geoffrey seinen Schwiegersohn auf.

»Für einen solch köstlichen Tropfen dürft ihr mich jederzeit unterbrechen. Salute, meine liebe Rose, und ein Dank an deinen Bruder!« Lorenzo setzte sein Glas ab, denn sein Sohn kam zu ihm gelaufen.

Er war ein so liebevoller Vater, dachte Vera und legte gedankenverloren eine Hand auf ihren Bauch.

Nachdem Lorenzo seinen Sohn geküsst und ihn wieder zu Newton geschickt hatte, der ihm einen Teddy gab, fuhr er fort: »Nun, den Verlierern wurde wahrlich nichts geschenkt. Der Saal war übervoll, und noch dazu waren auch einhundertfünfzig Damen in Festrobe anwesend. Damen in der Diplomatie?! Eine weitere Schmach für die Deutschen. Für die Reichsaußenminister Müller und Bell, begleitet von rangniederen Offizieren, war es der reinste Spießrutenlauf bis vor zum Tisch des Präsidenten.«

Ein beifälliges Murmeln ging durch die Gruppe.

»Zwar durften die Verlierer zuerst unterzeichnen, mussten aber dann die über siebzig Delegierten der Siegermächte abwarten. Erst als diese alle unterzeichnet hatten, durften sich die Deutschen davonschleichen, und draußen wurden Böllerschüsse abgefeuert.« Lorenzo hob sein Glas.

»Dieser Krieg ist sie teuer zu stehen gekommen«, meinte Michael. »Sie mussten alle Kolonien und dreizehn Prozent ihrer Fläche von 1914 abgeben. Damit verlieren sie wichtige Ressourcen an Eisenerz und Steinkohle.«

Mit sorgenvoller Miene nickte Geoffrey. »Für uns mag das nur gerecht sein, aber ich fürchte, dass dieser Krieg noch lange Schatten werfen wird.«

»Genug von der großen Politik. Lasst uns feiern und heute glücklich sein. Ich kann gar nicht fassen, dass wir alle hier sind! Sogar Ray!«, rief Alice.

Der Künstler schenkte ihr ein breites Lächeln. »Wenn du einlädst, zauberhafte Alice, lasse ich alles stehen und liegen.«

»Alter Schmeichler«, lachte Alice. »Du hast doch auch eine Ausstellung in London, wie ich gehört habe?«

Während Alice und Ray sich über die neuen künstlerischen Strömungen unterhielten, sah Rose Vera an.

»Wie fühlt es sich an, wieder hier zu sein, Vera? Vermisst du die Missionsstation? Ich glaube, ich würde es. Ich stelle mir dieses Land wild und frei vor.«

»In gewisser Weise ist es das auch, aber in vielen Dingen wiederum nicht. Die Natur und die Tiere sind einmalig und unvergesslich. Das Leben dort ist hart und nicht für jedermann. Ich habe viele Frauen dort verzweifeln sehen. Eine Farmersfrau hat ihren Sohn durch einen Schlangenbiss verloren, andere sehen ihre Kinder höchstens einmal im Jahr, weil sie in England aufwachsen. Und dann das Fieber ...« Vera hob die Schultern.

Rose nickte nachdenklich. »Eine furchtbare Vorstellung. Ich frage mich schon, was meine Kleine macht, wenn ich sie nur einen Nachmittag nicht sehe. Nein, das wäre wohl nichts für mich.« Plötzlich legte Rose den Kopf schief und sah Vera mit einem wissenden Lächeln an. »Du wirst bald ähnliche Gedanken haben, oder irre ich mich?«

Vera errötete. »Hm, aber ich will es noch für mich behalten.«

»Was willst du für dich behalten?«, fragte Alice, die mit einem Ohr ihrer Unterhaltung gelauscht hatte.

Rose legte die Hand auf ihren Bauch und sah bedeutungsvoll zu Vera.

Sofort nahm Alice Vera das Champagnerglas aus der Hand und sagte betont streng: »Limonade von nun an, so leid es mir tut!«

Die drei Freundinnen sahen sich an und lachten. In diesem Augenblick wurde ihnen bewusst, wie kostbar die Freundschaft war, die sie als Kinder auf unschuldige Art geknüpft hatten. Drei Mädchen, wie sie unterschiedlicher nicht sein konnten, waren erwachsen geworden, hatten einen Krieg durchlebt, geliebte Menschen verloren oder um sie gebangt und selbst an Körper und Seele gelitten. Jede von ihnen war auf ihre Weise zu einer reifen Frau herangewachsen, und das Wissen um die Zerbrechlichkeit des Lebens hatte sie milder werden lassen.

»Ist es nicht wundervoll, dass wir uns hier gesund wiedersehen?«, sagte Alice leise und schaute kurz zu den Männern. »Dass wir unsere Liebe gefunden haben und sie uns nicht durch den Krieg genommen wurde? So viele der Frauen, die ich hier auf Hill House betreut habe, hatten dieses Glück nicht.«

Vera nahm Alice' Hand. »Ich danke dir so sehr, Alice. Du hast uns immer zusammengehalten. Irgendwie bist du das Herz unseres Kleeblatts, wenn ich das so sagen darf.«

»Das klingt schön, Vera.« Rose legte ihre Hand auf die ihrer Freundinnen. »Ich hätte nicht gedacht, dass ich einmal so zufrieden sein würde. Aber seit ich Michael und unsere Tochter habe, hat sich alles für mich verändert. Oh, wisst ihr, wir sollten uns jedes Jahr hier bei Alice treffen.«

»Ein jährliches Sommerfest in Hill House!«, schlug Alice vor.

»Bis wir alt und grau sind«, sagte Vera und sah sich lächelnd um.

Epilog

Vier Wochen später

»Die Leinwand ist wirklich beeindruckend!«

Guillaume konnte Paul nur zustimmen. Der neue Film- und Veranstaltungssaal in der Wohnhalle des ehemaligen Vicomte-Hauses besaß tatsächlich imposantes Format. In den vier Wochen seit der gescheiterten Ausrufung eines eigenständigen Fürstentums war eine Menge passiert. Dass sich die Adelsfamilie nahezu völlig aus dem Lagunenstädtchen zurückgezogen hatte und nun noch ihre letzten Geschäfte abgewickelt wurden, hatte enorme Veränderungen nach sich gezogen.

Heute würde hier der erste Filmabend für die Einwohner von Port Grimaud stattfinden, unterstützt von der Gemeinde in Gestalt von Bürgermeister Venturino, gefördert von Henri Vicomte, der als Einziger der Familie noch vor Ort war, und veranstaltet von den »Unverbesserlichen«. Zum ersten Mal hatten sie ihren Namen öffentlich benutzt und auf die Flyer gedruckt, mit denen sie für ihr Event warben.

Die Vicomtes hatten das Haus fürs Erste gegen Zahlung einer nicht offiziell genannten Gebühr durch die Gemeinde Grimaud der Allgemeinheit zur Verfügung gestellt. Henri hatte sich von seiner Schwester das Wohnrecht in einem kleinen, davon abgetrennten Teil zusichern lassen. Er war das einzige Mitglied der Familie, das noch etwas in Port Grimaud zu halten schien. In Zukunft, so die Pläne, sollten hier neben dem Film- und Veranstaltungssaal auch eine Bibliothek sowie eine kleine Galerie entstehen, im Garten war ein für alle zugänglicher Park geplant. Inzwischen wehte auf dem Turm des Anwesens auch nicht mehr die grün-weiße Vicomte-Flagge, sondern eine Trikolore von ansehnlicher Größe.

Es hätte alles nicht besser laufen können, dachte sich Guillaume, der zufrieden das emsige Treiben im Haus beobachtete. Dass er hier einmal ein und aus gehen würde, wie es ihm gefiel, war eine Ironie der Geschichte, die ihm jedes Mal ein Lächeln aufs Gesicht zauberte.

Während Quenot sich um den Blumenschmuck im Saal kümmerte, spazierte Guillaume durch die Räume, ließ die Helfer herein und zeigte ihnen, wo was hinzubringen war. Zudem hatte er den Einbau des mächtigen Beamers überwacht, der nun von der Decke hing. Nur eins bedauerte er sehr: dass die Vicomtes das alles nicht sehen konnten.

»Hey, *salut*, ihr zwei!« Jacky kam gerade zur Tür herein, gefolgt von ihrem Vater. Sie winkte ihnen fröhlich zu.

»*Salut*, Jacqueline, *bonjour, Monsieur le Maire!*« Lipaire ging den beiden entgegen und begrüßte Jacky mit drei gehauchten Küsschen, ihrem Vater streckte er die Hand entgegen.

»*Bonjour*, Monsieur Lipaire!«

Guillaume nahm erstaunt zur Kenntnis, dass sich Venturino inzwischen seinen Namen gemerkt hatte.

»Eine große Geste für die Bevölkerung, Herr Bürgermeister. Respekt.«

»Danke. Daran war meine liebe Jacky allerdings nicht ganz unschuldig«, erklärte er und legte den Arm um seine Tochter. Die grinste breit. »Ich denke, ich werde mir hier auch eine kleine Dependance einrichten, ein Büro vor Ort quasi, um als Vertreter der Gemeinde und der *République Française* stets nah an meinen

Bürgerinnen und Bürgern zu sein. Dieser direkte Kontakt war mir schon immer sehr wichtig. Und in einer Demokratie ist Zugänglichkeit sowieso unerlässlich.«

»Eine hervorragende Idee«, gab Lipaire zurück.

Der Bürgermeister überschlug sich seit dem Rückzug der Vicomtes geradezu mit Lobeshymnen auf die Republik und ließ, wo er nur konnte, die Demokratie hochleben. Vor einem Monat hatte er noch ganz andere Töne angeschlagen, was ihm Guillaume aber nicht nachtrug: Man musste Menschen die Möglichkeit zugestehen, sich neuen Gegebenheiten anzupassen, fand er. »Vielen Dank. Es wäre sicher auch im Sinne des Erbauers, Gilbert Roudeau, gewesen.«

»Was für einen Film gibt's heute eigentlich?«, wollte Venturino wissen.

Guillaume lächelte. »Ich habe für unsere Premiere einen ganz besonderen ausgesucht, Herr Bürgermeister.«

»Ja? Welchen denn?«

»*Die dummen Streiche der Reichen.*«

»Kenne ich nicht.«

»Ich schon«, sagte Jacky. »Da spielt Louis de Funès einen geldgierigen Adligen, der mit allerlei Tricks versucht ...«

»Ach, das wird sicher lustig«, unterbrach sie ihr Vater. »Sagen Sie, Monsieur Lipaire, haben Sie Monsieur Vicomte heute schon gesehen?«

»Henri? Der war vorhin noch da oben.« Quenot, der das Gespräch aus einigem Abstand mitverfolgt hatte, zeigte auf eine der Türen, die von der Galerie im ersten Stock abgingen.

»Ah, dann werde ich es dort versuchen, wir haben nämlich ein paar Dinge zu besprechen«, erklärte er. Dann wandte er sich an seine Tochter. »Fährst du danach wieder mit mir zurück nach *Grimaud Village, ma puce?*«

Jacky schüttelte den Kopf. »Nein, ich bin ja zum Helfen hier. Wir müssen noch alles aufbauen. Und außerdem kommt nachher auch noch Karim.«

Guillaume bemerkte, dass sich Venturinos Lächeln für einen Moment eintrübte, doch als seine Tochter wortlos einen mahnenden Zeigefinger erhob, winkte er schließlich mit einem gekünstelten Lächeln ab.

Oben auf der Galerie öffnete sich jetzt eine Tür, aus der Henri Vicomte trat. Als er den Bürgermeister sah, kam er eilig die Treppe hinunter. Sie begrüßten sich, und Vicomte nahm Venturino vertraulich zur Seite. Sie sahen sich konspirativ um, bevor sie ihr Gespräch begannen.

Guillaumes Neugier wurde sofort angestachelt. Er nahm sein Handy heraus, tat, als schreibe er eine Nachricht, und näherte sich den beiden heimlich ein Stück.

»Ich verlasse mich auf dich, Pierre! Die Hafenrechte sind der wichtigste Punkt im ganzen Portfolio. Wenn du jetzt einen Rückzieher machst, gibt's Ärger, klar?«, zischte Henri gerade.

Die Hafenrechte? Lipaire wurde hellhörig. Er erinnerte sich wieder an das Dokument, das der Bürgermeister bei ihrem Besuch in seinem Büro so schnell hatte verschwinden lassen.

»Klar, klar«, murmelte Venturino, wies dann aber mit einer Kopfbewegung auf Lipaire.

Merde! Na ja, er würde in den nächsten Tagen schon noch rausbekommen, welche Heimlichkeiten die beiden Männer da verhandelten. Jetzt ging es aber erst einmal um den bevorstehenden Filmabend.

»Oh, da kommt ja schon dein Herzbube!«, sagte er zu Jacky und deutete auf das Wassertaxi, mit dem Karim auf den Anlegesteg vor der Villa zufuhr. Wo sonst die Passagiere saßen, waren jetzt Stühle gestapelt, die der Pfarrer, der sich ebenfalls auf dem Boot befand, aus seinem Fundus zur Verfügung gestellt hatte.

Als Karim angelegt hatte, lief er sofort zu Jacqueline, und die beiden küssten sich so innig, als hätten sie sich Monate nicht gesehen.

Der Pfarrer ging an Land, grüßte Lipaire und flüsterte ihm zu: »Eine Hochzeit wäre auch mal was Schönes. Da wäre die Kirche vielleicht mal wieder voll. Dann bräuchte ich allerdings meine Stühle wieder.«

Das junge Paar blickte sich verlegen an. »Also Hochzeit ...«, begann Jacky, worauf Karim fortfuhr: »... ist vielleicht noch ein bisschen früh, oder? Wobei ...«

»Bringt ihn mir mal nicht auf dumme Gedanken«, sagte die junge Frau und drohte grinsend mit dem Zeigefinger.

»Wer heiratet?« Guillaume hatte Delphine gar nicht kommen gehört. Sie würde das Catering für den Abend übernehmen – ein neuer Geschäftszweig, den sie zusätzlich zum Handyverkauf aufziehen wollte, auch wenn das in ihrer kleinen Küche daheim einiges an Improvisationstalent erforderte.

»Niemand, meine Liebe. Fürs Erste jedenfalls«, erklärte Lipaire und grüßte sie mit drei Küsschen.

»Gott sei Dank!«, erwiderte Delphine und machte ein ernstes Gesicht. Dann nahm sie Jacqueline beiseite: »Überleg dir das gut, Mädchen, hörst du? Am Anfang, da sind sie noch nett und lesen dir jeden Wunsch von den Augen ab. Aber schon bald lassen sie sich gehen und fangen an rumzukommandieren!«

Jacky grinste und gab ihrem Freund demonstrativ einen Kuss auf die Wange. »Das würdest du dich doch nicht trauen, oder?«

Der junge Mann zuckte verlegen mit den Schultern.

»Na, meine Liebe, da muss ich aber widersprechen«, protestierte Guillaume. »Manche Menschen halten sich ja auch im fortgeschrittenen Alter wirklich gut.«

Delphine lächelte milde. »Du hast natürlich recht, Guillaume. Madame Lizzy lässt sich nicht unterkriegen. Von nichts und niemandem.«

»Aber ich meinte doch ...«

»Wer spricht hier von mir?« Das Trippeln von vier kleinen Füßen auf dem Fliesenboden und das Geräusch von Stöckelschuhen kündigte die Ankunft von Lizzy Schindler an. Sie kam winkend auf sie zu, im Schlepptau einen schneeweißen Pudel, der Lipaire deutlich kleiner vorkam als Louis Quinze.

»Hallo, ihr Lieben! Ich kann nicht lange helfen, weil ich den Karl gleich aus der Reha abholen muss. Ein bisserl schade, da bin ich meinen Mercedes wohl wieder los.«

»Seid ihr denn jetzt ... zusammen, du und Karl?«, fragte Jacqueline.

»Fürs Erste jedenfalls. Karl weiß aber, dass er keinen Alleinanspruch hat. Er will sich wohl sogar was kaufen im Ort, gibt ja einiges, was jetzt wieder auf dem Markt ist, und die Preise sind auch wieder einigermaßen normal geworden. Wir haben später noch zwei Besichtigungen mit einer Maklerin. Könnte ich Louis währenddessen vielleicht ein bisschen bei euch lassen?«

»Klar«, sagte Delphine nickend und blickte auf den Hund. »Aber sag mal, wieso ist er denn so weiß geworden, der kleine Louis?«

»Ist er das? Keine Ahnung. Hauptsache, ihm geht's gut, meinem Louis Seize.«

»Seize?«, fragte Lipaire verwundert, und auch die anderen sahen Lizzy fragend an. »Was ist denn mit Louis Quinze passiert?«

Die alte Dame lächelte und winkte ab. »Seid mir nicht bös,

aber der hatte wirklich nur das Eine im Kopf, das hat gar nicht recht zu mir gepasst.«

Sie warfen sich vielsagende Blicke zu.

»Es geht ihm gut, keine Angst, er ist nur ... woanders. Aber jetzt mal was anderes: Wie weit seid ihr denn mit den Vorbereitungen?«

»Na, was haben wir denn da für einen süßen kleinen Hund! Neu?« Henri Vicomte stand auf einmal hinter ihnen.

Lizzy zuckte die Achseln.

»Wird Zeit, dass er auch so ein hübsches Halsband bekommt wie seine Vorgänger, oder?«

Lizzy riss die Augen auf. »Stimmt, du warst das! Du hast mir damals den schönen Anhänger geschenkt. Ich hab mich seitdem immer gefragt, woher ich dich kenn.«

Die anderen sahen ihn stirnrunzelnd an.

»Ich bitte euch: Habt ihr nie gemerkt, dass der Hund mir die Informationen verschafft hat?«, fragte Henri Vicomte ungläubig in die Runde.

»Der Pudel war verwanzt?«, brachte es Paul auf den Punkt.

»Das vielleicht auch. Auf jeden Fall habe ich ihn mit einem Abhörmikrofon bestückt. Das war im Anhänger am Halsband.«

Sie sahen sich kopfschüttelnd an. Wie naiv sie doch gewesen waren!

»Was mich ja schon interessieren würde, ist, warum du dich so gegen deine Familie gestellt hast, um uns und unsere Sache zu unterstützen?«, fragte Guillaume.

»Ihr kennt doch meine Schwester, diesen Eisklotz, und ihre missratenen Kinder! Sie alle interessiert nur eins: sie selbst. Und mich hätten sie fallen lassen wie eine heiße Kartoffel, wenn mein Vater irgendwann mal nicht mehr lebt. Mich als das ungeliebte Stiefkind hätte man verstoßen. Und mir wäre in Port

Grimaud gar nichts mehr geblieben.« Er sah sich zu Venturino um. »Nicht mal mehr die ... egal. Stimmt's, Herr Bürgermeister?«

»Stimmt«, presste Jackys Vater mit verkniffenem Gesicht hervor. »*Pardon*, mein Telefon«, sagte er und zog sein Handy heraus. »Die *Pompiers*? Na, wenn der Einsatzleiter der Feuerwehr anruft, muss ich wohl drangehen.«

Während sich die anderen weiter unterhielten, versuchte sich Guillaume mit einem Ohr auf das Telefonat des Gemeindechefs zu konzentrieren, wurde aber aus den Wortfetzen, die er mitbekam, nicht recht schlau.

»Tut mir leid, ich muss weg«, sagte der Bürgermeister sichtlich geschockt, nachdem er sein Gespräch beendet hatte. »Auf dem Gelände einer Gärtnerei ist auf einen anonymen Hinweis hin eine illegale Giftmülldeponie entdeckt worden. Katastrophenfall.«

»Eine Gärtnerei?«, kiekste Quenot.

»Ja, der ehemalige Betrieb der Gebrüder Martin.«

Karim riss die Augen auf. »*Frères Martin*? Das ist doch deine, Paul!«

Quenots Lippen bebten, sein Gesicht wurde blass.

»Das hat also den armen Louis niedergestreckt«, murmelte Lizzy.

»Welchen von den zweien jetzt genau?«, wollte Lipaire wissen.

»Ach, ich komm ja selber schon durcheinander mit den Nummern von den Tierchen«, gab Lizzy zu.

Paul brachte nur noch ein heiseres Krächzen zustande. »Was passiert denn jetzt mit dem Gelände?«

Der Bürgermeister zuckte entschuldigend die Achseln. »Das wird auf jeden Fall bis auf Weiteres dichtgemacht.«

»Da hat dich aber einer mächtig übers Ohr gehauen«, legte Lizzy nach. »So ein Desaster!«

Alle standen wie versteinert da, die gute Laune von eben war verflogen.

»Wenn das so ist«, meldete sich da Henri Vicomte mit sonorer Stimme, »könnte ich ja meine Spezialtruppe darauf ansetzen.«

Sie sahen ihn verwirrt an.

»Welche Spezialtruppe denn?«, fragte Jacky mit gerunzelter Stirn.

»Na, die Unverbesserlichen, wen denn sonst?«

Glossar

A

à bientôt, mon ami – bis bald, mein Freund
au revoir – auf Wiedersehen
au revoir et bonne journée – auf Wiedersehen und schönen Tag

B

un bâtard – ein Bastard
bien sûr – natürlich
bienvenue à la maison, ma puce – willkommen zu Hause, mein
    Schatz (eigentlich: mein Floh)
bonne chance – viel Glück / viel Erfolg
bonsoir – guten Abend
bonsoir à toutes et à tous – guten Abend zusammen / allerseits

C

c'est dommage – das ist schade
une cave à vin – ein Weinkeller
certainement – sicherlich / bestimmt
chérie – Liebling / Schatz
Coche d'Eau – Wassertaxi
le commissaire – der Kommissar
un connard – ein Vollidiot / Blödmann / Affenarsch

D

d'accord – einverstanden

E

l'école maternelle – Kindergarten / Vorschule
enchanté – hocherfreut
Entente Cordiale – bilaterales Abkommen zwischen Frankreich
    und dem Vereinten Königreich aus dem Jahr 1904
exactement – genau

F

formidable – toll

G

gardien – Quartiermeister, Blockwart

H

l'Hôtel de Ville – Rathaus (vor allem in größeren Städten)

J

j'écoute – ich höre (am Telefon verwendet)

M

mademoiselle – (gnädiges) Fräulein
Maire de Grimaud – Bürgermeister von Grimaud
la mairie – Rathaus (vor allem in kleineren Orten) / Bürgermeis-
    teramt
mais non – aber nein
maman – Mama
merci – danke
la merde – Scheiße
mesdames et messieurs, bienvenue – willkommen, meine
    Damen und Herren
messieurs – meine Herren

mon Dieu! – mein Gott!
Monsieur le Maire – Herr Bürgermeister

N

n'est-ce pas? – nicht wahr? / (oder etwa) nicht?

O

l'office de tourisme – Tourismusbüro
on y va! – auf geht's!

P

Palais de l'Élysée – Élysée-Palast, Amtssitz des französischen
    Staatspräsidenten
papa – Papa
parfait – perfekt
Pépinière à Grimaud – Baumschule in Grimaud
plantes et fleurs en gros et au détail – Pflanzen und Blumen für
    Groß- und Einzelhandel
les pompiers – Feuerwehr
un poulet rôti – ein Brathühnchen
Président de la République – französischer Staatspräsident
la princesse – Prinzessin
Principauté de Port Grimaud – Fürstentum Port Grimaud
putain (de merde) – verdammt(e Scheiße)!

R

République Française – Französische Republik
le résident (la résidente) – Bewohner(in) / Anwohner(in)

S

une salope – Nutte / Schlampe / Miststück

salut – hallo / tschüss
la sieste – Mittagsschlaf, Mittagspause
la surprise – Überraschung

T
touché! – Treffer!
Tour des Célibataires – »Turm der Junggesellen«, Haus in Port
    Grimaud mit vielen winzigen Wohnungen für Singles

V
Vive la République! – Es lebe die Republik!
vraiment – wirklich